rororo

HARRY KEMELMAN wurde 1908 in Boston geboren und studierte an der Boston University und in Harvard. Er arbeitete als Verkäufer und Lehrer, ehe er eine Professur am State College in Boston annahm. 1964 erschien der erste Fall für Rabbi David Small: «Am Freitag schlief der Rabbi lang», der mit dem Edgar Allan Poe Award ausgezeichnet wurde. Seitdem veröffentlichte Kemelman noch zehn erfolgreiche Fälle für den Schriftgelehrten und scharfsinnigen Hobbydetektiv, bevor er 88-jährig in Boston starb.

HARRY KEMELMAN

Am Montag flog der Rabbi ab

KRIMINALROMAN

Deutsch von
Liselotte Julius

Rowohlt Taschenbuch Verlag

Neuausgabe September 2002
Veröffentlicht im Rowohlt Taschenbuch Verlag GmbH,
Reinbek bei Hamburg, März 1974

Die Originalausgabe erschien bei G. P. Putnam's Sons, New York,
unter dem Titel «Monday the Rabbi Took off»

Umschlaggestaltung any.way, Barbara Hanke/Cordula Schmidt
(Foto: Thomas Lemmler)
Satz Minion PageMaker
Pinkuin Satz und Datentechnik, Berlin
Druck und Bindung Clausen & Bosse, Leck
Printed in Germany
ISBN 3 499 23273 1
Die Schreibweise entspricht den
Regeln der neuen Rechtschreibung.

Verwandten und Freunden
in Israel gewidmet

1

Vom Sofa im Wohnzimmer, wo sie in die Sonntagszeitung vertieft saß, hörte Miriam, wie die Tür zwischen Windfang und Küche geöffnet und geschlossen wurde. «David?», rief sie und sagte, als ihr Mann hereinkam: «Mr. Raymond hat angerufen, gleich nachdem du weggegangen bist. Hörte sich an, als ob es wichtig wäre.»

Rabbi David Small nickte und rieb sich die kalten Hände. Er durchquerte das Zimmer und stellte sich vor den Heizkörper. «Ich hab ihn in der Synagoge gesehen.»

«Hast du keinen Mantel angehabt?», fragte sie.

«Für die paar Schritte vom Wagen bis zur Gemeindesaaltür?»

«Du bist den ganzen Winter über erkältet gewesen, vergiss das nicht.»

«Nur eine Erkältung …»

Rabbi Small war zwar bei guter Gesundheit, aber blass und mager. Die leicht vorgebeugte Haltung eines kurzsichtigen Gelehrten ließ ihn älter erscheinen als seine fünfunddreißig Jahre. Seine Mutter redete ständig auf Miriam ein, sie solle ihn anhalten, ordentlich zu essen.

«Aber sie ist dir dafür den ganzen Winter geblieben … Was wollte er denn? Mit dir über den Vertrag sprechen?»

Er schüttelte den Kopf. «Nein, er wollte mir mitteilen, dass der Vorstand beschlossen hat, diesmal zu *Pessach* keinen Gemeinde-*Seder* abzuhalten.»

Sie sah, dass er erregt war. «Bis dahin sind es doch noch vier Monate.»

«Viereinhalb Monate», berichtigte er. «Aber es dreht sich gar nicht um eine rechtzeitige Benachrichtigung. Er hat es mir gesagt, damit ich als Vorsteher der Religionsschule den Leiter informieren kann, dass er gar nicht erst anfängt, die Kinder auf ihre Aufgaben bei der Feier vorzubereiten … in der Armee heißt das dann ‹der Dienstweg›.»

Der bittere Unterton entging ihr nicht. «Hat er gesagt, warum sie das beschlossen haben?»

«Erst als ich danach fragte. Die Sache wäre uns in den letzten Jahren zu teuer gekommen», erklärte er.

Sie sah zu ihm auf. «Ärgert dich das?»

«Es ärgert mich, dass man nicht mal meine Meinung dazu eingeholt hat. Dass mich der neue Vorstand nicht mehr zu den Vorstandssitzungen einlädt – darüber bin ich hinweg, obwohl es sechs Jahre lang anders gehandhabt wurde. Aber die Frage wegen *Pessach* liegt so ausschließlich im Zuständigkeitsbereich des Rabbi, dass man eigentlich annehmen sollte, sie würden meine Meinung dazu gern kennen lernen. Wenn ich in solchen Dingen nicht entscheiden soll – wo soll ich dann eigentlich entscheiden? Bin ich hier bloß noch für das reine Zeremoniell zuständig? Glauben die vielleicht …»

«Bist du wirklich sicher, dass das Absicht war, David?», fragte sie besorgt. Er war in letzter Zeit so reizbar. Sie versuchte, ihn zu besänftigen. «Sie sind doch noch neu; vielleicht ist ihnen einfach nicht klar …»

«Neu! Sie sind jetzt drei Monate im Amt. Und wenn sie irgendwelche Zweifel haben, gibt es genug Leute, bei denen sie sich erkundigen können. Nein, es ist ihre ganze Einstellung. Sie haben alles unter sich, und ich bin bloß ein Angestellter. Denk nur an die Sache mit meinem Vertrag …»

«Hat er den erwähnt?», fragte sie rasch.

«Nein.»

«Und du auch nicht?»

«Ich habe darauf hingewiesen, bevor er ablief», sagte er steif, «und das sollte genügen. Erwartest du von mir, dass ich ihnen dauernd damit in den Ohren liege? Soll ich ihn ihnen abschwatzen?»

«Aber du arbeitest ohne Vertrag.»

«Na, und? Was heißt das?»

«Das heißt, dass sie dich jederzeit rauswerfen können. Sie können dich binnen einem Monat kündigen mit der Begründung, dass deine Dienste nicht länger benötigt werden.»

«Das könnten sie vermutlich. Und das Gleiche gilt umgekehrt. Ich könnte ihnen genauso kündigen.» Er lächelte spitzbübisch. «Der Gedanke ist verlockend.»

«Ach, das tätest du doch nie.»

Er begann auf und ab zu wandern.

«Warum nicht? Wenn ich's recht bedenke, wäre das eine gute Idee. Was würde ich verlieren? Die paar Monate bis zum Jahresende? Wenn sie mir bis jetzt keinen Vertrag gegeben haben, kann das nur bedeuten, dass sie nicht beabsichtigen, mich im nächsten Jahr weiterzubeschäftigen. Aus welchem anderen Grund haben sie nicht mit mir darüber gesprochen? Warum sonst haben sie mich nicht gebeten, an den Vorstandssitzungen teilzunehmen? Und das heute – mir einfach zu sagen, sie würden keinen Gemeinde-*Seder* abhalten. Ja, ich bin überzeugt davon, dass sie genau das vorhaben. Ich soll für den Rest des Jahres sämtliche Aufgaben erledigen – Trauungen, kleine Reden zu *Bar Mizwa,* die Predigt am Freitagabend –, und dann teilen sie mir mit, dass sie für das nächste Jahr einen Wechsel planen. Also warum sie dann nicht mit ihren eigenen Waffen schlagen?»

«Ach, das täten sie nie», widersprach Miriam. «Damit kämen sie nicht durch. Mr. Wasserman und alle deine Freunde würden dagegen ankämpfen …»

«Na, ich bin gar nicht so sicher, ob ich einen Kampf möchte. Wieso habe ich es nötig zu kämpfen? Und wie lange? Bis sie mich akzeptieren? Ich bin jetzt sechs Jahre hier. Das ist mein siebentes, und es hat fast in jedem Jahr eine Krise um meine Stellung gegeben. Entweder haben sie versucht, mich zu feuern, oder mich in eine Position manövriert, in der mir keine andere Wahl blieb, als meinerseits zu kündigen. Ich habe das satt. Wenn ein Job so geartet ist, dass ein Mensch seine ganze Zeit und Kraft darauf verwenden muss, ihn zu behalten, stimmt doch was nicht daran.»

«Der letzte Vorstand wollte dir doch einen Vertrag auf Lebenszeit und außerdem ein Sabbatjahr geben.»

«Solche Gerüchte habe ich auch gehört. Vermutlich hätte ich angenommen, wenn sie dazu bereit gewesen wären», sagte er niedergeschlagen. «Und trotzdem – wozu ist ein Vertrag auf Lebenszeit gut? Er bindet mich, aber nicht sie. Wenn sie mich loswerden wollen, brauchen sie nur einen Vorschlag zu machen, der für mich unannehmbar ist, und schon würde ich kündigen. Denk doch mal an damals, als ich eine rabbinische Entscheidung über das Begräbnis für den armen Isaac Hirsh getroffen habe und der damalige Gemeindevorsteher Mort Schwarz einfach darüber hinwegging und die Leiche exhumieren ließ. Das war im ersten Jahr meines Fünfjahresvertrages, wenn du dich erinnerst. Und mir blieb keine Wahl, als meinen Rücktritt einzureichen.»

«Aber sie haben ihn nicht angenommen», wandte Miriam ein.

«Ach, das hätten sie ohne weiteres getan, wenn es nicht um die Goralskys gegangen wäre, denen sie gefällig sein wollten. Und hat nicht Ben Gorfinkle mir erst voriges Jahr klipp und klar gesagt, er würde mich für die letzten paar Monate meines Vertrages auszahlen und mich mitten im Jahr auf die Straße setzen?»

«Das stimmt. Aber da dachten er und seine Freunde im Vorstand, du hetzt ihre Kinder gegen sie auf. Es war eine reine Machtfrage. Ich bin sicher, sie hätten das nicht bis zu Ende durchgespielt. Deine Freunde im Vorstand, Wasserman, Becker und die anderen, wären bestimmt dagegen eingeschritten.»

«Irrtum, Wasserman und Becker konnten nichts dergleichen tun», entgegnete er. «Sie konnten mir höchstens einen Posten in einer anderen Gemeinde anbieten, die sie gründen wollten. Erst als dieselben Kinder in einen Mordfall verwickelt wurden, hat mir das die Stellung gerettet. Und vergiss eins nicht – gerade Becker war derjenige, der in meinem allerersten Jahr hier an der Spitze meiner Gegner stand. Er wollte mich unbedingt fallen lassen, als es nicht nur um meinen Posten, sondern um meinen Kopf ging.»

«Ach, David, das sind doch uralte Geschichten», sagte Miriam vorwurfsvoll. «Seitdem hat dir Becker ebenso die Stange gehalten wie Wasserman. Willst du ihm etwa heute noch vorwerfen, dass er im ersten Jahr gegen dich war?»

«Ich mache es keinem zum Vorwurf, wenn er gegen mich war», antwortete er. «Weder Becker noch Schwarz noch Gorfinkle. Sie haben alle nur das getan, was sie für richtig hielten. Vielleicht ist der Einzige, dem ich etwas übel nehmen sollte, Jacob Wasserman.»

Miriam sah ihn ungläubig an. «Wasserman! Wieso denn, er war doch von Anfang an dein Freund. Er ist derjenige, der dich hergebracht und sich gegen alle Widerstände dafür eingesetzt hat, dass du hier bleibst.»

Der Rabbi nickte. «Genau das meine ich. Er war zu gut zu mir. Hätte er sich im ersten Jahr der Mehrheitsmeinung angeschlossen, wäre ich vielleicht von hier weggegangen und in einer anderen Gemeinde angestellt worden. Vielleicht habe ich hier um meinen Posten kämpfen müssen, weil ich nicht richtig dazugehöre. Und wenn ich das nach sechs Jahren immer noch tun muss, ist es vielleicht der falsche Job. Vielleicht würde eine andere Gemeinde …»

«In diesen Stadtrandgebieten ist eine wie die andere», meinte Miriam.

«Dann liegt es vermutlich an mir. Vielleicht bin ich nicht flexibel genug. Vielleicht gehöre ich überhaupt nicht ins Rabbinat, zumindest nicht in die Leitung einer Gemeinde. Vielleicht tauge ich besser für ein Lehramt, vielleicht für wissenschaftliche oder organisatorische Arbeit.» Er setzte sich aufs Sofa und sah sie an. «Erinnerst du dich an das letzte *Pessach*? Damals waren wir überzeugt davon, hier sei alles aus und vorbei. Und wir beschlossen, anstatt gleich auf Stellungssuche zu gehen, zunächst nach Israel zu fahren. Weißt du noch?»

«Na und?»

Der Anflug eines Lächelns überzog sein Gesicht. «Na, und warum tun wir es nicht? Wenn sie mich binnen eines Monats feuern können, wieso kann ich dann nicht genauso binnen vier Wochen kündigen?»

«Du meinst, du willst deine Stellung aufgeben?» Sie war sichtlich erschrocken.

«Nicht unbedingt aufgeben. Ich könnte ja um einen Urlaub bitten.»

«Und wenn sie ihn dir nicht bewilligen?»

«Dann würde ich ihn trotzdem nehmen. Ich bin müde und habe diese Stadt gründlich satt. Ist dir eigentlich klar, dass wir seit sechs Jahren hier sind und ich in der ganzen Zeit keine Ferien gehabt habe? Im Sommer ist viel weniger los. Die Religionsschule ist geschlossen, es gibt keine Feiertage und keinen Gottesdienst am Freitagabend. Nur Trauungen und *Bar Mizwas* oder Kranke, die mit meinem Besuch rechnen. Trotzdem waren wir bloß gelegentlich mal übers Wochenende fort, weiter gar nichts. Ich muss weg – irgendwohin, wo ich eine Zeit lang für mich sein kann.» Er lächelte. «Und in Israel wäre es warm.»

«Wir könnten ja eine von diesen Drei-Wochen-Reisen buchen», überlegte sie. «Die Sehenswürdigkeiten besichtigen und …»

«Ich will keine Sehenswürdigkeiten besichtigen», unterbrach er sie. «Das sind entweder neue Bauten oder die Überreste von alten oder Erdlöcher. Nein, ich möchte eine Zeit lang in Jerusalem leben. Wir Juden haben uns jahrhundertelang nach Jerusalem gesehnt. Jedes Jahr sagen wir zu *Pessach* und *Jom Kippur:* ‹Nächstes Jahr in Jerusalem.› Am vorigen *Pessach* war es uns Ernst damit. Wir dachten wirklich, dass wir fahren würden. Ich zumindest. Na, und jetzt ist unsere Chance. Ich habe keinen Kontrakt, der mich bindet.»

«Aber der Vorstand würde das als Kündigung auffassen, und seine Stellung aufzugeben …»

«Und was wäre, wenn sie's täten? Wir sind noch jung und können es uns leisten, das Risiko einzugehen.»

Miriam musterte ihn besorgt. «Und für wie lange?»

«Ach, das weiß ich nicht», entgegnete er leichthin. «Drei, vier Monate, vielleicht länger. Jedenfalls lange genug, um das Gefühl zu bekommen, wir haben in Jerusalem gelebt und waren nicht nur auf Besuch.»

«Und was würdest du dort tun?»

«Was tun andere Leute dort?»

«Nun, die Bevölkerung arbeitet. Und die Touristen sind unentwegt mit der Besichtigung von Sehenswürdigkeiten beschäftigt …»

«Also wenn du dir darüber Gedanken machst, womit ich mir die Zeit vertreiben würde, dann könnte ich ja meinen Aufsatz über Ibn Esra für das *Quarterly* fertig stellen. Die wissenschaftlichen Vorarbeiten habe ich hinter mir; meine Notizen sind komplett. Was ich jetzt brauche, ist viel Zeit zum Schreiben, ohne ständige Unterbrechungen.»

Sie sah ihn an. Er machte dasselbe eifrige Gesicht wie der kleine Jonathan, wenn er um etwas ganz Besonderes bat. Außerdem spürte sie, wie dringend er diese Reise brauchte. «Das ist dir doch nicht eben erst eingefallen, David. Du denkst schon eine ganze Weile daran, nicht wahr?»

«Mein ganzes Leben lang.»

«Nein, ich meine …»

Er hielt ihren Blick fest. «Als es letztes Jahr so aussah, als würde ich hier aufhören, dachte ich, wir könnten fahren, bevor ich mit der Suche nach einer neuen Stellung anfing. Wann würden wir sonst wieder die Gelegenheit bekommen? Und als sich dann herausstellte, dass ich meinen Posten behielt, hätte ich wohl froh darüber sein sollen, weiter mein Gehalt zu beziehen. Aber ich war es nicht. Ich hatte mein Herz an diese Reise gehängt – und jetzt kann ich den Gedanken daran nicht mehr loswerden.»

«Aber dafür eine Stellung aufzugeben …»

«Nach unserer Rückkehr werde ich eine neue finden, verlass dich darauf. Außerdem sieht es ganz so aus, als wäre ich nächstes Jahr sowieso nicht mehr hier.»

Sie lächelte. «Gut, David, ich schreibe an Tante Gittel.»

Jetzt machte er ein erstauntes Gesicht. «Was hat die denn damit zu tun?»

Miriam legte die Zeitung ordentlich zusammen. «Ich bin dir bei jeder wichtigen Entscheidung gefolgt, David. Als du die Stellung in Chicago, die so viel Geld einbrachte, gekündigt hast, weil dir die Gemeinde nicht passte, war ich einverstanden. Und das, obwohl wir von meinem Stenotypistinnengehalt lebten und von dem, was du durch Gelegenheitsarbeiten in den Ferien in irgendeiner Kleinstadt dazuverdienen konntest. Und dann der Posten in Louisiana, den du nicht wolltest. Und der Job als zweiter Rabbi in Cleveland, der höher dotiert war als die meisten regulären Stellen für Rabbis, die gerade mit dem Studium fertig sind. Du sagtest damals, du wolltest dich in deinen Ansichten keinem anderen Rabbi unterordnen. Und als du in der Ära Schwarz hier kündigen wolltest, war ich auch einverstanden, obwohl ich damals Jonathan erwartete und nicht besonders scharf darauf war, in eine andere Stadt zu ziehen und eine Wohnung für uns und ein neugeborenes Baby zu suchen. Und jetzt möchtest du das Risiko eingehen, deinen

Posten zu verlieren, damit du wegfahren und eine Zeit lang in Jerusalem leben kannst. Wieder werde ich dir darin folgen. Die große Strategie ist deine Sache, aber in Taktik bist du weniger gut. Wenn wir mehrere Monate in Jerusalem leben wollen, müssen wir eine Bleibe haben. Wir können es uns nicht leisten, die ganze Zeit in einem Hotel zu wohnen. Außerdem ist man dann noch immer mehr Gast. Ich werde also Tante Gittel schreiben. Sie lebt seit den Zeiten der britischen Mandatsregierung in Israel. Ich sage ihr genau, was wir vorhaben. Mal sehen, ob sie uns eine möblierte Mietwohnung verschaffen kann.»

«Aber sie lebt doch in Tel Aviv, und ich möchte nach Jerusalem.»

«Da kennst du meine Tante Gittel nicht.»

2

Bert Raymond klopfte auf den Tisch, um sich Gehör zu verschaffen. «Das Verlesen des letzten Sitzungsprotokolls können wir uns wohl schenken, glaube ich. Soweit ich mich erinnere, haben wir nicht viel getan.»

Ben Gorfinkle hob die Hand. «Ich würde das Protokoll gern hören, Mr. Chairman», erklärte er gelassen.

«Aber sicher, Ben. Würdest du bitte das Protokoll vorlesen, Barry.»

«Na ja, also, Bert, Mr. Chairman wollte ich sagen – ich bin nämlich noch nicht zum Abschreiben gekommen. Ich meine – Notizen hab ich mir ja gemacht, aber – na, eben nur als Entwurf gewissermaßen.»

«Schon gut, Barry. Ben wird an kleinen Stilfehlern bestimmt keinen Anstoß nehmen ...»

«Ich wollte auf was anderes raus. Ich hab nämlich meine Notizen gar nicht dabei. Ich dachte, da fehlt sowieso noch der letzte Schliff, und dann haben wir ja in der letzten Sitzung auch keine besonderen Beschlüsse gefasst – na ja, und da fand ich's eben nicht der Mühe wert, sie mitzubringen.»

Der Chairman war ein hoch gewachsener, nett aussehender junger Mann, ein guter Kerl, den jeder gern hatte und den niemand unnötig in Verlegenheit bringen wollte. Die Nachlässigkeit des Schriftführers war ihm sichtlich peinlich. Gorfinkle zuckte die Achseln. «Wenn sich sowieso nichts getan hat, spielt's ja wohl keine Rolle.» Bei diesem neuen Vorstand gab es so viele Einwände gegen gewichtigere Dinge, dass es sinnlos erschien, sich bei einer solchen Bagatelle zu widersetzen.

«Okay», sagte der Chairman dankbar, «dann kommen wir zum Hauptthema dieser Sitzung. Was halten Sie vom Brief des Rabbi?»

Wieder hob Gorfinkle die Hand. «Ich muss doch was in der letzten Sitzung verpasst haben. Von einem Brief des Rabbi hab ich kein Wort gehört.»

Der Chairman war zerknirscht. «Ach ja, natürlich, du weißt ja nichts davon, Ben. Ich hab ihn diese Woche bekommen und mit ein paar Leuten darüber gesprochen. Daher nahm ich an, jeder weiß Bescheid. Der Rabbi hat mir geschrieben und gebeten, ihn ab Neujahr für drei Monate zu beurlauben.»

«Kann ich den Brief mal sehen?»

«Ich hab ihn nicht bei mir, Ben. Aber sonst steht nichts weiter drin – nur, was ich gesagt habe. ‹Hiermit bitte ich darum, mich für drei Monate zu beurlauben.› So in der Preislage, ein reiner Geschäftsbrief.»

«Hat er keinen Grund für seine Bitte angegeben?», fragte Gorfinkle.

«Nein. Nur, was ich dir gesagt habe …»

«Und ich sage euch, das ist ein Schachzug», unterbrach Stanley Agranat. «Um eine Beurlaubung geht's ihm doch gar nicht. Ein Vertrag – daran ist er interessiert. Er schickt uns diesen Brief, also müssen wir zu ihm gehen und fragen: ‹Was gibt's,

Rabbi?› Darauf sagt er, er möchte drei Monate frei nehmen. Darauf sagen wir: ‹Aber, Rabbi, Sie können doch nicht einfach so drei Monate mitten im Jahr frei nehmen. Sie haben ja schließlich einen Job hier.› Darauf stellt er sich dumm und sagt: ‹Ach, tatsächlich? Ich hab aber gar keinen Vertrag.› Darauf müssen wir ihm wieder um den Bart gehen und erklären, wieso wir noch nicht dazu gekommen sind, die Sache mit dem Vertrag zu besprechen, und wie Leid es uns tut und lauter so 'n Schmus. Und das soll uns in die Defensive bringen, versteht ihr? Die reinen Schmonzes, sag ich euch.»

«Und was ist, wenn wir ablehnen?», fragte Arnold Bookspan. «Als du mir den Brief gezeigt hast, Bert, hab ich sofort gesagt, das ist ein Ultimatum. Er bittet uns nicht, er teilt es uns mit. Wenn er nun ein redlicher Angestellter des Tempels ist, kann er nicht einfach so mir nichts, dir nichts abhauen. Und geht er einfach so fort, dann ist er in meinen Augen eben kein redlicher Angestellter des Tempels.»

«Nun hört mal zu, Leute», sagte der Chairman. «Man muss fair sein. Sie arbeiten immer mit einem Vertrag, und wir haben seinen auslaufen lassen.»

«Wir sollten hier logisch vorgehen», mischte sich Paul Goodman ein, der wie Bert Raymond Rechtsanwalt war und einen methodischen Verstand hatte. «Zuerst müssten wir entscheiden, ob wir überhaupt einen Rabbi brauchen, dann ...»

«Was soll das heißen, ob wir überhaupt einen Rabbi brauchen? Wie sollen wir denn ohne Rabbi zurechtkommen?»

«Viele Gemeinden haben keinen», antwortete Goodman. «Ich meine, keinen fest angestellten. Sie kriegen jeden Freitagabend einen jungen Spund vom Seminar und zahlen ihm vielleicht fünfzig oder hundert Dollar und Spesen.»

«Freilich, und weißt du, was du dafür kriegst? Einen jungen Spund kriegst du.»

«Nicht einfach einen jungen Spund», widersprach Goodman, «einen jungen Spund, der Rabbi ist.»

«Pah, ich hab ein paar von diesen Knaben vom Seminar gesehen. Eine Horde von Hippies, wenn du mich fragst.»

«Hört mal zu, Leute», wandte Bert Raymond ein, «das können wir doch nicht machen. Wir haben das ganze Jahr über Leute, die den Tempel für ihre Trauungen und *Bar Mizwas* benutzen. Was sollen wir denen erzählen, wenn sie kommen und Einzelheiten vereinbaren wollen? Vielleicht haben wir einen Rabbi, vielleicht aber auch nicht? Bei uns läuft der Betrieb das ganze Jahr über, und deshalb müssen wir einen Rabbi haben, der ständig zur Verfügung steht.»

«Na schön, dann kommen wir also zum nächsten Schritt», sagte der methodische Goodman. «Wollen wir diesen Rabbi haben? Wenn's denn unbedingt so ein Rabulist sein muss, der mir sagt, was Recht und was Unrecht ist, dann wäre mir persönlich ein älterer Mann lieber. Das ist bei mir 'ne Gefühlssache.»

«Also für mich ist das eine rein geschäftliche Sache. Und ich halte Gefühl und Geschäft strikt auseinander», sagte Marty Drexler, der Schatzmeister. «Als mir Bert von dem Brief erzählt hat, hab ich mich ein bisschen umgehört. Ich kann euch ein paar harte Fakten zum Nachdenken geben. Der Preis für Rabbis ist seit dem Zweiten Weltkrieg Jahr für Jahr gestiegen. Jeder Studentenjahrgang hat nach Abschluss des Seminars ein höheres Anfangsgehalt verlangen können als der vorige. Wenn ihr auf dem freien Markt einen Rabbi engagieren wollt, der wie unserer fünf oder sechs Jahre Berufserfahrung hat, müsst ihr drei- bis fünftausend Dollar mehr hinblättern als jetzt. Denn bei ihm handelt es sich um jemand, der bereits einen Posten hat und dem wir den Wechsel schmackhaft machen müssen. Wenn ihr einen Rabbi engagiert, kauft ihr geistige Führung. Ich frage euch, warum sollen wir die Kosten für unsere geistige Führung um dreitausend Dollar erhöhen, wenn wir's gar nicht nötig haben?»

«Das leuchtet mir ein.»

«Mir auch.»

Der Chairman sah einen nach dem anderen an. «Na schön, ich glaube, in dem Punkt herrscht Einstimmigkeit. Wir sind uns also alle weitgehend darin einig, dass es im Augenblick für uns das Beste ist, die Dienste unseres jetzigen Rabbi auch weiterhin in Anspruch zu nehmen. Und damit wären wir wieder beim Anfang. Was tun wir mit dem Brief? Ich bin der Auffassung, dass Stan Agranat Recht hat und dass der Rabbi an einem Vertrag interessiert ist. Wie steht's damit? Seid ihr alle auch der Meinung?» Wieder ließ er den Blick um den Tisch wandern und wartete bei jedem ein bestätigendes Nicken ab.

Nur Ben Gorfinkle erhob Einwände. «Ich habe den Eindruck, der Rabbi meint gewöhnlich auch das, was er sagt.»

Bert Raymond zuckte die Achseln. «Vielleicht als er ihn schrieb. Vielleicht war er ein bisschen eingeschnappt. Ehrlich gesagt, fand ich, er hat ziemlich sauer reagiert, als ich ihm mitteilte, dass wir keinen Gemeinde-*Seder* abhalten. Kann sein, dass es damit etwas zu tun hatte. Aber ich bin der Meinung, wenn wir ihm einen Vertrag anbieten, wird er ganz schnell feststellen, dass er eigentlich gar nicht beurlaubt werden möchte. Es wäre ja durchaus denkbar, dass er den Urlaub zur Stellungssuche haben will.»

«Da hast du Recht, Bert.»

«Na schön, also was für einen Vertrag bieten wir ihm an?»

Ben Gorfinkle, Chairman des Vorjahres, fühlte sich genötigt, abermals das Wort zu ergreifen. Er nahm nur an der Sitzung teil, weil sämtliche ehemaligen Chairmen nach den Statuten automatisch Vorstandsmitglieder wurden. Seine Vorgänger, Wasserman, Becker und Schwarz, waren nur zu den ersten paar Sitzungen erschienen und dann ausgeblieben. Dieser neue Vorstand bestand aus lauter jungen Männern; keiner war über fünfunddreißig, und alle waren eng befreundet. Sie besprachen die einschlägigen Angelegenheiten bei ihren gesellschaftlichen Zusammenkünften, sodass sich Vorstandssitzungen praktisch erübrigten, außer dass formal über das abgestimmt wurde, was sie bereits untereinander beschlossen hatten. Trotzdem ging Ben Gorfinkle weiter unbeirrt hin, auch wenn er meist den Mund nicht aufmachte. Diese Geschichte aber war wichtig. Langsam, bedächtig setzte er dem Vorstand auseinander, dass der Rabbi mit Ablauf des letzten Jahres auch sein sechstes Dienstjahr in der Gemeinde beendet hatte. Der vorige Vorstand habe geplant, ihm einen Vertrag auf Lebenszeit sowie im siebten Jahr das so genannte Sabbatjahr anzubieten. «Aber wir meinten, ein solcher Vertrag sollte besser von dem neuen Vorstand abgeschlossen werden.»

«Ich erinnere mich nicht, in den Sitzungsprotokollen vom letzten Jahr etwas davon gelesen zu haben», sagte der Schriftführer.

«Stimmt, ich erinnere mich auch an nichts Derartiges», bestätigte Raymond.

«Natürlich nicht», entgegnete Gorfinkle. «Damals nahm der Rabbi an den Vorstandssitzungen teil. Deshalb konnten wir bei den regulären Sitzungen nicht gut darüber sprechen.»

«In dem Fall», unterbrach ihn der Chairman, «müssen wir davon ausgehen, dass diese Angelegenheit lediglich inoffiziell zwischen einigen Mitgliedern erörtert wurde. Ich bin nicht der Auffassung, dass wir daran gebunden sind.»

«Ich habe euch nur über die Vorgeschichte informiert», erklärte Gorfinkle steif.

«Na schön, also angenommen, wir gehen davon aus», sagte der Chairman. «Was haltet ihr von Bens Idee eines Vertrags auf Lebenszeit und eines Sabbatjahres?»

«Ich kann dazu nur eins sagen – mir sieht das nach einem ganz hübschen Rebbach für den Rabbi aus», meinte Agranat. «Glaubt mir, ich hab nichts gegen den Rabbi, aber er macht dabei 'nen guten Schnitt.»

«Irrtum», widersprach Gorfinkle. «Das ist gang und gäbe. Der Rabbi hatte ein Probejahr, und danach bekam er einen

Fünfjahresvertrag. Der nächste Vertrag läuft gewöhnlich noch länger, in den meisten Gemeinden sogar auf Lebenszeit.»

«Wie wird das Gehalt bei diesen Verträgen festgesetzt?», erkundigte sich Marty Drexler. «Gibt's da jährliche Erhöhungen oder …»

«Das nehme ich an», erwiderte Gorfinkle. «Oder man vereinbart eine Angleichung an die steigenden Lebenshaltungskosten. Damit haben wir uns seinerzeit nicht befasst.»

«Mir scheint, das müssen wir uns noch genau überlegen», meinte Drexler. «Wenn wir ihm ein Sabbatjahr geben, müssen wir während seiner Abwesenheit einen Stellvertreter engagieren. Denkt mal darüber nach.»

«Worauf willst du hinaus, Marty?», fragte Bert Raymond.

«Ich werd euch sagen, worauf ich hinauswill. Hier geht's um eine Synagoge, und er ist ein Rabbi. Also Religion und all das. Aber ein Vertrag ist 'ne geschäftliche Vereinbarung, egal, zwischen wem. Da muss alles ausgetüftelt werden, und jede Seite muss dabei das bestmögliche Geschäft machen. Nehmt zum Beispiel mal das, was ich vorhin über die von Jahr zu Jahr steigenden Kosten für Rabbis gesagt habe. Das stimmt, aber ihr müsst bedenken, wenn ein Rabbi erst mal um die Fünfzig ist, sind seine Aussichten, einen anderen Job zu kriegen, nicht mehr so gut. Er ist sozusagen auf dem absteigenden Ast. Also ist er dann in einer etwas schwächeren Position, und wir sind dafür in einer etwas stärkeren. Wie alt ist er jetzt? Fünfunddreißig oder so was? Nehmen wir nun mal an, wir bieten ihm einen Fünfzehnjahresvertrag, und wenn der ausläuft, verhandeln wir erneut.»

«Na, ich weiß nicht …»

«Das ist doch irgendwie schofel.»

«Was ist daran schofel?», fragte Drexler.

Stanley Agranat hob die Hand. «Ich möchte einen Antrag stellen.»

«Was für einen Antrag?»

«Einen Augenblick, Mr. Chairman, da ist noch ein Antrag auf Wortmeldung.»

«Was für ein Antrag?»

«Es gibt keinen Antrag auf Wortmeldung. Wir haben nur diskutiert, die Sache sozusagen durchgekaut.»

Raymond schlug mit dem Hammer auf den Tisch. «Einen Moment bitte, immer der Reihe nach. Niemand hat einen Antrag gestellt, also besteht kein Grund, warum Stan das nicht tun sollte. Schieß los, Stan.»

«Ich beantrage, Mr. Chairman, dass Sie eine Kommission benennen, die zum Rabbi geht, ihn sozusagen abtastet und den Preis aushandelt ...»

«Bist du sicher, dass du vom Rabbi sprichst, Stan?»

Der Chairman klopfte auf den Tisch. «Keine Witze, bitte.»

«Also gut, ernsthaft gesagt, möchte ich Stans Antrag dahingehend ergänzen, dass diese Kommission aus einem Mann bestehen sollte», erklärte Goodman. «Ich schlage Marty Drexler für diese Aufgabe vor.»

«Sehr richtig, soll nur einer mit ihm verhandeln.»

«Wie steht's? Seid ihr alle dafür, einen Mann die Verhandlung führen zu lassen?»

«Unbedingt.»

«Die einzige Möglichkeit.»

«Die einzig faire Art – einer gegen einen.»

«Na schön», sagte Bert Raymond. «Stimmen wir ab. Also – ja. Aber ich meine, vielleicht sollte ich lieber mit ihm reden statt Marty.»

«Nein, lass Marty das tun.»

«Wieso Marty? Mir scheint, als Gemeindevorsteher sollte ich mit ihm sprechen.»

Keiner von ihnen wollte eingestehen, dass sie befürchteten, er könnte zu großzügig sein. Schließlich übernahm Paul Goodman die Erklärung: «In erster Linie habe ich Marty vorgeschlagen, weil er der Schatzmeister ist und es sich hier eindeutig um 'ne Geldsache handelt. Außerdem ist Marty im Finanzierungsgeschäft und genau im Bilde über Fragen, die mit steigenden Lebenshaltungskosten und diesen Dingen zu tun haben. Aber wenn nicht Marty, dann wärst du wohl der Letzte, den wir dafür haben möchten, gerade weil du Chairman bist. Marty oder wer auch sonst kann immer sagen, er muss sich vom Vorstand weitere Anweisungen holen oder er braucht dessen Zustimmung zu der getroffenen Abmachung. Aber Vorschläge, die der Chairman selber gemacht hat, müssten wir doch wohl oder übel unterstützen, jedenfalls wäre das sicher die allgemeine Ansicht. Und gesetzt den Fall, du versprichst was und bekommst dann von uns keine Rückendeckung, wärst du schön in der Bredouille, wenn du zum Rabbi zurückgehen und ihm sagen müsstest, dein Vorstand passt.»

«Na schön, von mir aus», sagte Raymond. «Also gehst du zum Rabbi, Marty, und handelst was aus.»

3

Miriam öffnete die Tür und führte Marty Drexler ins Wohnzimmer, wo der Rabbi saß. «Da es sich um eine Angelegenheit des Tempels handelt, Mr. Drexler, lasse ich Sie beide …»

«Nun, vielleicht wäre es besser, wenn Sie dabei sind, Mrs. Small», meinte Marty. «Wenn sich's bei mir im Geschäft um Belange der Familie dreht, zum Beispiel um ein Familiendarlehen, sage ich dem Kunden immer, er soll seine Frau mitbringen. Sie verstehen mich doch?»

«Natürlich, Mr. Drexler, wenn Ihnen das lieber ist.»

Der Rabbi war aufgestanden, wies mit einer einladenden Geste auf einen Sessel für den Besucher und setzte sich dann wieder. «Es hat also etwas mit unseren Familienfinanzen zu tun, Mr. Drexler?»

Marty Drexler lächelte, das strahlende Lächeln des Darlehenvermittlers. «Allerdings, das würde ich schon sagen. Wir haben im Vorstand beschlossen, Ihnen einen Vertrag zu geben. Bert Raymond hat mich als Ein-Mann-Kommission benannt, damit ich die kleinen Detailfragen und Finessen mit Ihnen bespreche.»

«Das ist sehr freundlich vom Vorstand», entgegnete der Rabbi liebenswürdig. Er lehnte sich im Sessel zurück und blickte zur Decke. «Ich hatte zwar bisher einen Vertrag für eine Vereinbarung zwischen zwei gleichberechtigten Parteien angesehen – jede hat etwas, was die andere haben möchte – und nicht für eine Gefälligkeit, die eine Partei der anderen erweist.»

Drexler war entschlossen, sich nicht zu ärgern. Er nickte. «Ja, damit haben Sie vermutlich Recht. Ich wollte sagen, ich bin hier, um den Vertrag auszuhandeln.»

«Und warum gerade jetzt?», fragte der Rabbi.

Drexler sah ihn vorwurfsvoll an. «Rabbi, wir sind doch erwachsene Männer und keine Kinder. Wir haben's kapiert. Sie schicken uns einen Brief und bitten um Beurlaubung. Ist doch klar, dass Sie wegen des Vertrages angebohrt haben. Schließlich sind wir alle Geschäftsleute. Gut, vielleicht haben wir die Sache zu sehr auf die lange Bank geschoben. Vielleicht haben wir auf unseren Hintern gehockt – Verzeihung, Mrs. Small –, anstatt uns ernstlich damit zu befassen. Um die Wahrheit zu sagen, das Ganze ist uns noch ziemlich neu. Wir hielten es einfach für 'ne Formsache. Gut, tut mir Leid; tut uns allen Leid. Aber jetzt zum Geschäft. Wie wär's, wenn Sie mir sagen, was Sie sich vorstellen, und dann sage ich Ihnen, was den anderen als fair vorschwebt. Und sollten sich da Differenzen ergeben, reden wir darüber. Und Sie sprechen bitte frisch von der Leber weg, Mrs. Small, denn es geht Sie ja wohl genauso an wie den Rabbi. Vielleicht sogar mehr. Ich sage immer, die Frau führt schließlich den Haushalt. Sie weiß, was eine Familie an Lebensmitteln braucht und was die kosten. Also ihr legt jetzt eure Karten auf den Tisch, und ich werde euch sagen, wie der Vorstand darüber denkt. Wir werden schon was ausknobeln, und falls das anders aussieht als das, was wir uns vorgestellt hatten, rede ich mit dem Vorstand darüber, bis wir uns geeinigt haben. Ein faires Angebot?»

«Durchaus fair, Mr. Drexler», entgegnete der Rabbi. Er zögerte und trommelte mit den Fingerspitzen auf die Sessellehne, während er seine Sätze formulierte. «Sie mögen es vielleicht nicht glauben, Mr. Drexler, aber als ich den Brief abschickte, war ich ausschließlich an einer Beurlaubung interessiert. Und das ist immer noch alles, woran ich interessiert bin. An den Vertrag habe ich dabei überhaupt nicht gedacht und glaube auch nicht, dass ich jetzt gewillt bin, mir darüber Gedanken zu machen. Ich habe um Beurlaubung gebeten, und genau das ist es, was ich möchte.»

Drexler war immer noch nicht überzeugt. Er konnte sich eine gewisse Bewunderung für das Verhandlungsgeschick des Rabbi nicht verkneifen. Er versuchte es auf eine andere Tour. «Gut, wenn Sie es so rum haben wollen, ich spiele mit. Denken wir also darüber nach und sehen wir, wohin es führt. Sie möchten beurlaubt werden, sagen Sie. In Ihrem Brief sprachen Sie von drei Monaten. Ist das immer noch Ihr Wunsch?»

Der Rabbi nickte.

«Sie wollen also für drei Monate weg. Bezahlten Urlaub, nehme ich an?»

«Das habe ich mir, ehrlich gesagt, noch nicht überlegt.» Der Rabbi dachte nach. «Nein, ich glaube nicht, dass ich unter diesen Umständen auf irgendein Entgelt Anspruch hätte.»

Drexler war verärgert. Wie feilscht man mit jemand, der nichts von einem will? Er hatte darlegen wollen, wenn die Gemeinde ihm drei Monate Gehalt zahlte, immerhin eine beachtliche Summe, müsste man sich darüber einigen, wie er das auszugleichen gedachte. Aber wenn er keine Bezahlung erwartete …

«Und wenn wir Ihr Gesuch um Beurlaubung ablehnen, Rabbi?»

Der Rabbi lächelte leicht. «Ich fürchte, das würde mich nicht zurückhalten.»

«Sie meinen, Sie würden kündigen?»

«Sie würden mir ja keine andere Wahl lassen.»

«Das heißt also, dass Sie bestimmt zurückkommen, wenn wir die Beurlaubung bewilligen?»

Der Rabbi war ehrlich bekümmert. «Ich weiß es nicht. Ich habe keine Ahnung, wie ich in drei Monaten denken werde oder was ich dann möchte.» Er lächelte. «Wer von uns weiß das schon?»

«Aber hören Sie, das bringt uns ziemlich in Verlegenheit. Ich meine, wir müssen doch jemand engagieren, der Sie während ihrer Abwesenheit vertritt, und wenn Sie nicht sicher sind, ob Sie zurückkommen …»

«Ich sehe Ihre Schwierigkeit, Mr. Drexler. Na gut, warum setzen wir nicht einfach voraus, dass ich zurückkomme? Wenn es dann so weit ist, können wir über einen Vertrag verhandeln, der für beide Seiten akzeptabel ist.» Er lächelte. «Wenn ich nicht komme, brauchen wir das natürlich nicht.»

Das Telefon klingelte.

Miriam eilte an den Apparat. Nach einem Augenblick sagte sie: «New York, David. Vermutlich deine Mutter. Am besten sprichst du vom Nebenanschluss.»

Der Rabbi entschuldigte sich und hastete aus dem Zimmer. Am Telefon sagte Miriam: «Hallo, Mutter. Alles in Ordnung? Danke, uns geht's gut … ja, Jonathan geht's auch gut … Ja, David ist da, er geht eben an den anderen Apparat.» Sie wartete auf das Klicken, das anzeigte, dass ihr Mann den Hörer abgenommen hatte. «Ich muss mich jetzt verabschieden, Mutter. Wir haben Besuch.» Sie legte auf und kehrte an ihren Platz zurück.

Nachdem sie sich bei Marty Drexler wegen der Unterbrechung entschuldigt hatte, fuhr sie fort: «Mein Mann ist seit über sechs Jahren in Barnard's Crossing, Mr. Drexler. In der ganzen Zeit hat er keinen richtigen Urlaub gehabt – nur gelegentlich ein freies Wochenende. Er ist erschöpft und überarbeitet. Er muss weg von seiner gewohnten Arbeit, damit er Gelegenheit zum Nachdenken bekommt. Glauben Sie, es ist leicht für mich, zusammenzupacken, auf drei Monate wegzugehen und von unseren Ersparnissen zu leben? Sie haben Recht, ich führe den Haushalt. Ich bin diejenige, die sich Sorgen über Ausgaben macht. Und diese Reise wird teuer – allein die Fahrtkosten …»

«Haben Sie eine Rundreise vor oder was in der Art?»

«Wir wollen nach Israel, nach Jerusalem.»

«Ach so. Hören Sie, Mrs. Small, wenn sich's um Israel dreht, also das kann ich verstehen. Ich meine, er ist doch Rabbi, natürlich muss er mal dort gewesen sein. Wahrscheinlich ist er der einzige Rabbi in der Gegend, der noch nicht in Israel war. Wissen Sie was, Don Jacobson – er sitzt im Vorstand – ist in der Touristikbranche. Ich wette, er kann da was arrangieren. Vielleicht eine dreiwöchige Rundreise mit ihrem Mann als Reiseleiter. Das kostet ihn dann keinen roten Heller. Ich spreche mit Jacobson.»

Der Rabbi kam bei den letzten Sätzen zurück. Er sagte zu Miriam: «Nichts Wichtiges.» Und zu Drexler: «Nett von Ihnen, dass Sie etwas arrangieren wollen, aber wir möchten eine Zeit lang dort leben, in Jerusalem, und keine Stippvisite als Touristen machen.»

«Sie wollen bloß nach Jerusalem? Keine Rundfahrt, keine Sehenswürdigkeiten? Und für drei Monate? Warum?»

Der Rabbi lachte kurz auf. «Die Begründung wird Ihnen vielleicht nicht zwingend vorkommen, Mr. Drexler, aber ich will versuchen, es ihnen zu erklären. *Pessach* ist eines unserer Hauptfeste. Wir feiern es nicht nur mit einem Gottesdienst, sondern mit einem durchdachten Ritual, damit sich uns seine

Lehre, die Philosophie, auf der unsere Religion basiert, einprägt.»

«Ach, Sie sind immer noch verärgert über unseren Beschluss, den Gemeinde-*Seder* ausfallen zu lassen? Also da gab es begründete finanzielle …»

«Nein, Mr. Drexler, ich bin nicht verärgert über den Beschluss des Vorstands», versicherte ihm der Rabbi. «Es gibt auf beiden Seiten gute Argumente, obwohl ich darauf hinweisen möchte, dass in dieser Frage der Rabbi der Gemeinde normalerweise konsultiert wird. Nein, ich wollte sagen, dass das Ritual mit einem frommen Wunsch endet: ‹Nächstes Jahr in Jerusalem.› Diesen Wunsch habe ich nun bei jedem *Pessach-Seder* am Schluss ausgesprochen, aber vergangenes Jahr war es für mich kein Wunsch, sondern ein Versprechen, eine religiöse Verpflichtung, wenn Sie so wollen.»

Drexler war beeindruckt und blieb in den restlichen Minuten seines Besuches gedämpft und respektvoll. Doch als er nach Hause kam, hatte sein angeborener Zynismus wieder die Oberhand gewonnen, und er antwortete auf die Frage seiner Frau nach dem Verlauf des Gespräches: «Er sagt, er möchte weg und eine Weile in Jerusalem leben. Für ihn ist das so was wie 'ne religiöse Verpflichtung. Wem will er damit was vormachen? Er ist einfach faul und möchte 'ne Zeit lang rumgammeln. Da spart er nun ein bisschen Geld, und jetzt will er's verpulvern.»

«Na, er kriegt doch wohl sein Gehalt …»

«Nein.»

«Was, ihr wollt ihm sein Gehalt nicht weiterzahlen?», fragte sie ungläubig.

«Hör mal, er lässt sich beurlauben. Kein Mensch zahlt jemand, der sich beurlauben lässt, das Gehalt weiter.»

«Ziemlich schofel, findest du nicht? Hat das der Vorstand beschlossen, oder war das deine Idee, Marty?»

«Sieh mal, Ethel, es ist nicht mein Geld, sondern das der Gemeinde. Als Schatzmeister ist es meine Pflicht, es in ihrem Sinne zu verwalten. Ich kann es doch nicht einfach zum Fenster rauswerfen, nur weil sich's um den Rabbi handelt. Außerdem war das sein Vorschlag.»

Sie antwortete nicht, weder jetzt noch später, als er während der Werbesendungen im Fernsehen gelegentlich Bemerkungen fallen ließ, wie: «Manche Männer haben's wirklich gut. Sie machen drei Monate blau, und ihre Frauen sagen auch noch Ja und Amen zu dem Blödsinn.» Und: «Wenn er's aus der eigenen Tasche bezahlt, hat er uns gegenüber natürlich keinerlei Verpflichtung. Wahrscheinlich schreibt er jetzt an Dutzende von Gemeinden und fragt nach wegen 'ner Stellung.»

Sie lagen bereits zu Bett, und er war gerade am Einschlafen, als sie sagte: «Weißt du, Marty, es ist sicher verrückt, ich weiß, aber irgendwie finde ich's auch nett.»

«Wovon redest du eigentlich?»

«Ich meine, wenn man seine Stellung hinschmeißt und einfach abhaut ...»

4

«Er hat gebeten, ihn drei Monate zu beurlauben, und das haben sie ihm bewilligt.» Harvey Kanter schwang ein Bein über die Sessellehne, fuhr sich durch das dichte eisengraue Haar und richtete die hervorstehenden blauen Augen auf seinen Schwager Ben Gorfinkle. «Was ist daran schofel?» Harvey war gute zehn Jahre älter als Gorfinkle, ein Fünfziger, und mit der älteren der beiden Schwestern verheiratet. Er neigte dazu, seinen Schwager zu begönnern, genau wie seine Frau ihre jüngere Schwester. Als Chefredakteur des *Times-Herald* von Lynn, einer Lokalzeitung, die Nachrichten von ernstester nationaler oder internationaler Bedeutung mit einem knappen Einspalter abhandelte, während sie der Vorstandswahl im örtlichen Frauenverein zwei Kolumnen widmete, vertrat er in seinen Leitartikeln die engherzigen, konservativen Ansichten der besitzenden Schicht und Wähler der Republikanischen Partei. Im Privatleben aber war er radikal, Atheist und durch und durch respektlos – vor allem, wenn es sich um die Beziehung seines Schwagers zur jüdischen Gemeinde von Barnard's Crossing handelte, die ihn überaus amüsierte.

«Aber ohne Bezahlung, und der Mann kann nicht viel Geld gespart haben.»

«Du hast doch gesagt, der Rabbi habe das ausdrücklich gewollt.»

«Ich sagte, Marty Drexler hat gesagt, dass er das wollte», berichtigte Ben.

«Und du meinst, dieser Drexler hat gelogen? Das ist doch der Geldverleiher, oder?»

«Great Atlantic Finance. Nein, ich glaube nicht, dass er gelogen hat. Das hätte rauskommen müssen. Aber jemand wie Marty Drexler könnte den Rabbi sehr wohl in eine Position hineinmanövrieren, wo ihm gar nichts anderes übrig bleibt, als auf die Bezahlung zu verzichten. Ungefähr so: ‹Wollen Sie damit sagen, Rabbi, dass Sie drei Monate frei nehmen möchten, und wir einen Stellvertreter engagieren und Sie auch noch bezahlen müssen – dafür, dass Sie nichts tun?› Das wäre ihm zuzutrauen.»

«Na ja, der Rabbi ist immerhin erwachsen und sollte imstande sein, selber seine Interessen zu vertreten.»

«Was Geld und Geschäft angeht, ist er tatsächlich sehr naiv.» Ben schüttelte den Kopf. «Einen Vertrag auf Lebenszeit und ein Sabbatjahr hätte er haben können. Der Vorstand hätte das bewilligt, wenn er's verlangt hätte.»

«Damit warst du einverstanden?» Harvey sah seinen Schwager an.

«Das hat ihm jedenfalls der Vorstand letztes Jahr anbieten wollen», entgegnete Ben. «Aber das war zu Ende der Amtsperiode, und weil's um einen Vertrag auf Lebenszeit ging, fanden wir, damit sollte sich der neue Vorstand befassen. Natürlich dachten wir, der neue Vorstand würde nicht viel anders aussehen als der alte. Jedes Jahr wird Spreu ausgesondert, verstehst du, und man nimmt ein paar neue Leute dazu, aber im Prinzip ändert sich nicht viel. Nur hat diesmal die Clique Raymond–Drexler 'ne ganz neue Vorschlagsliste aufgestellt, und sie sind damit durchgekommen.»

«Wie haben sie denn das gedeichselt?»

«Pass auf. Einmal war die Gemeinde Mitte vorigen Jahres ziemlich gespalten. Da gab's meine Clique und die von Meyer Paff. Wir hatten natürlich die Mehrheit, allerdings eine sehr kleine. Und dann sind unsere Kinder in den Schlamassel geraten. Das hat uns ziemlich durcheinander gebracht. Offen gestanden hatten wir danach kein großes Interesse daran, uns um die Führung in der Gemeinde zu reißen. Viele von uns hat die Geschichte quasi ernüchtert, glaube ich. Jedenfalls haben wir nicht übermäßig gekämpft.»

Der skeptische Blick seines Schwagers veranlasste Ben zu einer ausführlichen Begründung. «Wir waren der Meinung, wir brauchen uns gar nicht so sehr anzustrengen. Die Leute um Raymond–Drexler sind noch jung, dachten wir, unter fünfunddreißig, und alle verhältnismäßig neu in der Gemeinde – die meisten gehörten erst zwei oder drei Jahre dazu –, na, und da haben wir uns eben eingebildet, sie würden nicht weit kommen. Aber im Lauf der Jahre hat diese Altersgruppe in der Gemeinde an Zahl zugenommen. Wahrscheinlich gibt es jetzt mehr von ihnen als von uns Älteren. Die Kinder wachsen heran, die Leute setzen sich heutzutage viel früher zur Ruhe, es gibt 'ne Menge Gründe …»

Harvey sah immer noch nicht überzeugt aus. Ben legte sich ins Zeug:

«Der Tempel ist von Jake Wasserman und Al Becker und solchen Leuten ins Leben gerufen worden, als sie schon gut bei Jahren waren. Sie hielten auf Tradition, und deshalb war die

Synagoge wichtig für sie. Für Wasserman mal auf jeden Fall, er ist ein tief religiöser Mensch. Außerdem brauchten sie damals in der Gründungszeit Leute mit Geld. Man erwartete von ihnen, dass sie dauernd in die Tasche griffen, um eine Rechnung für Heizmaterial oder das Gehalt für einen Lehrer selber zu bezahlen, wenn in der Gemeindekasse Ebbe war. Sie bekamen dafür Schuldscheine von der Gemeindeverwaltung, aber meiner Meinung nach haben sie nie wirklich damit gerechnet, dass die Gemeinde je imstande wäre, ihnen das Geld zurückzuerstatten. Soviel ich weiß, stehen ein paar Beträge immer noch offen. Na ja, man musste schon ganz schön bei Jahren sein, um dieses Geld anzusammeln.»

«Stimmt», gab Harvey zu.

«Und als die Gemeinde sich dann zu stabilisieren begann, ich meine, als wir die laufenden Ausgaben bestreiten konnten, da kamen Leute wie Mort Schwarz ans Ruder. Etwas jungere Männer, aber immer noch ganz schön betucht. Damals hatten wir nämlich dauernd Spendensammlungen, und man konnte doch niemand drängen, 'ne große Schenkung oder 'ne Geldzusage zu machen, wenn man nicht selber ordentlich berappt hatte.»

Harvey zog übertrieben überrascht eine Augenbraue hoch. «Na, du hast doch für so was kein Geld. Oder hältst du das etwa geheim, Ben?»

Aber Gorfinkle reagierte nicht. «Ach, als meine Clique ans Ruder kam, war die Gemeinde völlig schuldenfrei», sagte er ernst. «Sie wollten jemand, der den Laden richtig schmeißen konnte, einen Verwaltungsfachmann und Geschäftsführer.»

«Was ist mit Raymond und Drexler? Sind sie nicht auch Verwaltungsspezialisten?»

Ben schüttelte den Kopf. «Nein, sie sind anders. Zunächst mal jünger. Und dann sind sie alle entweder Akademiker oder Geschäftsleute. Ich vermute, sie stehen sich durch die Bank recht gut, aber natürlich sind sie trotzdem auf Geld aus. Und für einen Rechtsanwalt wie Bert Raymond oder Paul Goodman ist es nützlich, ein großes Tier in so 'ner Organisation wie der Gemeinde zu sein. Da wird man auch bei Leuten bekannt, mit denen man sonst nie zusammenkommen würde. Sehr günstig für Wirtschaftsprüfer wie Stanley Agranat oder für die Ärzte und Zahnärzte, die zu der Clique gehören.»

«Mit anderen Worten, du meinst, sie sind nur wegen der Publicity dabei?», neckte ihn Harvey gutmütig. «Ganz anders als ihr zum Beispiel.»

Ben überhörte die Stichelei. «Nein, das wäre nicht fair. Sagen wir lieber so – sie achten auf so was. Außerdem wollen sie natürlich mitmischen, klar. Aus demselben Grund mischen sie auch in der Stadtverwaltung mit.»

«Also gut», sagte Harvey, der endlich ernst wurde. «Und aus welchem Grund haben sie deiner Meinung nach den Rabbi auf dem Kieker?»

Gorfinkle überlegte kurz. «Das ist ein bisschen schwierig zu erklären. Einmal ist er gleichaltrig, fünfunddreißig, und denkt trotzdem nicht so wie sie. Für Geld hat er kein besonderes Interesse, und an mehr Prestige liegt ihm auch nichts. Seitdem er hier ist, hat er ein paar ganz hübsch sensationelle Dinge gemacht, aber nie dafür um Publicity geworben. Nicht etwa aus Bescheidenheit – er ist nicht bescheiden –, sondern weil er so was nicht für wichtig hält. Bei einem Älteren würden sie das vielleicht hinnehmen, aber nicht bei einem Gleichaltrigen. Verstehst du?»

Harvey nickte. «Ich denke schon.»

«Und dann noch was. Der Rabbi weiß genau, was er will, und sagt alles, was er denkt – ohne Hemmungen.»

«Du meinst, er ist autoritär? Überheblich? Stur?»

«Nein. Allerdings hat es gelegentlich den Anschein, und vielleicht finden das manche auch.» Ben lachte trocken. «Ich gehörte auch einmal zu diesen Leuten.»

«Ich erinnere mich.»

«Aber es ist was anderes», fuhr Ben fort. «Der alte Jake Wasserman hat mal von ihm gesagt, er hätte so 'ne Art Radarstrahl für jüdische Tradition in seinem Kopf. Wenn die Gemeinde nach der einen oder anderen Seite ausschert, hört er einen Pfeifton. Dann weiß er Bescheid und treibt uns auf den rechten Weg zurück. Die Kinder auf der High School und im College, wie mein Stuie, sind ganz weg von ihm. Ich hab Stuie danach gefragt. Er hat mir erklärt, es läge daran, dass sie bei ihm genau wissen, woran sie sind. Soweit ich verstanden habe, schmeißt er sich nicht an sie ran und behandelt sie auch nicht von oben herab.»

«Ich glaube, ich kann mir jetzt ein Bild machen. Und was verursacht dir nun Kopfschmerzen?»

«Hm. Also einmal stimmen die Jungen nicht mit ab.»

«Ach so, du hast Angst, dieser Drexler und seine Freunde werden ihn hinausmanövrieren?» Harvey war bemüht, dem Gedankengang seines Schwagers zu folgen.

«Das, und … na ja …» Ben sah weg. «Also ich möchte nicht, dass er gekränkt wird.»

«Ist das alles?» Harvey lachte und stand auf. «Darüber brauchst du dir keine Sorgen zu machen. Solche Menschen, Menschen mit persönlicher Integrität, können durch Leute wie Drexler nicht gekränkt oder verletzt werden.»

5

Der junge Absolvent des Seminars kam eigentlich von Anfang an nicht ernstlich infrage. Zunächst – weshalb wollte er überhaupt herkommen? Warum sollte er bei dem großen Bedarf an Rabbis eine Vertretung übernehmen, wenn er eine feste Anstellung bekommen konnte?

«Er sagte, er möchte sich erst mal 'ne Zeit lang umschauen.»

«Na, und kann er das denn nicht in einer festen Stellung? Kein Mensch kann ihn mit Gewalt festhalten, wenn er nach

’ner Weile lieber woanders hingehen will! Ich sag euch, warum er auf diesen Job scharf ist: Es muss daran liegen, dass er keinen anderen kriegen kann. Und warum sollen wir uns um so jemand reißen? Außerdem hat er einen Bart. Das haben wir nötig – einen Rabbi mit Bart!»

«Und seine Frau – habt ihr die gesehen? Die Augen bemalt wie ein Waschbär und das Kleid gerade bis zum *pupek!*»

Rabbi Harry Shindler machte dagegen einen ganz anderen Eindruck. Ein Mittvierziger von gewinnender und trotzdem starker Persönlichkeit. Der Haupteinwand gegen ihn bestand darin, dass er seit Jahren kein Rabbinat mehr innegehabt hatte. Shindler erklärte das mit entwaffnender Offenheit. «Das lag an Folgendem: Als ich vom Seminar kam, bot man mir in einer großen Gemeinde in Ohio die Stellung als Mitarbeiter des Rabbi an. Es hieß, der Rabbi würde sich in ein bis zwei Jahren zur Ruhe setzen, dann könnte ich seine Stellung haben. Bitte, ich war nicht bloß Assistent. Ich hatte den Titel eines beigeordneten Rabbi. Mitte des zweiten Jahres wurde der Rabbi krank, und ich vertrat ihn in den restlichen Monaten. Ja, und als es dann Anfang des nächsten Jahres Zeit wurde, einen neuen Vertrag auszuhandeln, erklärte eine Gruppe im Vorstand, sie brauchten einen älteren Mann, aber ich könnte als Assistent bei gleichem Gehalt bleiben. Es war tatsächlich ein Ein-Mann-Job, und sie ließen mich nur einspringen, weil der Rabbi es eben aus Gesundheitsrücksichten nicht machen konnte.

Nun hat ein Mann doch in erster Linie Verpflichtungen seiner Familie gegenüber – ich meine, ich hatte Frau und Kinder –, und das Gehalt als Assistent des Rabbi reichte einfach nicht aus. Eins möchte ich allerdings mit aller Deutlichkeit sagen – es lag nicht an der Gemeinde. Und den Vorstand traf auch keine Schuld. Es war eben eins von den Missverständnissen, die gelegentlich vorkommen. Vielleicht war es auch meine Schuld, weil ich nicht alles schwarz auf weiß fixiert habe, die Gemeinde jedenfalls halte ich nicht für verantwortlich.»

Diese beharrliche Beteuerung, die Gemeinde sei nicht im Unrecht, machte auf die Kommission großen Eindruck.

«Und so nahm ich den Job als Verkäufer an und habe es keine Sekunde bereut. Manchmal glaube ich sogar, es wäre gar nicht schlecht, wenn sämtliche Absolventen des Seminars ein bis zwei Lehrjahre in einem kaufmännischen Beruf ableisteten, damit sie sich eine Vorstellung machen können, wie die Mitglieder ihrer Gemeinde denken, was sie beschäftigt, was sie ärgert, was für Probleme sie haben. Ich glaube, die meisten Rabbis haben keinen Kontakt zum täglichen Leben, und das heißt von meinem Standpunkt aus – keine Beziehung zur Realität.»

«Wie meinen Sie das, Rabbi?»

«Nehmen Sie die Sache mit unseren Feiertagen. Vorwiegend sind es zwei, und die meisten Rabbis legen ziemlichen Wert darauf, dass der zweite eingehalten wird. Da ich selber im Geschäftsleben stand, weiß ich, dass es manchmal fast unmöglich ist, den zweiten Feiertag freizunehmen. Also kann ich es verstehen und nachfühlen, wenn eins der Gemeindemitglieder, etwa ein großer Geschäftsmann, beim besten Willen am zweiten Tag nicht in die Synagoge gehen kann. Und ich mache ihm das nicht zum Vorwurf. Ich vertrete nicht den Standpunkt, weil er vielleicht dem Gemeindevorstand angehört, müsse er nun unbedingt an beiden Tagen erscheinen.»

Allgemeines beifälliges Nicken. Dadurch ermutigt, fuhr Rabbi Shindler fort: «Ich hatte mich entschlossen, die Probe aufs Exempel zu machen. Wenn Gott mich berief, ihm dadurch zu dienen, dass ich mich kaufmännisch betätigte, würde ich so lange dabeibleiben, bis ich Erfolg hatte. Ich arbeitete schwer und scheue mich nicht zu sagen, dass ich oft daran dachte, in die Sicherheit und Geborgenheit des Rabbinats zurückzukehren. Doch dann fand ich, das wäre gleichbedeutend mit dem Eingeständnis meiner Niederlage. Als ich zum stellvertretenden Generaldirektor des Gebiets Nordost-Ohio befördert wurde, fand ich, dass ich meine Zeit abgedient hätte und noch mehr. Jetzt könnte ich wieder ein Rabbinat übernehmen, ohne das Gefühl haben zu müssen, ich täte es nur, weil ich im Geschäftsleben versagt hätte. Und ich stehe nicht an, Ihnen, Gentlemen, zu erklären, dass ich wesentlich mehr Geld machen könnte, wenn ich bei der National Agrochemical Corporation bliebe, als ich je als Rabbi zu verdienen hoffen kann. Aber das Rabbinat ist meine eigentliche Aufgabe. Meiner Meinung nach bin ich dazu berufen, und deshalb interessiere ich mich für diese Position.»

«Aber Sie sind doch aus allem heraus; Sie waren weg …»

«O nein, das stimmt nicht. Manchmal denke ich, dass ich nach meinem Ausscheiden aktiver war als in der Zeit, in der ich meine offiziellen Pflichten als Rabbiner wahrgenommen habe. Ich war Präsident der lokalen zionistischen Gesellschaft. Faktisch habe ich sie sogar mit ins Leben gerufen. Und ich war drei Jahre lang stellvertretender Vorsitzender in der Etatkommission der Gemeinde. Das steht alles in meinem Lebenslauf. Ich war im Vorstand des Ökumenischen Komitees – einer Vereinigung, die bessere Beziehungen zwischen Juden, Katholiken und Protestanten herstellen möchte. Ich gehörte dem Inspektionsausschuss von Slocumbe General an – das ist das städtische Krankenhaus. Außerdem war ich drei Jahre lang Ausschussvorsitzender der *Kiwanis Bible Study Class,* die jeden zweiten Donnerstag, Sommer wie Winter, zusammenkommt. Sie, Gentlemen, können sich sicher vorstellen, wer in dieser Gruppe der Wortführer war. Schließlich brauche ich Ihnen wohl nicht zu erzählen, was als Erstes in mein Gepäck kommt, wenn ich verreisen muss – selbstverständlich mein *Tallit* und meine *Tefillin.* Denn als ich meine Stellung als Rabbi aufgab, habe ich keineswegs darauf verzichtet, ein guter Jude zu sein. Ich wollte, ich hätte fünf Cent für jedes Mal, wo ich in irgendeiner Kleinstadt beim *Minjan* den Vorbeter gemacht habe, und für die vielen Male, wo man mich bat, eine kleine Predigt zu halten. In den Kleinstädten im Nordosten von Ohio war ich als der ‹Reisende Rabbi› bekannt. Und natürlich habe ich aus angeborener Neigung die ganze Zeit über meine Studien weiterbetrieben», fügte er hinzu, um das Bild eines mustergültigen Rabbi abzurunden.

Die Kommission war sehr angetan von Rabbi Shindler. Doch als sie später über ihn sprachen, tauchten neue Gedanken und Gesichtspunkte auf. Nicht dass sie seine Fähigkeiten als Prediger bezweifelten; sie waren mehr als zufrieden mit den Tonbändern seiner Predigten, die er ihnen als Arbeitsproben geschickt hatte. Sie waren sogar vor allem dadurch bewogen worden, ihn kommen zu lassen. Auch an dem Eindruck, den er im Gespräch gemacht hatte, konnten sie nichts aussetzen. Er war freimütig, gelassen und aufrichtig gewesen, wie ein guter Verkäufer, der an seine Ware glaubt und sich der Mühe unterzogen hat, seinen Auftritt gründlich vorzubereiten.

«Natürlich müssten wir bei seiner Gemeinde rückfragen …»

«Ich weiß nicht, ob wir da viel erfahren werden, immerhin ist er seit acht Jahren weg. Wahrscheinlich sind gar nicht mehr die gleichen Leute da.»

«Na ja, aber wenigstens sollten wir versuchen, bei National Agrochemical Auskünfte über ihn zu kriegen», schlug Drexler vor.

«Das können wir nicht machen, Marty», widersprach Raymond. «Er arbeitet ja noch für sie. Und wenn sie merken, dass er sich nach einer anderen Stellung umsieht … Du weißt, wie diese Firmen sind.»

«Aber wir können ihn doch nicht einfach auf seine eigenen Aussagen hin nehmen. Die ganze Geschichte könnte ja erfunden sein», beharrte Drexler.

«Wir wissen jedenfalls vom Seminar, dass er ein Rabbi ist. Stimmt's? Weiter wissen wir, dass er predigen kann, dafür haben wir die Tonbänder. Und wir sind uns alle einig, dass er einen guten Eindruck macht.»

«Alles richtig. Aber da gibt's etwas, das mich stört», sagte Arnold Bookspan. «Diese Tonbänder, die wurden doch direkt in der Synagoge aufgenommen, oder? Wieso eigentlich?»

«Was meinst du damit?»

«Ich meine, warum sollte ein Rabbi seine Predigt auf Tonband nehmen?»

«Na ja, viele Rabbis wollen eben eine Aufzeichnung haben.»

«Sicher, aber das machen sie doch zuerst mal schriftlich. Wenn er seine Predigten auf Tonband aufgenommen hat, dann hat er vielleicht schon damals 'ne Stellung gesucht und wollte die Bänder an eventuell interessierte Gemeinden schicken.»

«Da ist was dran, Arnold.»

«Stimmt, aber vielleicht war das Ganze auch gegen Ende seiner Zeit dort, als er sich nach was Neuem umsah», meinte Barry Meisner, der in der Versicherungsbranche war, «und das wäre in meinen Augen durchaus in Ordnung. Ich sage euch offen, ich bin für den Knaben. Ich würde genauso handeln wie er, das sehe ich direkt vor mir. Bei mir hat's auch Situationen gegeben, wo ich ein Geschäft in Aussicht hatte, und das ging dann durch ein Missverständnis, an dem eigentlich keiner schuld war, in die Binsen. Was blieb mir dann anderes übrig, als die ganze Sache noch mal neu zu überdenken und von 'ner ganz anderen Ecke her ranzugehen? Das haben wir doch alle schon mal erlebt. Und dann macht man auf die neue Tour weiter, und sehr oft entwickelt sich die Geschichte sogar besser, als wenn's nach dem ursprünglichen Konzept gegangen wäre. Deshalb kann ich mich auch gut in seine Lage versetzen. Ich kann mir genau vorstellen, wie ich mir alles austüftele, um mich in dieser Versammlung hier richtig einzuführen. Ja, ich hätte mir so ziemlich die gleiche Marschroute wie er zurechtgelegt.»

«Hm, vielleicht ist es gerade das, was mich stört», beharrte Bookspan. «Ich meine, es ist schon so, wie du sagst. Wenn ich irgendeinem großen Laden, bei dem ich noch nie vorgesprochen habe, ein paar hundert Regenmäntel verkaufen wollte, würde ich's auch auf die Tour machen. Und dann hoffentlich ebenso geschickt wie dieser Knabe.»

«Na und?»

«Na, das ist gerade die Schwierigkeit bei ihm – er ist genau wie wir.»

«Also sind wir wieder da, wo wir angefangen haben. All das kostet Zeit, und die haben wir nicht allzu reichlich», bemerkte Raymond. Die Jungen waren zwar das Salz der Erde, aber manchmal schwer zu einer Entscheidung zu bewegen, vor allem wenn er versuchte, völlige Übereinstimmung zu erzielen. Uneinigkeit, bei der eine Gruppe die andere niederstimmte, hatte seiner Meinung nach nur Ressentiments zur Folge.

«Stimmt schon, aber wir können doch nicht einfach irgendjemand nehmen», sagte Bookspan.

«Warum eigentlich nicht? Es ist doch nur für drei Monate.»

«Es könnte aber auch für sehr viel länger sein, wenn der Rabbi beschließt, nicht zurückzukommen.»

Jetzt sah sich Geoff Winer veranlasst, einzugreifen. Er hatte seine Firma, Winer Electronics, erst vor kurzem in der Gegend etabliert. Bert Raymond hatte die juristischen Angelegenheiten für ihn erledigt und ihn bewogen, der Gemeinde beizutreten. «Hört mal zu, Leute, ich bin noch neu hier, aber glaubt ja nicht, dass ich eure Aufforderung nicht zu schätzen weiß, in dieser Kommission zu sitzen. Ich bin nur der Meinung, wenn ihr mir das nicht übel nehmt, weil ich doch neu bin und so weiter – also ich finde, wir packen die Sache falsch an. Ich will damit sagen, wir suchen nach dem falschen Mann. Nehmt ihr einen jungen Rabbi, dann muss was bei ihm nicht in Ordnung sein, sonst würde er sich nicht für eine Vertretung interessieren, bei der er nicht mal weiß, wie lange sie dauert. Und ein

Mann in mittleren Jahren hätte wiederum eine Stellung und würde sie nicht aufgeben, um einen zeitlich befristeten Job anzunehmen, es sei denn, er ist keine Leuchte und befürchtet, rausgeschmissen zu werden. Deshalb finde ich, wir sollten uns nach einem älteren Mann umsehen.

Der Rabbi der Synagoge in Connecticut, in die ich immer gegangen bin, solange ich dort wohnte, ist gerade in den Ruhestand getreten. Er war dreißig Jahre lang in derselben Gemeinde und hat mich übrigens getraut. Man hat ihn sozusagen emeritiert. Ihr dürft euch aber unter Rabbi Deutch keinen alten Knacker vorstellen, der am Stock geht. Er ist fünfundsechzig und spielt besser Golf als ich.»

«Hat er 'nen Akzent oder so? Ich meine, spricht er gut Englisch, oder gehört er zu denen von der alten Schule?», erkundigte sich Drexler.

«Ob sein Englisch gut ist? Ich wünschte, ich würde so sprechen wie er. Er ist hier geboren und sein Vater auch. Ich glaube, sogar sein Großvater, vielleicht ist der aber auch als kleines Kind hergekommen. Er ist mit den Deutchs aus New York verwandt, ihr wisst schon, den Bankiers.»

«Wieso ist er dann Rabbi geworden? Wieso ist er nicht ins Bankgeschäft eingestiegen?» Drexler stellte die Frage, die sich auch den meisten aufgedrängt hatte.

«Wozu wollen wir da lange drumrumreden – solche Leute gibt's eben. Das ist so was Ähnliches wie ein Kreuzzug, versteht ihr ...»

«Und wie sieht's mit der Rabbitzin aus?»

Winer krümmte Daumen und Zeigefinger zu einem Kreis, womit er vorbehaltlose Zustimmung ausdrücken wollte. «Ihr könnt mir glauben, die Rabbitzin ist wirklich Klasse. Sie war in Wellesley, vielleicht war's auch Vassar oder Bryn Mawr – jedenfalls auf einem von den besten Frauencolleges. Und noch was – sie ist eine Stedman, Tatsache.»

«Was heißt das – eine Stedman?»

«Dan Stedman. Nie von ihm gehört?»

«Du meinst den Kommentator? Im Fernsehen?»

«Richtig. Das ist ihr Bruder.»

«Klingt nicht schlecht», meinte Raymond. «Könntest du ihn anrufen und mit ihm vereinbaren, dass er mal herkommt? Dann können wir ihn uns ansehen und ihm auf den Zahn fühlen. Vielleicht könnte er einen Gottesdienst am Freitagabend übernehmen?»

«Ähem.» Winer schüttelte den Kopf. «Einen Mann wie Rabbi Deutch fordert man nicht zu einer Probepredigt auf. Wenn ihr interessiert seid, könnte ich mal auf den Busch klopfen. Ist er dann interessiert, könnten wir ja hinfahren, ihn uns anschauen und mit ihm reden.»

6

Plötzlich waren die Smalls überaus gefragt. Leute, die sie kaum kannten, fanden einen Vorwand, bei ihnen hereinzuschauen – ihnen einen sicheren, angenehmen Flug zu wünschen, aber vor allem einen sicheren. «Eigentlich wollten wir auch um diese Zeit fahren, aber meine Frau meint, wir sollten doch lieber abwarten, bis sich die Lage ein bisschen beruhigt hat – 'n Mensch könnte ja verletzt werden, wenn eine von diesen Bomben explodiert (selbstbewusstes Kichern) –, und da haben wir uns entschlossen, stattdessen auf die Bermudas zu fliegen.»

Sie gaben ihnen Namen und Adressen von Leuten, die sie aufsuchen sollten. «Ich hab ihn vor vier Jahren kennen gelernt, als ich dort war. Er hat einen sehr wichtigen Forschungsauftrag an der Universität. Einer von den maßgeblichen Männern drüben. Ich schreib ihm, dass Sie kommen. Rufen Sie ihn gleich an, ja?»

Sie zeigten ihnen das Programm der Reise, die sie im vergangenen Jahr gemacht hatten; dazu Farbdias und Fotos von sämtlichen Stätten, die sie besichtigt hatten. Unter gar keinen Umständen dürften die Smalls auch nur einen von diesen Höhepunkten versäumen. «Das hier hab ich an einem etwas diesigen Tag aufgenommen, deshalb kriegen Sie nicht den vollen Effekt mit, Rabbi, aber ich sag Ihnen, die Aussicht ist atemberaubend. Und dann müssen Sie unbedingt …»

Meyer Paff, eine der Säulen der Gemeinde, suchte die Smalls auf. Er war ein Hüne von einem Mann mit einem großflächigen Gesicht. Seine Wurstfinger umspannten die Hand des Rabbi mit festem Druck, als er ihn begrüßte. «Hören Sie auf meinen Rat, Rabbi. Lassen Sie sich bloß nicht in die Besichtigungstouren reinhetzen. Ich war schon viermal drüben. Beim ersten Mal haben sie mich vom frühen Morgen bis in die späte Nacht rumgejagt. Nach der ersten Woche hab ich erklärt, ich setze keinen Fuß mehr aus dem Hotel. Und das hab ich auch die übrigen Male gemacht. Ich bin im Hotel geblieben, hab am Swimmingpool gehockt und Karten gespielt. Meine Frau, die wollte natürlich was sehen. Bei jeder passenden und unpassenden Gelegenheit hat sie eine von diesen Touren gebucht. Sie soll ruhig fahren, hab ich ihr gesagt, und mir nachher alles erzählen. In keinem andern Land würde ich daran denken, sie allein losziehen zu lassen, aber in Israel hat man das Gefühl, es kann nichts passieren. Da sind immer irgendwelche Damen von der Hadassa, und wenn sie sie auch nicht kennt, so kennt sie doch wenigstens jemand, den die kennen. Das ist wie ’ne Familie. Und ich sag Ihnen was – kurz vor dem Rückflug hab ich mir ’nen Haufen Dias von den verschiedenen Orten gekauft. Und wenn mich die Leute fragten: ‹Das hast du doch bestimmt gesehen, nicht wahr?›, hab ich geantwortet: ‹Worauf du dich verlassen kannst.› Phantastisch. Ich hab ein paar einmalige Aufnahmen davon gemacht.»

Ben Gorfinkle besuchte ihn. «Ich hab mit meinem Schwager gesprochen. Sie wissen doch, er ist Chefredakteur vom *Times-Herald.* Er dachte, vielleicht sind Sie daran interessiert, ein paar Artikel für die Zeitung zu schreiben.»

«Aber ich bin doch kein Reporter», meinte der Rabbi.

«Ich weiß. Er hat sich auch eher was mit Atmosphäre, persönlichen Eindrücken und Beobachtungen, Lokalkolorit und so vorgestellt. Natürlich könnte er nur das normale Zeilenhonorar zahlen. Keine Ahnung, wie viel das ist – wahrscheinlich nicht gerade üppig, und natürlich kann er nicht versprechen, was zu drucken, bevor er's gesehen hat. Aber in meinen Augen ist es wichtig, dass Ihr Name im Gespräch bleibt.»

«Ich verstehe», sagte Rabbi Small. «Na, danken Sie ihm bitte in meinem Namen. Und Ihnen danke ich auch.»

«Machen Sie's?», erkundigte sich Ben hoffnungsvoll.

«Das kann ich erst entscheiden, wenn ich dort bin.»

«Wirklich, ich finde, Sie sollten es versuchen, Rabbi», sagte Gorfinkle, der seine Enttäuschung kaum verbergen konnte.

«Ich verstehe, Mr. Gorfinkle.»

Jacob Wasserman, der über siebzigjährige Begründer des Tempels, etwas schwächlich schon und mit pergamentartiger Haut, kam ihn besuchen. «Gescheit von Ihnen, jetzt zu fahren, Rabbi, solange Sie jung sind und es genießen können. Mein ganzes Leben lang hab ich mir fest vorgenommen, nach Israel zu gehen, und immer kam was dazwischen, sodass ich nicht weg konnte. Und jetzt, wo ich praktisch ständig unter ärztlicher Aufsicht bin, ist's zu spät.»

Der Rabbi führte ihn zu einem Sessel und machte es ihm bequem.

«Sie haben dort auch Ärzte, Mr. Wasserman.»

«Sicher. Aber für eine solche Reise braucht es mehr als nur den Wunsch. Da muss man mit dem ganzen Herzen dabei sein. Und so, wie's jetzt mit mir steht, ist ein kleiner Spaziergang oder eine Stunde Autofahrt mit meinem Sohn oder ein Besuch von Becker schon genug. Aber ich bin glücklich, dass Sie fahren.»

Der Rabbi lächelte. «Also gut, ich werde versuchen, es für uns beide zu genießen.»

«Fein, Sie sind dann mein Abgesandter. Sagen Sie mir, Rabbi, kennen Sie diesen Mann, der Sie vertreten soll, diesen Rabbi Deutch?»

«Ich bin ihm nie begegnet, hab aber von ihm gehört. Er hat einen sehr guten Ruf. Nach dem, was ich weiß, kann sich die Gemeinde glücklich schätzen, ihn zu bekommen.»

Der alte Mann nickte. «Vielleicht wäre jemand weniger Gutes besser gewesen.»

«Wie meinen Sie das, Mr. Wasserman?»

«Na ja, es gibt Parteien, Cliquen, was brauche ich Ihnen zu erzählen?»

«Ja, ich weiß», sagte der Rabbi ruhig.

«Und wie lange bleiben Sie?»

«Drei Monate auf jeden Fall. Vielleicht länger.»

Wasserman legte die blaugeäderte Hand auf Smalls Arm. «Aber Sie kommen zurück?»

Der Rabbi lächelte. «Wer kann wissen, was morgen geschieht, geschweige denn in drei Monaten?»

«Aber im Augenblick haben Sie vor, zurückzukommen?»

Seine Beziehung zu dem alten Mann war so, dass er ihm weder ausweichen noch ihn beschwindeln konnte. «Ich weiß es nicht», antwortete er. «Ich weiß es wirklich nicht.»

«Aha, das habe ich befürchtet», sagte Wasserman.

Hugh Lanigan, der Polizeichef von Barnard's Crossing, erschien. «Gladys hat mich gebeten, ein kleines Geschenk für Ihre Frau vorbeizubringen.» Er legte ein hübsch eingewickeltes Päckchen auf den Tisch.

«Darüber wird sich Miriam bestimmt sehr freuen.»

«Und hören Sie, falls Sie sich Sorgen machen, weil das Haus die ganze Zeit über leer steht … ich hab veranlasst, dass die Patrouille und der Streifenwagen alles regelmäßig kontrollieren.»

«Herzlichen Dank, Chief. Ich hatte vor, einen Schlüssel im Revier vorbeizubringen und Bescheid zu sagen, wenn wir losfahren.»

«Ich glaube, irgendwann mussten Sie diese Reise machen.»

«Müssen?» Der Rabbi machte ein erstauntes Gesicht.

«Na ja, ich meine wie ein Priester, der nach Rom fährt.»

«Ach so. Das stimmt schon in etwa, es ist nur noch mehr dran. Tatsächlich ist es bei uns ein religiöses Gebot, und zwar für alle Juden, nicht nur für Rabbiner.»

Lanigan konnte noch nicht ganz folgen. «Wie ein Mohammedaner, der nach Mekka geht?»

«N-nein, nicht direkt. Es sind keine besonderen Gnadenwirkungen damit verbunden, keine besonderen religiösen Gesichtspunkte.» Er überlegte. «Es zieht einen einfach dort hin, so etwa wie ich mir vorstelle, daß es eine Brieftaube zu ihrem Ausgangspunkt zieht.»

«Ich verstehe», sagte der Polizeichef. «Aber vermutlich hat nicht jeder von Ihnen dieses Gefühl, sonst würden doch viel mehr hinfahren.»

«Viele Brieftauben kehren auch nicht zurück, nehme ich an.» Er versuchte es noch einmal. «Schauen Sie, unsere Religion ist nicht einfach ein System aus Glauben oder Ritual, das jeder annehmen kann. Sie ist vielmehr eine Lebensform und zudem irgendwie mit den Menschen selbst verflochten, mit den Juden als Volk. Und beides, die Religion und die Menschen, sind irgendwie mit Israel verbunden und insbesondere mit Jerusalem. Und das ist kein zufälliges historisches Interesse. Ich will damit sagen, es ist für uns nicht nur von Bedeutung, weil wir zufällig von dort kommen, sondern vielmehr, weil es der besondere, uns von Gott zugewiesene Ort ist.»

«Sie glauben daran, Rabbi?»

Der Rabbi lächelte wieder. «Ich muss es glauben. Es nimmt einen so großen Raum in unseren religiösen Überzeugungen ein, dass ich, wenn ich daran zweifelte, auch an allem Übrigen zweifeln müsste. Und wenn an dem Übrigen Zweifel bestünden, wäre unsere gesamte Geschichte sinnlos gewesen.»

Lanigan nickte. «Das klingt plausibel.» Er streckte ihm die Hand hin. «Ich hoffe, Sie finden dort das, was Sie suchen.» An der Tür hielt er inne. «Ach ja, wie kommen Sie eigentlich zum Flugplatz?»

«Ich denke, wir nehmen ein Taxi.»

«Ein Taxi? Aber das kostet Sie doch zehn Dollar oder noch mehr. Hören Sie, ich komme vorbei und fahre Sie zum Flughafen.»

Als er später Miriam davon erzählte, sagte er: «Merkwürdig, dass von all den Leuten, die mich besucht haben, ausgerechnet der einzige Christ angeboten hat, uns zum Flugplatz zu bringen.»

«Er ist wirklich ein lieber, guter Freund», meinte Miriam. «Aber die anderen dachten wahrscheinlich, du hättest bereits alles geregelt.»

«Trotzdem war er der Einzige, der daran gedacht hat zu fragen.»

7

Während sie seinen Mantel im Wandschrank in der Diele aufhängte, wanderten seine Augen durch das Zimmer. Er suchte irgendeinen Hinweis auf einen Mitbewohner – nach einer Pfeife im Aschenbecher, einem Paar Hausschuhe neben dem Sessel. Natürlich war er nach all den Jahren nicht etwa eifersüchtig auf seine ehemalige Frau, sagte sich Dan Stedman, sondern lediglich neugierig. Wenn sie sich einen Liebhaber nehmen wollte, so ging ihn das nichts an. Er hatte seit ihrer

Scheidung bestimmt nicht im Zölibat gelebt. Sie bedeute ihm jetzt gar nichts mehr, redete er sich ein, und trotzdem hatte er den Besuch bei ihr sicherheitshalber bis heute aufgeschoben, seinem letzten Tag in den Staaten. Dabei hielt er sich schon eine Weile in der Stadt auf. Als er die Treppe zu ihrer Wohnung hinaufstieg, spürte er das aufflammende Interesse, die Erregung bei dem Gedanken, sie gleich zu sehen.

Sie folgte ihm ins Wohnzimmer. Sachlich stellte er fest, dass sie immer noch attraktiv war. Hoch gewachsen und schlank, das kurz geschnittene Haar hinter die Ohren zurückgebürstet, frische Farben – nein, sie sah nicht wie fünfundvierzig aus. Als sie um den Tisch herumging und sich ihm gegenüber hinsetzte, registrierte er, dass sie zu den wenigen Frauen gehörte, die Hosen tragen konnten. Sie stand sofort wieder auf und ging zum Sideboard.

«Einen Drink?», fragte sie.

«Einen kleinen Gin.»

«Mit Eis, glaube ich?»

«Richtig.»

Während sie einschenkte, musterte sie ihn ungeniert. Er sah immer noch hervorragend aus, fand sie, aber auch etwas vernachlässigt. Seine Hose war an den Knien ausgebeult – sie hätte dafür gesorgt, dass sie gebügelt wurde –, und die Manschetten wirkten ausgefranst – sie hätte das bemerkt und darauf bestanden, dass er ein anderes Hemd anzog, bevor er wegging.

«Ich hab unentwegt bei dir angerufen. Mindestens ein Dutzend Mal. Und dann hab ich beschlossen zu schreiben.»

«Ich war ein paar Tage bei Betty in Connecticut. Bin erst gestern Nacht zurückgekommen», schwindelte er.

«Wie geht's ihr? Ich müsste ihr schreiben.»

«Es geht ihr gut.»

«Und Hugo?»

«Soweit alles in Ordnung, nehme ich an. Er ist jetzt im Ruhestand.»

«Ach ja, ich erinnere mich, du hast letztes Mal erwähnt, dass er das vorhat. Gefällt es ihm?» Sie reichte ihm seinen Drink und setzte sich ihm gegenüber auf einen geradlehnigen Stuhl.

Er grinste. «Nicht sonderlich. Er hatte sich eine Unmenge vorgenommen für diese Zeit. Aber du weißt ja, wie so was läuft. Solange er mit dem Tempel beschäftigt war, hatte er eine Ausrede, und jetzt weiß er nicht, wie er mit all den Projekten anfangen soll, die sich im Laufe der Jahre angesammelt haben. Für Betty ist es sogar noch schwieriger. Er ist ihr dauernd im Weg.»

«Armer Hugo.»

«Aber er hat eine neue Stellung angenommen, da wird's nicht mehr so schlimm. In Massachusetts, Vertretung eines Rabbi, der auf ein paar Monate nach Israel geht. Es besteht sogar die Aussicht, dass man ihn bittet zu bleiben.»

«Oh, das ist gut.» Sie fixierte ihn über den Glasrand hinweg. «Und wie ist's dir immer ergangen?»

«Bestens. Du weißt, dass ich vom Funk weg bin?»

«Ich hab's gehört. Wieder Ärger mit Ryan?»

«Nicht direkt.» Er stand auf und begann im Zimmer auf und ab zu wandern. «Ich hatte einfach die Nase voll. Was ist das für ein Leben – du rast durch die Gegend, manchmal um die halbe Welt, nur um Nachrichten zu senden, die deine Hörer schon in ihren Zeitungen gelesen haben!»

«Aber du hast doch auch Neues gebracht», wandte sie ein. «Du hast wichtige Leute interviewt, hohe Regierungsbeamte.»

«Sicher», entgegnete er kurz. «Und sie haben nie etwas geäußert, das man nicht längst als offizielle Regierungspolitik kannte.» Er setzte sich wieder. «Ich habe einen Job beim Schulfernsehen in Aussicht. Liegt zwar auf derselben Linie, aber man hat viel mehr Freiheit zu kommentieren und Zusammenhänge aufzuzeigen. Und in der Zwischenzeit schreibe ich ein Buch für Dashiel and Stone.»

«Wunderbar. Hast du einen anständigen Vorschuss bekommen?»

Typisch für sie, dachte er, zuerst nach den finanziellen Vereinbarungen zu fragen und nicht nach dem Thema. «Es reicht kaum zur Deckung der Spesen.»

«Ach.»

«Es dreht sich um ein Buch über öffentliche Meinung», fuhr er fort, «über das, was der Mann auf der Straße wirklich denkt.»

«Das hast du doch alles schon im Fernsehen gemacht.»

«Nein.» Er erwärmte sich jetzt für den Gegenstand. «Damals wussten die Leute, dass sie interviewt wurden. Aber ich verwende ein Mikrophon am Revers und ein Taschentonbandgerät. Nehmen wir an, ich bin in einem Restaurant, und das Paar am Nebentisch hört sich interessant an. Ich stelle einfach das Tonband an und nehme ihre Unterhaltung auf. Nachher kann ich's abspielen und auswerten, wie's mir passt.»

«Das gibt sicher ein interessantes Buch», meinte sie höflich.

Er trank aus und stellte das Glas auf das Tischchen neben seinem Sessel.

«Noch einen?», fragte sie.

«Nein, ich glaube nicht. Danke.» Er lehnte sich zum ersten Mal entspannt zurück und schaute sich um. «Ich brauche nicht zu fragen, wie's dir geht. Du siehst wunderbar wie immer aus.»

Mit einem schnellen, prüfenden Blick suchte sie zu ergründen, ob hinter dieser Bemerkung mehr steckte als liebenswürdige Galanterie. «Ich muss ziemlich schuften», sagte sie.

«Da kann ich nur sagen, es bekommt dir, Laura.» Er wies mit dem Kopf zur Wand. «Ein neues Bild, nicht wahr?»

«Hm. Ein Josiah Redmond. Er entwirft eine Titelseite für uns. Das Bild gehört mir nicht – noch nicht. Ich möchte es erst mal eine Weile hier hängen haben und dann sehen, ob ich es kaufe.»

Er kannte Redmond dem Namen nach. Er jagte dem Erfolg

nach, beruflich und privat, und seine Bilder waren teuer. Stedman wollte sie scherzhaft fragen, ob sie es mit dem Maler genauso mache wie mit dem Bild, unterließ es jedoch lieber. Es würde schroff und bitter herauskommen, das wusste er. Zudem konnte sie es sich sehr wohl leisten, das Gemälde auf die übliche Weise zu erwerben. Als Ressortchefin von *Co-ed* musste sie ein gutes Gehalt beziehen. Deshalb nickte er nur und konzentrierte sich auf das Bild, während er darauf wartete, dass sie ihm sagte, warum sie ihn brieflich so dringend um eine Zusammenkunft gebeten hatte.

«Ich *muss* dich sehen», hatte sie geschrieben. «Es ist von *größter* Wichtigkeit, dass wir über Roys *Zukunft* sprechen. Ich bin *äußerst* beunruhigt ...» Zwei Seiten lang ging das so, und in jedem Satz war mindestens ein Wort unterstrichen. Auch ihre Sprechweise war ähnlich, was er im Anfang ihrer Beziehung seltsam anziehend gefunden hatte, weil es irgendwie atemlos, erregt wirkte, ein faszinierendes Stakkato. Später war es ihm dann etwas peinlich forciert erschienen.

«Ich habe einen Brief von Roy bekommen», begann sie.

«Ach, tatsächlich – er schreibt dir?» Und diesmal machte sich die Bitterkeit Luft. «Ich hab nichts mehr von ihm gehört, seitdem er nach Israel gegangen ist.»

«Vielleicht wenn du *ihm* schreiben würdest ...»

«Ich hab ihm zweimal geschrieben. Soll ich das etwa fortsetzen in der Hoffnung, dass er klein beigibt und antwortet?»

«Tja, er ist *unglücklich.*»

«Das ist nichts Neues. Er war unglücklich auf dem College. Seine gesamte Generation ist unglücklich.»

«Er möchte nach Hause kommen», fuhr sie fort.

«Und warum tut er's nicht?»

«Soll er ein ganzes Studienjahr verlieren? Wenn er jetzt zurückkommt, werden ihm die Vorlesungen, die er an der Universität belegt hat, nicht angerechnet.»

«Das ist den jungen Leuten heutzutage doch egal», entgegnete Stedman. «Sie wechseln die Hauptfächer und das College wie ich meine Schuhe. Und wenn sie fertig sind, wollen sie nichts tun oder sind nicht darauf vorbereitet. Worüber ist er unglücklich? Handelt sich's um ein spezielles Mädchen oder ganz allgemein um den Zustand der Welt?»

Nervös zündete sich Laura eine Zigarette an. «Ich begreife nicht, wie du so leichtfertig darüber reden kannst! Immerhin geht es um deinen Sohn!»

«Mein Sohn!», explodierte er. «Vermutlich habe ich ihn gezeugt, aber ich wüsste nicht, dass ich danach irgendetwas mit ihm zu tun gehabt hätte.»

«Daniel Stedman, du weißt genau, dass ich mit dir immer alles besprochen habe, jeden Schritt, der zu überlegen war, ob Schule oder …»

«Ja, ja, schon gut», seufzte er. «Lass uns nicht wieder davon anfangen. Was soll ich also tun?»

«Ich denke, du könntest ihm einen energischen Brief schreiben», sagte sie und drückte ihre Zigarette aus. «Du musst ihm klar machen, dass er zu bleiben hat, bis das Jahr um ist, andernfalls würdest du ihm den Zuschuss streichen.»

«Verstehe. Ich soll den gestrengen Vater herauskehren.»

«Strenge gehört mit zu den Pflichten eines Vaters», erklärte sie steif.

«Und das wird ihn glücklich machen?»

«Zumindest könnte es ihn davon abhalten, etwas Törichtes zu tun.»

«Ich weiß was Besseres.» Er stand auf. «Ich fahre rüber und besuche ihn.»

«Aber du kannst doch nicht so mir nichts, dir nichts abhauen und um die halbe Welt fliegen.» Dann merkte sie, dass er lächelte. «Ach so, du wolltest sowieso nach Israel?»

Er nickte. «Das Buch behandelt die öffentliche Meinung in Israel.»

«Wann fliegst du?»

«Morgen. Ich habe einen Flug nach Zürich bei der Swissair gebucht.»

«Nicht El Al? Es heißt doch, das ist sicherer, weil sie stärkere Sicherheitsmaßnahmen haben.»

«Die Maschinen sind dafür auch viel stärker besetzt. Außerdem ist's eine lange Strecke, und ich möchte gern unterbrechen. Mit der Swissair habe ich die Zwischenlandung in Zürich.» Er war bemüht, seine Stimme beiläufig klingen zu lassen.

«Zürich?» Ein rascher, prüfender Blick. «Du bist doch nicht in irgendwas verwickelt, oder?»

«Verwickelt?» Er lachte. «Wie meinst du das?»

«Ich mache mir immer noch Gedanken um dich, Dan», sagte sie.

Er zuckte leicht verärgert die Achseln. «Nichts dabei! Ich fliege von dort direkt nach Israel weiter.»

8

Von ihrem Büro im fünften Stock des Krankenhauses konnte Gittel Schlossberg von der Fürsorge-Abteilung einen Großteil der Dächer von Tel Aviv überblicken. Auf allen waren die schwarzen Glasplatten in einem Winkel von fünfundvierzig Grad hochgestellt, wodurch die Sonnenhitze eingefangen und die Warmwasserversorgung der Wohnungen gewährleistet wurde. Ein großes Gebäude versperrte ihr die Aussicht auf das Meer. Doch sie wusste, es war da, und manchmal meinte sie, das Rauschen der Brandung über den Verkehrslärm hinweg zu hören. Sie freute sich an der Aussicht aus ihrem Fenster genauso, wie sie es genoss, durch die engen, belebten Straßen zur Arbeit zu fahren, vorbei an den Häuserreihen mit dem fleckigen, abbröckelnden Verputz – nicht weil es ein hübscher Anblick war, sondern weil es Fortschritt und Wachstum anzeigte.

Sie hatte den größten Teil ihres Lebens in dieser Stadt verbracht und konnte sich an die Zeit erinnern, als es zwischen den Häusern noch viel freien Raum und Gärten gab. Doch so wie jetzt war es ihr lieber – zusammengepfercht und überfüllt, jedes Stück Boden nutzbar gemacht, immer mehr ständig wachsende Vororte. Das bedeutete, dass der Zustrom von Menschen unaufhörlich weiterging: sie ließen sich hier nieder, arbeiteten und machten die Stadt wohlhabender und stärker. Und als sie Miriams Brief las und dabei in ihrem Drehstuhl wippte, hatte sie Tagträume: Ihre Nichte kam mit ihrer Familie; es war zwar als Besuch geplant, aber vielleicht konnte sie die Smalls zum Bleiben überreden.

Manche ihrer Kolleginnen nahmen Anstoß an Gittel Schlossbergs unorthodoxen, rein pragmatischen Arbeitsmethoden. Wenn sie zum Beispiel für einen ihrer Schützlinge eine Stellung suchte, scheute sie nicht davor zurück, einen eventuellen Arbeitgeber durch sanfte Erpressung unter Druck zu setzen und so zum Ziel zu gelangen. Und da sie nichts dabei profitierte, hatte sie ein durchaus reines Gewissen. Im israelischen Nationalsport *protectsia* war sie nicht zu übertreffen. Natürlich tauchte wenig davon in ihren Berichten auf, die bestenfalls schlampig zusammengehauen waren, da sie diese Arbeit für eine Schikane hielt, mit der Vorgesetzte ihren Untergebenen ihre Autorität beweisen wollten. Wichtige Dinge, die ihre Schützlinge betrafen, bewahrte sie in ihrem Gedächtnis auf, das besser organisiert war als jede Registratur.

Dies alles war ihren jüngeren Kolleginnen ein Dorn im Auge, die zu einer sachlichen und nach Möglichkeit wissenschaftlichen Arbeitsweise tendierten. Die älteren Mitarbeiter wiederum, die Gittel noch als Mitglied der Hagana in den Zeiten des britischen Mandats kannten und sich daran erinnerten, wie erfolgreich sie den britischen Soldaten Lebensmittel, Medikamente und sogar Waffen und Munition abgejagt hatte, hingen sehr an ihr und verziehen ihr auch die schlimmsten Verstöße gegen die Arbeitsrichtlinien.

Als ihr Mann bei den Terrorakten vor dem Befreiungskrieg getötet wurde, blieb sie mit einem kleinen Sohn zurück. Es wäre ein Leichtes für sie gewesen, ihre Tätigkeit im Untergrund aufzugeben und sich mit der passiven Rolle als Mutter zu begnügen; stattdessen hatte sie ihre Trauer dadurch zu überwinden versucht, indem sie sich an der Verteidigung Jerusalems beteiligte, wo sie damals wohnte. Sogar ihr Baby hatte sie dabei einbezogen; oft war es ihr gelungen, von den britischen Posten, die das Judenviertel abriegelten, durchgelassen zu werden und wichtige Nachrichten oder sogar benötigte Medikamente zu überbringen, weil sie ihr Baby auf dem Arm trug. Bevor man eine Mutter mit Kind zurückschickte, ließ man sie lieber passieren.

Sie war zwar nicht religiös, hatte aber einen nahezu mystischen Glauben an das alte jiddische Sprichwort, dass es für jeden Topf einen Deckel gibt. Folglich gab es auch für jedes Problem, das der liebe Gott ihr stellte, eine Lösung. Als sie noch jünger war, hatten viele Junggesellen gemeint, Gittels Problem sei die Witwenschaft, das schnell durch Heirat zu lösen war. Doch in diesem einen Fall hatte sie auf die Lösung verzichtet. Sie war dem Andenken ihres Mannes treu geblieben und für ihren Sohn Vater und Mutter in einem geworden.

Gittel war winzig, knapp über eins fünfzig, hatte den dichten, ungebärdigen grauen Haarschopf auf dem Kopf zusammengesteckt und suchte ständig durch einen raschen Griff zu verhindern, dass er sich auflöste. Sie war ein Bündel dynamischer Energie. Kaum hatte sie Miriams Brief gelesen, als sie auch schon zum Telefon langte und Immobilienmakler anzurufen begann. Es gehörte zu ihrem System, auf ihrem Schreibtisch keine Notizen herumliegen zu haben, dass sie alles, was zu tun war, sofort erledigte.

«Shimshon? Hier spricht Gittel.» Sie brauchte nicht zu erklären, um welche Gittel es sich handelte, obwohl der Name in Israel gebräuchlich war.

Von Shimshon kam ein vorsichtiges: «Schalom, Gittel.» Bei Anrufen von Gittel ging es oft darum, eine Unterkunft für einen ihrer mittellosen Schützlinge zu finden, und er sollte dann obendrein noch auf seine Provision verzichten.

«Ich habe ein ganz spezielles Problem, Shimshon, und deshalb rufe ich zuerst beim besten Mann dafür an ...»

«Eine möblierte Wohnung um diese Jahreszeit, Gittel? Und nur auf drei Monate? Ich schau mich natürlich um, aber leicht wird das nicht sein. An der Hand habe ich jedenfalls im Augenblick nichts.»

Als nächsten rief sie Mair an, dann Itomar, dann Shmuel, und jedem erklärte sie, warum sie sich zuerst an ihn wende. Schließlich kam Chaiah dran, die als Frau eine leichte Variante in der Wortwahl und im Ton erforderlich machte. «Es handelt sich um ein ganz spezielles Problem, Chaiah, das nur eine Frau richtig verstehen kann. Deshalb rufe ich dich an. Es geht um die Tochter meiner einzigen Schwester ...»

Und Chaiah war es auch, die sich deutlich über die von den anderen nur angedeuteten Schwierigkeiten ausließ. «Hör zu, Gittel, du musst realistisch sein. Eine möblierte Wohnung, wie du sie möchtest, ist schon normalerweise nicht leicht zu kriegen, aber gerade jetzt, um diese Jahreszeit, ist es praktisch unmöglich. Und ausgerechnet in Talpioth oder Rechavia. Die Leute von der Universität und die Ärzte, die weggehen und irgendwo anders unterrichten oder wissenschaftlich arbeiten, haben schon alles arrangiert. Hättest du dich im August an mich gewandt, hätte ich dir ein halbes Dutzend zur Auswahl geben können, aber du sagst ja, sie wollen im Januar kommen. Wer hat schon um diese Jahreszeit eine möblierte Wohnung zu vermieten? Ich hab letzte Woche eine vermittelt, aber das war für ein volles Jahr. Und der Preis, den sie bezahlen können, kommt überhaupt nicht infrage. Wenn du meinen Rat hören willst, schaust du dich nach einer Unterkunft in einem Hospiz in der Altstadt oder in einem der Klöster um, die

Touristen aufnehmen. Natürlich – falls ich was hören sollte …»

Gittel wusste selber, dass Talpioth und Rechavia die beliebtesten Gegenden der Stadt und daher teuer waren, aber sie war sicher, dass nichts anderes in Frage kam. Sie kannte zwar ihre Nichte nur von Schnappschüssen und Fotos, die ihre Schwester im Lauf der Jahre aus New York geschickt hatte, und Rabbi Small lediglich von dem Hochzeitsbild, trotzdem war sie fest davon überzeugt, dass sie genau wusste, was für eine Wohnung sie haben wollten. Schließlich kannte sie ja ihre Schwester und ihren Schwager, und damit stand nach ihrer Logik für sie auch fest, wie deren Tochter geartet sein musste und was für einen Mann sie sich ausgesucht hatte.

Gittel lehnte sich in ihrem Drehstuhl zurück, schloss die Augen und ließ sich die Sache durch den Kopf gehen. Und da fiel ihr Mrs. Klopchuk ein, die sie aus beruflichen Gründen erst am Vortag gesehen hatte. Wenige Minuten später verließ sie ihr Büro und eilte zu ihrem Wagen auf dem Parkplatz, einem zehn Jahre alten Renault, der sich auf Bitten und Verwünschungen hin auch in Bewegung setzte, sofern sie nicht vergessen hatte zu tanken. Diesmal sprang er ohne Schwierigkeiten an, was sie als gutes Omen nahm. Wenn Gittel in Aktion war, existierte für sie allerdings kein schlechtes Omen.

Eine Viertelstunde später trank sie in der Wohnung von Mrs. Klopchuk die obligate Tasse Kaffee, ohne die jeder gesellige Umgang in Israel undenkbar wäre. «Ich habe nochmal über Ihr Problem nachgedacht und allmählich Zweifel bekommen, ob Ihre Idee» – natürlich war es Gittels eigene gewesen –, «Ihr freies Zimmer an ein Mädchen vom College zu vermieten, wirklich so gut ist. Bedenken Sie, das Geld, das sie Ihnen zahlen kann …»

«Aber das Geld spielt doch keine Rolle, Mrs. Schlossberg», wandte Mrs. Klopchuk ein. «Ich hab Ihnen ja gesagt, mir geht es hauptsächlich darum, dass mir jemand Gesellschaft leistet und bei der Hausarbeit hilft; dafür biete ich ein Zimmer und volle Verpflegung.»

«Na ja, gerade das macht mir eben Kopfzerbrechen. Was können Sie denn schon von so ’nem Ding vom College an Gesellschaft erwarten? Und wie viel Hilfe werden Sie kriegen? Am Schluss kommt’s darauf hinaus, dass Sie das Mädchen bedienen. Einen Abend hat sie ’ne Verabredung, am nächsten muss sie sich auf ’ne Prüfung vorbereiten oder eine Arbeit schreiben. Und was sagen Sie? Sie sagen: ‹Schon gut, dann wasche ich eben ab. Und Sie lernen schön.› Und wenn Sie feststellen, dass sie keine besonders gute Hausfrau ist, setzen Sie sie dann wieder auf die Straße? Sie wissen doch genau, dass Sie das nicht übers Herz bringen.»

«Und was soll ich tun? Eine bezahlte Hilfe kann ich mir nicht leisten.»

«Was ist denn mit Ihrer Schwester in Jerusalem?»

Mrs. Klopchuk schüttelte eigensinnig den Kopf.

«Und warum nicht?», beharrte Gittel. «Sie ist immerhin Ihre Schwester. Wenn Sie Hilfe brauchen, kommt doch sie als Erste in Frage.»

«Meine Schwester, Gott segne sie, ruft mich zu *Rosch ha-Schana* an und wünscht mir ein gutes neues Jahr. Nachdem mein Mann gestorben war und ihrer noch lebte, bin ich immer zu *Pessach* bei ihnen gewesen. Und damit hatte sich’s.»

«Sie werden beide älter», sagte Gittel streng. «Ich kenn doch diese Familienkräche. Einer sagt was, der andere antwortet, und schon spricht man nicht mehr miteinander, und wenn sich’s gar nicht umgehen lässt, tut man’s möglichst kühl und förmlich. Und meistens weiß keine der beiden Parteien, wie das Ganze eigentlich gekommen ist. Haben Sie so ’ne große Familie, dass Sie sich’s leisten können, mit einer Schwester auf schlechtem Fuß zu stehen?»

Wieder schüttelte Mrs. Klopchuk den Kopf.

«Überlegen Sie doch mal, wie großartig sich das arrangieren

ließe», stieß Gittel nach. «Sie könnte ihre Wohnung in Jerusalem vermieten und sich hier mit Ihnen in die Unkosten teilen. Sie ist schließlich Ihre Schwester. Sie haben so vieles gemeinsam. Sie sind beide im gleichen Alter …»

«Sie ist älter.»

«Na ja, wenn sie sich eines Tages mal nicht so gut fühlt, können Sie ihr helfen. Sie können füreinander sorgen, jetzt, wo jede allein ist …»

«Ich würde mir lieber die Zunge abbeißen, bevor ich sie darum bitte.»

«Und wenn ich Ihnen das abnehme und es einfädele, dass sie ein paar Monate auf Besuch zu Ihnen kommt?»

«Ich sage ihnen, sie kommt nicht. Und sie vermietet ihre Wohnung auch nicht an Fremde. Sie ist so fanatisch, dass sie bei jedem misstrauisch wäre, ob er nicht ihr Geschirr für das Fleisch mit dem für die Milch durcheinander bringt …»

«Aber nehmen wir mal an, ich sorge dafür, dass sie ihre Wohnung an jemand vermietet, dem sie restlos vertrauen kann?», fragte Gittel. «Zum Beispiel an einen – Rabbi?»

9

Sie sind herzlich eingeladen, Rabbi und Mrs. Hugo Deutch kennen zu lernen und Rabbi und Mrs. David Small glückliche Reise zu wünschen, die zu einem längeren Besuch ins Heilige Land fahren. Am Sonntag, 28. Dezember, 16 bis 18 Uhr, im Tempel.

So lautete die Einladung, die an sämtliche Mitglieder der Gemeinde verschickt wurde. Malcolm Slotnik, der im Anzeigengeschäft und damit Experte für solche Sachen war, sollte den Text entwerfen und den Druckauftrag vergeben sowie den Versand veranlassen.

Als er seinen Entwurf dem Vorstand vorlegte, gab es natürlich Einwände.

Bert Raymond sagte: «Mensch, Mal, ich hatte mir was vorgestellt wie ‹… geben sich die Ehre, zu einem Empfang zu Ehren von … einzuladen›, du verstehst schon, etwas Förmliches.»

«Wo lebst du eigentlich, Bert? Das stammt doch aus dem Mittelalter. Heute macht man alles schlicht und zwanglos. Schickst du die Einladung in der altmodischen Tour ab, kreuzen die Leute womöglich im Frack oder so was auf.»

«Kann sein, du hast Recht, Mal», meinte Marty Drexler. «Aber du sagst kein Wort darüber, wer Rabbi Deutch ist. Könnte man nicht ungefähr so formulieren … ‹bla-bla, bla-bla, bla-bla unseren *neuen* Rabbi kennen zu lernen bla-bla-bla›.»

«Hm, aber dann könnten die Leute auf die Idee kommen, dass Rabbi Small für immer weggeht.»

«Na und?» Marty lächelte und sah Bert Raymond an.

«Dann gibt es 'nen Haufen Fragen, und wir müssen stundenlange Erklärungen vom Stapel lassen. Nimm nur Al Becker, er gehört zu den größten Gönnern des Rabbi. Und ich hab den Anzeigenauftrag für Becker Ford-Lincoln, also …»

«Ich verstehe, worauf du hinauswillst», sagte Raymond. «Übrigens habe ich gerade ein paar juristische Sachen für Meyer Paff übernommen, und bei dem weiß ich auch nicht, wie er reagieren würde.»

Stanley Agranat schlug vor, «unsern geliebten Rabbi» zu schreiben.

«Seit wann ist er unser geliebter Rabbi?»

«So sagt man doch immer.»

«Nur bei Beerdigungen.»

Sie standen am einen Ende des Saales, die zwei Rabbiner und ihre Frauen, und erwarteten die Ankunft der Gäste. Es war noch früh, und die Mitglieder vom Frauenverein waren noch emsig am Werk, stapelten Tassen und Untertassen, stellten

Platten mit Keksen und aufgeschnittenem Kuchen hin und stritten über den richtigen Platz für die Blumenvasen und den übrigen Tischschmuck. Ab und zu fragte eine von ihnen die Frauen der Rabbis nach ihrer Meinung, teils weil sie dank ihrer Position die oberste Autorität darstellten, und teils nur, um unter diesem Vorwand mit der neuen Rabbitzin reden zu können.

Die wenigen anwesenden Mitglieder des Vorstands standen abseits von den geschäftigen Frauen in einer kleinen Gruppe zusammen und äugten gelegentlich zu den beiden Rabbis hinüber, die man, in der Annahme, sie hätten berufliche Fragen zu erörtern, sich selbst überlassen hatte. Der Unterschied zwischen den zwei Männern drängte sich unwillkürlich auf. Während Rabbi Small mittelgroß, mager und blass war, hielt sich der hoch gewachsene, breitschultrige, rotbackige Rabbi Deutch auffallend gerade. Zudem war er ein gut aussehender Mann; hohe Stirn, darüber weißes Haar, das von dem schwarzseidenen Käppchen, der *Jarmulke,* noch hervorgehoben wurde. Er hatte eine Adlernase, und der ausdrucksvolle Mund wurde von einem eisengrauen imposanten Schnurrbart beschattet. Seine tiefe Baritonstimme hatte den gemessenen Tonfall des berufsmäßigen Redners, ungleich der von Rabbi Small, die selbst bei der Predigt klanglos und sachlich war. Keines der Vorstandsmitglieder artikulierte das Ergebnis dieses Vergleichs, das jedoch in ihrer begeisterten Zustimmung zu Bert Raymonds Bemerkung deutlich wurde: «Keine Frage, er sieht gut aus.» Und es war unmissverständlich, dass sie alle beipflichteten, als Marty Drexler hinzufügte: «So sollte eben ein Rabbi nach meiner Vorstellung aussehen.»

Die Frauen waren von Mrs. Deutch genauso entzückt wie ihre Männer von Rabbi Deutch. Sie war ebenfalls hoch gewachsen und hatte das graue Haar am Hinterkopf mit einem Kamm hochgesteckt, der wie ein Diadem wirkte und ihr ein aristokratisches, beinahe königliches Aussehen gab. Und obendrein war sie so einfach und demokratisch. Als die Präsidentin des Frauenvereins ihr die Vorstandsmitglieder vorstellte, sagte sie: «Wisst ihr, Kinder, zu Hugo würde ich das natürlich nie sagen, aber es ist doch eine eindeutige Tatsache, dass der Frauenverein den Tempel leitet.» Sie waren hingerissen.

Sie mochten zwar auch Miriam Small gern, aber etwa in der Art, wie man ein Mädchen vom College mag, in Söckchen und Slippers, das in der Nachbarschaft wohnt und manchmal als Babysitter einspringt. Neben Betty Deutch wirkte sie nicht bloß jung, sondern unreif.

Als sie Miriam um Rat fragten, wo sie die Kerzenständer hinstellen sollten, meinte sie: «Ich würde sie ziemlich in die Mitte des Tisches tun, da stören sie nicht beim Eingießen.» Betty Deutch dagegen trat einen Schritt zurück, um den Tisch besser zu sehen, setzte dann die Kerzenständer ans Ende, überprüfte nochmals die Wirkung und sagte dann: «So sind sie weit genug weg, um die Einschenkenden nicht zu behindern, und die Tafel wirkt außerdem länger. Findet ihr nicht auch, Kinder?»

Aus der allgemeinen bereitwilligen Zustimmung ging klar hervor, dass Mrs. Deutch jetzt die Rabbitzin war. Daraufhin hakte Mrs. Deutch Miriam unter und flüsterte, während sie zu ihren Männern zurückschlenderten: «Bei Sachen, wo's ziemlich egal ist, ob man's so oder so macht, bin ich grundsätzlich immer einer Meinung mit dem Frauenverein und ermuntere sie, ganz nach ihrem Belieben zu verfahren.»

«Und wie viel Leute haben Sie zum Gottesdienst am Freitagabend, Rabbi?», erkundigte sich Rabbi Deutch.

«Gewöhnlich so zwischen fünfzig und fünfundsiebzig.»

Rabbi Deutch verzog den Mund. «Bei einer Mitgliedschaft von nahezu vierhundert Familien? Hmmm. Inserieren Sie?»

«Nur die Bekanntmachung in der Presse.»

«Ach. Nun, wir haben zusätzlich zu der Presseveröffentlichung immer noch Karten versandt, so, dass sie mit der Freitagmorgen-Post ausgetragen wurden, und der Erfolg hat sich bemerkbar gemacht, fand ich. Außerdem versuche ich, jedes Mal ein interessierendes Thema für meine Predigt zu wählen. Das hilft, glauben Sie mir. Irgendwas Aktuelles …»

«Wie Sex?», fragte Rabbi Small unschuldig.

«Sex und Talmud war tatsächlich das Thema einer meiner Predigten. Dabei hatten wir 'ne ganz schöne Besucherzahl.»

Die Frauen gesellten sich zu ihnen. «Ich nehme an, Sie haben in Israel eine Menge Touren vor?», fragte Mrs. Deutch.

«Ehrlich gesagt, wir haben noch keine Pläne gemacht», erklärte Rabbi Small.

«David ist nicht sehr für Ausflüge und Besichtigungen», erläuterte Miriam.

«Rabbi Small ist ein Gelehrter», sagte Rabbi Deutch. «Ich vermute, er wird die meiste Zeit in der Universitätsbibliothek zubringen.»

«Daran hatte ich gar nicht gedacht», meinte Rabbi Small. «Ich arbeite an einem Aufsatz, aber die Vorarbeiten sind bereits abgeschlossen.»

«Sie haben also keine besonderen Pläne für Ihren Aufenthalt?»

«Wir wollen nur dort leben, weiter nichts.»

«Aha.» Rabbi Deutch, dem das nicht recht einleuchtete, hielt seinen Kollegen für einen Geheimniskrämer.

Verlegenes Schweigen. Schließlich fiel Betty Deutch eine weitere Frage ein: «Haben Sie Verwandte in Israel?»

«David nicht. Ich habe eine Tante dort. Sie hat uns in Jerusalem eine Wohnung verschafft, in Rechavia.»

«Ein hübsches Viertel. Mein Bruder Dan ist gerade in Jerusalem. Wenn Sie wollen, kann ich ihm Ihre Adresse geben. Er war schon oft in Israel, das letzte Mal ungefähr ein Jahr. Er kennt die Stadt gut und könnte Ihnen vieles zeigen.»

«Das ist doch Dan Stedman, der Journalist?»

«Ja. Er schreibt ein Buch über Israel. Sein Sohn Roy ist auch drüben, an der Universität.»

«Wie nett. Arbeitet er für die Promotion?»

«Nein, so weit ist er noch nicht. Er studiert nur ein Jahr im Ausland.»

«Geben Sie Ihrem Bruder auf jeden Fall unsere Adresse», sagte Rabbi Small. «Victory Street 5, bei Blotner. Vielleicht macht es Ihrem Bruder und Ihrem Neffen Spaß, gelegentlich an einem Sabbatmahl im Familienkreis teilzunehmen.»

«Dan tut das bestimmt gern.» Sie notierte die Adresse. «Ich schreibe ihm in den nächsten Tagen.»

Raymond eilte auf sie zu. «Sie beginnen einzutrudeln», sagte er. «Ich schlage vor, ich bleibe hier stehen, und wenn sie reinkommen, stelle ich sie Ihnen vor, Rabbi Small, und ...»

«Ich denke, mich kennen sie», entgegnete Rabbi Small trocken. «Warum stellen Sie sich nicht neben Rabbi Deutch und seine Frau? Sie machen sie mit den Gästen bekannt, die gehen dann weiter und verabschieden sich von uns, wenn sie wollen.»

«Ja, ich glaube, da haben Sie Recht. So machen wir es.» Die Ehepaare wechselten die Plätze.

Sofort rief Raymond den ersten Leuten, die durch die Tür kamen, zu: «Hallo, Mike. Rabbi Deutch, ich möchte Ihnen Myer Feldman vorstellen, eine der Hauptstützen der Gemeinde. Und Rosalie. Rabbi Deutch, unser neuer geistiger Führer, und Mrs. Deutch.»

Eine Stunde lang stellte Raymond die Gemeindemitglieder vor. Rabbi Small erfuhr zu seinem Erstaunen, wie viele «Hauptstützen» oder «Säulen» oder allermindestens «phantastische Mitarbeiter» die Gemeinde besaß. Als der ständige Zustrom dann abflaute, konnten die Rabbiner mit ihren Frauen unter den Gästen herumgehen. Bald waren die Smalls am entgegengesetzten Ende des Raumes gelandet. Leute kamen, um ihnen eine sichere Reise zu wünschen, ihnen Stätten zu empfehlen, die sie unbedingt aufsuchen sollten, ihnen Tipps zu geben, die sie nützlich fanden, ihnen die Namen von Freunden und Verwandten ans Herz zu legen, die sämtlich offenbar große Tiere waren und sich überaus glücklich schätzen würden, sie einzuladen.

Kurz vor sechs schlug Miriam vor, aufzubrechen. Sie hatte mit dem Babysitter von Jonathan ausgemacht, pünktlich zu Hause zu sein.

«Ich glaube, das geht. Sie sind ja eigentlich hier, um Rabbi Deutch und seine Frau zu sehen.»

Sie bahnten sich ihren Weg zu den beiden, man schüttelte sich die Hände und wünschte einander Glück. «Und wann fliegen Sie nach Israel?», fragte Rabbi Deutch.

«Am Donnerstag.»

«Ich hatte gehofft, wir könnten uns nochmal sehen, aber wir fahren für ein paar Tage nach Connecticut zurück.»

«Wir haben auch noch sehr viel zu tun», sagte Rabbi Small.

«Und machen Sie sich keine Sorgen um Ihre Gemeinde», lächelte Mrs. Deutch. «Hugo kümmert sich schon gut um sie.» Sie zögerte. «Sie ängstigen sich doch nicht wegen der Bombenanschläge, nicht wahr?»

«Hier oder dort?»

«Oh, das ist gut.» Sie zupfte ihren Mann am Arm. «Eben frage ich Rabbi Small, ob er sich wegen der Bombenanschläge ängstigt, und er sagt: ‹Hier oder dort?›»

Ihr Mann sah sie erwartungsvoll an.

«Du weißt doch» – eine Spur von Ungeduld war in ihrer Stimme –, «die Bombenanschläge in den Universitäten hier.»

«Haha, natürlich. Sehr gut, Rabbi. Und ein zutreffender Kommentar über unsere Gesellschaft. Ein ausgezeichneter Titel für eine Predigt übrigens. Haben Sie was dagegen, wenn ich ihn verwende?»

Rabbi Small grinste. «Mit meinen Empfehlungen, Rabbi.»

Rabbi Deutch streckte ihm nochmals die Hand hin. «Also, ziehet hin in Frieden und kehret heim in Frieden», sagte er auf Hebräisch. Er kicherte. «Hier oder dort. Sehr gut.»

Auf dem Nachhauseweg fragte Miriam: «Na, was hältst du von ihnen?»

«Sie scheinen in Ordnung zu sein. Ich hatte nicht viel Gelegenheit, mich mit ihnen zu unterhalten.»

«Das sind Profis, David.»

«Profis?»

«Genau. Ich wette, die kriegen keine Scherereien mit der Gemeinde oder mit dem Vorstand. Die haben immer das richtige Wort im richtigen Augenblick parat. Die Gemeinde wird ihnen aus der Hand fressen – und das mit Wonne.»

Viel später, nachdem sie noch bei den Raymonds eine Kleinigkeit gegessen hatten und jetzt in ihrem Hotelzimmer zu Bett gehen wollten, fragte Betty Deutch: «Hattest du nicht auch den Eindruck, Lieber, dass es zwischen den Smalls und der Gemeinde oder zumindest einigen Vorstandsmitgliedern Ärger gegeben hat?»

Hugo Deutch hängte seine Jacke ordentlich auf einen Bügel. «Der Vorsteher hat mir in dieser Richtung Andeutungen gemacht, und ebenso sein Freund – wie heißt er doch gleich? – richtig, Drexler. Gleich als wir uns kennen lernten. Zu dumm so was. Eine Gemeinde zu behandeln, dazu gehört eine gewisse Technik, und die hat Rabbi Small noch nicht gelernt, fürchte ich. Und ob er es jemals lernen wird, halte ich für zweifelhaft.» Er zog die Schuhe aus und schlüpfte in seine Pantoffeln. «Ein Gelehrter, verstehst du. Er hat vor ein paar Jahren eine Abhandlung über Maimonides veröffentlicht – ich hab sie nie gelesen, aber schmeichelhafte Urteile darüber gehört. Na ja, diese Sorte ist häufig nicht sehr gut, was die Leitung einer Gemeinde angeht. Sie sind einfach fehl am Platz. Manchmal wird ihnen das rechtzeitig klar, und sie wechseln zu Lehre und Forschung über, zu dem, was ihnen eigentlich liegt. Manchmal wieder bleiben sie kleben und verschwenden ihre Energie an etwas, das sie nicht gut können und das ihnen wahrscheinlich nicht mal Spaß macht.»

Seine Frau lächelte. «Vielleicht wird es ihm klar, wenn er ein paar Monate weg von allem in Israel gewesen ist.»

10

Während Roy Stedman sich das Gesicht mit einem Handtuch abtrocknete, wanderte sein Freund Abdul umher und betrachtete die großen Poster an den Wänden, die den Hauptschmuck des kleinen Zimmers bildeten: das Schwein in Polizistenuniform, das auf den Hinterfüßen stand; die Nonne, die den Rock bis zum Oberschenkel hob, um nach ihrer im Strumpf versteckten Geldbörse zu langen; das nackte Paar, das sich gegenseitig an den Genitalien hielt, wie zwei Leute, die sich feierlich die Hände schütteln.

Abdul sagte über die Schulter: «Wenn die Mädchen das sehen, sie haben da nichts gegen … sie werden nicht sauer?»

«Bis jetzt hat noch keine was dagegen gehabt», grinste Roy anzüglich. Er erwähnte allerdings nicht, dass es ihm bisher noch nicht gelungen war, irgendein Mädchen zum Besuch seines Zimmers zu überreden. «Vielleicht bringt sie das erst richtig in Schwung.»

«Sehr schlau. Und du lässt sie auch hängen, wenn dein Vater dich besuchen kommt?»

«Klar, warum nicht?» Roy warf das Handtuch auf einen Haken und begann sein langes Haar zu kämmen.

«Ist er reich, dein Vater?»

«Reich? Ich würde nicht sagen, dass er reich ist. Gut situiert, ja, aber reich würde ich ihn nicht nennen.»

«Wenn er im *King David* wohnt, muss er reich sein», meinte Abdul überzeugt.

«Ach, ja? Ist das so teuer? Die paar Mal, die ich dort war, fand ich's gar nicht so toll.»

«Glaub mir, es ist teuer. Vielleicht nicht für einen Tag oder eine Woche; aber für länger …»

«Na, immerhin ist er ein bekannter Mann beim Fernsehen. Kann ja sein, dass er Rabatt kriegt. Oder nicht lange bleibt. In seinem Brief schreibt er, er will im Land rumkutschieren und sich dazu 'nen Wagen leihen oder kaufen – du weißt schon, mal hier 'n paar Tage, mal da. Für das Buch, das er schreibt, muss er das.»

«Und du fährst da manchmal mit?»

«Wenn ich zufällig in dieselbe Gegend will.»

«Und den Wagen … kriegst du den vielleicht auch manchmal für dich?»

Roy lächelte. «Verlass dich drauf, wenn mein Alter ein Auto hat, fahr ich öfter damit als er.»

«Dann hast du keine Zeit mehr für Abdul. Mit 'nem Wagen bekommst du jedes Mädchen, das du haben willst.»

«Nee.» Aber offensichtlich gefiel Roy dieser Gedanke. «Die Weiber hier sind ja die reinen Eiszapfen.»

«Eiszapfen?»

«Ja, kalt, verstehst du.»

«Ach so.» Abdul nickte verständnisinnig. Dann lächelte er. «Vielleicht kann ich dich mit anderen Mädchen zusammenbringen. Nicht kalte. Heiße.»

«Du meinst Arabermädchen? Die sind doch noch schlimmer als die jüdischen. Die werden von ihren Müttern doch regelrecht an der Leine gehalten. Und fest.»

«Es gibt auch andere – die wissen, wie man mit 'nem Mann umgeht. Und was ein Mann will. Die heizen dir ordentlich ein.» Er schlug seinem Freund auf die Schulter. «Du hast 'nen Wagen, wir laden ein paar Mädchen ein und fahren in 'ne Wohnung, die einer von meinen Verwandten fürs Wochenende gemietet hat. Ich garantiere dir, dass du auf deine Kosten kommst.»

«Ja? Und warum kann ich die Bienen nicht gleich kennen lernen?»

«Heute Abend meinst du?»

«Nein, nicht heute, aber ... Wieso müssen wir mit ihnen in die Wohnung deines Verwandten fahren? Ich will sagen, warum nicht hier?»

«Vielleicht. Ich muss mir das überlegen.» Abdul wechselte das Thema. «Ist er Zionist, dein Vater?»

«Mensch, das weiß ich nicht. Ich hab nie mit ihm darüber gesprochen.»

«Alle Amerikaner sind Zionisten.» In Abduls Stimme schwang eine Spur von Empörung mit.

«Na, ich bin auch Amerikaner und kein Zionist», entgegnete Roy versöhnlich.

«Ich meine alle amerikanischen Juden.»

«Na und?»

«Du hast mir doch mal erzählt, deine Mutter ist keine Jüdin. Also bist du selbst nach dem Gesetz des jüdischen Rabbi kein Jude.»

«Davon hab ich keine Ahnung», sagte Roy. «Ich hab mich immer für 'nen Juden gehalten und meine Freunde auch. Und bis ich aufs College kam, waren alle meine Freunde Juden.»

«Und hier genauso.»

Roy lachte. «Stimmt. Im College und hier, aber das ist ja auch College.»

«Richtig.» Abdul sah auf seine Armbanduhr. «Um acht bist du mit deinem Vater verabredet; du hast nicht mehr viel Zeit. Zieh dich lieber an.»

Roy war verblüfft. «Wieso muss ich mich in Schale werfen, um mich mit meinem Vater zu treffen? Was hast du gegen meinen Aufzug?»

Abdul – er war sechsundzwanzig und Roy achtzehn – schüttelte nachsichtig den Kopf. Roy trug eine blaue Drillichjacke und ausgeblichene, am Hosenboden abgescheuerte

Jeans. Seine bloßen Füße steckten in Sandalen. Abdul konnte nicht begreifen, weshalb die amerikanischen Studenten sich wie arme Arbeiter, wie Fellachen anzogen, wenn sie Geld genug hatten, sich anständige Sachen zu kaufen. Er sonnte sich in dem Bewusstsein, ordentlich, ja sogar gut gekleidet zu sein in dem eng anliegenden schwarzen Kammgarnanzug, dem Hemd mit den langen, spitz zulaufenden Kragenenden und der breiten, farbenprächtigen Krawatte. Er saß da, die Beine vorgestreckt, und ließ die Füße auf den Absätzen kreisen. Wohlgefällig betrachtete er seine modischen italienischen Schuhe mit den großen Messingschnallen und bewunderte ihren spiegelnden Glanz.

«Du verstehst das nicht, Roy. Du gehst ins *King David,* wo die Frauen selbst an heißen Tagen mit ihren Nerzstolen in der Halle rumlaufen. Dein Daddy hat wahrscheinlich vor, mit dir im Grill zu essen. Ich bin nicht mal sicher, ob sie dich reinlassen, so ohne Krawatte und Socken. Das Haar wird ihnen auch nicht passen, aber dagegen können sie nichts machen. Aber die Jacke und keine Krawatte …»

«Ich ziehe mich an, wie's mir passt», entgegnete Roy. «Und wenn's denen nicht gefällt, müssen sie sich damit abfinden. Und mein Vater – wen will der eigentlich sehen? Mich oder irgendwelche Klamotten? Und der Ober – von solchen Typen darf man sich nicht rumschubsen lassen. Ich werd dir was sagen, Abdul, ein Mann muss er selber sein. Das ist das A und O.»

Abdul zuckte die Achseln. Er wollte sich nicht mit diesem jungen Amerikaner streiten, um dessen Freundschaft er sich besonders bemüht hatte. «Vielleicht hast du Recht, Roy. Komm, ich begleite dich zur Bushaltestelle.»

Sie standen dort im Bereich der Straßenbeleuchtung, und Abdul wartete, bis Roy eingestiegen war. Dann schlenderte er in die Dunkelheit davon, bis er hinter sich Schritte hörte. Er blieb stehen. «Bist du's, Mahmud?», fragte er auf Arabisch.

«Ich dachte, ich hätte dich schon vorhin mal gesehen. Spionierst du mir nach?»

Der andere ging jetzt neben ihm. «Ich habe nicht spioniert. Mit wem du befreundet bist, ist deine Sache, solange wir anderen nicht reingezogen werden.»

«Ich weiß, was ich tue», erklärte Abdul kurz.

«Schon gut. Ich will mich nicht mit dir streiten, aber wenn du glaubst, du kannst die Juden hinters Licht führen, indem du dich mit einem von ihnen anfreundest …»

«Ich will dir was sagen, Mahmud. Wir werden alle beobachtet, weil die Israelis wissen, dass wir alles tun, um sie zu schlagen. Aber sie hoffen, wenn sie uns freundlich behandeln, uns zum Beispiel ermuntern, die Universität zu besuchen, wird das einige von uns beschwichtigen und mit dem Gedanken aussöhnen, dass sie die Macht haben und vermutlich noch eine Weile behalten. Und wen werden sie nun schärfer beobachten – diejenigen, die sich abgefunden haben, oder die anderen, die stur bleiben? Und vergiss eines nicht – sie möchten so gern glauben, dass sie ein paar von uns für sich gewonnen haben.» Er lächelte. «Also helfe ich ihnen ein bisschen dabei. Roy ist jung und nicht besonders intelligent, dafür aber gut als Tarnung geeignet. Wenn du mir nicht nachspionieren würdest …»

«Ich wollte dir was Neues mitteilen.»

«Ja?»

«Wir haben Nachricht aus Jaffa. Im Shin Bet hat's eine Umbesetzung gegeben, und Adumi ist nach Jerusalem versetzt worden. Er ist jetzt hier. Man hat ihn gesehen.»

«Das heißt?»

«Das heißt, dass wir vielleicht eine Zeit lang leisetreten sollten und abwarten, was passiert», erklärte der andere ruhig.

«Seit wann ist er hier?»

«Wer weiß? Vielleicht seit Monaten.»

Sie gingen schweigend weiter, und dann sagte Abdul: «Was macht das letzten Endes schon aus?»

«Eine Menge. Wenn er hier der Boss ist, wird er hier bald ebenso scharf durchgreifen, wie in Jaffa und Tel Aviv.»

«Nein», meinte Abdul. «So was ist hier in Jerusalem nicht möglich. Hier gibt's zu viele Leute aus zu vielen Teilen der Welt ...»

«In Tel Aviv sogar noch mehr.»

«Dort sind es lauter Geschäftsleute», erläuterte Abdul. «Die haben nur Interesse für ihre großen finanziellen Transaktionen. Hier in Jerusalem ist's 'ne andere Art von Leuten – religiöse, gebildete, Wissenschaftler, Diplomaten, Schriftsteller, Journalisten –, die die Juden so schrecklich gern von ihrer liberalen und demokratischen Einstellung überzeugen möchten. Hier haben wir die große christliche Gemeinde mit ihren Verbindungen nach Europa und Amerika. Außerdem spricht sich hier alles, was passiert, sofort herum und kann nicht vertuscht werden. Glaub mir, mit den Methoden von Tel Aviv und Jaffa kommen sie in Jerusalem nicht so leicht durch. Hier können sie nicht Hunderte von unseren Leuten aufgreifen und tagelang verhören. Und außerdem – wenn er versetzt worden ist, bleibt er wahrscheinlich 'ne Zeit lang hier. Willst du, dass wir tatenlos abwarten bis zur nächsten Umbesetzung, bis jemand anders hergeschickt wird? Sollen wir uns zu Weibern machen lassen, nur weil ein Mann diesen Ruf hat? Ich bin jedenfalls gewillt, weiterzumachen, dem Schweizer Nachricht zu geben, ihn das Ding präparieren zu lassen. Ich bin bereit, nach dem ursprünglichen Plan zu verfahren.»

«Und wir anderen?»

Abdul lächelte. «Weitermachen, wie besprochen. Oder noch besser, ihr organisiert euch einen befreundeten Juden und seid mit ihm zusammen, wenn die Sache steigt.»

Jonathan fand es offensichtlich herrlich; er sauste in der Abfertigungshalle der El Al-Gesellschaft herum oder baute sich vor einer alten Dame auf und sah gespannt zu, wie ihre zahlreichen Gepäckstücke kontrolliert wurden. Nach dem Flug von Boston nach New York fühlte er sich ganz als Weltreisender.

Miriam hatte die gesamte organisatorische Arbeit übernommen und sich rechtschaffen abgeplagt. Da gab es zahllose Listen – was zu erledigen, was mitzunehmen, woran zu denken war. Jetzt auf dem Flugplatz, wo nun kein Irrtum mehr korrigiert werden konnte, beschloss sie, endlich zu entspannen und die Reise zu genießen. Inmitten von Mänteln und Taschen trank sie gelassen Kaffee aus einem Pappbecher. Erstaunlicherweise kümmerte sie sich nicht darum, wo Jonathan sich gerade herumtrieb; es lag daran, dass alle Fluggäste in der Halle ihr merkwürdig vertraut erschienen, irgendwie wirkte es fast wie ein Familientreffen, bei dem schon irgendjemand ein Auge auf ihn haben und aufpassen würde, dass ihm nichts Ernstliches passierte. Dieser familiäre Eindruck wurde noch erhöht, wenn ihr Mann sie von Zeit zu Zeit anstieß und ihr zuraunte: «Schau dir das Paar am Schalter an. Sieht er nicht genau wie Mark Rosenstein aus?»

Der Rabbi zeigte als Einziger von ihnen Ungeduld. Je eher sie an Bord wären, desto schneller würden sie am Ziel ankommen, und er konnte nicht warten. Immer wieder sah er auf die Uhr, stand auf und wanderte in der Halle auf und ab, in der Hoffnung, dass damit die Zeit rascher verstrich. Am Fenster blieb er stehen und schaute ängstlich hinaus in den Schneesturm; womöglich könnten sie nicht starten? Doch dann richtete er sich bei dem Gedanken auf, dass es in Boston nicht anders gewesen war und sie trotzdem keine Verspätung gehabt hatten.

Endlich kam die Ankündigung über den Lautsprecher, wie jede erst in Hebräisch und dann in Englisch, dass die Reisenden sich an Bord des Flugzeugs begeben sollten. Hastig rafften sie ihre Gepäckstücke an sich und stellten sich, Jonathan an der Hand, in der Reihe an. Ihre Handtaschen wurden kontrolliert, und dann bildeten sich zwei Schlangen, eine für Männer und eine für Frauen.

Jeder Einzelne wurde in einer Kabine zuerst mit einem elektronischen Gerät auf versteckte Metallgegenstände abgesucht und danach mit der Hand abgetastet. Der Rabbi kannte diese Prozedur aus Fernsehkrimis, hatte sie aber noch nicht selber erlebt. Jonathan begann zu wimmern; das Abtasten erinnerte ihn an eine ärztliche Untersuchung, die gewöhnlich mit etwas Unangenehmem endete, zum Beispiel einem Nadelstich, doch sein Vater beruhigte ihn. «Es passiert überhaupt nichts, Jonathan, nicht das Geringste.» Als Miriam sich wieder zu ihnen gesellte, sagte er: «Wir wurden sehr gründlich durchsucht. Du auch?»

Sie nickte. «Vermutlich dasselbe. Ein angenehmes Gefühl, dass sie alle erdenklichen Vorsichtsmaßnahmen ergreifen.»

Obwohl jedem ein bestimmter Sitzplatz im Flugzeug zugeteilt worden war, gab es erhebliches Drängeln und Schubsen. «Warum tun sie das?», klagte Miriam, als sich die Passagiere durch den Mittelgang kämpften. «Wissen sie denn nicht, dass wir nicht eher starten, bevor jeder sitzt?»

Der Rabbi musterte die Mitreisenden. «Ich nehme an, für etliche ist es der erste Flug überhaupt. Oder vielleicht glauben sie nicht, dass es wirklich für jeden Platz gibt. Wir waren wohl von jeher Skeptiker.»

Sie hatten nur eine Kleinigkeit zu Mittag gegessen und waren jetzt ziemlich hungrig. Zum Glück begannen die Stewards und Stewardessen fast unmittelbar nach dem Start zu servieren. Ab und zu wurde ein Passagier übergangen. Der Mann auf dem Eckplatz in der gegenüberliegenden Sitzreihe machte einen Steward darauf aufmerksam. «Sie, der Gentleman dort hat kein Tablett bekommen.»

«Ich weiß, ich weiß», sagte der Steward. «Sind Sie sein Rechtsanwalt?» Damit eilte er weiter.

Der Mann beugte sich zum Rabbi hinüber. «Frech. Diese jungen Israelis sind richtig vorlaut – kein Respekt.»

Es dauerte nicht lange, bis sich die Sache aufklärte. Sobald die Stewards die Tabletts verteilt hatten, wurden flache Pappschachteln mit der Aufschrift «Streng koscher» ausgegeben.

«Aha. Na, und warum konnte er das nicht sagen?», fragte der Mann von gegenüber. «Und ist unser Dinner etwa nicht koscher? Bei El Al haben sie mir gesagt, alle Mahlzeiten sind streng koscher.»

«Weshalb fragen Sie nicht den Steward?», schlug der Rabbi vor.

«Und lass mir noch mal frech kommen?»

«Gut, dann frage ich ihn. Ich bin selber neugierig.»

Als der nächste Steward vorbeikam, zupfte er ihn am Ärmel. «Ist unser Dinner nicht koscher? In welcher Hinsicht sind die anderen mehr koscher?»

Der Steward zuckte lächelnd die Achseln. «Sechs Jahre bin ich jetzt bei El Al und hab's bis heute nicht rauskriegen können.»

Der Rabbi lächelte ebenfalls und dankte ihm mit einem Nicken. Doch der Mann gegenüber wiegte langsam den Kopf hin und her. «Fanatiker, das ist's, was sie sind. Das Land soll voll davon sein.»

Kurz nach dem Dinner wurde die Beleuchtung ausgeschaltet, und die Passagiere rüsteten sich für die Nacht. Miriam und Jonathan schliefen, der Rabbi jedoch konnte nur gelegentlich eindösen. Dennoch war er bei Sonnenaufgang nicht müde. Miriam war bereits wach, ebenso ein Großteil der Passagiere. Im Gang standen zwei oder drei Männer mit den Gesichtern zu den Fenstern und sprachen die Morgengebete.

«Bist du wach, David?», fragte Miriam. «Der Steward sagte, sie servieren bald.»

Er nickte wortlos, und als sie bemerkte, dass er die Lippen bewegte, wusste sie, dass er die Gebete sprach. Nachdem er fertig war, sagte er: «Dies eine Mal habe ich im Sitzen gebetet. Aber wenigstens blicke ich in die richtige Richtung. Im Gegensatz zu ihnen.» Dabei wies er auf die Männer im Gang.

«Was meinst du damit?»

«Das Flugzeug hat Kurs nach Osten, und ich sitze in Flugrichtung. Und sie blicken nach Norden und Süden.»

Wieder tippte ihn der Mann gegenüber an und deutete mit dem Kopf auf die Betenden. «Was hab ich Ihnen gesagt? Fanatiker!»

Nach dem Frühstück begannen sich die Passagiere für die Landung fertig zu machen, obwohl es bis dahin noch ein paar Stunden waren. Sie wühlten in ihren Taschen nach Pässen, nach Adressen; wer seinen Platz verlassen und Freunde besucht hatte, kehrte zurück; wer neue Bekanntschaften im Flugzeug geschlossen hatte, schrieb ihnen seine Reiseroute auf oder gab ihnen Adressen, unter denen er zu erreichen war. Von Zeit zu Zeit kam eine Durchsage des Piloten, dass sie gerade die Alpen, die griechische Küste, die griechischen Inseln überflögen, und pflichtschuldigst unterbrachen die Passagiere ihre jeweilige Tätigkeit, um aus den Fenstern nach unten zu sehen. Endlich teilte er mit, sie befänden sich im Anflug auf Israel und den Flugplatz Lod. Diejenigen, die rechts vom Gang saßen, hatten einen kurzen Blick auf grüne Felder und dann auf die schwarz geteerte Rollbahn. Als das Flugzeug wenige Minuten später leicht aufsetzte und ausrollte, applaudierten die Passagiere. Ob der Beifall der Geschicklichkeit des Piloten galt oder Ausdruck der Erleichterung war, dass der lange Flug zu Ende und sie sicher auf israelischem Boden gelandet waren, vermochte der Rabbi nicht zu sagen. Er stellte fest, dass Miriams Augen feucht waren.

In Hebräisch sagte der Pilot: «Gesegnet sei die Ankunft in Israel», und dann in Englisch: «Willkommen in Israel.»

Offenbar hatte es kurz zuvor geregnet, denn auf dem Weg zur Abfertigungshalle waren überall Pfützen. Sie hielten Jonathan fest an der Hand, damit er nicht mitten hindurchwatete. Die Luft war mild und klar wie an einem Maimorgen.

Eine große Menschenmenge wartete hinter der Zollschranke, um Freunde und Verwandte in Empfang zu nehmen. Während sie das Rollband mit dem Gepäck im Auge behielten, suchten Miriam und der Rabbi unter den vielen Gesichtern nach einem, das dem etliche Jahre alten Foto von Gittel aus dem Familienalbum ähnelte. Als sie mit ihrem Gepäck den Zoll passiert hatten, war die Menschenmenge bereits erheblich zusammengeschmolzen, aber sie entdeckten immer noch niemand, der Gittel sein könnte. Sie erschien erst, nachdem sie sich auf eine Bank gesetzt hatten und Miriam ihre Tasche nach ihrem Adressbuch durchstöberte. «Familie Small? Miriam?», fragte Gittel ängstlich.

«Oh, Gittel!»

Sie drückte Miriam an die Brust und streckte dann schüchtern dem Rabbi die Hand hin. Er schüttelte sie und küsste sie auf die Wange.

«Und das ist Jonathan!» Gittel hielt ihn auf Armeslänge von sich und riss ihn gleich darauf stürmisch an ihr Herz. Als sie ihn freigab, trat sie einen Schritt zurück, um die ganze Familie zu betrachten. Und dann wurde sie sachlich. «Mein Wagen wollte nicht anspringen», erklärte sie. «Bei Regen ist die Batterie … Na ja, und heute Morgen hat es geregnet – das erste Mal seit Wochen –, die Felder brauchen dringend Wasser, aber ihr habt den Regen gebracht. Ein gutes Omen. Seid ihr hungrig? Möchtet ihr vielleicht einen Kaffee? Nein? Dann fahren wir los.»

Mit ihrem Regenschirm winkte sie einen Träger nebst Gepäckwagen herbei, trieb sie alle durch den Vordereingang hinaus und befahl ihnen, hier an dieser Stelle – sie bezeichnete sie genau mit der Spitze ihres Regenschirms – zu warten, bis sie ihren Wagen vom Parkplatz geholt hätte. Bevor der Rabbi ihr seine Begleitung und Hilfe anbieten konnte, war sie verschwunden. Diesmal jedoch musste die Batterie funktioniert haben, denn sie brauchten nicht lange zu warten. Das Auto knatterte über die Zufahrt, laut hupend verscheuchte sie jeden, der womöglich auf die von ihr erwählte Parklücke spekulierte, und sprang dann heraus. Sie zerrte aus dem Kofferraum eine hoffnungslos verfitzte Schnur, gab sie dem Gepäckträger und passte auf, dass er die Koffer richtig auf dem Wagendach verstaute und festband.

Der Rabbi flüsterte ihr zu: «Wie viel soll ich ihm geben?»

«Das erledige ich», erklärte sie bestimmt. «Du kannst es mir später zurückgeben. Er würde dich bloß übers Ohr hauen.»

Als der Rabbi auf dem Gehsteig wartete, bis der Gepäckträger fertig war, näherte sich ihm ein jüngerer Mann im langen Kaftan, auf dem Kopf den breitrandigen schwarzen Filzhut der Orthodoxen. Er hatte einen Vollbart und lange, sorgfältig gelegte Ohrlocken, die *Pejess*. Er schlich sich an den Rabbi heran und fragte in Jiddisch: «Sie sind aus Amerika?»

«Ja.»

«Das ist vielleicht Ihre erste Reise hierher?»

«Genau.»

«Dann werden Sie sicher als erste Tat im Heiligen Land ein gutes Werk tun wollen. Ich sammle für eine Jeschiwa …»

Gittel, die den Träger bereits bezahlt hatte, hörte das und polterte in Hebräisch los: «Sie sollten sich schämen. Ein Fremder kommt ins Land, und kaum ist er da, schon stürzt ihr Schnorrer euch auf ihn. Was für einen Eindruck soll er denn von uns kriegen?» Sie schob den Rabbi in den Wagen und setzte sich hinters Steuer. «Übrigens», fuhr sie durch das heruntergekurbelte Fenster fort, «ist er ein berühmter Rabbi in Amerika.» Und zum Abschied, als sie den Gang einlegte: «Er ist selber in dem Geschäft.»

Der Rabbi hielt ihr vor: «Ich beschäftige mich nicht damit, Gelder zu sammeln. Das tun die meisten Rabbis in Amerika nicht.»

Sie drehte sich um und klopfte ihm auf die Schulter, wobei sie um ein Haar mit einem anderen Auto zusammenstieß. «Ich weiß, ich weiß, aber das ist das einzige Argument, das bei dieser Sorte zieht.»

Auf der Fahrt beschrieb sie mit der Geschwindigkeit eines Schnellfeuergewehrs die vorbeiziehende Gegend. «Der Hain – vor zehn Jahren war da nichts als Sand und Steine … Dort drüben, direkt hinter dem Haus – das gab's damals noch nicht – wurde ein guter Freund von mir von den Arabern überfallen und kaltblütig erschossen … Die Straße führt zu einer Siedlung. Achtundvierzig wurde sie angegriffen. Drei Männer mit einem Maschinengewehr haben eine ganze Kompanie zurückgehalten, bis sie die Kinder in Sicherheit bringen konnten … Wir züchten Blumen für den Export … Letztes Jahr haben unsere Agronomen ein neues Düngemittel ausprobiert, das hat den Ertrag je Morgen verdoppelt – phantastisch! … Das da sind arabische Felder. Wir haben ihnen beigebracht, wie man die Sämlinge mit Plastik schützt. Dadurch hat sich die Erzeugung vervierfacht … Da hinten ist ein Araberdorf. Primitiv! Was man da an Schmutz und Krankheiten vorfindet – ihr würdet es nicht für möglich halten … Trachom und Gastroenteritis waren endemisch. In den Sommermonaten starben die Kinder wie die Fliegen. Dann haben wir dort eine Klinik aufgemacht. Zuerst haben sie uns nicht getraut. Die Behandlung musste vor der versammelten Familie stattfinden. Und wenn wir ihnen Tabletten gaben, haben sie untereinander getauscht – ‹ich geb dir zwei weiße für eine rote› – so auf die Tour. Aber sie haben gelernt, und jetzt sterben die Kinder nicht mehr. Und einige von den jungen Leuten nutzen die staatliche Beihilfe aus und bauen moderne Häuser, wenn sie heiraten, statt dem alten Gebäude ein weiteres Zimmer für sich hinzuzufügen … Eine Zementfabrik. Dort wird rund um die Uhr gearbeitet – drei Schichten am Tag …»

«Ein Zelt!», rief Jonathan. «Und Ziegen!»

«Beduinen», erklärte sie. «Sie führen ihre Herden auf ein Stück freistehendes Land, schlagen ein Zelt auf und bleiben ein paar Tage oder eine Woche, bis das letzte Fleckchen Grün kahl gefressen ist. Dann ziehen sie weiter. Die Schafe der Beduinen sind eine der Hauptursachen dafür, dass der Boden im Lauf der Jahre immer schlechter geworden ist. Sie fressen alles bis an die Wurzeln ab … Das sind Panzer. Arabische Panzer und Panzerspähwagen. Wir lassen sie gewissermaßen als Mahnung dort stehen. Sie gerieten in unser Kreuzfeuer, denn wir waren ja auf ihr Kommen vorbereitet. Und dann haben wir sie an den Straßenrand geschoben, und da blieben sie. In dem Kibbuz gleich hinter der nächsten Kurve haben sie mehrere davon, alle in leuchtenden Farben bemalt. Die Kinder spielen darin.»

Die Landschaft war eintönig; eine vereinzelte Palme oder ein Kaktus ließen erkennen, dass sie sich in einem subtropischen Gebiet befanden; im Übrigen war es eben und flach mit kleinen bebauten Feldern. Doch bald begann die Straße in langen, gewundenen Kurven anzusteigen, und das Bild veränderte sich zusehends. Sie näherten sich Jerusalem durch die alte Hügellandschaft. Die Hügel waren kahl und steinig, bis auf kleine grüne Flächen; hier hatte man die Steine zum Bau der Terrassenanlagen verwendet.

«Selbst die Steine sehen alt und verbraucht aus», rief der Rabbi.

«Alles wirkt so öde – und dürr», meinte Miriam.

«Dies war das Land, in dem einmal Milch und Honig floss», sagte Gittel hart, «und das wird es auch wieder sein.»

Eigentlich hatten sie erwartet, plötzlich, dramatisch auf die Stadt zu stoßen, die von Mauern umgebene Stadt, wie sie auf den Bildern erschien, die sie gesehen hatten. Doch die Straße, die sie genommen hatten, führte an Arabersiedlungen, ähnlich den Pueblos der Indianer, vorbei und an den moderneren jüdischen Wohnblocks. Allmählich wurde die Besiedlung immer dichter, bis die Häuserreihe fast ohne Unterbrechung fortlief und sie auch ohne Gittels Mitteilung merkten, dass sie in der Stadt waren.

Der Wagen schlängelte sich durch schmale, von kleinen, schäbigen Läden gesäumte Straßen. Auf der Fahrbahn wimmelte es von europäischen Kleinwagen, auf den Gehwegen von Menschen. Von ihrem ersten Blick auf die Stadt enttäuscht, konzentrierten sie ihre Aufmerksamkeit auf die Passanten, wiesen einander auf alles Neuartige und Fremde hin: die Chassidim im breitkrempigen schwarzen Hut und dem langen Kaftan, die Hosen in die Strümpfe gesteckt; die Gruppen von Soldaten, die das Gewehr über die Schulter gehängt hatten oder es am Abzugsbügel trugen; die Araber mit der schwarzweißen *Keffieh*, die von einer zweifachen Kordel gehalten wurde. Dann bogen sie um eine Ecke und kamen auf eine breitere Straße, die nur auf einer Seite bebaut war; auf der anderen fiel das Gelände in ein weites Tal ab, und dahinter lag in der Ferne die von Mauern umgebene Altstadt.

Gittel hielt an. «Da drüben, dort ist die Altstadt. Weidet eure Augen daran.»

«Das ist wunderschön», sagte Miriam.

Der Rabbi schwieg, doch seine Augen leuchteten.

«Wohnen wir weit von hier?», erkundigte sich Miriam.

«Nur um die Ecke. Das hier seht ihr jeden Tag, und es wird euch nie über werden.»

Vater und Sohn schüttelten sich die Hände, schlugen sich auf den Rücken und traten zurück, um einander anzusehen. Dan Stedman hatte tatsächlich vorgehabt, im Grillraum zu essen, wo er seinem Sohn voraussichtlich interessante Leute zeigen könnte – die Frau des britischen Konsuls, den ersten Sekretär der amerikanischen Botschaft. Er war kein Angeber, der mit Namen um sich warf, aber er wünschte sich dringend, dass sein Sohn eine gute Meinung von ihm hatte. Und dann hatte er sich gegen den Grill entschieden, und zwar aus demselben Grund: Leute, die ihn kannten, würden sich mit ihm unterhalten wollen, und an diesem Abend wollte er seinen Sohn ganz für sich haben.

Als er Roys Aufzug sah, war er doppelt erfreut, dass er keinen Tisch im Grill bestellt hatte; Abram, der Oberkellner, hätte bestimmt Einwände erhoben. So schlug er den *Artist's Club* vor, was sich als gute Wahl herausstellte, da einige der jugendlichen Gäste ganz ähnlich wie sein Sohn gekleidet waren.

Dan hatte Roy von seiner Mutter, von seinem Onkel Hugo und von Tante Betty berichtet; dann die Zustände in den Staaten geschildert; das Wetter dort – «der ärgste Winter, den wir seit Jahren hatten. Du weißt gar nicht, was du für ein Glück hast, hier zu sein» – und seine nächsten Pläne: «Ich bleibe eine Zeit lang in Jerusalem und fahre dann im Land herum – Haifa, Tel Aviv und ein paar kleinere Orte, vielleicht sogar etliche Moschawim und Kibbuzim.» Allerdings könnte sich die Transportfrage als schwierig erweisen. «Das Dumme ist, kaufe ich mir einen neuen Wagen, dauert das Monate, bis ich ihn kriege, und miete ich einen, kostet es mich ein Vermögen.»

«Und warum nimmst du keinen guten Gebrauchtwagen?», fragte Roy.

«Ach, mit Gebrauchtwagen ist das so 'ne Sache. Du bist nie sicher, was du kriegst, und wenn du einen Fachmann mitnimmst, wer sagt dir, dass er nicht mit dem Händler unter einer Decke steckt?»

«Da gibt's diesen Memavet, der inseriert in der *Jerusalem Post,* vielleicht auch in den hebräischen Zeitungen, aber die lese ich nicht. Er kauft und verkauft Autos. Gerade jetzt sieht's so aus, als ob du einen Wagen teurer verkaufen kannst, als du dafür bezahlt hast.»

«Ich könnte ja mal bei ihm vorbeigehen. Ich hab mich schon ein bisschen umgeschaut – nicht hier, aber in Tel Aviv –, und was ich da gesehen habe, war mehr oder minder schrottreif.»

«Ach nee? Wie lang bist du denn schon hier, Dad?»

Dan errötete und sagte dann leichthin: «Na, ein paar Tage. Ich wollte zuerst ein paar Bekannte in Tel Aviv besuchen und das hinter mich bringen, bevor ich nach Jerusalem kam und dich sah. Du verstehst schon.»

«Klar.» Roy begriff es zwar nicht recht, sah aber keinen Sinn darin, das Ganze aufzubauschen. Vielleicht waren die «Bekannten», die sein Vater aufgesucht hatte, weiblichen Geschlechts …

«Deine Mutter meint, du bist hier nicht sehr glücklich», wechselte Dan das Thema.

«Du weißt doch, wie das ist. Die Jungen hier und die Mädchen dito sind alle solche verdammten Helden. Wie die Texaner in den Staaten. Ja, genau das sind sie – jüdische Texaner. Du glaubst, jeder Einzelne hat persönlich den Sechs-Tage-Krieg gewonnen. Dauernd fragen sie dich, wie dir Israel gefällt. Und wenn du dich überschlägst und ihnen erzählst, wie wundervoll es ist und wie großartig sie sind, grinsen sie entweder und spielen auf verlegen, oder sie machen ein Gesicht, als hättest du genau den Nagel auf den Kopf getroffen. Dabei wirst du aber den Eindruck nicht los, als ob es sie ein bisschen überrascht, dass ein Idiot wie du so intelligent und einsichtsvoll ist. Aber Gott behüte, du machst auch nur die leiseste kritische Bemerkung über ihr einmaliges Land! Zum Beispiel darüber, dass die Leute ihr Bettzeug vorn auf der Veranda hinhängen oder ihre Teppiche mitten auf der Hauptstraße klopfen; oder über die dauernde Bettelei. Du ahnst ja nicht, was du dann alles zu hören kriegst. Sie erklären dir, wieso das so und nicht anders sein muss, oder dass die Bibel es so bestimmt. Nimm nur die Sache mit den Bettlern. Ich erwähnte mal so in etwa, dass irgendwer hier dauernd die Hand aufhält, und kriege zur Antwort, dass die Bibel sagt, man soll Almosen geben; also leisten diese Kerle einen wichtigen Dienst, indem sie da sind und die milden Gaben in Empfang nehmen. Du hast quasi ihnen den Segen für deine gute Tat zu verdanken.»

Sein Vater lachte. «Nun, es ist ein neues Land …»

«Sicher, aber es ist nicht das einzige Land, und die übrige Welt ist nicht nur dazu da, ihnen zu helfen. Und sie fordern dich ständig heraus. Wieso war Amerika in Vietnam und in Kambodscha? Wieso behandeln wir die Schwarzen schlecht? Wieso tun wir nicht was für die Armen? Wieso lassen wir unsere Flüsse und Seen verschmutzen? Du bist dauernd in der Defensive.»

Sein Vater fixierte ihn spöttisch. «Hast du dich nicht immer über dieselben Dinge beschwert?»

Roy wurde rot. «Klar, aber sie drücken es so aus, dass du das Gefühl hast, du schmeißt dich an sie ran, wenn du ihnen zustimmst. Und sie übertreiben alles, und dann versuchst du, ihnen zu sagen, wie's wirklich ist. Na ja, und bald verteidigst du praktisch alles Amerikanische, sogar Dinge, die dir selber nicht gefallen. Und ablehnend sind sie! Du kannst kaum einen von denen dazu bewegen, dass er dir sagt, wie spät es ist. Vor allem die Mädchen. Du willst dich mit einer verabreden, und schon hat sie angeblich was vor oder ist gerade ausgegangen.»

«Wie steht's mit den anderen amerikanischen Studenten?»

«Tja, sie gehören nicht zu der Sorte, mit der ich in den Staaten rumziehen würde, das kann ich dir flüstern», sagte Roy. «Außerdem sitzen sie im gleichen Boot, was soll's also? Wir sind wie die Mauerblümchen bei 'ner Tanzerei, die sich auf eigene Faust zu amüsieren versuchen. Für die Mädchen ist's sogar noch schlimmer. Die Jungen hier tun so, als wär's 'ne Gnade, wenn sie ihnen guten Tag sagen. Ich treibe mich die meiste Zeit mit den arabischen Studenten rum», fügte er beiläufig hinzu.

«Mit arabischen Studenten?»

«Klar. Reg dich nicht auf, Dad. Das ist jetzt gerade in. Sich mit einem Araber anfreunden. Viele von den Israelis vertreten den Standpunkt, dass ihnen die Araber viel näher sind als wir. Sie wären ja auch Israelis.»

«Verstehe. Also deshalb bist du unglücklich.»

«Na ja, ich hatte wohl gerade 'n Tiefpunkt, als ich Ma schrieb. Ich hatte Heimweh und hätte sonst was gegeben für einen Hamburger oder 'ne Pizza oder für 'nen neuen Film. Und ich war allein hier ...»

Dan war erfreut über diese Einleitung. «Aber jetzt bin ich ja da», sagte er.

«Klar. Und glaub bloß nicht, dass ich mich nicht freue. Und bei den Reisen, die du vorhast ... vielleicht könnte ich da mitfahren und dich am Steuer ablösen?»

«Und die Schule ...»

«Ach, jeder nimmt mal frei, manchmal sogar 'nen ganzen Monat. Damit wird gerechnet. Na, wie ist's, Dad?»

Eine verlockende Vorstellung – lange gemeinsame Fahrten, Übernachtungen in kleinen Hotels, Mahlzeiten in abgelegenen Lokalen, Gespräche, gegenseitiges Vertrauen, die Entschädigung für die Jahre der Trennung. Vielleicht könnte er sogar Einfluss auf seinen Sohn gewinnen, ihm Denkanstöße geben, seinen Charakter formen – all das, was ein Vater für seinen Sohn tun sollte. Er lächelte. «Roy, die Sache ist abgemacht.» Trotz aller Anstrengungen zitterte seine Stimme.

13

Bis sie den Wagen entladen und ihre Koffer ausgepackt hatten, war es Nacht geworden. Sie kam plötzlich, wie es in den Tropen der Fall ist, und die Luft wurde kühl. Sie waren müde und hungrig, und Miriam schlug vor, in ein Restaurant essen zu gehen.

«Ein Restaurant? Das ist ein unnötiger Luxus», erklärte Gittel. «Es gibt doch Geschäfte – direkt gegenüber ist ein Lebensmittelladen. Dort können wir alles kaufen, was wir brauchen, es anrichten und auf den Tisch bringen, bevor ein Kellner in einem Lokal auch nur unsere Bestellung aufnehmen würde. Und was sollten wir außerdem mit dem Kind machen?»

Eine gute Frage, denn der Rabbi hatte den fest schlafenden Jonathan aus dem Auto ins Haus getragen, ihn ausgezogen und zu Bett gebracht, ohne dass er aufgewacht wäre.

Gittel machte weitere Pläne für sie. «Morgen früh müssen wir für den Sabbat einkaufen gehen, Miriam – am Sabbat ist nämlich alles geschlossen. Ich zeige dir eine große Markthalle nicht weit von hier, wo du mit einem kleinen Wagen rumfahren und alles mitnehmen kannst, was du möchtest, genau wie in Amerika. Aber vorher müssen wir die Sache mit Jonathans Schule regeln. Um die Ecke ist ein Kindergarten …»

«Ich hatte nicht vor, ihn in die Schule zu schicken», wandte Miriam ein.

«Und was soll er sonst tun? Alle Kinder sind in der Schule. Wenn er nicht geht, hat er niemand zum Spielen, und du bist den ganzen Tag angebunden. Sicher wirst du etwas tun wollen, während du hier bist. Ich habe eine Freundin in der Fürsorge-Abteilung vom Hadassa Hospital, die jammert immer nach freiwilligen Helfern. Die Arbeit wird dir bestimmt Spaß machen. Ich vereinbare einen Termin für dich.»

Sie erklärte ihnen, sie würde sie nicht eher verlassen, bis nicht alles geregelt wäre, sei aber überzeugt, das am nächsten

Vormittag zu schaffen. Zum Glück stand in Jonathans Zimmer ein zweites Bett, obwohl Gittel beteuert hatte, das sei keine große Affäre. In Israel konnte man sich immer arrangieren; notfalls hätte sie auf dem Sofa oder sogar auf dem Fußboden geschlafen.

Sie erzählte ihnen von ihrer Arbeit in Israel, von ihrem Sohn Uri, Miriams Vetter, der in der Armee war. «Groß und hübsch ist er wie sein Vater. Die Mädchen sind alle verrückt auf ihn. Ich kriege ihn kaum zu Gesicht, wenn er auf Urlaub nach Hause kommt.»

Sie bemerkte, dass dem Rabbi die Augen zufielen, und war sofort zerknirscht. «Da rede ich, und ihr brennt darauf, schlafen zu gehen.» Und irgendwie erstaunt: «Und ich bin auch ein bisschen müde. Wir gehen jetzt alle zu Bett, und morgen erledigen wir alles.»

Der Rabbi hatte den Eindruck, dass sie nur deshalb davon absah, darüber zu entscheiden, was er während ihres Aufenthaltes tun sollte, weil er Rabbiner und außerdem kein direkter Verwandter war. Aber er hatte nichts dagegen, zu Bett zu gehen, und schlief sofort fest ein.

Plötzlich wurde er durch einen lauten, dumpfen Schlag geweckt. Es war dunkel, und er tastete auf dem Nachttisch nach seiner Armbanduhr und dann nach seiner Brille. Er schaltete die winzige Bettlampe ein und sah, dass es zwölf Uhr war. Neben ihm bewegte sich Miriam unruhig, drehte sich aber dann auf die andere Seite und atmete weiter ruhig und gleichmäßig. Er knipste das Licht aus und versuchte, wieder einzuschlafen. Nachdem er sich ein paar Minuten hin- und hergeworfen hatte, wurde ihm klar, dass es sinnlos war. Er war hellwach. In Bademantel und Hausschuhen tappte er ins Wohnzimmer, nahm ein Buch aus dem Regal und setzte sich zum Lesen hin. Es war fast vier Uhr, als er wieder zu Bett ging.

Miriam und Gittel machten sich zum Einkaufen zurecht, als er am nächsten Morgen aufwachte. Es war spät, nach zehn

Uhr. Die beiden waren bereits draußen gewesen und hatten Jonathan in den Kindergarten gebracht. Außerdem hatten sie vereinbart, dass er täglich hingehen würde.

Als sie die Wohnung verließen, rief er ihnen nach: «Vergesst den Wein für den *Kiddusch* nicht.»

«Steht auf unserer Liste», sagte Miriam. «Und was hast du vor?»

«Nur spazieren gehen und die Stadt ansehen.»

Bis er seine Morgengebete gesprochen und gefrühstückt hatte, stand die Sonne bereits hoch am Himmel. Sie brannte grell herab auf die weißen Steine, sodass er die Augen zusammenkniff. Er durfte nicht vergessen, sich eine Sonnenbrille zu kaufen. Die Luft allerdings war noch frisch und kühl wie an einem schönen Aprilmorgen daheim; gut, dass er daran gedacht hatte, einen leichten Regenmantel überzuziehen.

Gemächlich schlenderte er dahin; sein Tempo unterschied sich merklich von dem der übrigen Straßenpassanten; es waren zumeist Frauen, die Einkaufsnetze voller Lebensmittel nach Hause trugen. Sein Weg führte durch Wohnstraßen mit einigen prächtigen neuen Häuserblocks; ab und zu gab es winzige Läden im Souterrain – ein Lebensmittelgeschäft, eine Kaffeestube, eine Bäckerei, eine Wäscherei.

Vor ihm schlenderten zwei Männer der Bürgermiliz genau wie er gemächlich dahin. Sie waren in mittleren Jahren und trugen eine Art Uniform: grüne Armbinden und Baskenmützen und lange, sehr abgetragene Militärmäntel. Die Hosen darunter waren dem Schnitt und Material nach offensichtlich zivil. Der eine trug ein altes Gewehr und der andere eine etwa sechzig Zentimeter lange Stahlstange, mit der verdächtige Päckchen in Abfalltonnen durchstochen wurden. Rabbi Small überlegte, ob sie das Gewehr wohl abwechselnd benutzten. Sie führten eine hitzige Diskussion und gestikulierten dabei ausdrucksvoll. Als er näher kam, hörte er den einen sagen: «Also ist Agnon weniger ein hebräischer Schriftsteller als vielmehr ein jiddischer, der in Hebräisch schreibt. Das ist ein Unterschied.» Er unterbrach sich, als der Rabbi neben ihnen stehen blieb, und betrachtete ihn misstrauisch.

«Können Sie mir bitte sagen, ob ich hier zum Stadtzentrum komme?», fragte er.

«Wohin wollen Sie denn?»

«Ich bin neu hier», erklärte der Rabbi. «Wo sind die Läden, das Geschäftsviertel?»

«Er meint Zion Square. Was möchten Sie denn kaufen?»

«Gar nichts. Ich möchte mir nur die Stadt anschauen.»

«Ach so. Geradeaus kommen Sie zur King George Street, dann biegen Sie links ab in die Ben Yehuda Street. Das ist das Geschäftsviertel.»

Enge, überfüllte Straßen mit kleinen Läden, im Vergleich zu Amerika unattraktiv. Sie ähnelten den Geschäften, die er in kleinen Fabrikstädten von New England gesehen hatte und in denen die Schaufensterauslagen offenbar seit der Eröffnung nicht gewechselt worden waren. In schmalen Gässchen oder zwischen zwei Gebäuden und selbst auf den etwas verbreiterten Stellen des Gehsteigs waren Stände, an denen die verschiedensten Artikel feilgeboten wurden – Bleistifte, Rasierklingen, Geldbörsen, Regenschirme, Feuerzeuge. Es gab mehrere Kioske an der Straße, in denen Lotterielose verkauft wurden. In Hauseingängen und auf den Gehsteigen saßen alte Männer an die Mauern gelehnt und riefen Zeitungen aus.

Überall waren junge Männer und Frauen in Uniform zu sehen. Viele der Männer trugen Selbstladegewehre, entweder an Lederriemen über der Schulter oder wie Regenschirme unter den Arm geklemmt oder an den Abzugsbügeln. Sie sahen nicht wie Soldaten aus, fand er, obwohl sie jung und kräftig waren. In ihrer Haltung lag eher etwas Ziviles, Sachliches, als übten sie irgendeinen Beruf aus, der eine Uniform erforderte, zum Beispiel als Busfahrer.

Der Rabbi entdeckte einen Hutladen und wollte sich eine

zweite *Jarmulke* als Reserve kaufen. Es gab sie in allen Andenkenläden in rotem und blauem Samt mit Gold- und Silberstickerei, aber er wollte ein einfaches schwarzes Käppchen haben. Der Besitzer war ein hoch gewachsener Mann mit langem Bart. Sein Sohn in Khaki half während seines Urlaubs im Geschäft, das automatische Gewehr deutlich sichtbar auf einem Regal hinter dem Ladentisch. Mehrere Männer, offensichtlich keine Kunden, unterhielten sich über arabische Terroristen und über Gegenmaßnahmen, die die Regierung ergreifen sollte. Sie sprachen Jiddisch, das der Rabbi nicht fließend beherrschte, dem er jedoch folgen konnte. Der Sohn des Besitzers erkundigte sich nach einer Minute, was er wünsche, legte zwei Stapel schwarze *Jarmulkas* auf den Ladentisch, die einen kosteten zwei, die anderen vier Pfund, und beteiligte sich dann wieder an der Unterhaltung, die er abermals gerade so lange unterbrach, um den Schein des Rabbis entgegenzunehmen und ihm das Wechselgeld herauszugeben.

Eine merkwürdig simple und nach amerikanischen Begriffen sogar primitive Transaktion, fand der Rabbi: ein Austausch von Geld und Ware ohne jede Formalität, kein Einpacken, keine Quittung. Es gab keine Registrierkasse; der junge Mann hatte das Wechselgeld aus einer Schublade unter dem Ladentisch geholt. Er sagte nicht einmal das übliche «Danke», doch als es der Rabbi tat, antwortete er automatisch «*Bewakascha*» – bitte sehr.

Rabbi Small setzte seinen Spaziergang fort, blieb vor den Schaufenstern stehen und rechnete mechanisch die Preise in amerikanische Dollars um. Keine der gewundenen Straßen schien die anderen im rechten Winkel zu kreuzen, und plötzlich fand er sich auf einem Markt mit engen Standreihen, vorwiegend Obst und Gemüse, mitunter allerdings auch Fisch und Fleisch und sogar Textilien, an denen Araber, bärtige Juden, Frauen ihre Waren anpriesen – schreiend, feilschend, gestikulierend. Außerdem gab es bescheidene Vorläufer der Warenhäuser – Stände, an denen man Kämme, Notizbücher, Nähnadeln, Papiertaschentücher oder Regenmäntel kaufen konnte, sofern einer von dem halben Dutzend vorhandenen die passende Größe hatte.

Der Rabbi bog in eine Seitengasse ein und gelangte auf einmal in ein Wohnviertel mit alten ein- bis zweistöckigen Häusern, in denen offenbar vorwiegend Orthodoxe ansässig waren. Die Männer begannen aus ihren Läden oder Arbeitsräumen heimwärts zu strömen, um sich auf den Sabbat vorzubereiten. Auf den Höfen spielten Kinder, Jungen mit kahl geschorenen Köpfen, bis auf die Ringellocken an Schläfen und Ohren. Alle trugen Käppchen und hatten Mühe, sie nicht beim Laufen oder Kicken nach dem Fußball zu verlieren. Die kleinen Mädchen spielten auf einer Seite für sich Seilspringen oder Himmel und Hölle. Gelegentlich knatterte ein Motorrad, was überhaupt nicht in die gesamte Atmosphäre passte, und ein junger Mann brauste vorbei und verschwand um die Ecke. Dunkelhäutig, glatt rasiert, aber mit modischem langem Haar, auffallende, weit ausgestellte Hosen, die eng auf den Hüften saßen und von einem breiten, reich verzierten Gürtel gehalten wurden.

Der Rabbi wanderte weiter, zwar unsicher über die Richtung, jedoch nicht gewillt, eine der Frauen, die auf den Treppenstufen vor dem Haus saßen, zu fragen, da er nicht wusste, ob sie es vielleicht unpassend finden würden, von einem Fremden angesprochen zu werden. Schließlich kam er in eine breite Straße mit hohen, modernen Apartmenthäusern, die ihm bekannt schienen. An der nächsten Ecke sah er auf dem Straßenschild, dass er sich in der Jaffa Road befand, die zur King George Street führte. Er war jetzt müde und dankbar, ein kleines Café zu entdecken, wo er sich eine Weile ausruhen konnte.

Es war angenehm ruhig hier, zumindest um diese Zeit, und

es gab einen Zeitungs- und Zeitschriftenständer mit französischen, deutschen und hebräischen Blättern. Nur wenige der kleinen Tische waren besetzt, und zwar von in ihre Zeitung vertieften Einzelpersonen. Der Rabbi bestellte sich eine Tasse Kaffee und holte sich dann eine Nachmittagszeitung vom Ständer.

Der Leitartikel befasste sich mit dem jüngsten Terrorakt, der Explosion einer Bombe in einem Wohnhaus in Rechavia, die sich vergangene Nacht ereignet hatte. Ein Mann war getötet worden, ein Professor für Agronomie an der Universität. Seine Frau und zwei Kinder waren dem gleichen Schicksal nur dadurch entgangen, dass sie die Nacht bei Verwandten in Haifa verbracht hatten. Offenbar hatten die Reporter keine Zeit gehabt, sich über das Opfer gründlich zu informieren; es wurde lediglich eine Kurzbiographie gegeben, wie man sie in den Archiven registriert, und dazu ein Foto aus der gleichen Quelle.

Auf einer der Innenseiten fand sich eine Skizze der Gegend. Als der Rabbi sie sah, fuhr er hoch. Der Vorfall hatte sich nur eine Straße von der Victory Street entfernt ereignet. Das musste es gewesen sein, was ihn mitten in der Nacht aufgeweckt hatte – der Lärm der Explosion!

Eine Regierungsstelle räumte ein, dass es sich wahrscheinlich um das Werk der CAT-Gruppe handle – *Committee for Arab Triumph* –, die vor ein paar Wochen auf dem Marktplatz in Jaffa einen Bombenanschlag verübt hatte, bei dem zwei Menschen getötet worden waren.

Damals hatte CAT die Polizei wenige Minuten vor der Explosion angerufen. Bei einer anderen Gelegenheit war ihr Anruf früh genug gekommen, oder ihr Sprengsatz hatte nicht planmäßig gezündet, sodass die Polizei die Bombe entdecken und entschärfen konnte. Diesmal hatte es jedoch keine telefonische Warnung gegeben.

Ein Foto zeigte einen kleinen, länglichen schwarzen Kasten

aus Plastik, der wie ein Taschenradio aussah. Auf der einen Seite befand sich eine Skala, die herauszuziehen war und dann den Mechanismus in Gang setzte; ungefähr eine Stunde später explodierte die Sprengladung. Ein fett gedruckter Hinweis besagte, wer ein solches Gerät finde, könne die Explosion dadurch verhindern, dass er den Bolzen herunterdrücke. Damit sei es zwar nicht entschärft, sondern nur vorübergehend außer Funktion gesetzt, aber man könne es zumindest sicher zur nächsten Polizeistation bringen.

Der größte Teil der Zeitung beschäftigte sich mit dem Vorfall, und der Rabbi verschlang jede Zeile. Ein Sprengstoffexperte der Armee wurde zitiert, der sich geringschätzig über die Bombe äußerte: «Die Sprengkraft ist nicht sehr groß, und der Druck geht nur in eine Richtung.»

Ein Nachbar erklärte in einem Interview, seines Wissens habe das Opfer an etwas gearbeitet, das für arabische Bauern von großem Wert gewesen wäre.

Der Rabbi hängte die Zeitung wieder an den Ständer, bezahlte seinen Kaffee und ging. Er hatte seinen flüchtigen Impuls überwunden, nach Hause zu eilen und die Wohnung zu durchsuchen. Ob Miriam von der Explosion wusste und sich ängstigte? Sollte er ihr davon erzählen, falls sie keine Ahnung hatte? Doch dann machte er sich klar, dass sie bestimmt im Bilde war. Sie hatte mit Gittel im Supermarkt eingekauft. Die Leute redeten fraglos darüber, und auch wenn sie es auf Hebräisch taten, verstand Gittel es ja. Sie würde es Miriam sagen und sie notfalls beruhigen. Jetzt war es zwei Uhr, und die Menschen hasteten durch die Straßen, als ob sie alle zu spät dran wären für eine wichtige Verabredung. Die Geschäfte waren entweder geschlossen oder gerade dabei zu schließen, und die Inhaber hatten es ebenfalls eilig. An einer Ecke war ein Blumenstand, der noch verkaufte. Doch auch hier war der Besitzer bestrebt, die drei oder vier ungeduldig wartenden Kunden schnell abzufertigen. Der Rabbi stellte sich dazu und kaufte einen Strauß Nelken. Dann machte er sich gleichfalls schleunigst auf den Heimweg.

Miriam und Jonathan begrüßten ihn; Gittel war bereits gegangen. «Uri bekommt meistens zum Wochenende Urlaub», erklärte Miriam. «Natürlich möchte sie zu Hause sein, um ihn zu empfangen. Ich schlug vor, sie solle versuchen, ihn über die Leute von der Armee zu benachrichtigen, dass er nach Jerusalem statt nach Tel Aviv fährt. Aber das konnte vermutlich nicht einmal Gittel zuwege bringen.»

«Hat sie es versucht?», erkundigte sich der Rabbi.

«Nein. Ich nehme an, sie hält es für unpatriotisch, die Armee mit unwichtigen Bitten zu behelligen. Hierzulande ist die Armee sozusagen sakrosankt.»

«Muss sie wohl, wenn Gittel nicht einmal den Versuch gemacht hat», meinte er trocken.

«Aber sie ist eine gute Seele, David.»

Er schien überrascht. «Selbstverständlich. Ich finde sie großartig. Ihre Betriebsamkeit macht mir nichts aus. Sie stammt aus einer langen Reihe matriarchalischer Gestalten – von Debora bis Golda. Bei uns ist das eine Tradition. Im *stetl* hatten die Frauen das Heft in der Hand, während die Männer studierten.» Er lächelte. «Du hast auch ein bisschen was davon. Es tut mir nur Leid, dass Gittel nicht mit uns zusammen unseren ersten Sabbat in Israel feiert.» Er gab ihr die Blumen und küsste sie. «Alles Gute zum Sabbat.»

Er wollte fragen, ob sie die Nachricht gehört habe, aber Jonathan kam ins Zimmer. «Ich war in der Schule, Daddy, und geh jetzt jeden Tag hin – mit Shauli von oben.»

«Das ist aber fein, Jonathan.» Er streichelte ihm zärtlich über das Haar. «Und wie hat's dir in der Schule gefallen?»

«Ach, ganz gut soweit.» Dann aufgeregt: «Du, die Kinder hier können nicht richtig Ball werfen. Sie stoßen ihn. Mit den Füßen.»

«Das finde ich wirklich interessant.» Er wollte mehr sagen.

Er wollte seinen Sohn nach der Schule fragen. Er wollte Miriam fragen, wie sie den Tag verbracht habe. Aber er konnte es nicht; er war zu müde.

«Ich bin durch die ganze Stadt gelaufen», begann er zu erklären.

«Warum legst du dich nicht ein Weilchen hin und schläfst, David? Ich hab das gemacht und fühlte mich hinterher wie neugeboren.»

«Ja, ich glaube, das tue ich.» Er zögerte. «Hast du gehört von …»

Sie drehte sich rasch um, ob Jonathan außer Hörweite war. «Ja, aber wir wollen jetzt nicht darüber reden. Leg dich hin.»

Er hatte kaum die Schuhe ausgezogen, als er auch schon eingeschlafen war. Es schienen nur ein paar Minuten vergangen zu sein, als Miriam ihn weckte. «Steh jetzt besser auf, David. Es ist unser erster Sabbat in Israel, und ich glaube, wir sollten zusammen essen. Außerdem möchte ich nicht, dass Jonathan zu lange aufbleibt.»

Er fuhr hoch. «Wie spät ist es?»

«Sieben.»

«Aber der Gottesdienst ist doch jetzt schon vorbei.»

«Ich hatte nicht das Herz, dich zu wecken. Du hast so tief geschlafen. Der lange Flug. Und der Zeitunterschied.»

Er stand auf und besprengte sich das Gesicht mit kaltem Wasser. Als er ins Esszimmer kam und den gedeckten Tisch mit den brennenden Kerzen und der Vase mit seinen Blumen in der Mitte sah, fühlte er sich erfrischt. Er setzte sich ans Kopfende der Tafel und schenkte den *Kiddusch*-Becher ein.

Dann erhob er sich und begann das alte Gebet: «Am sechsten Tag …»

14

Vom Tag seiner Ankunft in Barnard's Crossing an hatte Rabbi Deutch eine Reihe von Besprechungen mit Kantor Zimbler und Henry Selig gehabt, dem Vorsitzenden der Ritualkommission. Der Gemeindevorsteher hatte ihn für diesen wichtigen Posten vor allem wegen der Geschwindigkeit benannt, mit der er die Gebete las. Bert Raymond war zum *Minjan* gegangen, um das *Kaddisch* zum Todestag seines Vaters zu sprechen, und hatte dabei Selig bemerkt. «Er ist der Erste, der sich beim *Schemone essre* wieder hinsetzt. Als ich ihn das erste Mal beobachtete, dachte ich, er lässt was aus, genau wie ich. Aber dann hab ich neben ihm gesessen, und er liest das Ganze tatsächlich. Seine Lippen beben förmlich. Er muss es auswendig können.»

Das stimmte; Henry Selig konnte die täglichen Gebete auswendig, und darauf beschränkte sich seine Kenntnis des jüdischen Rituals. Daher erhob er keine Einwände gegen die Pläne von Rabbi Deutch. Bei dem Kantor war es schon schwieriger. Er war völlig einverstanden mit jedem Vorschlag, durch den sich sein Anteil am Gottesdienst erweiterte, doch wenn Rabbi Deutch auf ein besonderes Gebet verzichten wollte, insbesondere wenn es eine ausgedehnte musikalische Wiedergabe verlangte, jammerte er: «Aber Rabbi, dieses Gebet ist entscheidend für die Stimmung während des ganzen Gottesdienstes.» Manchmal veranlassten ihn auch rein persönliche Gründe zu seinen flehentlichen Bitten: «Hier singe ich den ersten Teil Falsett, den nächsten mit normaler Stimme, dann wieder Falsett und nochmal mit normaler Stimme. Genau wie ein Duett, die Leute sind ganz wild drauf. Es ist kein Freitagabend vergangen, wo nicht jemand hinterher zu mir gekommen ist und mir gerade zu diesem Gebet ein Kompliment gemacht hat.»

Doch Rabbi Deutch wusste, was er wollte, und verfügte über eine langjährige Erfahrung im Umgang mit leicht erregbaren Kantoren. «Hören Sie zu, Kantor, es gibt eine Regel, wie man den Gottesdienst am Freitagabend erfolgreich abwickelt, und die lautet – mach's kurz und schwungvoll. Vergessen Sie nicht, die Sache wiederholt sich allwöchentlich. Wenn sich der Gottesdienst in die Länge zieht, wird die Gemeinde müde, und was geschieht als Erstes – die Leute kommen nicht mehr. Er muss weniger als eine Stunde dauern. Vergessen Sie nicht, sie haben zu Abend gegessen und wollen sich entspannen. Also hören sie Sie ein bisschen singen und singen selber ein bisschen. Wir haben ein paar Wechselgesänge, mit denen wir ihnen ein Gefühl für die Feierlichkeit des Sabbat vermitteln. Ich halte eine kurze Predigt. Das *Amida* ist ein kleines Zwischenspiel, bei dem sie mal aufstehen und die Beine etwas strecken können. Und dann schließen wir mit einem schwungvollen *Adon Olam,* und die Leute gehen ins Vestibül zu Tee und Kuchen und plaudern miteinander. So ist's eine nette Abendunterhaltung, und Sie werden sehen, die Besucherzahl wird von Woche zu Woche steigen.»

Rabbi Deutch hatte noch weitere Ideen zur Verbesserung des Gottesdienstes, und an seinem ersten Freitagabend gelang es ihm, sie alle zu verwirklichen. Als die Gemeindemitglieder ihre Plätze einnahmen, stellten sie fest, dass die thronartigen Sessel auf der Estrade zu beiden Seiten der Bundeslade, wo normalerweise der Rabbi und der Kantor sitzen, leer waren. Der Gottesdienst sollte um acht Uhr beginnen, und eine Viertelstunde vorher waren bereits alle versammelt, die den neuen Rabbi unbedingt in Aktion sehen wollten. Doch die Plätze auf der Estrade blieben leer.

Die Orgel hatte den Einzug der Gemeinde musikalisch untermalt – getragene, schwermütige Klänge in Moll, die jedoch zehn Minuten vor acht plötzlich zu brausenden Dur-Akkorden anschwollen, als die Tür zum Ankleideraum sich öffnete und der Rabbi erschien – im eindrucksvollen schwarzen Gewand mit seidenem Gebetsschal und einer hohen *Jarmulke* aus Samt, ähnlich der eines Kantors, auf dem Kopf. Er hielt kurz inne und schritt dann langsam die Stufen zur Estrade empor und stand vor der Bundeslade, den Rücken der Gemeinde zugekehrt. So verharrte er ein bis zwei Minuten, den Kopf leicht geneigt, richtete sich dann auf und ging zu seinem Platz neben der heiligen Lade.

Nachdem er sich gesetzt hatte, sah er mit unbeteiligtem Gesicht über die Gemeinde hin, und das vereinzelte Geflüster verstummte, als sie seinen Blick auf sich verweilen fühlten. Zwei Minuten vor acht erhob er sich und schritt zum Pult. Er schaute die Gemeinde nicht direkt an, sondern hatte sich etwas umgedreht, der Tür des Ankleideraums zu. Wartend stand er da, und Punkt acht öffnete sie sich abermals, der Kantor erschien und begann von der Schwelle aus *ma-towju* zu singen – Wie schön sind deine Zelte, Jakob! Dabei stieg er langsam die Stufen zur Estrade empor, während der Rabbi unbeweglich verharrte und ihn ansah. Der Gesang endete genau in der Sekunde, in der er am Pult anlangte. Erst jetzt zog sich der Rabbi auf seinen Platz neben der Bundeslade zurück.

Nun sang der Kantor *l'cha dodi,* und die Gemeinde stimmte in den Refrain ein. Anschließend trat der Rabbi vor und verkündete mit seinem tiefen Bariton: «Wir lesen jetzt abwechselnd den Psalm auf Seite zwölf in Ihren Gebetbüchern.» Er las den ersten Vers und dann gemeinsam mit der Gemeinde den nächsten, wobei seine klangvolle Stimme deren Gemurmel übertönte.

Der Gottesdienst war in der Tat kurz und schwungvoll. Die Predigt dauerte nur fünfzehn Minuten. An keiner Stelle wurde eine Verschleppung geduldet. Die Gemeinde erfreute sich am Gesang des Kantors, weil er nicht im Übermaß geboten wurde. Ihr eigener Anteil, der sich vorwiegend auf das wechselweise Lesen beschränkte und bei dem der Rabbi die halbe Arbeit tat, vermittelte ihnen das angenehme Gefühl, beteiligt zu sein, und war dennoch nicht beschwerlich; und die *Amida* war fast eine Erholungspause, weil sie im Stehen gesprochen wurde.

Natürlich gab es Einwände. Einige der älteren Gemeindemitglieder waren nicht unbedingt erbaut von dem schwarzen Gewand, das der Rabbi gewählt hatte und das sie an Priester und Pfarrer erinnerte. Und außerdem waren die Präliminarien in ihren Augen zu dramatisch und wirkten daher theatralisch und gekünstelt. Doch die meisten äußerten sich anerkennend.

«Na, bitte, und welches ist die dauerhafteste religiöse Organisation der Welt? Die katholische Kirche, hab ich Recht? Und womit arbeitet sie, wenn nicht mit Dramatik und Zeremoniell? Das ist ihr Betriebskapital. Sie weiß genau, was die Leute Woche um Woche wiederkommen lässt – eine gute Vorstellung, ein eindrucksvolles Schauspiel, und das bietet sie ihnen.»

Dieselben Abweichler mäkelten auch an der Predigt herum.

«Also für mich hat er überhaupt nichts gesagt.»

«Ja, aber er hat dafür keine vierzig Minuten gebraucht.»

Doch selbst die stärksten Gegner mussten zugeben, dass der Gottesdienst sich durch strikte Ordnung und Befolgung des Rituals auszeichnete – das *Schibbolet* des konservativen Judentums.

Die überwiegende Mehrheit aber fand den Gottesdienst wunderbar und legte Wert darauf, zum Rabbi zu gehen und ihm das mitzuteilen.

«Wirklich, Rabbi, es hat mir sehr zugesagt. Früher bin ich am Freitagabend nicht oft in die Synagoge gegangen. Aber von jetzt ab sehen Sie mich jede Woche.»

«Ihre Predigt, Rabbi, also auf die hab ich angesprochen, Sie verstehen schon. Darüber werde ich noch lange nachdenken.»

«Wissen Sie, Rabbi, heute Abend hatte ich zum ersten Mal das Gefühl, ich nehme an etwas – na ja – an etwas Heiligem teil. Anders kann ich's nicht sagen.»

«Bei mir dasselbe, Rabbi. Das war der beste Sabbat, an den ich mich erinnern kann.»

Bert Raymond, der neben Rabbi Deutch stand, strahlte.

15

Die Nachwirkungen der Reise waren noch nicht vorüber, und die Smalls schliefen lange – sogar Jonathan. Sie erwachten, als ihnen die helle Sonne direkt ins Gesicht schien; es war nach zehn Uhr und zu spät, um in die Synagoge zu gehen.

Miriam war zerknirscht. «Ich weiß, du wolltest an deinem ersten Sabbat in Jerusalem in die Synagoge gehen.»

«Das hatte ich vor», sagte er leichthin, «aber es kommen ja noch andere Sabbats. Wollen wir nicht spazieren gehen? An der King George Street ist ein Park.»

Auf dem Weg durch die Straßen wurde ihnen klar, dass sie etwas Neues erlebten – eine ganze Stadt, die den Sabbat einhielt. Sämtliche Geschäfte waren geschlossen – das war zu erwarten –, aber es war mehr als das. Es verkehrten keine Omnibusse, und auf den Straßen fuhren fast keine Autos. Die Verkehrsampeln waren auf das gelbe Blinklicht geschaltet, statt auf Rot und Grün abwechselnd. Und die Menschen schlenderten genauso wie sie durch die Straßen; Männer mit ihren Frauen und Kindern in Feiertagskleidung gingen zu dritt und zu viert nebeneinander, ohne bestimmtes Ziel, nur das schöne Wetter genießend.

Andere wiederum, die aus der Synagoge kamen, strebten nun nach Hause; manche hatten noch den Gebetsschal um die Schultern gelegt, um ihn nicht tragen zu müssen, was natürlich eine Art Arbeit und somit ein Verstoß gegen den Sabbat wäre. Hin und wieder sahen sie einen Chassid im Sabbatstaat, statt des breitrandigen Filzhutes eine mit Pelz verbrämte Galamütze, das *schtrajml,* auf dem Kopf, bis knapp unters Knie reichende Bundhosen und dazu weiße Strümpfe. Manche waren in das lange schwarze Seidengewand mit Schärpe gehüllt. Andere, meistenteils Jüngere, bevorzugten einen Gehrock, den sie der Wärme wegen offen ließen; dadurch waren die Schaufäden des *Tallit katan* zu sehen, des kleinen viereckigen Gebetstuches, das sie ständig unter der Kleidung trugen. Um die Taille hatten sie die gestickten Gürtel, die sie zum Beten anlegten und die zur Trennung der unteren, mehr weltlichen Körperpartien von den oberen, mehr geistigen, dienten.

«Warum kleiden sie sich so, David?», fragte Miriam.

Er grinste. «Genau genommen, purer Konservativismus. Das ist der Anzug des wohlhabenden polnischen und russischen Kaufmanns aus dem achtzehnten Jahrhundert; vermutlich trug sich Baal Schem Tow, der Stifter des Chassidismus, in jener Zeit so, und sie eifern darin dem *rebbe* nach. Ich nehme an, die amischen Mennoniten in Pennsylvania tun dasselbe und aus dem gleichen Grund. Wir neigen dazu, Kleidung mit Geisteshaltung zu assoziieren. Vielleicht sind die Leute heutzutage aus ebendiesem Grund gegen den legeren modischen Aufzug der Jugend; in ihren Augen weist das auf Rebellion hin und auf einen Bruch mit dem Herkömmlichen nicht nur in der Kleidung, sondern auch in den tradierten Moralbegriffen und Wertvorstellungen.»

«Bei den Alten stört's mich nicht», meinte Miriam, «aber die Jungen – dass die derart an der Tradition festhalten … Der da drüben, er kann doch nicht älter als dreizehn oder höchstens vierzehn sein.»

Der Rabbi folgte ihrem Blick. «Das ist vielleicht ein Dandy, was? Das *schtrajml* – Nerz, nicht wahr? – muss seine Familie ein Vermögen gekostet haben.» In seiner Stimme lag ein melancholischer Unterton. «Ein trauriges Paradoxon. Während sie einerseits so strikt an der Kleidung festhalten, haben sie sich weitgehend vom Geist der Bewegung entfernt. Der Chassidismus war ursprünglich eine Art von romantischem Mystizismus, voller Freude und Lachen, voller Singen und Tanzen, der sozusagen die direkte Begegnung mit Gott einschloss. Eine nützliche und notwendige Reaktion auf die peinlich genaue Einhaltung der religiösen Vorschriften, die für die damalige Zeit typisch war. Aber heute hat sich der Kreis geschlossen, und die Chassidim sind die größten Pedanten, was ihr striktes Festhalten am Buchstaben des Gesetzes betrifft.»

Im Park spielten Jungen im Alter von zehn bis zwanzig und darüber Fußball. Die Mannschaften waren aufs Geratewohl ausgesucht; der lebhafte Spielverlauf brachte zahlreiche Zusammenstöße mit sich, bei denen aber anscheinend niemand zu Schaden kam.

Die Smalls setzten sich auf eine Bank und schauten zu. Andere saßen im Gras am Rand des improvisierten Spielfeldes, und obwohl der Ball hin und wieder über ihre Köpfe hinwegflog oder die Spieler an ihnen vorbeirasten, um ihn zu holen, störte sich offenbar niemand daran.

Sie saßen auf der Parkbank im hellen Sonnenschein und hatten keine Lust, weiterzugehen. Jonathan war nach ein paar Minuten abgezogen und sah einer Gruppe von kleineren Jungen zu, die mit einem leichteren Ball spielten. Einmal flog er ihm vor die Füße. «Kick ihn zurück!», schrie eins der Kinder auf Hebräisch. Er verstand nicht, stieß ihn aber automatisch an und sah überrascht und begeistert, wie er ein Stück weit in hohem Bogen flog. Teils hingerissen von seiner Heldentat, teils etwas ängstlich, weil er ihn womöglich zu weit gestoßen hatte, rannte er zu seinen Eltern. «Ich hab ihn gekickt!», schrie er. «Habt ihr gesehen? Habt ihr gesehen, wie ich den Ball gekickt hab?»

Seine Mutter umarmte ihn.

«Ein schöner Stoß», sagte der Rabbi. «Wenn du wieder hingehst, kannst du ihn vielleicht nochmal kicken, oder sie lassen dich mitspielen.»

«David!», rief Miriam. «Die Jungen sind zwei oder drei Jahre älter als Jonathan. Er wird sich wehtun.»

«Ach, ich weiß nicht. Es scheint doch keiner zu Schaden zu kommen. Und offenbar gibt's auch keine Rauferei unter den Kindern. Sieh dich doch um.»

Doch Jonathan wollte kein Risiko eingehen und kuschelte sich an seine Mutter. Die Mittagsstunde nahte, und die Spiele wurden beendet. Auch die Smalls brachen auf und behielten die gemächliche Gangart bei, die so gut zu dem ganzen Tag zu passen schien.

«Das ist der erste Sabbat seit langem, an dem du nicht in der Synagoge gewesen bist, David», sagte Miriam, als sie sich ihrem Haus näherten.

«Stimmt, aber mir ist nicht, als hätte ich etwas versäumt», entgegnete er. «Ich bin immer gegangen, nicht nur, weil man es von mir als Rabbi und davor als Student auf dem Seminar und davor als Sohn eines Rabbiners erwartete, sondern weil ich von jeher das Gefühl hatte, auf diese Weise die Woche durch den Sabbat zu krönen. Ich zog mich etwas anders an und ging so rechtzeitig zum Tempel, dass ich mich nicht zu beeilen brauchte. Und genauso war es beim Rückweg; ich wusste ja, es wartete keine dringende Arbeit auf mich. Vermutlich tat ich das alles in dem Bestreben, den Sabbat zu etablieren und ihn zugleich zu feiern. Nun, und hier musst du den Sabbat nicht erst etablieren. Du hast es nicht nötig, mit ihm deine Wochenarbeit zu krönen. Das wird für dich getan. Die ganze Stadt hält den Sabbat ein. Wenn ich auch nicht in die Synagoge gegangen bin, so war es doch der beste Sabbat, an den ich mich erinnern kann.»

Sie sah ihn seltsam an. «Schon komisch, wenn ein Rabbi so was sagt.»

«Ja, das glaube ich auch. Aber so ist mir eben zumute.»

16

Der Assistent, dunkelhäutig, schüchtern, schlich sich ins Büro seines Chefs, Police Inspector Ish-Kosher. Er räusperte sich. Ish-Kosher, ein freundlicher, vierschrötiger Mann in akkurater Uniform, blickte hoch und sagte liebenswürdig: «Ja, Aaron?»

«Draußen ist ein Mann. Einer von der Bürgermiliz. Er ging Streife in der Gegend, Sie wissen schon, Alfont Street …»

«Hat er was gesehen? Weiß er was? Reden Sie schon, Mann.» Der Inspector fingerte an der kleinen *Jarmulke,* die mit einer Haarklemme festgehalten wurde. Er trug sie weniger als Zeichen der Frömmigkeit, sondern vielmehr seiner Partei zuliebe, der religiöse Orthodoxie wichtig war. Außerdem wurde dadurch die kahle Stelle am Hinterkopf verdeckt.

«Na ja …»

Ish-Kosher seufzte. Sein Assistent war ein typischer Vertreter der Sephardim, fand er. Sehr gut in den unteren Chargen, als Streifen- oder Verkehrspolizisten, wurden sie leicht starr, unbeweglich, unentschlossen, wenn ihnen mehr Verantwortlichkeit und Selbständigkeit abverlangt wurde. Aber natürlich musste man weitermachen mit ihnen und Geduld haben. In ein paar Jahren würden viel mehr von ihnen im Präsidium sein; im Außendienst waren sie bereits in der Mehrzahl. «Setzen Sie sich, Aaron», sagte er freundlich. «Also – worum geht's?»

«Na ja, ich wusste nicht recht, ob ich Sie damit belästigen sollte oder nicht. Es ist wirklich nichts Besonderes, außer dass die Zeit stimmt. Außerdem haben wir weiter nicht viel.»

«Dann bringen Sie ihn rein. Wir reden mit ihm. Wie Sie schon sagen, haben wir ja nichts weiter.»

«Es sind zwei, aber der eine führt das große Wort.»

«Dann bringen Sie sie eben beide rein. Haben wir nicht genug Stühle?»

Beide Männer waren in den Vierzigern. Aus ihrer Kleidung und der gesamten Erscheinung schloss Ish-Kosher, dass es sich um kleine Geschäftsleute handelte, Ladenbesitzer vielleicht. Shmuel, der Wortführer, wirkte etwas gepflegter als sein Begleiter. Sein Anzug war gebügelt und die Schuhe blank. Moshe trug ebenfalls einen dunklen Straßenanzug, aber dazu einen fleckigen Pullover. Arbeitet im Freien, dachte Ish-Kosher; vielleicht gehört ihm ein Stand.

«Wir haben Wachdienst», erklärte Shmuel.

«Nachtschicht», fügte Moshe hinzu.

«Redst du, Moshe, oder ich?», fragte Shmuel.

«Du.»

«Gemacht. Also, wir haben nachts Wachdienst», begann Shmuel erneut, «und es war vielleicht ein paar Minuten vor elf. Wir waren ziemlich am Ende von der Alfont Street. Die Explosion war in Nummer achtundneunzig, wir waren ein paar Häuser weiter unten – na, sagen wir bei sechsundachtzig. Wir blieben stehen, um uns 'ne Zigarette anzustecken …»

«Du hast die Zigarette angesteckt», unterbrach Moshe.

«Na schön, hab ich also die Zigarette angesteckt. Hast du Angst, der Inspector meldet das? Und da kam ein Mann und fragte sehr freundlich, wirklich sehr höflich, ob wir wüssten, wo die Victory Street ist.»

«Sprach er Hebräisch?», erkundigte sich Ish-Kosher.

«Ja, aber er war kein Israeli. Ein Ausländer, Amerikaner, glaub ich.»

«Gut, erzählen Sie weiter.»

«Sie wissen doch, wie die Victory Street verläuft. Also frag ich ihn, zu welcher Nummer er will. Isses 'ne hohe Hausnummer, muss er nämlich entgegengesetzt zurückgehen, und isses 'ne niedrige, liegt sie in der Richtung, wie wir gingen, die Alfont Street runter und drüben auf der rechten Seite.» Er veranschaulichte die Beschreibung durch Handbewegungen.

«Er sagte, Nummer fünf», teilte Moshe mit.

«Das wollt ich dem Inspector eben erzählen», entrüstete sich Shmuel.

«Gut, er wollte also nach Victory Street Nummer fünf», sagte Ish-Kosher. «Und was passierte dann?»

«Nichts», verkündete Shmuel triumphierend.

«Nichts?» Ish-Kosher starrte die beiden an und blickte dann fragend auf seinen Assistenten.

Shmuel hob die Hand. Entweder wollte er den Inspector beschwichtigen oder damit andeuten, dass noch mehr kam. «Dann hab ich in der Zeitung gelesen, dass so ’ne Bombe ’ne Stunde später hochgeht, nachdem man sie in Gang gesetzt hat. Na, und sie ging ausgerechnet um Mitternacht hoch, und der Mann hat uns so gegen elf angesprochen. Und so red ich eben hier mit meinem Freund Moshe und …»

«Aha. Haben Sie sich den Mann genau angesehen?», fragte Ish-Kosher. «Können Sie ihn beschreiben?»

«Beschreiben?» Ein unsicherer Blick zu Moshe. «Ein großer Mann. Stimmt’s, Moshe?»

Moshe nickte.

«Vielleicht eins achtzig, Moshe?»

«Eins achtzig auf jeden Fall.»

«Haarfarbe, Augenfarbe?», wollte Ish-Kosher wissen.

«Dunkel. Es war ja spät in der Nacht. Hast du seine Augen gesehen, Moshe?»

Moshe schüttelte den Kopf.

«Wie alt war er?»

«Ein richtiger Mann. Ich meine, kein Junge. Fünfzig vielleicht. Würdest du auch sagen fünfzig, Moshe?»

«Fünfzig mal sicher. Vielleicht sogar fünfundfünfzig.»

«Was hatte er an?»

«Hut und Mantel. Darum kann ich nicht sagen, was für ’ne Haarfarbe. Er hatte ’n Hut auf.»

«Und er war Amerikaner? Woran haben Sie das gemerkt? An seinem Hebräisch?»

«Sein Hebräisch war gut, aber er hat nicht so geredet wie wir. Als ob er es studiert hat. Sie verstehen, was ich meine?»

«Gut. Er fragte Sie also, wie er zur Victory Street kommt, Sie erklärten es ihm, und er ging davon?»

«N-nein, nicht direkt. Er wollte nach Nummer fünf, und das war in unserer Richtung. Also gingen wir miteinander und redeten.»

«Du hast geredet», sagte Moshe.

«Von mir aus hab ich geredet. Hab ich ihm irgendwelche Geheimnisse verraten?»

«Worüber sprachen Sie?», fragte der Inspector.

«Na, so wie man sich eben unterhält. Über die Regierung, über Steuern, über den Krieg – Sie wissen schon, wie man eben so redet.»

«Und Sie gingen mit ihm bis zu dem Haus, zu dem er wollte?»

«Nein. Wir sind bis zur Querstraße mitgegangen, und ich hab ihm gesagt, er soll da langgehen, das wär der Anfang von Victory Street. Und Nummer fünf wär das zweite oder dritte Haus nach der Ecke.»

«Und er ging die Querstraße hinunter …», drängte Ish-Kosher.

«Nein.» Shmuel lächelte erfreut, weil er den Inspector reingelegt hatte. «Er sah auf seine Uhr und sagte, es wär vielleicht zu spät, jemand zu besuchen. Er bedankte sich bei uns und ging weiter die Alfont Street runter.»

Ish-Kosher bedachte seinen Assistenten mit einem seltsamen Blick, nachdem dieser die beiden hinausbegleitet hatte. «Ich hab Ihnen ja gesagt, ich glaube nicht, dass da viel dran ist, aber …», stotterte Aaron.

«Aber wir haben nichts weiter», ergänzte sein Chef. «Und trotzdem ist es eigenartig, wenn man ein bisschen darüber nachdenkt. Elf Uhr – ziemlich spät für einen Besuch, praktisch genauso spät wie ein paar Minuten später, als er selber fand, es sei zu spät. Könnte nicht schaden, sich ein bisschen umzuhören. Viel verspreche ich mir nicht davon, wissen Sie. Wahrscheinlich ist Adumis Methode die richtige, einen Haufen Araber festzunehmen und sie in der Hoffnung zu verhören, dass einer die Nerven verliert und was zugibt. Trotzdem – in meinem Bezirk ist ein Mann getötet worden. Dass er durch eine Bombe ums Leben gekommen ist, tut nichts zur Sache. Es war Mord, und für Mord bin ich zuständig. Es könnte also der Mühe wert sein, nach Victory Street fünf zu gehen und mal zu erkunden, ob einer der Hausbewohner an dem Abend noch einen späten Besuch erwartet hat.»

17

Am Sonntag wollten die Smalls die Stadt besichtigen. Sie waren zumindest den Vormittag über ungebunden, da Jonathan bis zwei in der Schule blieb und dort seinen Lunch bekam.

«Sie brauchen sich nicht zu beeilen», sagte Mrs. Rosen, ihre Nachbarin. «Er kann ja mit Shauli spielen, bis Sie zurückkommen.»

«Wir möchten in die Altstadt und zur Klagemauer», sagte Miriam. «Können wir da rechtzeitig zurück sein?»

«Natürlich.» Sie erklärte ihnen, welchen Bus sie zum Jaffa-Tor nehmen sollten. «Sie sehen dann schon, es sind überall Hinweisschilder. Es ist nicht weit zur Klagemauer, Sie könnten sogar zu Fuß gehen. Aber beim ersten Mal nehmen Sie lieber den Bus.»

Sie befolgten den Rat. Kaum hatten sie beim Fahrer bezahlt, als er auch schon losbrauste, und sie zu ihren Plätzen schwankten. Da schnitt ein Auto den Bus, und der Fahrer musste schleunigst auf die Bremse steigen. Er streckte den Kopf aus dem Fenster und brüllte dem Fahrer des Wagens zu: «Es soll dir, Gott behüte, nichts passieren, aber du bist ein

Idiot!» Dann legte er wutschnaubend und rot vor Empörung wieder den Gang ein, und sie rollten davon.

Sie fuhren ein paar Minuten. Der Rabbi und Miriam sahen interessiert aus dem Fenster. Eine Frau in mittleren Jahren, die ein paar Netze voller Lebensmittel auf dem leeren Platz neben sich liegen und den umfänglichen Schoß voller Pakete hatte, zog an der Schnur, und dann ein zweites Mal, weil der Fahrer das Haltesignal womöglich nicht gehört hatte.

Er blickte in den Rückspiegel und schrie: «Schon gut. Ich hab's ja gehört. Oder glauben Sie, das ist ein Musikinstrument?» Er fuhr an den Randstein und hielt.

Die Frau raffte ihre Einkaufsnetze und Päckchen an sich und strebte zur Tür. «Er benimmt sich, als ob sein Vater die Straße gebaut hätte», beschwerte sie sich. «Und wie oft zieht man die Schnur, und er hält nicht? Und wie oft fahren sie einfach vorbei, wenn's regnet und man an der Haltestelle steht?»

«Liebe Dame, wir müssen alle irgendwohin. Und wenn Sie sich nicht beeilen, haben Sie keine Zeit, Ihrem Mann noch das Essen zu kochen, bevor er nach Hause kommt. Den Schluss können Sie uns ja das nächste Mal erzählen.»

«Busfahrer sind alle gleich», meinte Miriam.

Ihr Mann lächelte. «Dieser hier auch, aber mit einem Unterschied.»

Der Bus hielt vor dem Jaffa-Tor. Bevor sie hindurchgingen, drehten sie sich um und betrachteten den Teil der Neustadt, den sie eben verlassen hatten.

«Es ist alles so weiß, David!», rief Miriam.

«Es ist aus Jerusalemer Stein erbaut. Wenn ich mich recht erinnere, gab es während des britischen Mandats ein Gesetz, das das vorschrieb. Vielleicht ist es immer noch in Kraft. Aber die Wirkung ist toll, nicht wahr?»

Sie gingen durch das Tor, überquerten einen weiten Platz und folgten den anderen Besuchern in eine schmale, kaum drei Meter breite überdachte Straße. Zu beiden Seiten waren Stände und Läden, vor denen die arabischen Besitzer auf niedrigen Hockern saßen und die Passanten hereinwinkten.

Die Straße fiel steil ab; alle paar Schritte waren zwei oder drei Stufen. Es wimmelte von Arabern, Touristen, Geistlichen der verschiedenen Konfessionen und zahllosen Kindern. Die Seitenstraßen waren ebenfalls überdacht und mit Läden gesäumt. Ab und zu sahen sie jedoch Plätze und Höfe, die offensichtlich zu Wohnhäusern gehörten. Als sie an einer Ecke stehen blieben, näherte sich ihnen ein kleiner Junge von elf bis zwölf Jahren. Er war sauber gewaschen und trug einen Cowboyanzug.

«Brauchen Sie einen Führer, meine Herrschaften? Ich kann Sie überall hinbringen. Möchten Sie zur Klagemauer? Sind Sie aus Amerika?»

«Ja, wir sind aus Amerika», antwortete Miriam.

«Vielleicht aus Chicago? Oder aus Pennsylvania? Ich hab viele Freunde in Chicago und Pennsylvania. Vielleicht kennen Sie welche davon. Dr. Goldstein aus Pennsylvania ist ein sehr guter Freund von mir.»

«Nein, ich kenne Dr. Goldstein aus Pennsylvania nicht», sagte Miriam, wider Willen belustigt.

«Vielleicht möchten Sie die Via Dolorosa besichtigen? Ich kann sie Ihnen zeigen, das Kloster auch. Pater Benedict ist ein sehr guter Freund von mir.»

Miriam schüttelte den Kopf.

«Oder interessieren Sie sich für Teppiche? Für Schmuck vielleicht? Ich kann Sie in die besten Läden führen. Als meine Freunde kriegen Sie überall Vorzugspreise. Oder persische Emailarbeiten? Ich kenne da einen Laden – der Besitzer will das Geschäft aufgeben und verkauft alles sehr billig.»

«Wir möchten gar nichts kaufen», erklärte Miriam.

«Mein Bruder kann Sie in eine Ledergroßhandlung führen …»

Miriam schüttelte nur den Kopf und lief hinter ihrem Mann her, der unbeirrt weitergegangen war. Als sie um die Ecke bogen, sahen sie den Jungen einen anderen Passanten ansprechen.

«Du darfst sie nicht noch ermutigen», sagte der Rabbi, «sonst wirst du sie nie mehr los.»

«Der eben muss ’ne ganz besondere Type gewesen sein. Wahrscheinlich wird er eines Tages Bürgermeister.»

Der Rabbi grinste. «Der nicht. Der wird Krämer, Besitzer eines kleinen Ladens wie die hier, und sitzt dann davor auf einem Hocker, raucht seine Wasserpfeife und trinkt den ganzen Tag Kaffee. Die halbe Stadt wird ihm gehören und der Bürgermeister bei ihm angestellt sein.»

Je weiter sie auf den abschüssigen Straßen in die Altstadt gelangten, desto mehr veränderte sich deren Charakter. Die Geschäfte waren nicht mehr auf die Touristen zugeschnitten, sondern für die Bewohner der Stadt bestimmt. Es gab Läden, in denen Radios und Uhren oder Töpfe und Pfannen repariert wurden; Fleischereien, Schuster, Friseurläden. Kleine Cafés, aus denen ohrenbetäubende Radiomusik meilenweit drang. Und die Besitzer, die vor ihren Geschäften saßen, lächelten nicht mehr gewinnend, sondern blickten gleichgültig auf die Passanten, unter denen sie nicht auf Kunden rechnen konnten.

Einmal mussten sich Miriam und David flach gegen die Mauer drücken, als zwei mit Obstkisten beladene Esel von einem kleinen Jungen durch die Straße getrieben wurden. Ein andermal mussten sie vor einer Schafherde in den nächsten Hauseingang flüchten.

An einer Stelle verbreiterte sich die Straße plötzlich zu einer Art Platz, auf dem ein paar kleine fünf- oder sechsjährige Mädchen spielten. Sobald sie die Smalls sahen, rannten sie auf sie zu, streckten ihnen die schmierigen Hände entgegen und bettelten: «Money, money.»

«Kümmere dich nicht um sie», sagte der Rabbi und schüttelte mit strengem Blick auf die Mädchen den Kopf. Eine Kleine umklammerte mit beiden Armen ihren Bauch, um damit zu zeigen, dass sie Hunger hatte, und als selbst das keine Reaktion zeitigte, schwankte sie und fiel zu Boden. Miriam war versucht, stehen zu bleiben; doch ihr Mann ging mit großen Schritten weiter, und sie befürchtete, ihn aus den Augen zu verlieren. Als sie etwas später zurückblickte, stellte sie erleichtert fest, dass die Kleine inzwischen aufgestanden war und vergnügt mit den anderen weiterspielte.

«Meinst du, sie hatte wirklich Hunger, David?»

«Die bestimmt nicht. Sie machen alle einen wohlgenährten Eindruck, und sie trägt neue Schuhe.»

Ein Schild führte zu einer schmalen Treppe. Sie folgten der Menge. Als sie die Stufen hochgestiegen waren, sahen sie einen weiträumigen Platz vor sich und dahinter die Klagemauer. An beiden Seiten des Weges war ein Soldat postiert, und die Frauen mussten ihre Handtaschen zur Kontrolle aufmachen.

Die Smalls standen auf einem Steinbalkon und sahen auf die Szene hinab. Ein Zaun, der im rechten Winkel zur Mauer verlief, trennte den für die Frauen bestimmten Teil auf der Rechten von dem der Männer auf der Linken. Ein paar Dutzend Frauen standen dicht vor der Mauer und berührten sie. Bei den Männern waren viel mehr, die meisten beteten und schwankten dabei verzückt hin und her.

Miriam blickte ihn an. «Berührt dich das, David?», fragte sie leise.

Er schüttelte langsam den Kopf und überlegte. «Nicht die Klagemauer an sich. Für mich ist das eine Mauer, weiter nichts. Freilich gehörte sie vermutlich zum Tempel und wurde wahrscheinlich von Herodes erbaut, und der zählt nicht zu meinen Favoriten. Trotzdem – die Betenden finde ich rührend. Vielleicht ist eine bestimmte heilige Stätte für ein Volk doch notwendig.»

«Wollen wir nach unten gehen?» Sie trennten sich an dem Zaun. «In zwanzig Minuten treffen wir uns hier.»

Er schlenderte umher, näherte sich dann der Klagemauer, nicht um zu beten, sondern um einige Minuten in stummer Meditation zu verharren. Dann ging er wieder weiter, blieb gelegentlich stehen, um die massiven Steine zu betrachten, sie mit der Hand zu befühlen. Er passierte den angrenzenden Torbogen und gelangte zu einer Ausgrabungsstelle, inspizierte dort einen Säulenschaft, der bis auf die vermutete ursprüngliche Ebene des Tempels eingesunken war. Dann kehrte er zurück, um auf Miriam zu warten.

Als sie erschien, fragte er: «Na, hast du gebetet?»

«Ja. Aber worum, verrate ich dir nicht.»

«Ich finde auch nicht, dass du das solltest.»

«Also dann lasse ich's. Eine Frau wollte mich dazu bewegen, einen langen Rock anzuziehen, den sie mithatte. Ich hab mich geweigert.»

Er schaute auf ihre Beine. «Wahrscheinlich war sie nur neidisch.»

«Auf meiner Seite steckten überall Papierstückchen in den Mauerritzen.»

«Auf meiner auch. Ich hab mir ein paar angesehen.»

«Das ist nicht wahr!»

Er nickte. «Aber sicher. Warum nicht? Hinterher hab ich sie zurückgesteckt.»

«Was stand darauf?»

«Hm. Der eine wollte, dass Gott ein Erdbeben in Ägypten bewirkt. Ich war versucht, den Zettel nicht zurückzutun, aber dann dachte ich, Gott kann wahrscheinlich selber auf sich aufpassen. Und einer bat um eine Gewinnzahl in der Lotterie. Und ein anderer wollte von einer Krankheit geheilt werden.»

Sein Ton veranlasste sie zu der Frage: «Du bist nicht einverstanden damit, nicht wahr?»

«Nein, aber es war recht rührend. Daheim würde ich wohl meine Missbilligung äußern, aber hier …»

Miriam schob den Arm unter den seinen. «Es ist ein Unterschied, stimmt's?»

Er nickte. «So viele verschiedene Menschen, und alle kommen sie her, um etwas zu suchen. Siehst du den großen blonden Mann? Er hat verblüffende Ähnlichkeit mit einem Studenten vom College, den ich kannte. Ein bisschen fülliger, aber das wäre ja wohl nur natürlich nach der Zeit.» Er zog die Brauen zusammen und überlegte angestrengt. «Abbot, William – nein, Willard Abbot. Er kam aus einer von diesen vornehmen, exklusiven Privatschulen, in denen alle Lehrer sehr britisch sind und Sport das A und O ist. Wir anderen hatten größtenteils die High School in einer Großstadt besucht. Er war Jude, aber das wussten sehr wenige. Er war vollständig assimiliert.»

«Man scheint hier so viele Leute zu kennen. Jeder sieht aus wie jemand, den man kennt.»

«Das war wohl zu erwarten. Es gibt eine Anzahl von Prototypen unter den jüdischen Gesichtern. Aber das würde nicht auf Billy Abbot zutreffen. In seinem Fall gilt das alte Klischee – er sah überhaupt nicht jüdisch aus.»

Sie wandten sich zum Gehen, als der Rabbi seinen Namen rufen hörte.

«Small! Dave Small!»

«Billy Abbot! Bist du's wirklich?»

«Höchstpersönlich. Du bist auf der Durchreise, wie's aussieht.»

«Richtig.» Er stellte ihn Miriam vor. «Und du? Bist du geschäftlich hier?»

«Ich lebe hier, in der Nähe von Cäsarea. Ich bin israelischer Staatsbürger. Geprüfter Bücherrevisor, wie man's hier nennt. Ich komme ungefähr jeden Monat einmal beruflich nach Jerusalem, und dann lege ich Wert darauf, mir die Altstadt und die Klagemauer schnell mal anzusehen. Die meisten meiner Kunden wohnen in Tel Aviv und Haifa, deshalb lebe ich auf halber Strecke zwischen den beiden Städten und habe Gelegenheit, ein bisschen Golf zu spielen.»

«Gibt es eine Mrs. Abbot?», erkundigte sich David.

«Na, klar. Und drei kleine Abbots, zwei Jungen und ein Mädchen. Und du? Habt ihr Kinder?»

«Einen Jungen, Jonathan», antwortete Miriam. «Er ist mit uns hergekommen.»

«Ich glaube mich zu erinnern, dass du auf das Rabbinerseminar gehen wolltest, Dave ...»

«Hab ich auch gemacht. Ich bin jetzt Rabbi in Massachusetts, in Barnard's Crossing ...»

«Das kenne ich. Ein Freund von mir hat dort immer an den Regatten teilgenommen. Ich bin einmal als Besatzung mitgefahren. Nette Stadt, soweit ich mich erinnere.»

«Wir mögen es», sagte Miriam.

«Merkwürdig, dass du dich hier niedergelassen hast», meinte der Rabbi.

«Ich hab eine Weile in London gelebt und in Rom. Mein Vater war Konzertpianist, und so sind wir ziemlich viel rumgereist. Nach dem Sechs-Tage-Krieg hab ich beschlossen, mich hier anzusiedeln.»

«Warum ausgerechnet hier?», beharrte der Rabbi.

«Du meinst, weil ich keinen Religionsunterricht und keinen Sinn für nationale oder religiöse Zugehörigkeit gehabt habe? Stimmt, meine Eltern betrachteten sich als Weltbürger, und so wurde ich auch erzogen. Sie haben nie bestritten, Juden zu sein, aber es auch nie an die große Glocke gehängt. Für Weltbürgerschaft ist die Zeit nun wahrhaftig noch nicht reif. Juden wiederum gibt es überall, und der Jude als Gesprächsthema – und als Zielscheibe von Diskriminierung – ist ständig an der Tagesordnung. Eine beleidigende Bemerkung über Juden in der Annahme, du bist keiner – dein Stolz, deine

Männlichkeit lassen es nicht zu, dass so was unwidersprochen bleibt. Da war mal ein Mädchen, für das ich mich interessierte – na, Schwamm drüber, ist nicht wichtig.» Er grinste. «Jedenfalls kam ich schließlich zu dem Resultat, wenn ich den verdammten Juden entfliehen will, muss ich nach Israel gehen.»

Der Rabbi grinste zurück. «Da hast du dir entschieden einen merkwürdigen Platz ausgesucht, um den Juden zu entfliehen.»

«Oh, aber hier fühle ich mich nicht als Jude.»

Der Rabbi nickte. «Ich glaube, ich weiß, was du meinst.»

Es war zwei Uhr vorbei, als sie nach Hause kamen, und Mrs. Rosen begrüßte sie: «Jonathan spielt mit Shauli. Sie hätten den ganzen Nachmittag wegbleiben können.»

«Für den ersten Tag langt es so auch», meinte der Rabbi.

«Ach ja, haben Sie übrigens neulich, Freitagnacht, einen Gast erwartet?», fragte Mrs. Rosen.

«Freitagnacht? Da waren wir doch gerade erst angekommen. Und wir kannten niemand hier. Wieso?»

«Die Polizei war hier und hat Erkundigungen eingezogen», erklärte Mrs. Rosen. «Sie haben mit allen Nachbarn gesprochen. Sie wollten wissen, ob jemand hier im Haus Freitagnacht jemand erwartet hat.»

Der Rabbi sah Miriam fragend an und schüttelte dann den Kopf.

18

Ish-Kosher studierte die vor ihm liegende Liste. «Haben Sie jeden Einzelnen persönlich befragt?»

«Jeden, bis auf die … Smalls», entgegnete Aaron nach einem Blick in seine Notizen. «Sie waren nicht zu Hause. Ich kann ja nochmal hingehen und mit ihnen reden, wenn Sie's für der Mühe wert halten. Aber sie sind gerade aus Amerika angekommen. Nicht sehr wahrscheinlich, dass sie am ersten Tag jemand erwarteten.»

«Und wer gehört zu der Familie?»

«Mr. und Mrs. Small. Er ist Rabbi oder so was. Und dann der kleine Sohn. Ach ja, die Nachbarin hat gesagt, sie sind mit einer Tante von Mrs. Small gekommen, die in Tel Aviv lebt und sie hergefahren hat.»

«Aha!»

«Meinen Sie, die Tante ...»

«Nein, aber sie ist bereits jemand, der nicht eben erst angekommen ist.»

«Sie ist nicht mehr dort. Am nächsten Vormittag ist sie wieder weg.»

«Am Sabbat?»

Aaron nickte.

Ish-Kosher schüttelte den Kopf – verärgert, missbilligend. Dann lehnte er sich zurück und sagte: «Hören Sie zu, Aaron. Wahrscheinlich ist gar nichts dran, aber es könnte sich immerhin lohnen, das nochmal nachzuprüfen. Wenn Sie in den nächsten Tagen in der Nähe sind, könnten Sie bei ihnen reinschauen.»

Aaron nickte. Dann rutschte er auf seinem Stuhl herum und räusperte sich. «Sie meinen nicht, dass Adumi vielleicht auf der richtigen Spur ...»

«Natürlich ist er auf der richtigen Spur. Es besteht kein Zweifel, dass es sich um Terroristen handelt. Der Typ von Bombe beweist das. Aber welche Terroristen? War es Al Fatah, die Befreiungsfront, der Schwarze September? Sie alle haben die Verantwortung für den Anschlag übernommen. Das tun sie ja bekanntlich meistens. Daher schnappt sich Adumi alle, deren Namen er in den Akten hat, und verhört sie. Die meisten von ihnen sind jung und unerfahren ... und nervös, und da rutscht ihnen dann was raus. Das ist die Methode von der Armee und von *Shin Bet*. Und sie funktioniert, weil sie auf der

Voraussetzung beruht, dass die Terroristen blind zuschlagen, auf jeden – Frauen, Kinder. Sie wollen Terror verbreiten, nicht irgendein bestimmtes militärisches Ziel erreichen. Unter dieser Voraussetzung ist ihre Methode wahrscheinlich das einzig logische Verfahren.»

Der Inspector lehnte sich zurück. «Aber angenommen, einer der Terroristen hat was gegen einen bestimmten israelischen Bürger. Dann kann ihr Anschlag genauso mühelos gegen ihn gerichtet sein. Verstehen Sie? Diesmal nun war das Opfer ein Professor von der Universität. Nehmen wir mal an, sie waren speziell hinter ihm her. Das legt die Möglichkeit nahe, dass es sich um eine arabische Studentengruppe handelte. Und bei den Arabern an der Universität funktioniert das System von *Shin Bet* nicht so gut. Sie behandeln sie eher mit Glacéhandschuhen. Regierungspolitik. Wenn es uns also gelingt, die Gruppe oder die Einzelperson auszumachen, könnten wir etwas tun, wozu *Shin Bet* vielleicht außerstande ist.»

«Aber wir haben seine Kollegen und seine Studenten verhört. Und die waren alle einer Meinung – ein ruhiger, harmloser alter Mann, der keiner Fliege was zuleide getan und nie einen Studenten durchfallen lassen hat.»

«Augenblick mal, Aaron. Sie zitieren da. Stand das nicht in einem der Berichte – ‹ruhiger, harmloser alter Mann›?» Er wühlte in den Papieren auf seinem Schreibtisch. «Ach, hier ist's ja: Aussage von Professor Robinson. ‹Jakob Carmi war ein ruhiger, harmloser alter Mann, der keiner Fliege was zuleide tat, Arabern ebenso wenig wie Juden. Erst neulich erzählte er mir von einem Projekt für die arabischen Bauern im Gebiet von Jericho, an dem er beteiligt war, irgendwas, wodurch sich ihre Ernteerträge vervierfachen könnten.› Was halten Sie davon?»

«Na ja, natürlich hab ich die Aussage gelesen, aber …»

«Aber was bedeutet das, Aaron?»

«Dass er ein ruhiger, harmloser alter Mann war …»

«Tja», meinte der Inspector. «Es bedeutet, dass Jakob Carmi eine Idee hatte, die den arabischen Bauern vielleicht zusätzliche Einkünfte bringen würde. Und sie war nicht offiziell bekannt, sondern nur innerhalb der Universität. Und das heißt, Aaron» – er hob den Zeigefinger, um seinen Worten Nachdruck zu verleihen –, «wenn seine Pläne der Politik der Terroristen zuwiderliefen, konnte wohl nur jemand an der Universität davon wissen.»

«Aber damit sollte doch den arabischen Bauern geholfen werden …»

«Das ist genau das, was die Terroristen nicht wollen. Wer hat durch sie am meisten gelitten? Nicht die Juden. Wir konnten uns selber schützen. Es waren die Araber, zehn zu eins, zwanzig zu eins. Diese armen Teufel im Gazastreifen – die haben das meiste abgekriegt. Und wieso? Weil die Terroristen nicht wollen, dass ihre Leute mit uns zusammenarbeiten. Sie wollen nicht, dass es ihnen gut geht, weil sie dann vielleicht zu der Überzeugung kommen könnten, dass sie mit uns besser dran sind als unter arabischer Herrschaft.»

Er wippte mit seinem Stuhl, während er das dunkelhäutige Gesicht seines Assistenten beobachtete, und kam zu einem Entschluss. «Hören Sie zu, Aaron, das amerikanische Ehepaar in der Victory Street können Sie für eine Weile vergessen. Oder überlassen Sie das einem Ihrer Leute. Ich möchte, dass Sie sich die nächsten Tage in der Universität rumtreiben. Keine Uniform. Unterhalten Sie sich mit den sephardischen Studenten; sie stehen besser mit den Arabern. Zumindest sprechen sie Arabisch und können etwas gehört haben. Kennen Sie welche?»

«Den Sohn von meiner Schwester.»

«Ausgezeichnet. Gehen Sie zu ihm, er soll Sie mit den anderen bekannt machen. Vielleicht suchen Sie auch Professor Robinson auf und informieren sich so weit wie möglich über das Projekt, an dem Carmi gearbeitet hat.»

19

Das Rezept mit den kurzen, schwungvollen Gottesdiensten am Freitagabend erwies sich in Barnard's Crossing als erfolgreich. Innerhalb von zwei Monaten gelang es Rabbi Deutch, die Besucherzahl zu verdoppeln. Die direkte Benachrichtigung durch die Post trug auch etwas dazu bei, aber wie Malcolm Slotnik richtig bemerkte: «Wenn die Vorstellung nicht der Ankündigung entsprochen hätte, wäre keine Zweitaufführung drin gewesen.» Bei der überwiegenden Mehrzahl der Teilnehmer war die Teilnahme zur Gewohnheit geworden.

«Freitagabend? Oh, Freitagabend geht's leider nicht. Da sind wir in der Synagoge ... Na ja, fromm sind wir auch nicht, aber man verbringt einen angenehmen Abend. Man kommt mal raus ... und natürlich ist der Rabbi ein Schatz, und Betty Deutch – also wir sind so gute Freunde geworden, dass ich das Gefühl hätte, ich lasse sie im Stich, wenn ich am Freitagabend nicht zum Gottesdienst komme. Sie ist wirklich eine bezaubernde Person. Eine geborene Stedman – Dan Stedman vom Fernsehen, Sie wissen schon ...»

Natürlich gab es Kritiker. Meyer Paff zum Beispiel. «Ich sag ja nicht, dass der neue Rabbi nicht gut ist. Ich sag bloß, vielleicht ist er zu gut. Wenn einer zu reden anfängt, schau ich auf die Uhr. Spielt keine Rolle, ob's 'ne politische Rede ist oder ein hochgestochener Vortrag, zu dem mich meine Frau schleppt, oder ein Rabbi, der 'ne Predigt hält – ich schau auf die Uhr, wenn er loslegt, und wenn er aufhört, schau ich wieder auf die Uhr. Bei Rabbi Deutch dauert's durchschnittlich fünfzehn Minuten. Manchmal sind's siebzehn oder achtzehn, aber gewöhnlich sind's fünfzehn Minuten vom Anfang bis zum Schluss. Er bringt's ja gut, das will ich ihm gar nicht absprechen, aber trotzdem sind's fünfzehn Minuten. Ja, und da rechne ich eben. Ich kann nichts dafür; ich rechne die ganze Zeit, vielleicht weil ich's mein Leben lang getan hab. Also nehmt mal fünfzehn Minuten und multipliziert das mit der Anzahl der Freitage – na, sagen wir fünfunddreißig, weil's im Sommer natürlich keinen Gottesdienst am Freitagabend gibt –, das macht zusammengerechnet knapp neun Stunden. Und jetzt teilt ihr das, was wir dem Mann zahlen, durch neun … Ich sag euch, da kommt ein verdammt hoher Stundenlohn bei raus. Und genau das meine ich, wenn ich sage, er ist gut. Wer *die* Moneten pro Stunde machen kann, ist nicht nur gut … der ist sogar sehr viel mehr als gut. Aber dann fang ich an, mich was anderes zu fragen: Kann der Mann überhaupt 'ne lange Rede halten? Hat er für 'ne lange Rede genug zu sagen?»

Beim Gottesdienst zu *Purim* bewies Rabbi Deutch zumindest, dass er eine lange Rede halten konnte. Nach Meyer Paffs Uhr dauerte seine Predigt fünfzig Minuten. Es war der erste Feiertag seit seiner Ankunft; die Synagoge war fast voll. Der Titel seiner Predigt lautete: «Die Geschichte von Purim; Tatsache oder Fabel?» Dutzende von Gemeindemitgliedern kamen nachher zu ihm, um ihm zu versichern, bisher hätten sie die Bedeutung des Festtages nie richtig begriffen, erst jetzt sei sie ihnen klar geworden. Und Bert Raymond telefonierte am folgenden Abend: «Ich musste einfach anrufen, Rabbi. Ich hab so viele anerkennende Worte über Ihre Predigt gehört, dass ich Ihnen unbedingt sagen musste, wie dankbar wir sind.»

Rabbi Deutch war ungemein erfreut. Nachdem er aufgelegt hatte, ließ es ihm keine Ruhe – er musste mit seiner Frau über den Erfolg seiner Predigt reden. «Ich tue ja wirklich nichts anderes, als die Geschichte von Purim zu erzählen, aber die ist nun mal fröhlich», sinnierte er. «Natürlich erinnert sich die Gemeinde in großen Umrissen daran, doch das trägt nur noch zu ihrem Vergnügen bei. Trotzdem – wenn ich nichts weiter täte, als die Geschichte zu erzählen, kämen sie sich als Kinder behandelt vor und wären beleidigt. Mit Recht. Also schmücke ich sie mit allen möglichen Betrachtungen aus, um sie in einem modernen Kontext plausibel zu machen. Zum Beispiel, dass der persische König eine Palastrevolution Hamans fürchtete und sich mit Esther verbündete, um ihn zu Fall zu bringen.» Er lachte in sich hinein. «Ich hab schon beim Reden gemerkt, dass es ein Bombenerfolg werden würde.»

Sie lächelte verständnisvoll. «Ja, Lieber. Dir gefällt es hier, nicht wahr?»

«Sehr gut», antwortete er ohne Zögern. «Eine nette Stadt, und Boston und Cambridge sind so bequem zu erreichen. Ich hab mich gefreut, ab und zu ein Symphoniekonzert besuchen zu können – für einen Musikliebhaber wie mich bedeutet das viel.»

Betty Deutch schüttelte den Kopf. «Ich meinte eigentlich, dir gefällt der Tempel, die Gemeinde, deine Arbeit.»

«Das ist das Beste von allem. Keine Schwierigkeiten mit dem Vorstand, jeder bringt sich förmlich um, und ich tue nur das, was ich möchte. Die Predigt jetzt – weißt du, wann ich sie geschrieben habe?»

«Natürlich. Für deinen Antrittsgottesdienst in Coventry, Michigan. Es war deine erste Stelle als Rabbi. Und dann hast du sie nochmal gehalten, als du nach Darlington, Connecticut, gekommen bist. Und ich hätte dich wirklich nicht zu fragen brauchen, ob du glücklich bist hier», setzte sie lächelnd hinzu. «Ich kann ja sehen, dass es dir gefällt. Hast du dir schon mal überlegt, dass es keine schlechte Idee wäre, hier zu bleiben?»

«Das kommt überhaupt nicht infrage, Betty. Es handelt sich lediglich um eine Vertretung. Rabbi Small kommt in einem Monat zurück. Außerdem bin ich im Ruhestand, falls du dich daran erinnerst.»

«Doch, ich weiß, Lieber. Und ich weiß auch, dass du dich im Ruhestand nicht sehr glücklich gefühlt hast. Ein Mann wie du, ein gesunder, kräftiger Mann – du müsstest was zu tun haben. Du darfst deine Zeit einfach nicht damit verbringen, dass du rumsitzt und Trübsal bläst.»

«Ich wusste gar nicht, dass ich rumgesessen und Trübsal geblasen hätte», entgegnete er steif. «Ich hatte vor, etwas zu schreiben, eine wissenschaftliche Arbeit, die mir schon eine Weile im Kopf rumgeht …»

«Mach dir doch nichts vor, Hugo. Wenn du unbedingt schreiben müsstest, hättest du sofort damit angefangen. Schon zu der Zeit, als du noch Rabbi in Darlington warst. Und du hättest bestimmt nicht die ganzen Monate damit zugebracht, einfach rumzutrödeln.»

«Ich hab über eine Reihe von Projekten nachgedacht», entgegnete er.

«Nein, Hugo. Wenn du wirklich schreiben möchtest, schreibst du auch.» Sie schüttelte den Kopf. «Begreifst du denn nicht? Das, was du hier tust, einen Tempel und eine Gemeinde leiten, das ist deine Arbeit. Und die machst du hervorragend. Weshalb also das nicht fortsetzen?»

Er wandte sich gekränkt ab. «Es tut mir Leid, dass du meine schriftstellerischen Pläne für nichts als Theater hältst, für einen bloßen Vorwand …»

«Aber das waren sie doch, mein lieber Hugo. Erinnerst du dich nicht mehr – du dachtest, die Gemeinde in Darlington würde dich bestimmt bitten zu bleiben, und du hast dir überlegt, was du tun solltest, falls es anders käme. Damals sagtest du, dann hättest du wenigstens Zeit, deine Papiere zu ordnen und könntest deine Predigten als Buch herausgeben. Aber gerade das zeigte doch, dass du dich mit dem Gedanken an Ruhestand nicht konfrontieren wolltest. Und dann baten sie dich *nicht* zu bleiben, und du *hattest* ein paar Monate im Ruhestand …»

«Ich war überzeugt davon, dass sie mich darum bitten würden», sagte er ruhig. «Sie hatten noch keinen Ersatz. Zumindest hatten sie sich nicht auf einen einigen können. Aber ich nehme an, nach dreißig Jahren haben sie einen über», schloss er resigniert.

«Die Gemeinde hat sich gewandelt, Hugo», gab sie zu bedenken. An ihrem Ton war zu merken, dass diese Diskussion nicht die erste ihrer Art war. «Eine andere Sorte von Leuten ist ans Ruder gekommen und hat die Dinge in die Hand genommen.» Sie lächelte. «Nebenbei hattest du sie auch so langsam satt.»

«Das ist richtig.»

«Aber hier respektiert dich jeder. Wenn du bleiben würdest …»

«Wäre es dasselbe. Jeder ist freundlich und höflich und liebenswürdig, weil sie wissen, dass ich nur auf kurze Zeit hier bin. Wenn ich einen regulären langfristigen Vertrag hätte, wäre es hier das gleiche Lied wie in Darlington.»

«Glaub das nicht, Hugo», sagte sie rasch. «Als du nach Darlington kamst, warst du ein junger Mann. Du hattest nichts – kein Geld, keinen Namen. Kein Wunder, dass man dich zu Anfang ganz schön rumkommandiert hat – bis du im Lauf der Jahre mehr Rückgrat, mehr Durchschlagskraft bekommen und damit ihre Achtung gewonnen hast. Hier wissen die Leute, dass du sie nicht brauchst. Du kriegst beinahe ebenso viel Pension, wie sie dir bezahlen. Kein Mensch kann dich rumschubsen, und das wissen sie auch, deshalb werden sie's gar nicht erst versuchen. Ach, Hugo, du könntest noch fünf oder sieben Jahre bleiben, und dann würden wir nach Florida gehen oder vielleicht nach Israel.»

«Na ja, das ist keine schlechte Idee … ich meine, wieder eine Stellung anzunehmen», gab er zu, «aber die hier kommt natürlich überhaupt nicht infrage. Du scheinst zu vergessen, dass Rabbi Small in einem Monat wieder zurück ist.»

«Woher weißt du das?», fragte sie scharf.

«Na ja, das war … generell vereinbart. Ich wurde für drei Monate engagiert, weil Rabbi Small in drei Monaten zurückkommen sollte.»

«Ganz so ist es nicht, Hugo.» Obwohl sie allein waren, senkte Betty Deutch die Stimme. «Im Frauenverein sind ein paar, mit denen ich mich angefreundet habe, und die haben sich verplappert. Wusstest du zum Beispiel, dass Rabbi Small während seines Urlaubs kein Geld kriegt?»

«Was – er kriegt kein Geld?» Er war entsetzt. «Du meinst, sie haben die Gehaltszahlung ausgesetzt?»

«Wie ich gehört habe, hat er sie abgelehnt. Er hat es abgelehnt, über einen Vertrag zu reden, und sich sogar geweigert, zu versprechen, dass er zurückkommt.»

Rabbi Deutch konnte das kaum glauben. «Er hat den Eindruck eines sehr vernünftigen jungen Mannes gemacht. Und dann lehnt er es ab, Gehalt zu nehmen – ein junger Mensch mit Familie – phantastisch! Natürlich könnte es auch an der Art gelegen haben, wie man es ihm anbot.»

«Aber es könnte auch darauf schließen lassen …»

«Sagen wir, es lässt einen über verschiedene Möglichkeiten nachdenken.» Er nickte. «Ja, es stimmt einen nachdenklich.»

20

Familie Small hatte jetzt ihren geordneten Tagesablauf, und nach ein paar Wochen kam es ihnen vor, als lebten sie schon seit Jahren in Jerusalem. Trotz ihres dürftigen Hebräisch hatte Miriam sich vielleicht am besten akklimatisiert, was an ihrem ausgefüllten Programm lag. Nachdem sie Jonathan zur Schule geschickt hatte, fuhr sie ins Hadassa Hospital, wo sie an fünf Vormittagen in der Woche als freiwillige Helferin arbeitete. Gegen ein Uhr kam sie nach Hause und hatte bis zum nachmittäglichen Geschäftsschluss eine Stunde Zeit für ihre Einkäufe. Sie hatte sich schon vorher eine Liste darüber gemacht und sich von ihrem Mann die hebräischen Bezeichnungen sagen lassen oder die unbekannten Worte im Lexikon nachgeschlagen. Manchmal übte sie die Sätze, die sie vermutlich brauchen würde, und ließ sich vom Rabbi verbessern. «Wie viel kostet das Kilo hiervon?» – «Haben Sie keine größeren?» – «Würden Sie das bitte in die Victory Street Nummer fünf bringen? Sie können es vor die Tür stellen, wenn ich nicht zu Hause bin. Milch und Butter nehme ich mit.»

Während Jonathan nach der Schule mit Shauli spielte, besuchte sie einen Schnellkurs für Hebräisch. Nach dem Abendessen lernte sie ihre Lektionen für den folgenden Tag. Manchmal machte sie mit David noch einen kleinen Abendspaziergang, und bei seltenen Gelegenheiten nahmen sie einen Babysitter, sodass sie ins Kino gehen oder mit neuen Freunden zusammen sein konnten.

Jonathan war glücklich und zufrieden. In der unmittelbaren Nachbarschaft wohnten zahlreiche gleichaltrige Kinder, ganz anders als in Barnard's Crossing. Und die Sprache erlernte er schneller als seine Mutter mit all ihrem Unterricht. Innerhalb von wenigen Tagen begann er sie *Emah* und seinen Vater *Abba* zu nennen. Abgesehen davon sprach er Englisch mit seinen Eltern, auch wenn er die hebräischen Wörter für das, was er sagen wollte, kannte, aber mit der Zeit mischte er die beiden Sprachen, und die immer wiederkehrenden Sätze kamen bald ganz auf Hebräisch.

Gittel hatte in der Schulfrage eine sehr kluge Entscheidung getroffen. Es gab drei oder vier Horte und Kindergärten in der Gegend, da praktisch sämtliche Mütter arbeiteten, aber in dem von ihr ausgesuchten waren zum Glück mehrere englischsprachige Kinder, deren Eltern entweder aus den Staaten oder dem Commonwealth zu einem längeren Besuch nach Israel gekommen waren oder sich hier niedergelassen hatten. Dadurch wurde ihm der Übergang zum Hebräischen erleichtert. Anfangs spielte er ausschließlich mit den englischsprachigen Kindern, aber sobald er die Sprache besser konnte, ebenso mit den anderen. Shauli, der kleine Junge aus der oberen Wohnung, war natürlich sein bester Freund, mit dem er am meisten zusammenkam.

Der Rabbi hatte zwar keinen feststehenden Tageslauf, aber trotzdem wurde ihm die Zeit nicht lang. In gewissem Sinne war er all die Jahre in Barnard's Crossing ebenfalls Herr über seine Zeit gewesen. Es hatte Sitzungen gegeben, an denen er teilnehmen musste, Beratungen mit Kommissionen, aber niemals zu bestimmten Stunden. Er hatte keine geregelten Bürozeiten, kein festgesetztes Tagesprogramm. Daher unterschied sich sein Leben hier nicht allzu sehr von dem daheim. Morgens ging er in eine der nahe gelegenen Synagogen zum Gottesdienst, danach unterhielt er sich noch mit den anderen Besuchern, frühstückte vielleicht sogar mit ihnen in einem Café. Er erforschte die Stadt. Und er las eine Menge, wobei die vielen Buchläden mit ihrem reichhaltigen Sortiment für ihn immer wieder eine Überraschung waren. Und natürlich arbeitete er an seinem Essay über Ibn Esra.

Beide gewannen sie neue Freunde, Miriam im Krankenhaus und in der Sprachenschule, er in der Synagoge. Gelegentlich luden sie sie ein oder gingen zu ihnen; nach der Landessitte gab es Tee, Kaffee und Gebäck. Einmal überwand der Rabbi seine Zweifel an den Verkehrsverhältnissen und mietete einen Wagen; sie fuhren durch Galiläa und verbrachten ein paar Tage in einem Kibbuz. Sie hatten den *Chawer,* den Genossen, auf einer Party in Jerusalem kennen gelernt. Er hieß Itzical; seinen Familiennamen fanden sie nie heraus.

«Besuchen Sie uns doch für ein paar Tage und schauen sich an, wie das wirkliche Israel lebt. Mein Nachbar macht Urlaub, Sie können sein Haus benutzen.»

«Aber nach wem soll ich dort fragen?»

«Fragen Sie nach Itzical – dann sagt Ihnen jeder Bescheid.»

Sein Sohn, der in Jonathans Alter war, hatte die Erlaubnis bekommen, bei seinen Eltern statt wie sonst im Kinderhaus zu wohnen, sodass Jonathan einen Spielgefährten hätte. Am Morgen nach der Ankunft der Smalls, einem Freitag, holte er sie zusammen mit seinem Vater ab, um sie zum Frühstück in den gemeinsamen Speisesaal zu führen. Als sie eintraten, sprach der Rabbi bereits die Morgengebete. Der kleine Junge sah mit erstaunt aufgerissenen Augen zu.

«Was macht er da, Vater?»

«Pst – er betet.»

«Was hat er da an – den Schal und die Bänder?»

«Das nennt man *Tallit* und *Tefillin.* Erinnerst du dich, in dem bebilderten Buch über den Krieg waren ein paar Soldaten an der Klagemauer, die hatten das Gleiche an.»

«Warum haben sie so was an?»

«Sie glauben, das hilft beim Beten.»

«Aber warum beten sie denn?»

Der Rabbi hatte geendet und lächelte dem Jungen zu. «Weil wir dankbar sind und unseren Dank aussprechen möchten», sagte er.

Auch Itzical lächelte. «Unser Kibbuz ist areligiös. Vielleicht sogar antireligiös.»

«Sie halten keine Feiertage ein, auch nicht den Sabbat?»

«Die religiösen Feiertage nicht, und die anderen auf unsere Art.»

«Aber keiner unserer Feiertage ist doch rein religiös, vielleicht mit Ausnahme des Versöhnungstages», antwortete der Rabbi.

«Deshalb halten wir ihn ja auch nicht ein.»

«Strengen Sie sich besonders an, ihn nicht einzuhalten, oder ignorieren Sie ihn einfach?»

Itzical zuckte die Achseln. «Sie wissen doch, wie das ist. Die meisten ignorieren ihn einfach, aber ein paar von den Aufgeklärten … na ja, die werden gern doktrinär. Von ihnen könnte man sagen, sie strengen sich besonders an, ihn zu ignorieren.»

Trotzdem war das Sabbatmahl festlich. Sämtliche Mitglieder des Kibbuz hatten sich fein gemacht; die Frauen trugen Kleider statt Jeans und die Männer offene weiße Hemden. Es gab den traditionellen gefüllten Fisch und Huhn, und auf dem Tisch standen sogar Kerzen und Wein.

Die Smalls saßen an einem Tisch mit Itzical und seiner Familie, und der Rabbi sah sich in dem großen Raum um. In einer Ecke entdeckte er mehrere Paare an einem Tisch, und alle Männer trugen *Jarmulkas.*

Er nickte. «Wer ist das? Gehören sie zum Kibbuz?»

«Ja, es sind Mitglieder. Sie sind fromm. Dagegen hat keiner was, wir haben sogar eine eigene Küche für sie. Vor ein paar Jahren sind sie zu uns gekommen. Wir waren froh darüber. Damals war es ein bisschen gefährlich hier. Wäre es Ihnen lieber, mit ihnen zu essen?»

«Nein, ich fühle mich hier durchaus wohl», sagte der Rabbi. «Aber hätten Sie was dagegen, wenn ich meine *Jarmulke* aufsetze? Ich bin es nun mal gewöhnt, und Jonathan braucht dann nicht zu fragen.»

«Aber selbstverständlich.»

«Und stört es Sie, wenn ich den Segen für den Wein und das Brot spreche?»

«Nur zu, Rabbi. Ich verstehe das. Natürlich glaube ich nicht daran …»

«Man zeigt damit die Dankbarkeit für die Speise, die man bekommt.» Er lächelte. «Die Fähigkeit, Dankbarkeit zu äußern, gehört zu den Dingen, in denen sich der Mensch von den niedrigeren Tieren unterscheidet. Gelegentlich sollte man das ruhig kundtun.»

Itzical schüttelte den Kopf. «Ich sehe schon, Sie verstehen nicht viel von Tieren, Rabbi. Glauben Sie mir, sie können auch Dankbarkeit äußern.»

Der Rabbi überlegte, nickte dann und lächelte. «Nun, es schadet auch nichts, gelegentlich die Ähnlichkeit mit den niedrigeren Tieren kundzutun.»

Itzical lachte. «Sie sind goldrichtig, Rabbi. So oder so – Sie finden garantiert einen Vorwand, den Segen zu sprechen. Machen Sie nur. Ich stehe sogar dabei auf.»

Als sie nach ein paar Tagen die lange Rückfahrt nach Jerusalem antraten, fragte Miriam: «Meinst du, du würdest gern in einem Kibbuz leben, David?»

«Ja, ich denke schon. Gesetzt den Fall, wir blieben hier, würde ich das ernsthaft erwägen. Es hatte immer etwas Heroisches an sich, in einen Kibbuz zu gehen, und in manchen Teilen des Landes hat sich das vermutlich bis heute nicht geändert. Aber für die meisten scheint es auf rein wirtschaftlicher Basis das beste Geschäft im Land zu sein.»

«Wie meinst du das?»

«Na, du weißt doch, es ist nicht billig hier.»

«Lebensmittel ja – zumindest sind bestimmte Dinge billiger als in den Staaten.»

«Ja, aber alles andere ist wohl teurer – Wohnung, Kleidung, Autos, Elektrogeräte. Die meisten Leute haben das alles offenbar, auch wenn es bei den Gehältern unmöglich erscheint.» Er schüttelte den Kopf. «Wie die Menschen von ihren Gehältern leben – das ist das große Wunder von Israel! Ich frage jeden danach, ohne bis jetzt eine überzeugende Erklärung bekommen zu haben. Soweit ich feststellen kann, läuft es so: Du leihst dir Geld, um die Dinge zu kaufen, die du brauchst, etwa eine Wohnung. Und wenn du dann die fälligen Raten nicht bezahlst, ist es fast unmöglich, dich zu exmittieren. Also werden die nicht geleisteten Zahlungen auf den geschuldeten Betrag draufgeschlagen, und du wartest einfach ab, bis eine Abwertung kommt oder die Regierung ein entsprechendes Gesetz verabschiedet, das dich entlastet. Na, und im Kibbuz brauchen sie sich über solche Dinge keine Gedanken zu machen. Für alles ist gesorgt, für sämtliche Ausgaben. Und es scheint ein gutes Leben zu sein. Ja, falls wir beschließen, uns hier niederzulassen, würde ich intensiv darüber nachdenken.»

«Dann natürlich in einem religiösen Kibbuz», meinte Miriam.

«Da bin ich nicht so sicher. Oder ich sollte vielleicht sagen, ich bin nicht so sicher, dass die areligiösen nicht in Wirklichkeit religiös sind. Der Sabbat, den wir gerade verlebt haben … weißt du, es könnte durchaus sein, dass er auf diese Weise gefeiert werden sollte. Und ich halte es sehr wohl für möglich, dass man in biblischen Zeiten die verschiedenen Festtage so gefeiert hat, wie man es heute in den areligiösen Kibbuzim tut. Manche sind doch Naturfeste, zum Beispiel *Schawuot* und *Sukkot.* Nun, die Menschen, die erdverbunden leben wie die Kibbuzniks, feiern sie wahrscheinlich auf die gleiche Weise wie ihre primitiven Vorfahren in biblischen Zeiten und aus dem gleichen Grund – weil sie mit der Natur zusammenhängen, mit der Ernte, mit den Jahreszeiten.»

Sie hatten die Rieselfelder des Kibbuz verlassen und fuhren jetzt durch Ödland, ausgedörrter, steiniger, unfruchtbarer Boden, bis auf gelegentliche niedrige, staubige Sträucher, die den Verlauf eines Wadi markierten. Die grelle Sonne flirrte, hob das Bedrückende, Leblose der ganzen Szenerie noch hervor. Der Rabbi verstummte, bemühte sich, den trostlosen Eindruck abzuschütteln, und begann weiterzusprechen.

«Als Rabbi bin ich von Berufs wegen fromm. Ich bete zur festgesetzten Zeit und auf eine bestimmte Weise. Manches davon ist Gewohnheitssache, genau wie Zähneputzen. Manches wiederum habe ich bewusst praktiziert, weil ich es für die Erhaltung der Religion und des Volkes wichtig fand, wie der Engländer, von dem man erwartet, dass er sich selbst im Urwald zum Dinner umzieht. Aber hier ist es anders. Hier brauchst du keine strikten Regeln zu befolgen, weil du es nicht zum Prinzip machen musst. Ich stelle mir vor, dass derselbe Engländer in London es mit dem Umziehen zum Dinner viel weniger genau nimmt. Es kann sein, dass alles, was wir im Lauf der Jahre dazugetan haben, die Gebete, das besondere Zeremoniell, um dieses Prinzips willen geschah und aus dem Grund auch notwendig war. Jetzt aber kann es sein, dass der Grund nicht mehr existiert und damit die Notwendigkeit entfällt.»

«Komisch», sagte Miriam leise.

«Was ist daran komisch?» Er sah sie aus den Augenwinkeln an.

«Dass du ins Heilige Land kommst und feststellst, alle heiligen Dinge sind in Wirklichkeit gar nicht heilig.»

«Ich verstehe, was du meinst.» Er lächelte. «Aber es könnte doch ähnlich wie bei meinem Freund Billy Abbot sein, der sich nicht als Jude fühlt, weil er unter Juden ist. Vielleicht sind heilige Dinge im Heiligen Land nicht am Platz. Ich glaube nicht, dass ich mich sehr wohl fühlen würde, wenn es im wahren Sinne des Wortes ein heiliges Land wäre. Erinnere dich, wie entgeistert du warst, als du die erste israelische Zeitung gelesen und darin Berichte über Einbrüche, Diebe und Prostituierte gefunden hast. Es erschien dir nicht recht, dass es im Heiligen Land Diebstahl und Prostitution gibt.»

«Nicht so sehr das, sondern vielmehr, dass die Prostituierte Rahel und der Dieb Baruch hießen», entgegnete sie.

«Und trotzdem – gäbe es keine Prostituierte namens Rahel und keinen Dieb namens Baruch, wäre es keine Gesellschaft, die hier begründet wurde, sondern eher ein Museum. Und einem Museum kann man durchaus einen kurzen Besuch abstatten, doch du könntest nicht darin leben. Mit Israel ist es aber genau umgekehrt. Ich glaube nicht, dass ich zu einem kurzen Besuch herkommen würde, während ich vielleicht gern hier leben möchte.»

«Du denkst also wirklich ernsthaft daran?»

«Allerdings.»

«Und deine Arbeit als Rabbi?», fragte sie ruhig. «Willst du die aufgeben?»

Er antwortete nicht sofort, und sie fuhren eine Weile schweigend weiter. Schließlich sagte er: «Ich habe keine Angst, mich damit auseinander zu setzen, dass ich möglicherweise einen Fehler gemacht haben könnte.»

21

Jeden Sonntagnachmittag, wenn das Wetter und die Straßenverhältnisse es nur irgend möglich machten, fuhr Al Becker bei seinem alten Freund Jacob Wasserman vorbei, um ihn abzuholen. Früher hatten sie sich sonntags bei den Vorstandssitzungen getroffen, doch da beide nicht mehr daran teilnahmen, war die gemeinsame Spazierfahrt gewissermaßen der Ersatz dafür. Sie unterhielten sich vorwiegend über Angelegenheiten des Tempels. Das war das einzige Interesse, das sie teilten.

An einem milden Märztag, einem Vorboten des in New England manchmal so schönen Frühlings, wartete Wasserman bereits im Mantel auf der Veranda, als Becker vorfuhr.

«Ich hab 'ne Karte vom Rabbi bekommen», sagte Becker statt einer Begrüßung.

«Ich auch.»

«Was hat er dir denn geschrieben?» Becker war ein untersetzter Mann mit einer heiseren Bassstimme, die immer aufzubegehren schien. Diese kämpferische Wirkung wurde noch dadurch gesteigert, dass er das Gesicht beim Sprechen seinem Partner zudrehte, als wolle er ihn herausfordern.

«Was man so auf einer Ansichtskarte schreibt. Vorn war die Klagemauer drauf. Auf der Rückseite stand, es geht ihm gut. Ehrlich gesagt – ich glaube, die Rabbitzin hat sie geschrieben und er nur unterzeichnet.»

«Dasselbe bei mir. Ich muss dir sagen, Jacob, manchmal versteh ich den Rabbi nicht. Schließlich sind wir seine stärksten Stützen im Tempel und was weiß ich wie oft für ihn auf die Barrikaden gegangen. Na, und was tut er? Er schickt uns 'ne schäbige Postkarte. Und die hat noch dazu seine Frau geschrieben.»

«Na und? Schreibst du Briefe, wenn du Urlaub machst?»

«Das ist was anderes.»

«Du schickst Ansichtskarten – so wie letztes Jahr aus Kalifornien. Und Mrs. Becker hat sie geschrieben. Na, hab ich Recht?»

«Sicher, aber das hier ist was anderes. Bei mir hat sich's ja nur um meine Freunde gedreht. Aber bei ihm dreht sich's ums Geschäft. Er geht drei Monate weg, an sich schon keine sehr gute Idee. Jedenfalls nicht, wenn du's mit einem Vorstand und einer Gruppe Vorstandsmitgliedern zu tun hast, die versuchen, dich unter Druck zu setzen. In so 'ner Position solltest du dableiben, damit du zurückschlagen kannst. Dann geht er weg ohne irgendeinen Vertrag. Sehr ungeschickt, vor allem, wenn du siehst, dass sie sich 'ne wahre Kanone als seine Vertretung geholt haben. Natürlich haben wir nur Marty Drexlers Wort, dass er's so haben wollte. Also wenn du mich fragst, ich halt's nicht für ausgeschlossen, dass der kleine Miesnick den Rabbi in eine Lage reinmanövriert hat, wo's zur Frage der Selbstachtung wurde, den Vertrag abzulehnen. Und nachdem er erst mal abgelehnt hat, ist er zu stolz gewesen, zu uns zu kommen und einzugestehen, dass Drexler ihn aufs Kreuz gelegt hat. Na, und da nimmt man doch an, dass er an uns schreibt, an die Leute, die ihm den Rücken gestärkt haben, und sich erkundigt – was ist los? Was tut sich? Dass er Vorschläge macht, wie man taktieren soll. Oder dass er uns wenigstens mitteilt, wann er zurückkommt, damit wir ein paar Minen legen können.»

«Ach, Becker, du bist ein gescheiter Mensch, aber nicht gescheit genug, um den Rabbi zu verstehen.» Wasserman erhob sich langsam, und Becker half ihm die Stufen hinunter. «Du hast ihn nie verstanden. Der Rabbi macht keine faulen Drehs und sagt meistens genau das, was er meint. Er hat gesagt, er will beurlaubt werden; dass er müde ist und seine Ruhe haben möchte. Und das war's eben – wie Ferien. Wenn unsereins Ferien macht, na, was bedeutet das? Es bedeutet, wenn's Winter ist, gehen wir nach Florida, um ein bisschen Sonnenschein mitzukriegen. Wenn's Sommer ist, gehen wir in die Berge, um womöglich der Hitze zu entfliehen. Wir sehen neue Leute. Wir sind vielleicht weg vom Geschäft. Die Frau braucht keine Hausarbeit zu machen oder sich übers Essen den Kopf zu zerbrechen. Man ruht sich eben ein bisschen aus. Aber für einen Menschen wie den Rabbi ist's mehr. Ruhe, wie wir sie brauchen, hat er nicht nötig. Wenn er aufhört zu arbeiten, dann tut er das, weil er Inventur machen will.»

«Inventur machen? Was hat er denn für Bestände?»

«Du meinst – wie in einem Warenlager? Nein. Oder vielleicht doch. Sein Bestand, sein Warenlager – das ist er selber. Wenn er also Inventur macht, fragt er sich, wie viel er von sich selber verbraucht hat. Hat er einen guten Preis dafür bekommen? Wie viel hat er übrig behalten? Und soll er damit wie vorher hausieren gehen, oder soll er seine Geschäftsmethode ändern?»

Becker, der den alten Mann zum Wagen führte, blieb stehen und sah ihn an. «Bei Gott, Jacob, ich hab keine Ahnung, wovon du eigentlich redest.»

«Nein? Sag mir eins – möchtest du ein Rabbi sein?»

«Ein Rabbi? Gott behüte, nein!»

«Wieso nicht?»

«Wieso nicht? Ich werd dir sagen, wieso nicht. Zunächst mal bin ich gern selbständig. Seit ich als Junge Zeitungen verkauft hab … seitdem hab ich immer für mich gearbeitet. Ich lass mich nicht gern von 'nem Boss schikanieren. Und von einigen Leuten, die wir im Vorstand und … ja … als Chairman hatten … also wenn ich mir das von denen gefallen lassen müsste, das könnten die mir gar nicht bezahlen, nicht mal für das ganze Geld in Fort Knox.»

«Und für das Geld, das wir Rabbi Small zahlen?»

Becker, die Hand unter Wassermans Arm, schob ihn vorwärts. «Da müsstest du mich an Händen und Füßen fesseln.»

«Du hältst dich also für gescheiter als den Rabbi? In Europa, da war das anders. Da war der Rabbi der größte Mann in der Stadt. In der Schule gab's einen Vorsteher, aber der Rabbi war wie der Vorsteher von der ganzen Gemeinde. In manchen Orten war er reich; in anderen konnte er kaum seinen Lebensunterhalt bestreiten. Aber das hat keine Rolle gespielt; er war der Vorsteher. Wenn der Rabbi eine Entscheidung traf, wer hätte da gewagt, dagegen anzugehen? Nicht mal der reichste Mann der Stadt.» Wasserman setzte sich im Wagen zurecht. «Wir haben also hier einen jungen Mann, und der fühlt sich der Sache gewachsen. Er wird Rabbiner. Aber jetzt kommt der Unterschied. In Amerika ist ein Rabbi keine so wichtige Persönlichkeit. Hier hat er massenhaft Bosse wie Marty Drexler oder Stanley Agranat oder Bert Raymond. Er merkt gleich, dass es nicht so ist, wie er sich's vorgestellt hat, trotzdem bleibt er, weil er immer denkt, vielleicht wird's ein bisschen besser, vielleicht kriegt er allmählich doch die Zügel in die Hand. Dann kommt 'ne Zeit, wo er meint, vielleicht muss das so sein – vielleicht geht's ein Jahr ein bisschen voran, im nächsten dann wieder ein bisschen zurück. Und dann muss er sich entscheiden, was er tut. Wenn er natürlich ein Typ wie Rabbi Hugo Deutch ist ...»

«Was hast du gegen Rabbi Deutch? Ich bin auf Rabbi Smalls Seite, aber ich muss zugeben, Rabbi Deutch ist ein guter Mann.» Er beugte sich vor, um den Motor anzulassen.

«Rabbi Deutch ist ein guter amerikanischer Rabbi. Für das, was man von einem amerikanischen Rabbi erwartet, ist er einer der Besten, die ich weit und breit kenne. Er sieht angenehm aus, er redet angenehm, und er eckt nie bei den wichtigen Leuten an. Mag sein, dass ihm die gleichen Fragen im Kopf rumgingen, als er so alt war, wie Rabbi Small jetzt ist, und vermutlich hat er gefunden, es lohnt sich nicht zu kämpfen. Gibt er hier ein bisschen nach und da ein bisschen, kann er ein friedliches Leben haben.» Wasserman machte eine anschauliche Geste mit der blaugeäderten Hand. «Rabbi Small aber ist ein bisschen anders. Und eben davor hab ich Angst – dass er finden könnte, es lohnt sich nicht.»

«Woher weißt du das alles, Jacob? Hat sich der Rabbi bei dir ausgesprochen?»

«Nein, kein Wort hat er davon gesagt, und um meinen Rat hat er mich auch nicht gebeten. Aber was willst du – ich weiß es trotzdem. Ich wusste es schon, als ich hörte, dass er kein Geld von der Gemeinde nimmt, während er in Urlaub ist. Denn wenn er sein Gehalt annehmen würde, solange er nicht arbeitet – man könnte auch sagen, wenn er sich fürs Nichtstun bezahlen ließe –, dann würde er sich verpflichtet fühlen, zurückzukommen. Als er weder Geld noch einen Vertrag oder sonst irgendwas wollte, da hieß das eben, dass er nicht sicher war, ob er zurückkommt. Nicht sicher, verstehst du. Denn wäre er sicher gewesen, dass er nicht zurückkommt, dann hätte er einfach seinen Rücktritt eingereicht. Und das ist der Grund, wieso er uns noch nicht geschrieben hat. Weil er sich noch nicht entschieden hat.» Er sah Becker an. «Und nun sag mir eins – wie willst du das auf einer Ansichtskarte erklären?»

22

Die Stimme war so laut, dass der Rabbi den Hörer etwas weghielt. «Rabbi? *Schalom.* Wetten, dass Sie nie erraten, wer am Apparat ist! Ich sag's Ihnen – hier spricht S. Markevitch.»

Vor seinem geistigen Auge sah der Rabbi seinen Gesprächspartner vor sich, wie er vor Zufriedenheit strahlte, weil er ihm eine so angenehme Überraschung bereiten konnte. V. S. Markevitch war darin groß. In Barnard's Crossing pflegte er unangemeldet abends bei seinen Freunden oder Bekannten hereinzuschneien, und selbst wenn er merkte, dass sie ausgehen wollten, brachte ihn das keineswegs aus der Fassung. Im Gegenteil – er redete mit erhobener Stimme, damit die Dame des

Hauses, die sich gerade im Schlafzimmer zurechtmachte, nur ja alles mitkriegte, was er ihrem Mann erzählte; der blieb aus purer Höflichkeit im Zimmer und zerrte verzweifelt an seiner Krawatte, die er ohne den Schlafzimmerspiegel nicht richtig binden konnte. V. S. Markevitch war stets fest davon überzeugt, dass sich die Leute freuten, ihn zu sehen.

Gewöhnlich sprach er von sich in der dritten Person, benutzte nur selten das Pronomen und wiederholte den bombastischen vollen Namen so oft wie erforderlich. Er war nicht Mitglied im Gemeindevorstand, erschien jedoch ohne Hemmungen zu Sitzungen und Zusammenkünften der *Bne-Briss-Loge,* um seine Ansichten zum Besten zu geben. Er stand auf, sein runder, kahler Schädel leuchtete weithin, er grinste über beide Ohren und verkündete: «Mr. Chairman, V. S. Markevitch möchte etwas zu der Wortmeldung sagen.» Wurde dem stattgegeben, bombardierte er seine Zuhörer mit: «V. S. Markevitch ist der Meinung, dass …», und: «Nach der bescheidenen Auffassung von V. S. Markevitch …»

«Wann sind Sie angekommen, Mr. Markevitch?», fragte der Rabbi.

«Den Moment.» Die Stimme klang überrascht, als wolle sie damit ausdrücken, dass es für V. S. Markevitch undenkbar sei, aus welchen Gründen auch immer nach Israel zu kommen und nicht als allererstes seinen Rabbi anzurufen.

«Sind Sie allein, Mr. Markevitch? Oder ist Ihre Frau mitgekommen? Machen Sie eine Rundreise?»

«Ich bin nur mit Katz hier, meinem Partner. Geschäftlich, Rabbi. Wir haben massenhaft Konferenzen auf der Latte, eine sicherlich mit dem Minister für industrielle Entwicklung, und dann schließen wir uns einer Gruppe an, die mit der Ministerpräsidentin zusammentrifft, aber das ist erst später in der Woche. Wahrscheinlich ist das nichts für Sie. Ich nehme an, Sie haben inzwischen die ganze Prominenz kennen gelernt …»

«Keineswegs.»

«Mal sehen, vielleicht kann ich Sie den Leuten vorstellen – nachdem ich sie kennen gelernt habe. So, und mir geht's jetzt um Folgendes. Wir haben ein Taxi genommen, eben werden gerade unsere Sachen eingeladen, und wir zwitschern in ein paar Minuten los nach Jerusalem. Heute und morgen übernachten wir im *King David.* Dann fahren wir weiter nach Haifa. Wie wär's, wenn wir uns treffen, und vielleicht könnten Sie uns die Stadt zeigen, die ganzen Sehenswürdigkeiten und so?»

«Nun, ein besonders guter Fremdenführer bin ich zwar nicht, aber ich würde mich freuen, Ihnen und Mr. Katz alles zu zeigen.»

«Also abgemacht, Rabbi.»

Sie trafen sich am nächsten Morgen in der Hotelhalle. Markevitch und Katz hatten gerade in der Cafeteria gefrühstückt, wollten aber gern noch eine Tasse Kaffee trinken. Und so saßen die drei Männer um einen Tisch und unterhielten sich über Barnard's Crossing.

Markevitch bezeichnete Joe Katz scherzhaft als seinen stummen Teilhaber – «weil ich immer das Reden übernehmen muß». Während Markevitch groß, kräftig und überschwänglich war und sein breites Lächeln den kürbisähnlichen Kopf in zwei Hälften zu teilen schien, war Katz ein kleiner, ängstlicher Mann mit traurigen Augen und einem schüchternen Lächeln. Wenn Markevitch redete, saß Katz stumm da, nickte zu den Geistesblitzen seines Partners und zuckte mitunter zusammen, wenn er meinte, dieser habe eine Taktlosigkeit geäußert.

Die Stimme von Markevitch war weniger laut als vielmehr nie gedämpft. Ohne Rücksicht darauf, wo er sich befand, sprach er in normaler Lautstärke. In der Hotelhalle klang das, als rede er zu allen Gästen. So bekam jeder mit, dass die Mazurs sich scheiden ließen. Josiah Goldfarbs Sohn war wegen Besitzes von Rauschgift verhaftet worden. Familie Hirsh hatte ihr Eisenwarengeschäft in Lynn verkauft und zog nach

Florida. Auf der Elin Street, unmittelbar vor dem Tempel, war eine neue Verkehrsampel angebracht worden; das sollte den Kindern, die zur Religionsschule gingen, mehr Sicherheit bieten. Lenny Epstein hatte dem Schulfonds tausend Dollar zugesagt.

Endlich gelang es dem Rabbi zu fragen: «Und wie kommt Rabbi Deutch zurecht?»

«Ach», erklärte V. S. strahlend, «mit dem haben wir wirklich Massel gehabt, Rabbi. Als ich gehört hab, Sie nehmen Urlaub, hab ich gefürchtet, Sie drehen uns so 'nen Knaben vom Seminar als Stellvertreter an. Und wenn nicht das, dann irgendeinen Schlemihl, der normalerweise keinen anständigen Job kriegen kann. Aber mit Rabbi Deutch haben Sie wirklich 'nen guten Griff getan. Und erst mit der Rabbitzin. Ganz große Klasse.»

«Ich habe ihn nicht ausgesucht», sagte der Rabbi. «Die Kommission hat ihn ausgewählt. Ich kannte ihn vorher gar nicht.»

«Was Sie nicht sagen! Ich dachte, Sie hätten ihn ausgewählt. Ich war auf dem Empfang, wenn Sie sich erinnern. Und wie ich euch beide mit den Deutchs wie Busenfreunde zusammen stehen und schwatzen sah und so weiter, da hab ich eben angenommen – na, jedenfalls ist er ein guter Mann. Ich meine, wenn er so am Pult steht» – er richtete sich auf und blickte in der Halle umher, um Rabbi Deutch am Rednerpult nachzuahmen – «und mit dieser Stimme, die er hat, eine Predigt hält, also da läuft einem manchmal direkt 'ne Gänsehaut über den Rücken. Ich hab natürlich nicht viel mit ihm zu tun gehabt, aber man hört ja, wie die Leute so reden, und die sind ganz schön beeindruckt, sogar die *Gojim* in der Stadt. Wissen Sie, dass sie ihn gebeten haben, im *Library Committee* zu fungieren? Also für einen Außenseiter … Und die Rabbitzin – wussten Sie, dass Dan Stedman ihr Bruder ist, der Kommentator vom Fernsehen, meine ich? Sie haben die Sache gleich in die

Hand genommen, sowie sie in die Stadt kamen, und sie passen einfach prima rein.»

«Das ist aber nett. Er ist also glücklich in Barnard's Crossing?»

«Dieselbe Frage hat V.S. Markevitch erst letzten Freitagabend beim *Oneg Schabbat* an Rabbi Deutch gestellt. Wir standen alle rum und tranken Tee, und V.S. Markevitch spaziert beschwingt zum Rabbi rüber und sagt» – seine Stimme wurde geschäftsmäßig –, «‹Rabbi Deutch, wir sehen Sie gern hier, und wir finden alle, Sie machen Ihre Sache phantastisch, aber wie gefällt's nun Ihnen bei uns?› Viele Leute sagen, V.S. Markevitch reißt immer sein Maul auf, aber er meint, wenn man nicht fragt, erfährt man auch nichts.»

«Und was hat er geantwortet?», erkundigte sich der Rabbi.

«Also jetzt sagen Sie mir selbst, Sie sind der Richter, ob's ihm in Barnard's Crossing gefällt. Er antwortet doch auf seine vornehme Art: ‹Eine hübsche, angenehme Stadt, Mr. Markevitch, und für mich hat sie außerdem noch den zusätzlichen Vorteil, dass sie nur eine halbe Autostunde von den großen Bibliotheken in Boston und Cambridge entfernt liegt.› Er ist nämlich ein großer Gelehrter, verstehen Sie. Na, was halten Sie nun davon? Gefällt es ihm, ja oder nein?»

Der Rabbi lächelte. «Ich verstehe, worauf Sie hinauswollen, Mr. Markevitch.»

Plötzlich begann Markevitch heiser zu flüstern, was kein Dezibel leiser war als seine normale Lautstärke. «Es ist sogar davon die Rede, dass wir vielleicht jetzt groß genug sind, um uns zwei Rabbis zu leisten, und dass Rabbi Deutch vielleicht bereit wäre zu bleiben. Na, und was halten Sie davon?» Er lehnte sich zurück und sah den Rabbi seltsam an.

«Nun, ich sehe da einige Probleme, die …»

«Sicher, genau das hat Markevitch gesagt, als er zum ersten Mal davon hörte. Stimmt's, Katz?» Er beugte sich wieder vor und fuhr vertraulich fort: «Rabbi Deutch ist der Ältere und

Erfahrenere, also könnte er nicht der Assistent von Rabbi Small sein. Andererseits hatte Rabbi Small die Stellung als Erster, also wird ihm der Gedanke nicht schmecken, die Leiter runterzufallen und bei Rabbi Deutch die zweite Geige zu spielen, egal, wie alt und erfahren der ist.»

Katz zuckte zusammen und tippte seinen Partner an. «Bitte, Markevitch.»

Markevitch drehte sich um und starrte ihn an. «Was ist denn, Katz?» Dann wandte er sich wieder dem Rabbi zu. «Was ich sage, ist Folgendes – warum nicht zwei partnerschaftliche Rabbiner, beide gleichberechtigt und gleichgestellt, vor allem, wo's so aussieht, als müssten wir zwei Gottesdienste abhalten, einen unten und einen im ersten Stock? Und wie ich die Sache sehe – wo alle unsere Festtage zwei Tage lang dauern, könnten sie doch abwechselnd den Gottesdienst oben übernehmen, der sowieso der wichtigere sein wird. Und sie könnten ja Kopf oder Adler werfen, wer zuerst drankommt. Was halten Sie davon, Rabbi?»

Rabbi Small spitzte den Mund. «Jedenfalls eine interessante Spekulation.»

Markevitch stieß seinen Partner mit dem Ellbogen an. «Na, was hab ich dir gesagt, Katz, wer nicht fragt, erfährt auch nichts. Rabbi Small ist interessiert. Überlegen Sie sich's, Rabbi. Und wie wär's jetzt mit 'ner Stadtbesichtigung?»

«Ich nehme an, Sie würden als Erstes gern die Klagemauer sehen?»

«Allerdings. Wir haben nämlich einen besonderen Grund dafür.» Er lächelte und zwinkerte seinem Kompagnon zu.

Sie nahmen ein Taxi. Markevitch saß in der Mitte und drehte sich während der kurzen Fahrt ständig von einer Seite zur anderen, um ja nichts zu verpassen. «Sieh dir das an, Katz, da draußen … jetzt ist's vorbei. Es war ein … Was war das, Rabbi? … Ach, schau dir den alten Juden mit dem Bart an … He, das ist doch ein Araber, wie? Ich meine, wenn sie diese karierten *schmattess* um den Kopf tragen, dann sind's Araber. Stimmt's? … He, das muss irgendeine Kirche sein …» So ging es ununterbrochen, bis sie am Jaffa-Tor abgesetzt wurden; er stellte Fragen, ohne die Antwort abzuwarten, er wies auf alles hin, was er für ungewöhnlich hielt – Menschen, Gebäude, Schilder.

«Ich dachte mir, wir gehen diesen Weg, damit Sie Gelegenheit haben, die Altstadt zu sehen», erklärte der Rabbi.

Sie überquerten den Platz hinter dem Tor und näherten sich der überdachten Straße.

Katz wich zurück. «Sie meinen, wir sollen da durchgehen? Ist das denn sicher?»

«Na klar, Katz. Schau dir die zwei Mummelgreise mit den Bärten an. Wenn die durchgehen können, wird's wohl für uns auch sicher sein.»

Sie betraten die Straße. Markevitch gab seine Kommentare ohne Punkt und Komma. In seinen Worten äußerte sich weniger Erstaunen als vielmehr Ungläubigkeit. «Nun stell dir das vor, Katz, das ist eine Straße … Eine reguläre Straße ist das bei ihnen … Stell dir das vor … sieh dir die zwei Frauen mit dem Schleier an. Wovor haben die Angst? … Wie können Menschen nur so leben? … Sieh mal, da ist ein Schuhladen. Bleib lieber nicht stehen, Katz, sonst musst du vielleicht noch was kaufen … diesen Mist … wer kauft schon so was? … Wie können sie bloß existieren? … Schau nur, da verkauft einer türkischen Honig … Wann hast du zuletzt türkischen Honig gegessen, Katz? … So was nennen sie vermutlich einen Fleischerladen … Sieh dir das an, alles offen … Von Hygiene haben sie wohl noch nie was gehört …»

Endlich kamen sie zur Klagemauer. Sie überschauten den Platz davor, und Markevitch sagte: «Also das ist schon was. Ich nehme an, Sie kommen praktisch jeden Tag her, was, Rabbi?»

«Nun, ich war ein paar Mal hier.»

«So was – ich hätte gedacht, Sie sind jeden Tag hier, beten, meine ich.»

«Nein, Mr. Markevitch. Ich halte das nicht für notwendig. Gebete sind auch nicht wirksamer, wenn man sie vor der Klagemauer spricht.»

«Können wir einfach hingehen?», erkundigte sich Katz. «Oder müssen wir eine Eintrittskarte kaufen oder eine Spende geben – der Mann dort am Tisch ...»

«Der verteilt nur *Jarmulkas* aus Papier für diejenigen, die keine Kopfbedeckung haben. Nein, Sie können direkt hingehen. Es kostet nichts.»

«Stell dir vor, Katz, gebührenfrei. Nicht mal 'ne Geldspende. Hören Sie, Rabbi» – zum ersten Mal senkte Markevitch die Stimme –, «wir haben überlegt, ob Sie nicht für uns ein Gebet sprechen könnten. Was wir uns dabei vorgestellt haben, war 'ne besondere Art von Gebet, in dem Sie vielleicht um den Erfolg unserer Unternehmung bitten könnten ...»

«Vor allem die Finanzierung», sagte Katz.

«Richtig, vor allem die Finanzierung, aber ich hab an den ganzen Schmonzes gedacht.»

Der Rabbi schüttelte den Kopf. «Bei uns ist jeder Mensch auf sich gestellt, Mr. Markevitch. Wir Juden haben keinen Vermittler zwischen dem Menschen und Gott. Sie können sich ganz dicht an die Mauer stellen, wenn Sie meinen, das ist besonders wirksam, und sagen, was Sie im Sinn und auf dem Herzen haben.»

«Aber ich kann kein Wort Hebräisch, außer vielleicht ein paar Gebete, zum Beispiel den Segen für Brot oder Wein ...»

«Ich bin sicher, Gott wird es auch dann verstehen, wenn Sie englisch sprechen oder wenn Sie es sogar nur denken.»

«Glauben Sie nicht, dass er was dagegen hätte, wenn sich's um 'ne Geschäftsangelegenheit dreht? Letzten Endes ist es ja zum Wohl des Landes.»

Der Rabbi lächelte. «Die Menschen bitten um alles Mögliche. Manche schreiben sogar kleine Zettel und schieben sie zwischen die Steine. Sehen Sie?»

«Ja.» Markevitch schaute sich um, und als er merkte, dass man ihn nicht beobachtete, zog er einige der zusammengerollten Papierfetzen heraus. Er entrollte einen und gab ihn dem Rabbi, da er in Hebräisch war. «Was steht drauf?»

Der Rabbi las: «Ich habe sechs Töchter, und meine Frau geht schwanger mit einem siebenten Kind. Lieber Gott, mach, dass es ein Junge wird, damit er nach unserem Tod das *Kaddisch* für mich und meine Frau sprechen kann.»

Markevitch entrollte einen zweiten Zettel, und der Rabbi las und übersetzte: «Meine Frau ist krank. Sie ist eine Last für sich und für mich. Lieber Gott, nimm sie entweder zu dir oder mach sie gesund.»

Markevitch schüttelte den Kopf und schnalzte leise, womit er sein Mitleid ausdrücken wollte. Er fühlte sich gezwungen, sein Verhalten zu rechtfertigen. «Nicht, dass Markevitch neugierig ist, Rabbi. Er will sich nur ganz allgemein ein Bild machen.» Er entrollte den dritten Zettel. «Oh, der hier ist englisch geschrieben, das ist schon besser.» Und er las laut vor: «American Telefone –52, IBM –354, Chrysler –48, General Motors –81. Ich bitte um keine Reichtümer, sie sollen nur um so viel steigen, lieber Gott, dass ich aussteigen kann.»

Er rollte die Zettel wieder sorgfältig zusammen und schob sie in einen Mauerspalt. «Der Versuch lohnt sich, Katz. Gib mir einen Bleistift und ein Stück Papier.»

Der Rabbi wartete, während sie ihre Bitte hinkritzelten und ebenfalls zwischen zwei Steine steckten. Sie standen vor der Mauer, murmelten die paar hebräischen Brocken, die sie kannten. Obwohl er sich etwas im Hintergrund hielt, entging ihm nichts von dem, was V. S. Markevitch vortrug. Er sprach den Segen für Wein, den Segen für Brot, und dann nach einer Pause sagte er die vier Fragen auf, die das jüngste Kind beim *Seder* zu *Pessach* stellt. Danach stand Markevitch ein paar Minuten schweigend da, die Augen fest geschlossen, die Stirn in angestrengter Konzentration gerunzelt. Schließlich sagte er: «Es ist V.S. Markevitch, der darum bittet, lieber Gott», und trat zurück.

Immer neue Menschen strömten herbei, und als sie sich gerade zum Gehen wandten, sahen sie eine Gruppe Amerikaner, wohlhabende Leute in mittleren Jahren wie sie. Die Führung hatte ein Mann, dessen schwarzer Hut und gediegenerer Aufzug die Vermutung nahe legte, dass er der Rabbi war und zugleich als Reiseleiter fungierte. «Verteilen Sie sich und stellen Sie sich an der Mauer auf», befahl er. «Keine Angst. Genieren Sie sich nicht. Sie haben genauso viel Recht hier wie jeder andere. Wenn Sie sich jetzt bitte Seite 61 zuwenden wollen ...»

Markevitch sah seinen Teilhaber vielsagend an und nickte in Richtung auf die betenden Amerikaner.

Sie verließen die Klagemauer und nahmen ein Taxi zum Zion Square. Von dort schlenderten sie über die Ben Yehuda Street und Jaffa Road, das Geschäftsviertel der Neustadt. Sie waren offensichtlich enttäuscht über die engen Straßen und die kleinen, armselig dekorierten Läden.

«'ne Fifth Avenue ist das garantiert nicht, was, Katz?»

«Von Fifth Avenue kann keine Rede sein, nicht mal von Boylston Street oder Washington Street, aber da siehst du, wie wenig Kapital du hier brauchst, um ein Geschäft aufzumachen.»

Der Rabbi dachte, sie wären vielleicht müde, und steuerte sie in ein nahe gelegenes Café. Sie bestellten und sahen sich die anderen Gäste an, von denen mehrere Zeitungen und Zeitschriften lasen.

«Sie kommen her, um zu lesen?», fragte Katz.

«Sie kommen, um ihre Freunde zu treffen, um zu lesen, um zu reden, um sich bei einer Tasse Kaffee etwas von dem täglichen Einerlei zu erholen», erklärte der Rabbi.

«Von 'ner Umschlagquote bei Kunden haben die hier wohl

noch nie was gehört», meinte Markevitch und setzte seine Tasse ab. «Wohin jetzt, Rabbi?»

Der Rabbi nickte der Kellnerin zu, die zu ihnen kam. «Wünschen Sie noch etwas, Gentlemen? Dann also drei Kaffee – macht drei Pfund.»

«Ich dachte, wir könnten uns jetzt mal die Universität ansehen», schlug der Rabbi vor, während er in die Tasche griff.

Markevitch legte ihm die Hand auf den Arm. «Kommt gar nicht infrage, Rabbi, wenn V. S. Markevitch isst, dann zahlt V. S. Markevitch auch. Wie viel macht es?»

«Nein, Mr. Markevitch.» Der Rabbi drückte der Kellnerin ein paar Münzen in die ausgestreckte Hand. «Sie sind Gäste, Besucher des Landes, und ich ortsansässig.»

In der Universität blühten die beiden auf. Das war mehr nach ihrem Geschmack. Von dem, was sie bisher gesehen hatten, waren sie offensichtlich enttäuscht gewesen. Die Altstadt war malerisch, ohne Frage, und die Menschen pittoresk, in Filmen und auf Ansichtskarten wirkte das interessant, aber von nahem war es schmutzig, zerlumpt und übel riechend. Die Westmauer – nun ja, es war eben eine Mauer. Den erhofften Zauber hatten sie nicht empfunden. Und Zion Square war auch alt und schäbig, sicherlich nicht so wie die Altstadt, aber ebenso gewiss nicht das, was die Dias und Filme versprachen, die man ihnen bei Veranstaltungen mit entsprechenden Spendenaktionen vorgeführt hatte. Die Universität dagegen – neue, moderne Gebäude, weiträumige Plätze, ausgedehnte Gartenanlagen, so hatten sie sich die ganze Stadt, ja, das ganze Land vorgestellt. Jahre hindurch hatten sie israelische Obligationen gekauft und Geld gespendet. Jetzt endlich konnten sie sehen, dass es gut angelegt worden war. Sie wanderten umher, atmeten tief die frische, saubere Luft ein, als sei sie von den neuen Gebäuden erzeugt worden. Vor jeder Bronzeplatte, auf die sie trafen, blieben sie stehen und studierten sie gewissenhaft.

«Eine Schenkung der Familie Isaacson, Montreal … Dank

der Großzügigkeit von Arthur Bornstein, Poughkeepsie … Errichtet zum Gedächtnis von Sadie Aptaker … Das Harry-G.-Altshuler-Zimmer …»

«Schau mal, Katz. Montgomery Levy aus Rhodesien. Stell dir vor, aus Rhodesien.»

«Dort gibt's auch Juden. Hier ist einer aus Dublin, Irland …»

In ihrem Hotelzimmer unterhielten sich die Geschäftspartner über den Tag. «Ehrlich gesagt, Katz, ich war ein bisschen enttäuscht über unseren Rabbi. Ich meine, er ist Rabbi, und da hätte ich doch angenommen, dass er jedes Mal, wenn er zur Klagemauer kommt, ein Gebet sprechen möchte. Und er gibt selber zu, dass er nur ein paar Mal dort war. Das kommt mir nicht richtig vor, lebt direkt hier in Jerusalem und ist immerhin Rabbi. Und warum hat er sich so gehabt, wie sich's darum drehte, für uns ein Gebet zu sprechen? Schließlich ist das sein Beruf, oder etwa nicht? Für mich hat's so ausgesehen, als ob ihm das ganze Metier zum Hals raushängt.»

«Er ist doch auf Urlaub. Der Beruf als Rabbi ist genau wie jeder andere. Du fährst weg, du willst deine Ruhe davor haben.»

V. S. sah ihn scharf an. «Bist du sicher, dass es ein Urlaub ist?»

«Was denn?»

Markevitch senkte die Stimme zu einem heiseren Flüstern, das von jedem Passanten im Korridor durch die geschlossene Tür deutlich gehört werden konnte. «Vielleicht hat er nicht vor, zurückzukommen. Vielleicht plant er, hier zu bleiben. Deshalb wollte er kein Gebet für uns sprechen. Als wären wir nicht mehr seine Gemeinde. Erinnere dich, wie er im Café darauf bestanden hat zu bezahlen. Ich frag dich, wann steckt ein Rabbi jemals die Hand in die eigene Tasche? Weißt du noch, was er gesagt hat – wir wären die Gäste, und er ist ortsansässig? Erinnerst du dich?»

Katz nickte zustimmend. «Da hast du schon Recht – da ist was dran.»

Markevitch leerte sein Glas und strahlte vor Bewunderung über seinen Scharfsinn. «Merk dir meine Worte, Katz, er kommt nicht zurück. Und ich werd dir noch was sagen – wenn er nicht zurückkommt und Rabbi Deutch bleibt, hat V. S. Markevitch jedenfalls deswegen keine schlaflosen Nächte.»

«Na, wie ist es gegangen?», erkundigte sich Miriam.

Der Rabbi antwortete nicht sofort. Stirnrunzelnd suchte er nach den richtigen Worten. «Weißt du, es ist schon sonderbar», sagte er schließlich. «Du lebst eine Weile hier – und das braucht nicht einmal lange zu sein – und beginnst dich als Einheimischer zu fühlen, zumindest Touristen gegenüber. Sie irritieren dich, es stört dich, da sie das, was sie sehen, nicht begreifen. Ihre Gönnermiene stört dich, es stört dich, wenn sie Vergleiche mit Amerika ziehen, ob sie sie nun laut äußern oder ob du sie nur unausgesprochen spürst; ihre Einstellung stört dich, dass ihnen das Land gehört, weil sie Geld gespendet haben ...»

«Du sprichst wirklich wie ein Einheimischer.»

«Das stimmt wohl. Vielleicht fange ich an, wie sie zu denken und zu empfinden.»

Sie stand auf und ging zum Tisch hinüber, wo sie sich mit den Büchern, der Blumenvase, den Aschenbechern zu schaffen machte. Sie kehrte ihm den Rücken zu, als sie sagte: «Ich habe den Eindruck, David, als ob du andeuten willst, dass du gern hier bleiben möchtest.»

«Ich glaube schon, dass ich das möchte», entgegnete er ruhig. «Zumindest eine Zeit lang. Hättest du was dagegen?»

«Ich weiß nicht. Das kommt ganz darauf an. Was würdest du tun – ich meine, um unseren Lebensunterhalt zu verdienen? Hier kannst du dich nicht als Rabbi betätigen.»

«Ich weiß.»

Sie wandte sich um und sah ihn an. «David, hast du deinen Beruf als Rabbi satt? Willst du ihn aufgeben?»

Er begann zu lachen. «Komisch – Rabbi kommt ins Heilige Land und verliert seinen Glauben. Natürlich wusste ich, schon bevor ich aufs Seminar ging, dass ich kein Rabbi sein konnte, wie es mein Großvater in seinem *stetl* in Russland oder später in der orthodoxen Gemeinde in Amerika war. Er war ein Richter und benutzte seine Kenntnis des Talmud, um die Probleme seiner Gemeinde zu lösen. Das war in Amerika unmöglich. Aber dass ich ein Rabbi wie mein Vater werden könnte, glaubte ich schon. Er leitete seine Gemeinde nach den Grundsätzen des Judaismus und bewahrte sie davor, in einer christlichen Umgebung ihrem Glauben abtrünnig zu werden. Dazu gehörten gewisse traditionelle Praktiken wie etwa Gebete zu feststehenden Tageszeiten, was zwar nicht in die moderne Welt passte, aber den Vorzug hatte, uns weiterhin von unseren Nachbarn zu unterscheiden, und daher als Bindekraft wirkte. Ja, und seitdem ich hier in Israel bin, sehe ich darin immer mehr die religiösen Bräuche des Exils, des *Galut*. Ich spürte den Geist des Sabbat am meisten an unserem ersten Tag, als ich nicht in die Synagoge ging, und dann wiederum in dem areligiösen Kibbuz. Sie hatten die ganze Woche hindurch schwer gearbeitet, und am Sabbat zogen sie frische Kleider an, feierten und ruhten sich aus. Das gab ihnen neue Kraft für die kommende Woche. Irgendwie fand ich, so sollte es ursprünglich sein. Es schien mir, als seien unsere traditionellen Bräuche hier, in unserem eigenen Land, zu einer Art Hokuspokus geworden, in der Diaspora zwar durchaus nützlich, in Israel aber sinnentleert. Ich sah das in den erstaunten Augen von Itzicals kleinem Jungen, als er beobachtete, wie ich in meinem Schal und den Gebetsriemen betete. Mir einen schwarzen Lederriemen auf eine bestimmte Weise um den Arm und um die Stirn zu binden, ein spezielles, mit Fransen besetztes Tuch umzulegen und dann Worte zu sprechen, die Jahrhunderte zuvor für mich geschrieben worden waren – das hatte in Amerika seinen Sinn, weil es mich daran erinnerte, dass ich Jude bin. Doch hier in Israel brauche ich nichts dergleichen. Was ist meine Arbeit in Barnard's Crossing anderes, als religiösen Hokuspokus zu zelebrieren – Menschen zu trauen, zu beerdigen, bei allen möglichen Gelegenheiten das passende Gebet zu sprechen? Genau das haben Markevitch und Katz heute von mir erwartet.»

Die Hände in den Hosentaschen vergraben, begann er auf und ab zu laufen.

«Aber sie sind doch nicht typisch für die Gemeinde.»

«Zugegeben, sie sind beide etwas extreme Fälle, trotzdem unterscheidet sich ihre Einstellung nicht allzu sehr von der der meisten Gemeindemitglieder.»

«David, hast du dich entschieden? Hast du endgültig beschlossen, dass du deinen Beruf als Rabbi aufgeben willst?»

«Nein … ich weiß es nicht», sagte er unglücklich und starrte niedergeschlagen auf den Fußboden. «Aber …»

«Aber du möchtest wissen, wie ich dazu stehe? Also – ich habe dich geheiratet, bevor du Rabbi warst, und wenn du im Seminar durchgefallen wärst, hätte ich mich nicht scheiden lassen. Trotzdem – irgendwie musst du ja Geld verdienen. Was würdest du tun?»

«Ach, einen Job könnte ich immer kriegen.» Er sah auf und seine Stimme klang wieder heiter. «Oder vielleicht könnten wir in einen Kibbuz gehen. Oder ich könnte unterrichten. Oder für eine Zeitung schreiben. Mein Hebräisch ist recht gut. Natürlich müssten wir uns einschränken, uns an einen niedrigeren Lebensstandard gewöhnen. Du müsstest dir eine Arbeit suchen, für die du bezahlt wirst …»

«Das würde mich nicht stören. Ich könnte sogar im Krankenhaus bleiben. Die anderen in der Abteilung werden nämlich bezahlt. Aber vielleicht dauert es ein Weilchen, bevor ich anfangen könnte.»

«Ach?»

«Ich habe mich heute im Hospital beurlauben lassen und bin selber zum Arzt gegangen.» Sie zögerte. «Ich – ich erwarte nämlich ein Kind, David.»

23

Sie trafen sich wie üblich in der Hotelhalle, bevor sie zum Dinner in den *Artist's Club* gingen, und Roys erste Worte waren: «Ich hab morgen 'ne Prüfung, deshalb muss ich früh nach Hause.» Ähnliche Ankündigungen hatte er jedes Mal gemacht – dass er müde sei und zeitig zu Bett gehen wolle; dass er am nächsten Morgen ganz früh eine Vorlesung oder am gleichen Abend spät noch eine Verabredung habe – alle möglichen Ausreden, um sofort nach dem Dinner aufzubrechen. Und jedes Mal war Dan enttäuscht und sogar etwas gekränkt gewesen, hatte sich jedoch wohlweislich gehütet, das zu zeigen. Er hielt es für wichtig, dass Roy sich absolut frei fühlte, und war fest entschlossen, nicht die Rolle des gestrengen Vaters zu spielen. Wenn wir Freunde sein wollen, sagte er sich, muss er dasselbe Bedürfnis haben, mit mir zusammen zu sein, wie umgekehrt.

Er hatte versucht, Roy zum Reden zu bringen über sein Studium, mit wenig oder gar keinem Erfolg. «Dieselbe Leier wie in den Staaten. Vorlesungen … Kurse … Wenn du einen interessanten Professor erwischst, hast du Glück gehabt. Dann vergeht die Zeit ein bisschen rascher. Die meisten machen gerade nur das unbedingt Notwendige.»

Er hatte versucht, ihm von seiner Arbeit zu erzählen, von Interviews, die er auf Tonband genommen hatte, von seiner ganzen Konzeption. Die Reaktion war minimal.

Er hatte versucht, Roy nach seinen Freunden zu fragen und sogar angeboten, einen oder zwei mit zum Dinner einzuladen.

«Ach, die meisten haben ziemlich viel zu tun.»

«Dafür sind ja keine besonderen Vorbereitungen nötig. Ruf mich einfach an.»

«Schön, ich werd dran denken.»

Vielleicht empfand Roy sein Interesse als Einmischung in seine Angelegenheiten? Deshalb war er an diesem Abend entschlossen, das Gespräch in neutralen Bahnen zu belassen und sich nach seinem Sohn zu richten. Schweigend gingen sie zu dem Restaurant, und erst dort sagte Roy schließlich: «Nicht schlecht hier.»

Dan pflichtete ihm bei und meinte, wenn man die Lage, den Service, die Qualität des Essens bedenke, finde er es genauso gut wie jedes andere in Jerusalem.

Nachdem sie sich über die Bestellung schlüssig geworden waren, aßen sie und redeten dabei fast nichts. Als der Nachtisch und der Kaffee gebracht wurden, wagte Roy jedoch eine Bemerkung: «Ich hab dich gestern Abend angerufen. Sie sagten, du bist nach Tel Aviv gefahren.»

Dan fragte sich, ob Roy deswegen verstimmt gewesen war. «Ja, ich war zwei Tage dort. Bob Chisholm hat ’ne kleine Party gegeben. Er ist der Leiter vom AP-Büro.» Roy schien das nicht zu interessieren. Trotzdem sprach Dan weiter, um das Schweigen irgendwie zu überbrücken. «Ich bin mit dem *Sheruth* gefahren und hab gleich nach der Ankunft im *Sheraton* angerufen, ob sie mir ein Zimmer für die Nacht geben könnten. Natürlich war alles besetzt wie üblich, aber ich hab Phil Bailen, den Direktor, erwischt, und er hat dann irgendwas gedeichselt. So konnte ich zwei Tage bleiben.»

«Hm-m.»

«Das ist schon ’ne Stadt. Unwahrscheinlich, wen man da alles trifft. Als ich spätabends nach der Party ins Hotel komme, wen sehe ich? Alfred Northcote. Er ist bei der BBC. Als ich vor ein paar Jahren in London stationiert war, hab ich in seiner Bude gewohnt, weil er damals gerade nach Spanien musste.»

«Soso.»

«Mich hat’s auch nicht überrascht. Stell dir vor, in der kurzen Zeit zwischen der Eintragung an der Rezeption und dem Betreten des Fahrstuhls hab ich drei verschiedene Bekannte getroffen. Ich hatte eben die Anmeldung unterschrieben, da entdeckt mich Colonel Girande. Ich hab ihn in Paris kennen gelernt – na, so vor sechs oder sieben Jahren. Und während wir noch schwatzen, kommt Bob Chisholm – der die Party gegeben hat – dazu. Und wie ich auf den Fahrstuhl warte, ruft jemand meinen Namen, ich dreh mich um – und wer ist's? Olga Ripescu. Ich hab sie auf den ersten Blick erkannt und mich sogar an ihren Namen erinnert. Vor ein paar Jahren hab ich mal über das rumänische Ballett berichtet. Der größte Teil der Reportage drehte sich natürlich um die Primaballerina, den Choreographen und den Regisseur. Aber ich hab auch mit ein paar jungen Leuten gesprochen, die gerade erst engagiert worden waren, und zu denen gehörte auch Olga Ripescu. Na, sie ist mit der Truppe hier und jetzt selber Primaballerina. Und nach der langen Zeit hat sie sich an mich erinnert.»

«Phantastisch!»

Dan überhörte die Bemerkung, weil ihm nicht klar war, wie sie gemeint war. «Nächste Woche ist 'ne Party in der amerikanischen Botschaft», fuhr er fort. «Ich hab 'ne Einladung. Wenn du Lust hast, könnte ich für dich auch eine organisieren. Dabei gibt's meistens massenhaft hübsche Mädchen aus den verschiedenen Dienststellen.»

«Jüdische Mädchen?»

«Die meisten schon.»

«Verstehe. Du willst, dass ich jüdische Mädchen kennen lerne.»

«Nach dem, was du mir so erzählt hast, wäre das vielleicht gar keine schlechte Idee», bemerkte sein Vater. «Ja, ich hätte es gern, wenn du ein paar jüdische Mädchen und Jungen kennen lernst.»

«Das hab ich mir gedacht. Du verstehst also noch immer, mein Leben zu lenken», sagte er bitter.

«Sind denn Väter nicht dazu da?» Dan war bemüht, die leichte Gesprächsnote beizubehalten.

«Niemand hat das Recht, sich in das Leben eines anderen einzumischen. Ich bin ein Individuum, und ich habe das Recht, mein Leben so zu leben, wie ich will. Ich beabsichtige, mir meine Freunde selber auszusuchen und auch sonst mein eigener Herr zu sein.» Das kam mit leidenschaftlicher Vehemenz.

«Hör mal, Roy, müssen wir denn jedes Mal streiten?»

«Wenn du nicht versuchst, mich zu gängeln, ist alles bestens. Weiter will ich nichts, du sollst nur aufhören, mich zu gängeln.» Er stand auf. «Es ist spät und ich hab morgen die Prüfung.»

In seinem Hotelzimmer ließ Dan Stedman den Abend Revue passieren. Was ist bloß mit den jungen Leuten los? Alles, was man sagt, legen sie auf ihre Weise aus. Wie redet man mit ihnen, damit sie zuhören und vernünftig und erwachsen darauf reagieren?

Ihm fiel ein Satz aus einem Brief ein, den er am gleichen Morgen von seiner Schwester aus Barnard's Crossing bekommen hatte. «... obwohl er über sechs Jahre hier war, war er nie sehr beliebt und hat keinen echten Rückhalt in der Gemeinde, die jungen Leute ausgenommen. Die meisten von ihnen sind noch unter zwanzig, aber sie scheinen ihn zu mögen – und sie haben kein Stimmrecht bei den Gemeindewahlen.»

Er suchte in seiner Schreibtischschublade nach einem früheren Brief, in dem sie ihm Rabbi Smalls Adresse gegeben hatte.

24

«In dem Buch will ich die öffentliche Meinung in Israel schildern, nicht die von Regierungsbeamten oder großen Tieren, sondern vom Mann auf der Straße – Jude, Araber, Männer, Frauen, Junge und Alte.» Stedman kam in Fahrt. «Verstehen

Sie, Rabbi, wenn Sie mit einem Beamten reden, kriegen Sie nichts weiter als die offizielle Meinung, die bereits durch die Presseverlautbarungen der Regierung veröffentlicht worden ist. Bringen Sie aber die Durchschnittsmenschen zum Sprechen, bekommen Sie Einblicke in die politische Situation, die den offiziellen Nachrichten zugrunde liegt.»

«Und wie geht das vor sich?», erkundigte sich Miriam. «Halten Sie Leute auf der Straße an?»

«Manchmal ja, Mrs. Small, aber ich sag ihnen nicht, dass ich sie interviewen möchte, weil sie dann entweder in totale Abwehrstellung gehen oder das erzählen, was Sie ihrer Meinung nach gern hören wollen. Ich versuche, etwas differenzierter vorzugehen. Ein Beispiel. Ich frage einen Mann auf der Straße nach dem Weg, und zwar liegt mein angebliches Ziel in der Richtung, die er eingeschlagen hat. Gewöhnlich sagt er dann, er habe den gleichen Weg, und dann gehen wir zusammen weiter. Wir kommen ins Gespräch, und wenn sich's anhört, als könnte es interessant werden, schalte ich mein Tonbandgerät ein. Ich kann das unbemerkt in der Jackentasche tun, sodass sie keine Ahnung davon haben. In meinem Hotelzimmer beschrifte ich dann alles und kann es dann kollationieren, redigieren und auswerten, wann es mir passt.»

«Sind Ihre Interviews in Englisch oder Hebräisch oder in anderen Sprachen?», erkundigte sich der Rabbi.

«Ich habe hebräische, jiddische, englische und sogar französische. Mein Jiddisch ist ausgezeichnet, mein Französisch passabel. Auch mein Umgangshebräisch reicht im Allgemeinen völlig aus. Ich war ungefähr ein Dutzend Mal hier, zuletzt über ein Jahr. Gelegentlich allerdings stoße ich auf einen schwierigen Kunden, wie gerade neulich. Es war ein Intellektueller, und er gebrauchte Wörter, die ich noch nie gehört hatte. Aber das ist ein weiterer Vorteil der Tonbandmethode. Ich kann es immer wieder abspielen und die Ausdrücke, die ich nicht kenne, im Lexikon nachschlagen.»

«Aber wie haben Sie Ihre Antworten oder die nächste Frage formulieren können, wenn Sie nicht verstanden haben, was er sagte?», wollte der Rabbi wissen.

«Ach, das Wesentliche hatte ich schon kapiert. Was mir entgangen war, waren die feinen Nuancen. Möchten Sie mal bei Gelegenheit ein paar Tonbänder hören?»

«Ja, sehr gern», sagte der Rabbi. «Allerdings glaube ich nicht, dass mein Französisch vom College ausreicht, um einem Gespräch zu folgen.»

«Ich habe nicht sehr viele in Französisch, nur ein paar. Sie stammen aus einem Restaurant, in dem eine Menge sephardische Juden aus Nordafrika saßen. Wie wär's, vielleicht möchten Sie mich mal begleiten? Wenn Sie morgen Vormittag nichts anderes vorhaben …»

«Nichts Dringendes.»

«Und Sie auch, Mrs. Small.»

«Ich würde gern mitkommen, aber ich bin vormittags im Hadassa.»

Als sie sich am nächsten Morgen trafen, sagte Stedman: «Vielleicht ist es gar kein Nachteil, dass Ihre Frau nicht konnte. Zu dritt dürfte es schwieriger sein, ein Gespräch in Gang zu bringen.»

«Das nehme ich auch an. Übrigens hat mich Miriam gebeten, Sie zu fragen, ob Sie morgen Abend zum Dinner zu uns kommen möchten. Wir würden uns freuen, wenn auch Ihr Sohn dabei wäre. Als Sie am Telefon erwähnten, dass Ihr Sohn hier an der Universität studiert, rechneten wir eigentlich damit, er würde Sie begleiten.»

«Wissen Sie, Roy hat immer sehr viel zu tun. Ich sehe ihn ungefähr einmal wöchentlich; wir essen dann zusammen. Ich bemühe mich, ihn in seinem Leben so wenig wie möglich zu beeinträchtigen. Ich bin nicht sicher, ob er morgen Abend kann, aber ich werde ihn fragen.»

«Ich dachte, da morgen Sabbat ist, wäre er wahrscheinlich

frei. Vielleicht macht ihm ein Sabbatmahl Freude, und ich würde ihn gern kennen lernen.»

«Das wäre mir auch sehr lieb, Rabbi.» Er hielt inne und fasste dann einen Entschluss. «Ehrlich gesagt – ich weiß einfach nicht, wie ich ihn behandeln soll. Nach meiner Scheidung von seiner Mutter – er war damals zehn – hatte ich natürlich das Recht, ihn zu besuchen, war aber beruflich oft lange Zeit im Ausland. Wenn ich in den Staaten war, ließ es meine Frau nicht zu, dass ich die entgangenen Besuche nachholte. Ich kann ihr das nicht verdenken, denn natürlich hätte ihn das sehr belastet und sein ganzes Leben durcheinander gebracht. Aber der Endeffekt war, dass ich Roy nur hin und wieder mal einen Tag gesehen habe. Ich versuchte, die Verbindung aufrechtzuerhalten – Briefe, Anrufe –, aber das war nicht dasselbe. Ich dachte, wenn wir beide hier allein sind, würden wir uns besser kennen lernen. Aber er ist kalt, distanziert. Ich komme einfach nicht an ihn heran. Manchmal glaube ich, er hat was gegen mich. Ob ich versuche, mich für seine Arbeit zu interessieren, für seine Probleme, ob ich mich bemühe, ihm einen Rat zu geben – er benimmt sich, als ob ich mich in seine Privatsachen einmische.»

«Wahrscheinlich tun Sie das.»

«Aber ich bin doch sein Vater.»

«Biologisch», sagte der Rabbi. «Ihr Sohn behandelt Sie als Fremden, weil Sie ein Fremder sind.»

Sie blieben am Randstein stehen und warteten, bis die Verkehrsampel auf Grün schaltete. Stedman nahm das Gespräch erst wieder auf, nachdem sie die Straße überquert hatten. «Aber was soll ich denn tun? Ich sehe, dass er alle möglichen blödsinnigen Dinge macht. Soll ich zusehen, wie er Fehler begeht, und mich nicht einmischen? Soweit ich herausbekommen kann, sind alle seine Freunde an der Universität Araber. Wenn ich ihm zu verstehen gebe, er soll sich mit einigen der jüdischen Studenten anfreunden, sein derzeitiger Umgang könnte unklug oder sogar gefährlich sein, dann wird er bloß wütend auf mich.»

«Genauso wären Sie wütend auf ihn, wenn er sich erlauben würde, Ihre Freunde zu kritisieren.»

«Das ist ein Unterschied.»

«Kein großer und in seinen Augen gar keiner.» Der Rabbi zuckte die Achseln.

«Also was wäre die Lösung?»

«Vielleicht gibt es keine, zumindest keine, wie Sie sie sich erhoffen. Wenn Sie ihn als Fremden nehmen, als einen jungen Mann, den Sie kennen gelernt, aber auf den Sie keinen Anspruch, kein Recht haben, könnten Sie nach einer Weile Freunde werden.»

Mit einer Geste bat Stedman den Rabbi um Verständnis. «Aber ich möchte ihm doch helfen. Ich möchte ihm helfen, sein Leben aufzubauen, ihn beeinflussen, ihn in die richtige Richtung lenken.»

«Nun ja, als Freund könnte Ihnen das gelingen.» Der Rabbi sah, dass Stedman enttäuscht war und seinen Rat wahrscheinlich nicht befolgen würde. Schweigend gingen sie einen Häuserblock weiter. Plötzlich packte ihn Stedman am Arm und zeigte nach vorn.

«Dort – das könnte die Lösung sein.»

Der Rabbi konnte nichts Ungewöhnliches entdecken.

«Das Schild: Memavet-Autovermittlung. Bei meiner Ankunft erzählte ich Roy, dass ich einen Wagen kaufen wollte, um im Land herumzufahren, und forderte ihn auf, mit mir zusammen einen auszusuchen. Wenn ich's mir recht überlege, war er schwer davon begeistert.»

«Und Sie meinen, wenn Sie ein Auto haben, ist alles in Ordnung?»

«Rabbi, wenn Sie nicht wissen, was Autos für junge Leute bedeuten, kennen Sie sie nicht. Haben Sie was dagegen, wenn wir mal eben kurz reinschauen? Der Laden inseriert in den

Zeitungen. Ich will nur sehen, was es für ein Geschäft ist und was für Wagen sie anzubieten haben.»

Es war eine Autowerkstatt. In einer Ecke am Fenster stand ein unordentlicher Schreibtisch mit einem Pappschild: MEMAVET-AUTOVERMITTLUNG. Ein älterer bärtiger Mechaniker kam auf sie zu.

«Mr. Memavet?»

Er deutete auf den Schreibtisch. «Memavet ist nicht da. Er ist krank – schon seit ein paar Tagen.»

«Ist das nicht sein Geschäft? Kann ich nicht vielleicht mit jemand anders sprechen?»

«Nein. Wir haben nichts mit Memavet zu tun. Er hat nur den Platz für den Schreibtisch gemietet.»

«Oh.» Stedman war enttäuscht.

«Sie wollten ihn wohl wegen 'nem Wagen sprechen? Kauf oder Verkauf?»

«Ich möchte einen kaufen, aber ...»

«Also dann besuchen Sie ihn zu Hause», sagte der bärtige Mechaniker. «Da ist gar nichts bei. Manchmal bleibt er ein paar Tage daheim, auch wenn er gesund ist. Was er hier tut, kann er dort genauso machen, kommt aufs Gleiche raus.»

«Eigentlich hatte ich mir ja vorgestellt, ich schaue mir an, was er an Wagen vorrätig hat und ...»

Der Mechaniker lachte. «Vorrätig hat er gar nichts. Er arbeitet ganz anders. Sie sagen ihm, was Sie wollen, und er bemüht sich, es ihnen zu beschaffen. Ein meschuggener alter Schaute; aber eins muss man ihm lassen – er versteht was von Autos, und Sie sind bei ihm bestimmt gut bedient.»

«In welcher Beziehung ist er meschugge?», fragte der Rabbi. «Weil man bei ihm gut bedient ist?»

«Ihr junger Freund ist ein Witzbold», meinte der Mechaniker. «Meschugge ist er, weil seine Hirnwindungen eben so komisch funktionieren. Er hat Zores gehabt, aber das wird er Ihnen prompt selber erzählen. Wer hat schon keinen Zores, vor allem in diesem Land? Na, wenn schon – von Autos versteht er jedenfalls was, und ehrlich ist er garantiert. Verkauft er Ihnen einen Wagen, dann sagt er Ihnen auch genau, in welchem Zustand er ist, und das können Sie ihm genauso abkaufen.»

«Gut, vielleicht rufe ich ihn an», sagte Stedman. «Haben Sie seine Telefonnummer?»

«Er hat noch kein Telefon. Er ist nämlich gerade umgezogen. Im Vestibül des Hauses ist eine öffentliche Telefonzelle, direkt vor seiner Tür. Aber die Nummer weiß ich nicht. Vorher anrufen ist nicht nötig. Gehen Sie doch einfach hin. Er ist bestimmt da.»

«Na, wenn er krank ist …»

«Er hat 'ne Erkältung. Verlassen Sie sich auf mich, ihm macht das nichts.»

«Na ja …»

«Hier, schreiben Sie sich die Adresse auf. Mazel Tov Street Nummer eins. Ist 'ne neue Straße, geht von der Shalom Avenue ab. Die kennen Sie doch?»

«Ja, Shalom Avenue kenne ich», bestätigte Stedman.

«Und das ist 'ne neue Querstraße. Ein Apartmentblock. Sie können jederzeit zu ihm gehen – heute, morgen, übermorgen …»

«Übermorgen ist Sabbat», meinte der Rabbi lächelnd.

«Ach? Ihm ist das gleich.»

«Gehen Sie hin?», fragte der Rabbi, als sie die Werkstatt verließen. «Ist das zu Fuß erreichbar?»

«In Jerusalem ist alles zu Fuß erreichbar. Ich weiß nicht recht. Ich muss noch darüber nachdenken.»

25

Für Miriam begann der Tag wie gewöhnlich, nur dass die Übelkeit am Morgen etwas heftiger als sonst auftrat und jedes Geräusch sie mehr als normal reizte: der Krach der Autos und Lastwagen, die knirschend herunterschalteten – ihr Haus lag auf einer leichten Anhöhe; das Mädchen gegenüber, das mit einem großen Rohrklopfer die über die Verandabrüstung gebreiteten Teppiche bearbeitete – anscheinend die einzige Art, wie man in Israel Teppiche sauber machte; das Mädchen in der Wohnung über ihnen, das eimerweise Wasser über den Steinfußboden kippte und es dann mit einem Gummischrubber verteilte, sodass es laut gurgelnd durch das Abflussrohr rann – vermutlich die einzige Art, Böden zu säubern –, während die Dame des Hauses bereits das Mittagessen vorbereitete, die Hauptmahlzeit des Tages; sie zerkleinerte etwas in einer Holzschüssel, wobei jede Bewegung des Hackmessers scheppernd von der Schüssel auf den Tisch, von diesem auf den Fußboden und schließlich auf die Decke in Miriams Wohnung weitergeleitet wurde – anscheinend die einzige Art, eine Mahlzeit vorzubereiten.

Und weil es einer der Tage war, an denen ihr Mann sich für den Gang in die Synagoge entschlossen hatte, um die Morgengebete dort und nicht daheim zu sprechen, konnte sie sich nicht bei ihm ausweinen, und überdies konnte er ihr nicht helfen, Jonathan für die Schule fertig zu machen.

Und auch Jonathan war nörglig gewesen. Normalerweise ging er mit seinem Busenfreund Shauli los; doch der war erkältet und fieberte leicht, sodass seine Mutter am Vorabend mitgeteilt hatte, er würde zu Hause bleiben. Daher quengelte Jonathan, seine Mutter solle ihn zur Schule begleiten. Sie hatte das abgelehnt, weil es nur einen Häuserblock weit war und er keine Straße überqueren musste. Schließlich war er allein abgezogen, allerdings nicht ohne Gejammer, was ihre Nervosität weiter verschlimmert hatte.

Außerdem kostete es Zeit, kostbare Minuten, die sie dringend brauchte, um den Bus zu erreichen und pünktlich in der Frauenklinik zu sein, wo sie zum Arzt bestellt war.

Dann rief Gittel aus Tel Aviv an.

Gittel telefonierte häufig, meist hatte sie einen besonderen Grund – um mitzuteilen, dass sie einen Brief von Miriams Mutter bekommen hatte; um ihr ein Rezept zu geben, das sie ausprobiert und gut gefunden hatte; um zu sagen, dass sie ein bis zwei Stunden beruflich in Jerusalem zu tun hätte und komplizierte Abmachungen für eine Verabredung von wenigen Minuten zu treffen. An diesem Morgen jedoch rief sie lediglich an, um lange und gemütlich mit ihrer Nichte zu schwatzen, bevor sie zu arbeiten begann. Und als Miriam die Minuten entschwinden sah, erklärte sie in ihrer Verzweiflung, dass sie einen Termin im Krankenhaus habe und auflegen müsse. Sie erwähnte das Hospital in der Annahme, ihre Tante hätte keine andere Verabredung als hinreichend dringend akzeptiert, das Abbrechen ihres Gesprächs zu rechtfertigen.

Doch Gittel war sofort alarmiert und verlangte nähere Auskünfte. «Wer behandelt dich, Miriam? Vielleicht kenne ich ihn. Wenn es was Ernstes ist, kann ich es vermutlich arrangieren, dass dich der Chefarzt untersucht.»

Da sie es ihr sowieso beim nächsten Besuch erzählen wollte, erklärte sie ihr jetzt telefonisch, es handle sich um eine reine Routineuntersuchung in der Frauenklinik, weil sie ein Kind erwarte.

«Na, wunderbar! *Masel-tow!* Herzlichen Glückwunsch! Wann ist's denn soweit? Ach, Miriam, das Baby kann in Israel zur Welt kommen! Wenn David zurück zu seiner Arbeit muss, kannst du doch hier bleiben. Du kannst nach Tel Aviv kommen mit Jonathan. Und ich kann mich um den Jungen kümmern, während du in der Klinik bist. Es wird zwar ein bisschen eng, aber wir in Israel sind groß im Improvisieren. Sollte Uri auf Urlaub kommen, kann er auf dem Sofa im Wohnzimmer schlafen oder notfalls auch ich.»

Als es Miriam endlich gelang, das Gespräch zu beenden und zur Haltestelle zu eilen, fuhr ihr der Bus vor der Nase weg. Dann musste sie den ganzen Vormittag im Krankenhaus warten, weil sie sich verspätet hatte. Der Arzt war deswegen verärgert, und weder sein Englisch noch ihr Hebräisch reichten aus, die Pechsträhne des Morgens zu erklären. Er war kühl und abweisend, was es ihr unmöglich machte, ihm all die Fragen zu stellen, die sie beunruhigten.

So war es weitergegangen. Auf der Rückfahrt war der Bus überfüllt; sie bekam zwar einen Platz, aber der junge Mann, der neben ihr im Gang stand, aß ununterbrochen Sonnenblumenkerne, zerbiss sie zwischen den Vorderzähnen und spuckte die Schalen auf den Boden, direkt vor ihre Füße. Sie war angewidert; aber da sie mit ihrem Hebräisch die zweifellos folgende Auseinandersetzung nicht bestreiten konnte, bat sie ihn nicht, damit aufzuhören, und litt stumm. Ihre Erleichterung, als er endlich ausstieg, dauerte nicht lange; ein neuer Fahrgast sah die Schalen vor ihr auf dem Boden, vermutete, sie stammten von ihr, und fixierte sie voller Entrüstung, was sie wiederum in heftige Verlegenheit brachte.

Zu Hause stellte sie fest, dass ihr Mann seinen Lunch verzehrt hatte und weggegangen war; das Geschirr stand im Ausguss. Und das Wasser blieb lauwarm, obwohl sie es eine Weile laufen ließ. Dann klingelte es an der Wohnungstür. Gittel.

«Ach, Gittel!» Sie fiel ihrer Tante um den Hals, klammerte sich an sie, und Tränen rannen ihr über die Wangen. Erst als sie sich wieder in der Gewalt hatte, fragte sie, wie Gittel das bloß geschafft habe, wegzukommen.

«Eine Fürsorgerin in Tel Aviv, die sich keine unaufschiebbare Erledigung in Jerusalem organisieren kann, sollte sich einen anderen Beruf suchen. Na, und was ist, wenn meine Schwester mir schreibt und mich fragt, was ich getan hab, als ich erfuhr, dass ihre Tochter schwanger ist? Soll ich ihr antworten, ich konnte leider nicht weg?»

Sie ließ sich von ihrer Nichte die Ereignisse des Vormittags berichten. Und als Miriam in Gittel eine mitfühlende Zuhörerin fand, redete sie weiter, badete sich in Selbstmitleid, während sie auspackte, was alles sie seit ihrer Ankunft bekümmert hatte – ihre Schwierigkeiten mit der Sprache, die ungewohnte Haushaltsführung und sogar ihr Unbehagen über die veränderte Einstellung ihres Mannes zu seiner Arbeit.

Gittel hob die Hand. «Davids Wunsch, seinen Beruf als Rabbi an den Nagel zu hängen, kann ich verstehen. Das ist keine Beschäftigung für einen modernen Menschen mit seinen Fähigkeiten. Und dass er sich hier niederlassen möchte, kann ich nur begrüßen. Vielleicht habe ich ihn verkannt. Aber du erwartest ein Baby, und wir müssen praktisch sein. Deine Mutter ist nicht hier, also muss ich an ihrer Stelle dir raten. Da haben wir erst mal das Problem mit dem Lebensunterhalt. Dein Mann kann nicht einfach abhauen und seine Stellung im Stich lassen. Wenn er das will und herkommen möchte, muss er seine Vorbereitungen treffen. Er muss das richtig planen und alles arrangieren. Sogar gesetzt den Fall, er findet hier morgen einen Job, müsstest du trotzdem in die Staaten zurückfahren und eure Angelegenheiten abwickeln. Und so gern ich es hätte, dass du hier bleibst – ich fürchte, dafür müsstest du rüber. Ehemännern kann man das nicht anvertrauen – Möbel packen, das Haus richtig zusperren –, schon gar nicht, wenn sich's um einen Rabbi handelt.» Sie machte es ihrer Nichte in einem Sessel bequem und schob ihr ein Fußkissen hin. Dann zog sie sich einen Sessel heran und setzte sich ihr gegenüber. «So, jetzt lass uns mal praktisch sein – und methodisch. Zuerst müssen wir uns mit deinem speziellen Problem befassen. Du bist in den ersten Schwangerschaftsmonaten. Was du brauchst, ist Ruhe, Stille, keine Aufregungen, keine Ängste und Zweifel.

Einen Haufen Tests und Bestrahlungen hast du gar nicht nötig; einen Spezialisten auch nicht, für den bist du doch nichts anderes als 'ne Karteikarte. Was du brauchst, ist ein richtiger, netter Hausarzt, ein Praktiker, jemand, der sich mit dir hinsetzt und dir alle deine Fragen beantwortet und der dir sagt, womit du jeweils rechnen musst.»

«Ach, das wäre ja wunderbar, Gittel, aber zu wem soll ich gehen? Kennst du einen Arzt, der ...»

«In Tel Aviv dutzendweise. Hier in Jerusalem ... aber warte mal ... meine Freundin Sarah Adoumi ... der Arzt, der sie behandelt, Dr. Ben Ami, ist großartig, ein richtiger, altmodischer Doktor. Wenn er zu ihr kommt, hat er's nie eilig. Danach trinkt er immer noch eine Tasse Tee mit ihnen. Vielleicht tut ihm das auch gut; er ist Witwer oder Junggeselle, auf alle Fälle allein stehend. Er hat ihnen sogar ihre jetzige Wohnung verschafft, weil sie keine Treppen steigen darf. Typisch für ihn. Gib mir mal das Telefonbuch ... Aha, da steht er ja – Dr. Benjamin Ben Ami, Shalom Avenue 147. Ich ruf ihn an.»

«Sollte ich nicht zuerst mit David sprechen?», meinte Miriam.

«Was verstehen Ehemänner denn schon von diesen Dingen, besonders ein Rabbi ... Dr. Ben Ami? Ich bin eine gute Freundin von Sarah Adoumi. Ich würde gern einen Termin für meine Nichte mit Ihnen ausmachen ... Sie können Sie jetzt drannehmen? Ausgezeichnet, ich fahre sie gleich rüber.»

26

Das *Jerusalem Café* in der Altstadt ist nicht weit vom Damaskus-Tor entfernt. Tausende von Touristen kommen täglich an seinen offenen Türen vorbei, aber nur wenige wagen sich hinein. Es ist auch offenbar nicht für sie gedacht.

Das Radio ist zu ohrenbetäubender Lautstärke aufgedreht und spielt ununterbrochen melancholische arabische Musik in Moll. Im schummrigen Hintergrund steht ein Billardtisch, an dem gewöhnlich mehrere arabische Jugendliche spielen und jeden Stoß mit geräuschvollen Kommentaren begleiten.

Auf den restlichen Raum sind ein paar einfache Holztische verteilt, an denen manche Gäste Kaffee trinken und rauchen und andere Karten spielen. Der Kassierer sitzt vor einem Tisch an einer Wand. Er verdreht den Kopf, um besser verstehen zu können, wenn der Gast ihm seinen Verzehr mitteilt, rechnet auf Zetteln zusammen, tut dann das Geld in die Schublade und nimmt das Wechselgeld von kleinen Münzstapeln, die er am Tischrand aufgebaut hat. Man hat Respekt vor ihm, weil er mit Geld umgeht, fix rechnen kann und zudem der Besitzer ist. Direkt hinter seinem Tisch ist ein Spülbecken, in dem sein Sohn, gleichzeitig der Kellner, das schmutzige Geschirr abwäscht.

Falls sich doch einmal Touristen in das Café verirrten, nahm der Kellner höflich die Bestellung entgegen, servierte und kümmerte sich dann nicht mehr um sie. Die anderen Gäste übersahen sie ebenfalls und blickten nicht einmal in ihre Richtung. Genauso wurde Abdul ignoriert, der ein aufgeschlagenes Buch vor sich hatte und Kaffee trank. Weil er nicht zu ihnen gehörte. Seine Kleidung, das Buch – all das kennzeichnete seinen höheren sozialen Status; womöglich war er sogar Student. Er saß bereits zwanzig Minuten da und trank die zweite Tasse Kaffee, als Mahmud hereinkam. Ohne Abdul zu begrüßen, schlenderte er nach hinten zum Billardtisch, schaute ein paar Minuten zu, ging dann weiter zu einem Tisch, an dem Karten gespielt wurde, unterhielt sich mit den Männern und scherzte freundschaftlich mit ihnen. Dann nahm er einen Hocker, trug ihn zu Abduls Tisch und setzte sich neben ihn.

Abdul las weiter, nickte jedoch dem Kellner auffordernd zu.

«Kaffee», sagte Mahmud.

Als der Kellner ihn gebracht hatte und zu seinem Platz am Spülbecken zurückgekehrt war, begann Mahmud: «Wir haben festgestellt, wo er wohnt, aber Leila meint, wir sollten eine Weile warten.»

Abdul zuckte die Achseln.

«Ein Kinderspiel.» Mahmud schnippte mit den Fingern. «Eine neue Wohnung, ein ganz neues Gelände. Er ist der einzige in dem Block, und sein Apartment liegt parterre. Die Vorderfront geht auf die Shalom Avenue, aber seine Haustür ist weit hinten. Und die Straße ist neu; keine Häuser gegenüber.»

«Na und?»

«Also Leila meint, vielleicht ist's zu einfach. Vielleicht ist's irgendeine Falle.»

«Weiber!», sagte Abdul verächtlich. «Dauernd machen sie sich Gedanken – um nichts und wieder nichts.»

«Nein, Abdul, Leila ist nicht so. Sie hat Köpfchen. Sie ist ebenso gut wie jeder Mann in der Bewegung. Aber Leila hat festgestellt, dass er in Tel Aviv im obersten Stock wohnte, obwohl seine Frau krank war und das Treppensteigen ihr schwer fiel. Warum nimmt er dann hier eine Parterrewohnung?»

«Weil seine Frau krank ist und das Treppensteigen ihr schwer fällt. Das hast du doch gerade eben erklärt», sagte Abdul. «Außerdem sind Wohnungen in Jerusalem nicht so leicht zu kriegen.»

«Aber er wurde doch herbeordert. Würde da nicht die Regierung dafür sorgen, dass er die Wohnung bekommt, die er haben will?»

«Die Regierung macht sich nicht mal die Mühe, Wohnungen für ihre wirklich großen Tiere, für Leiter der Ministerien, zu suchen, wenn sie hergeholt werden. Glaub mir, für ihn reißen die sich kein Bein aus. Wenn Leila sich darüber Gedanken macht, ist sie ein altes Waschweib. Benachrichtige den Schweizer, er soll das Ding bereithalten. Und überprüfen. Letztes Mal ist es zu früh losgegangen.»

«Da ist eine Stelle zwischen zwei Eingängen, wo er seinen

Wagen parkt», fuhr Mahmud fort. «Er fährt direkt über den Gehsteig und parkt zwischen den Gebäuden. Da ist ein bisschen freier Platz. Der Schweizer kann was zurechtbasteln, das wir an seinem Wagen anbringen …»

«War das Leilas Idee?», fragte Abdul geringschätzig. «Eine großartige Idee! Bis spätabends warten, damit jeder das Öffnen und Schließen der Motorhaube hören kann. Nein, das Beste ist das reguläre Ding. Wenn wir's platzieren, ist's noch hell, und kein Mensch würde dran denken, dich auf der Straße anzuhalten und zu fragen, was du dort suchst.»

«In Ordnung, ich sag's dem Schweizer.» Er trank einen Schluck Kaffee, und Abdul wandte sich wieder seinem Buch zu. Dann: «Leila macht sich Gedanken über den Amerikaner, mit dem du so befreundet bist.»

Abdul klappte das Buch zu und sah seinen Freund zum ersten Mal an. «Also Leila bildet sich jetzt ein, sie kann entscheiden, wer mein Freund ist und wer nicht? Ist sie mit dir einverstanden?»

«Aber Abdul – ein Amerikaner und Jude.»

«Ich hab meine Pläne für den Amerikaner.»

«Sie meint, vielleicht hat er Pläne für dich.»

«Roy?» Abdul warf den Kopf in den Nacken und lachte. «Sie glaubt, Roy könnte mich reinlegen?»

«Sie hat ihn mal in einem Restaurant mit einem älteren Mann gesehen. Beim Essen haben sie kein Wort miteinander gesprochen. Aber sie blieben sitzen, nachdem alle anderen gegangen waren. Sie tranken ihren Kaffee und schwiegen. Das sah verdächtig aus.»

«Sag Leila, sie soll aufhören, überall Agenten zu wittern. Das war sein Vater.»

«Nein, Abdul. Sie ist nämlich nach ein paar Minuten zurückgekommen und hat dem Kellner vorgeschwindelt, sie hätte wohl ihren Schal liegen lassen. Und da haben sich die beiden gestritten. Der Junge, dein Freund, hat dem anderen ganz schön grob die Meinung gegeigt. So würde kein Sohn mit seinem Vater reden.»

Abdul lächelte. «Du kennst die Amerikaner nicht.»

27

Der Rabbi traf sich mit ihm im *King David.* Stedman schüttelte ihm überschwänglich die Hand wie einem alten Freund, den er jahrelang nicht gesehen hatte. «Ich kann Ihnen gar nicht sagen, wie froh ich bin, dass Sie gekommen sind, Rabbi. Ich hab Sie spontan angerufen, ohne darüber nachzudenken. Sonst hätte ich's unterlassen – wegen des Sabbat.»

«Ich vermutete, dass Ihnen an meinem Kommen gelegen war. Übrigens läuft mein Sabbat anders ab, seit ich hier bin. Ich gehe nicht immer in die Synagoge.»

«Ach?»

«Ich gehe jetzt, wenn mir danach ist. In Amerika war's mir zur Gewohnheit geworden, und das passt mir nicht.»

«Das wird es aber wieder, wenn Sie zurückgehen, oder?»

«Falls ich zurückgehe.»

Stedman wartete, und als der Rabbi nichts weiter sagte, hielt er es für besser, ihn nicht zu drängen. «Roy geht direkt zu dem Autohändler», sagte Dan, als sie sich auf den Weg machten. «Und ich dachte, das wäre eine gute Gelegenheit für Sie, ihn kennen zu lernen. Ich rief ihn an und erzählte ihm von unserem Besuch in der Werkstatt und dass ich vielleicht bei Memavet vorbeischauen würde. Also er war ganz hübsch aufgeregt. Er schlug vor, heute hinzugehen, und ich war einverstanden. Ich wollte ihn nicht enttäuschen. Hätte ich gesagt, es ist Sabbat und wir verschieben es lieber auf nächste Woche, denkt er womöglich, ich will ihn vertrösten. Wissen Sie, ich bin fest überzeugt, das ist die Lösung für unser Problem.»

«Sich seine Freundschaft zu erkaufen?»

«Nein, natürlich nicht. Aber wann hab ich schon Gelegenheit, ihn zu sehen, während er auf der Universität ist? Vielleicht einmal wöchentlich zum Dinner. Und da muss er meistens früh weg. Aber wenn ich einen Wagen hätte, könnte er hin und wieder ein paar Tage freinehmen, und wir würden nach Galiläa oder in den Negev fahren. Wir würden uns oft sehen. Ich kenne überall im Land Menschen. Er hätte Gelegenheit, mit ihnen zusammenzukommen, mit Israelis also, und ihren Standpunkt verstehen zu lernen. Wenn er wieder in der Schule ist, hätte er eine ganz andere Einstellung zu den Dingen. Er würde …»

Der Rabbi sah das Straßenschild. «Hier ist die Shalom Avenue.»

«Gut. Wir treffen uns mit ihm vor dem Wohnblock. Noch ein ziemliches Stück hier runter. Sagen Sie, verstehen Sie was von Autos?»

«Ich kann fahren. Das ist ungefähr alles.»

«Wenn es Ihnen recht ist, sage ich einfach, wir waren schon länger verabredet, und Sie haben mich begleitet.»

«In Ordnung.»

Roy wartete schon und studierte die Tafel vor dem neuen Gebäude. Sie war groß und bereits stark verwittert. Darauf stand, die Resnik Construction Corporation errichte hier einen Komplex von Apartmenthäusern – Zentralheizung, Gasversorgung, Anschlüsse für Fernseh- und Radioantennen, Einbauschränke. Nach dem Entwurf des Architekten, der in einer Ecke der Tafel abgebildet war, waren sieben Eingänge auf der Kol Tov Street und die gleiche Anzahl auf der Mazel Tov Street vorgesehen. Die beiden Häuserreihen würden ein beträchtliches Gelände umfassen, das mit Bäumen und Sträuchern bepflanzt und terrassiert werden sollte. Die geplanten Spazierwege waren markiert. Die Zeile mit dem ursprünglichen Bezugstermin war übermalt worden und lautete jetzt: SOFORT BEZIEHBAR.

Der Rabbi sah sich um – auf das leere Gelände, das sie gerade überquert hatten, vier bis acht Quadratkilometer voller Steine und Kies, hin und wieder eine Grasnarbe oder ein niedriger Strauch auf dem gelben lehmigen Boden. Ein paar knorrige Olivenbäume mit krummen Ästen. Hinter dem Haus war noch ein solches Gelände; es wirkte etwas weniger bedrückend, da ein Beduine auf einem Stein saß und sein Mahl verzehrte, während seine kleine Ziegenherde an dem spärlichen Grün knabberte.

Die Mazel Tov Street war ebenso wie die Kol Tov Street auf der anderen Seite des Komplexes noch nicht gepflastert, schmal und gefurcht.

«Was war es – Nummer eins? Dann muss es unten am anderen Ende sein», sagte Roy. «Das hier ist Nummer dreizehn.»

Vorsichtig bahnten sie sich ihren Weg über die Mazel Tov Street – sie verdankte ihre Bezeichnung als Straße zwei Pfaden, die eine Planierraupe gepflügt hatte –, hüpften von einer trockenen Stelle zur nächsten bis zu dem Erdwall am Ende. Sie spähten neugierig hinüber auf den darunter liegenden Fahrweg und gingen dann zurück zur Haustür.

«Hier scheint niemand zu wohnen», meinte Roy.

«Am Briefkasten ist eine Visitenkarte», bemerkte sein Vater. «Hier muss es sein.»

Er klopfte an die Tür. Von drinnen rief eine heisere Stimme: «Kommen Sie rein. Die Tür ist offen.»

Sie betraten einen großen, kahlen Raum. Ein paar Klappstühle, doch nichts weiter an Mobiliar – keine Tische, keine Teppiche, keine Vorhänge, keine Lampen. Die einsame Gestalt erhob sich nicht, sondern bedeutete ihnen mit einer Handbewegung, sich zu setzen.

Ein kleiner, magerer Mann, nahezu glatzköpfig. Er war mit Pyjama und Bademantel bekleidet. An seiner rechten Schläfe pulsierte die Ader wahrnehmbar, und auf dem darunter liegenden Wangenknochen zeigte sich in regelmäßigen Abständen ein Tic, den er anscheinend durch eine schnelle Grimasse unter Kontrolle halten konnte, indem er den rechten Mundwinkel verzog.

«Haben Sie neulich im Laden nachgefragt?» Sein Hebräisch war heiser, guttural.

«Stimmt», sagte Dan. «Mein Name ist Stedman, und das hier ist mein Sohn. Und dies mein Freund Small.» Angeborener Takt hielt ihn davon ab, die Berufsbezeichnung zu nennen.

Auf einem schmalen Marmorsims in Schulterhöhe standen eine Flasche sowie ein paar Gläser. Memavet schenkte sich ein und sah dann seine Besucher fragend an. «Brandy? Leider ist das alles, was ich Ihnen anbieten kann.» Als sie kopfschüttelnd verneinten, fuhr er fort: «Ich bin ein bisschen erkältet, und das hilft.» Seine Stimme klang wirklich sehr heiser, und er bekam einen Hustenanfall.

«Das hört sich ziemlich schlimm an», meinte Stedman.

«Ja, meine Nachbarin gegenüber – es geht ihr selber nicht gut – hat mir ihren Arzt empfohlen. Er stand in dem Verzeichnis meiner *Kupat Cholim*, also rief ich ihn an, und er sagte, er würde kommen – heute, morgen, vielleicht übermorgen, wenn er eben sowieso in der Gegend ist. Typisch Kassenarzt. Na, in diesem Land müssen Sie Geduld lernen. Meine Möbel, Teppiche, ein Sofa und ein paar Sessel, das hab ich vor über einem Monat bestellt, bevor ich eingezogen bin. Wenn ich sie in einem weiteren Monat kriege, hab ich Glück gehabt. Die Stühle, mein Bett und einen Küchentisch, die hab ich aus meiner alten Wohnung mitgenommen. Aber was interessiert Sie mein Zores. Sie wollen ein Auto kaufen. Sagen Sie mir, was Sie haben möchten, wie viel Sie anlegen wollen, und ich besorge es Ihnen.» Er hatte vom Hebräischen ins Jiddische gewechselt, und als er von Autos zu reden begann, ins Englische, das er stark akzentuierte, als wolle er damit sicherstellen, dass sie jedes Wort verstanden. Und dieses Schema behielt er bei –

Hebräisch für allgemeine Fragen, Jiddisch für persönliche Angelegenheiten und Englisch, wenn er über Geschäfte sprach.

«Im Augenblick haben Sie keine Wagen vorrätig?»

«Nein, ich bin Makler. Sie wollen eine Wohnung oder ein Haus kaufen – was tun Sie? Sie gehen zum Makler. Sie erwarten doch nicht, dass ihm das Haus gehört. Mit Aktien und Wertpapieren ist's das Gleiche. Wieso nicht mit Autos? In diesem Land ist das so. Da kommt ein Mann und will ein Jahr bleiben, nehmen wir an, ein Universitätsprofessor. Dann gibt's einen Todesfall in der Familie, und er muss Hals über Kopf zurück nach England oder in die Staaten. Er hat keine Ahnung, wann er zurückkommt. Das Beste, was er tun kann, ist – er verkauft seinen Wagen. Bringt er ihn zu einem Gebrauchtwagenhändler, kriegt er einen Bruchteil des Wertes. Inseriert er in den Zeitungen, muss er wer weiß wie lange warten. Kommt er aber zu mir, kann ich ihn wahrscheinlich in ein bis zwei Tagen für ihn verkaufen. Und zu einem besseren Preis, als ihn der Gebrauchtwagenhändler bietet. Vielleicht nicht ganz so günstig, als wenn er ihn selber verkauft. Wie ich das mache? Man kennt mich. Es spricht sich rum. So kommen die Leute zu mir – die kaufen wollen und die verkaufen wollen. Man muss sie bloß zusammenbringen, die Käufer und die Verkäufer.»

«Gibt es im Gebrauchtwagengeschäft viele wie Sie?», fragte Roy.

«Ich kenne keine anderen, junger Mann. Und wenn, erwarten Sie etwa von mir, dass ich Ihnen ihre Namen gebe? Es dreht sich nicht immer um gebrauchte Wagen. Sie glauben gar nicht, wie oft ein Autohändler einen oder mehrere von seinen neuen Wagen mit einem beachtlichen Preisnachlass abstoßen muss – unter der Hand. Und wie sehr der Rabatt von seiner geschäftlichen Lage abhängt. Darüber bin ich auch im Bilde, versteht sich.»

«Haben Sie im Augenblick eine Information über einen neuen Wagen?», erkundigte sich Roy eifrig.

«Nein, im Augenblick nicht. Wie rasch wollen Sie ihn haben? Wie viel wollen Sie anlegen? Für welches Fabrikat interessieren Sie sich?»

Sie unterhielten sich eine Weile über Autos. Das Gespräch fand weitgehend zwischen Roy und Memavet statt, gelegentlich warf Dan Stedman eine Bemerkung ein. Sie erörterten die jeweiligen Vorzüge von Fiat und Peugeot, von Renault und Volkswagen; Motor und Benzinverbrauch; Preis und Wiederverkaufswert. Schließlich sagte Memavet: «Ich glaube, ich weiß, was Sie wollen, und ich hab eine Information über genau den richtigen Wagen für Sie. Kommen Sie heute Abend um sieben her, und ich werde was für Sie haben.»

«Wieso sind Sie da sicher?», fragte Dan.

«Wenn Sie so lange wie ich in dem Geschäft gewesen sind, dann kennen Sie Ihre Kunden», antwortete Memavet.

«Hatten Sie ursprünglich eine Autovertretung?», erkundigte sich der Rabbi, der gern mehr über diesen seltsamen Mann mit dem schroffen Gebaren wissen wollte. «Oder haben Sie gleich als Makler angefangen?»

Memavet schnitt ein Gesicht. «Ich kam in dieses Land ohne Geld, ohne Freunde oder Verwandte, die mir hätten helfen können. Ich kam nur mit dem, was ich auf dem Leibe hatte, und das waren praktisch Lumpen. Ich verstand was von Autos oder vielmehr von Benzinmotoren. Wäre ich gesund gewesen, wäre ich Automechaniker geworden. Aber ich war ein kranker Mann, eben von den Toten auferstanden, könnte man sagen …»

«Was meinen Sie damit, von den Toten auferstanden? Dann ist Ihr Name …»

«Richtig. Memavet bedeutet ‹vom Tode›. Die Regierung hier ist scharf drauf, dass Sie Ihren Namen in einen hebräischen umwandeln. Sie zahlen ein Pfund, füllen ein Formular aus, und damit hat sich's. Wieso sollte ich also weiter einen Namen tragen, den irgendein Kosak meinem Großvater oder Urgroßvater gegeben hat, wenn ich ihn für ein Pfund in einen umändern konnte, der was bedeutet? Ich bin von den Toten auferstanden, also nannte ich mich Memavet.» Er lachte; die Wirkung auf seine Gäste erfreute ihn sichtlich.

«Sie waren todkrank, meinen Sie das?», bohrte der Rabbi weiter.

«Nein, ich meine, dass die Russen – möge sie die Sonne nicht mehr bescheinen – mich als tot liegen ließen. Dass der Funke nicht wirklich erloschen war, diese geringfügige Einzelheit übersahen sie. Eine Nationaleigenschaft der Russen – mögen alle ihre Kinder Mädchen sein –, geringfügige Einzelheiten zu übersehen. Amtlich war ich tot.»

«Das war während des Krieges?», fragte Stedman.

«Im Zweiten Weltkrieg. Weil ich zur falschen Zeit am falschen Ort war, befand ich mich in einem Konzentrationslager. Die übrigen Insassen waren hauptsächlich Polen und ein paar Russen. Ich war der einzige Jude.» Seine Stimme wurde plötzlich nüchtern und schulmeisternd wie die eines Professors, der im Hörsaal doziert. Er sprach Jiddisch. «Die Deutschen sind tüchtig. Wenn sie sich mit sadistischen Grausamkeiten befassen, dann tun sie das gründlich und wirkungsvoll. Der Russe aber ist untüchtig. Seine Grausamkeit kommt großenteils aus Nachlässigkeit und Unfähigkeit. Er vergisst gern geringfügige Einzelheiten wie Essen oder die Kleidung und den Schutzraum, die man für einen russischen Winter braucht. Ich war ein gebildeter Mann, und von denen gab's nicht viele. Ich war Mechaniker, Ingenieur. Trotzdem wurde ich als Hilfsarbeiter im Freien eingesetzt. Im ersten Monat nahm ich fünfzig Pfund ab. Das Einzige, was mich aufrechterhielt, war die Kenntnis, dass der Besuch des Bezirksarztes bevorstand. Er überprüfte den Gesundheitszustand der Häftlinge, und von seiner Entscheidung hing es ab, welchem Kommando wir zugeteilt wurden, drinnen oder draußen, im allerschlimmsten Fall bei der Waldarbeit. Und er war Jude.»

Memavet legte den Kopf zurück und schloss die Augen. «Ich sehe ihn jetzt noch vor mir: Dr. Rasnikow aus Pinsk, Wissenschaftler und bewährtes Parteimitglied, die neue Gattung des sozialistischen Paradieses. Sie glauben gar nicht, was es mich gekostet hat, ihn sehen zu können, aber ich schaffte es, gerade lange genug, um ihm zu sagen, dass ich Jude bin und in einem Monat ein toter Mann sein würde, wenn ich weiter im Freien arbeiten müsste. Ich war krank, hatte Fieber, und die einzigen Schuhe, die ich besaß, bestanden aus Stofffetzen, die ich aus meinem Mantel gerissen und um meine Füße gewickelt hatte. Er gab mir keine Antwort, starrte mich nur an. Und ich entfernte mich. Es genügte. Ich erwartete nicht, dass er mir antwortete. Aber er würde sich an mein Gesicht erinnern. Antworten konnte er nicht, weil das auch für ihn gefährlich war.

Am nächsten Tag stellten wir uns in einer Reihe auf, und er schritt sie ab, legte einem die Hand auf die Stirn, befahl einem anderen, den Mund weit zu öffnen, fühlte einem dritten den Puls. Das war die ganze ärztliche Untersuchung. Ein Adjutant hatte eine Liste, rief die Namen auf und notierte dann seine jeweilige Empfehlung. Dann war ich an der Reihe. Er betrachtete mich prüfend und sagte zu dem Adjutanten: ‹Waldarbeiterkommando.›

Dieses Sonderkommando musste einen Weg durch den Wald bahnen und dazu Bäume fällen, das Unterholz roden, Baumstämme aufschichten. Weil im Wald gearbeitet wurde, wo theoretisch eine Fluchtmöglichkeit bestand, war die Disziplin brutal. Kleine Gruppen arbeiteten in abgegrenzten Abschnitten. Übertrat einer die Grenzlinie, wurde sofort geschossen. Vor Morgengrauen wurden wir im Laufschritt herausgeführt, arbeiteten bis nach Sonnenuntergang und marschierten dann zurück ins Lager. Wer nicht Schritt halten konnte, wurde geschlagen, und wenn er dann noch nicht mitkam, wurde er erschossen. Jeden Tag kehrten weniger zurück, als weggegangen waren.

Drei Tage schaffte ich es, und als wir dann am vierten ins Lager zurückgebracht wurden, rutschte ich aus und fiel hin. Es hatte zu schneien angefangen, und sie hetzten uns gegen den Sturm zurück, als ich stürzte. Der Wächter versetzte mir einen Fußtritt und befahl mir, aufzustehen. Ich versuchte es. Und wie ich es versuchte! Aber meine Knie gaben immer wieder nach. Ein anderer Wächter schrie dem, der über mir stand, zu, er solle sich beeilen. Abermals befahl er mir, aufzustehen, und als ich es nicht schaffte, richtete er sein Gewehr auf mich. Wiederum brüllte der andere Wächter, und meiner drückte ab – gedankenlos, gleichgültig, als wäre ich ein Kaninchen, das über ein offenes Feld rennt.»

«Er schoss auf Sie?»

«Allerdings, er schoss auf mich, und ich glaube nicht, dass er noch einen Blick an mich verschwendet hat. War der Schuss nicht tödlich, würde ich erfrieren – sofern mich nicht vorher die Wölfe erwischten. Er würde den Vorfall im Lager melden, und am nächsten Tag würde man ein Bestattungskommando rausschicken, mich zu holen. Es ist schon sonderbar, aber wissen Sie, was ich als Letztes dachte, bevor ich das Bewusstsein verlor? Wird Dr. Rasnikow jetzt noch glauben, dass ich für das Waldarbeiterkommando tauglich bin?»

«Aber Sie sind doch offensichtlich nicht gestorben», stellte Stedman fest.

«Es war eine Fleischwunde, und vielleicht hat die Kälte das Blut gerinnen lassen. Gefunden hat mich jedenfalls eine alte Bäuerin, die draußen Holz sammelte. Sie hielt mich versteckt und fütterte mich durch, bis ich reisefähig war. Ich brauchte über ein Jahr, ehe ich hier war, und glauben Sie mir, ich hab's oft bedauert, dass der Schuss nicht tödlich gewesen ist.»

«Dann muss es doch hier das reinste Paradies für Sie sein», sagte Stedman bewegt.

Memavets Gesicht entspannte sich zu einem maskenhaften Lächeln. «Wenn Sie einmal tot gewesen sind, mein Freund, leben Sie einfach von einem Tag zum anderen.» Plötzlich wurde seine Stimme energisch und geschäftsmäßig; er verfiel ins Englische. «Seien Sie heute Abend um sieben hier. Wahrscheinlich habe ich dann einen Wagen für Sie. Aber kommen Sie auch. Ein guter Kauf wartet nicht.»

Draußen fragte Roy: «Was war das für ein langes Gefasel auf Jiddisch? Hat er euch seine Lebensgeschichte erzählt?»

«Nein, die Geschichte seines Todes», antwortete der Rabbi.

«Ach, tatsächlich?» Er sah, dass der Rabbi lächelte, und nahm an, es handle sich um einen Fall von rabbinischem Humor. «Na und …» Er wusste nicht, was er sagen sollte, und wandte sich an seinen Vater. «Ich muss jetzt sausen. Treffen wir uns heute Abend wieder hier?»

«Oh, ich habe nicht die Absicht, heute wiederzukommen», erklärte Stedman.

«Aber …»

«Wenn ich komme», fuhr der ältere Stedman fort, «weiß er, dass wir interessiert sind und geht mit dem Preis hoch.»

«Aber, Dad …»

«Er hat meinen Namen und weiß, wo ich zu erreichen bin. Wenn er was kriegt, ruft er an, worauf du dich verlassen kannst.»

Der Rabbi merkte, dass Roy offensichtlich enttäuscht war, und sprang in die Bresche.

«Ihr Vater kommt am Freitagabend zum Sabbat-Dinner zu uns», sagte er. «Meine Frau und ich würden uns freuen, wenn Sie auch kommen könnten.»

«Vielen Dank. Ich glaube sicher, dass das geht.»

Nachdem Roy sich verabschiedet hatte, bemerkte der Rabbi: «Das war schon eine Geschichte, die Memavet uns da erzählt hat.»

«Kann man wohl sagen, und ich hab das Ganze auf Tonband.»

«Sie haben mitgeschnitten? Es ging also gar nicht darum, einen Wagen zu kaufen?»

«Doch, die Absicht hatte ich schon, aber ich hielt es für angebracht, unser Gespräch aufzuzeichnen. Falls da irgendwas faul dran ist – wenn er zum Beispiel gestohlene Autos verscheuert –, dann würde das Tonband beweisen, dass ich 'ne saubere Weste habe.»

Der Rabbi nickte. Eine Weile gingen sie schweigend weiter, und dann meinte er nachdenklich: «Eine ungeheuerliche Geschichte war das, aber sein Name spricht dafür, dass sie wahrscheinlich stimmt.»

«Ich bin überzeugt davon, dass sie wahr ist, zumindest glaubt er das. Nur ist sie nicht so ungewöhnlich, wie Sie offenbar annehmen, Rabbi. Hier in Israel hat jeder eine Geschichte. Entweder sind sie vor den Nazis geflüchtet, oder sie haben gegen die Araber gekämpft. Praktisch ist es bei jedem ein kleines Wunder, dass er am Leben ist. Wunder gehören hier mit zur Atmosphäre.»

28

Dr. Ben Ami, ein Bär von einem Mann, parkte seinen Volkswagen gegenüber dem Erdwall, zwängte sich hinter dem Steuer heraus, nahm dabei die unförmige Arzttasche mit – der reibungslose Bewegungsablauf verriet langjährige Übung – und stellte dann fest, dass die Wohnung von Adoumis dunkel war. Er blieb einen Augenblick überlegend stehen und ging dann ein paar Schritte die Straße hinauf, um die Stelle zwischen Kol Tov Street Nummer zwei und vier zu inspizieren, wo Abner Adoumi gewöhnlich seinen Wagen parkte. Er war nicht da. Seine Patientin, Sarah Adoumi, hatte das Haus nicht verlassen, davon war er überzeugt. Vermutlich war sie vor Einbruch der Dunkelheit eingedöst und ihr Mann noch nicht zurück.

Er könnte klingeln, und das würde sie aufwecken. Immerhin wurde er erwartet, und vielleicht schlief sie gar nicht, sondern ruhte nur. Andererseits widerstrebte es ihm, sie zu untersuchen, wenn ihr Mann nicht da war. Es war beinahe sieben, und Abner würde zweifellos in wenigen Minuten erscheinen. Vielleicht wäre es am besten zu warten.

Dann fiel ihm sein anderer Patient ein, ein gewisser Memavet, den er noch nie behandelt hatte und der nur eine Straße weiter, Mazel Tov Street eins, wohnte. Wahrscheinlich eine Infektion der oberen Luftwege, nach den telefonischen Angaben zu schließen. Aspirin, Bettruhe, vielleicht ein Hustensirup gegen die Reizung im Rachenraum. In zehn bis fünfzehn Minuten konnte er das erledigt haben, und inzwischen wäre dann Adoumi zu Hause. Es war ihm lieber, seinen Tag bei den Adoumis zu beenden. Er konnte sich Zeit lassen, ein Glas Tee trinken und sich freundschaftlich unterhalten, bevor er nach Hause fuhr.

Statt in den Wagen zu steigen und in der engen, aufgeweichten Straße zu wenden, benutzte er den Durchgang zwischen dem Erdwall und den Häusern. Es war dunkel hier, und er leuchtete sich mit der Taschenlampe.

Auf halbem Weg hielt er inne und überlegte angestrengt. Dann ging er zurück. Im Vestibül des Apartmenthauses war eine öffentliche Telefonzelle, und er rief in Adoumis Büro an.

«Abner? … Ben Ami … ich bin in eurem Haus, im Vestibül, meine ich … Nein, Sarah hab ich noch nicht gesehen. Es brennt kein Licht, ich nehme an, sie ist eingedöst … Nein, ich wollte warten, bis du heimkommst. Aber ich hab dir was Wichtiges zu erzählen … Nein, lieber nicht am Telefon. Wann bist du zu Hause? … In einer halben Stunde? Sehr gut … Nein, macht überhaupt nichts, ich habe noch einen Patienten im nächsten Block, dann gehe ich zuerst zu ihm.»

Ecke Shalom Avenue und Mazel Tov Street blieb Roy Stedman stehen und sah auf die Uhr. Kurz vor sieben.

Die Nacht war nebelig, der Himmel bewölkt, und jetzt begann es zu regnen. Er stellte den Mantelkragen hoch und ging weiter. Vor Memavets Haus stand kein Auto, weder ein neues noch ein gebrauchtes; auf der ganzen Straße war nirgends ein Wagen zu entdecken. Seine Uhr zeigte immer noch einige Minuten vor sieben, deshalb wartete er.

Eine Viertelstunde später war er ganz sicher, dass auch kein Auto mehr kommen würde.

Er überquerte die Straße und wollte gerade klingeln, als ein Mann aus der Wohnung kam und die Tür vorsichtig hinter sich zuzog. Er sah Roy erstaunt an.

Roy bemerkte die schwarze Tasche. «Ach so, Sie müssen der Doktor sein. Ich wollte Mr. Memavet besuchen.»

«Stimmt, ich bin sein Arzt. Mr. Memavet geht es nicht gut. Er liegt im Bett, und ich möchte nicht, dass er gestört wird. Außerdem habe ich ihm eben eine Spritze gegeben. Er müsste aufstehen, um die Tür zu öffnen.»

«Na ja, schön … In dem Fall komme ich wohl besser morgen früh wieder.»

«Genau.»

«Na, dann kann ich ja gehen. Hm … gute Nacht.»

«Gute Nacht.»

Roy machte sich auf den Weg. Er schaute zurück und sah den Arzt vor dem Haus stehen und ihn beobachten. Auf halber Höhe der Straße drehte er sich abermals um. Der Doktor war inzwischen verschwunden. Roy machte kehrt und ging zurück.

29

Die Detonation war nicht laut. Bis auf das klaffende Loch in der Wand von Memavets Wohnung und ein paar kaputte Fensterscheiben war kein großer Sachschaden entstanden. Doch anders als bei der Explosion, durch die Professor Carmi vor zwei Monaten sein Leben eingebüßt hatte, war diesmal, da es noch am frühen Abend war, eine große Menschenmenge durch die Sirenen der Feuerwehr, wenn nicht durch die Detonation selber angelockt worden. Die Polizei hatte Mühe, das Gebiet abzuriegeln.

Auch die Reaktion auf den Tod des alten Mannes unterschied sich erheblich von der, die das Unglück mit dem Professor ausgelöst hatte. Nach Carmis Tod war die Presse voll von Spekulationen darüber, warum gerade er zum Opfer ausersehen worden war. Und nach einigen Tagen hatte es sich herausgestellt, dass er mit einer wichtigen Forschungsarbeit auf dem Landwirtschaftssektor befasst war, deren Ergebnis möglicherweise eine beachtliche Ertragssteigerung bei bestimmten Anbauarten zur Folge gehabt hätte. Die Zeitungen hatten keine präzisen Angaben gemacht; während eine fest behauptete, er habe sich mit der Erprobung eines neuen Wunderdüngemittels beschäftigt, berichtete eine andere ebenso apodiktisch, bei seinen Forschungen sei es um die Verwendung von Brackwasser gegangen, mit dem riesige Ödlandflächen kultiviert werden sollten. Jedenfalls wurde allgemein akzeptiert, dass er ein bedeutender Wissenschaftler war, dessen Tod einen schweren Schlag für Israel darstellte.

Memavet dagegen war keine wichtige Persönlichkeit und mit nichts befasst, das Israel helfen oder schaden konnte. Und das machte den Fall um so abscheulicher – ein ziel- und zweckloser Akt, bei dem sinnlos Menschenleben vernichtet wurden.

Andere Reaktionen galten der Ironie des Schicksals, die aus

der Aussage des Arztes hervorging. Dr. Ben Ami hatte ihm unmittelbar vor der Explosion einen Hausbesuch abgestattet. Seine Aussage bei der Polizei wurde ausführlich in der Presse zitiert:

«Er war ein neuer Patient, der mich aus dem *Kupat Cholim*-Verzeichnis herausgesucht hatte, vermutlich weil ich in der Nähe wohne. Trotz des Sabbat hatte ich den ganzen Tag über mit Patienten zu tun. Krankheit macht nicht vor dem Sabbat halt, verstehen Sie. Aber ich konnte ihn noch einschieben, da ich in der nächsten Straße einen Hausbesuch machen musste und zu früh dran war. Ein reiner Glückszufall, dass ich ihn überhaupt sehen konnte. Ich kam kurz vor sieben hin. Als ich läutete, rief er, ich solle reinkommen, die Tür sei offen. Er hatte eine böse Bronchitis und nach seinen eigenen Angaben schon mehrere Nächte kaum geschlafen. Ich gab ihm etwas gegen den Hustenreiz und eine Spritze, damit er schlafen konnte. Ich sorgte dafür, dass er sich zu Bett legte, machte das Licht aus, schloss die Tür und ging mit der Absicht, am nächsten Morgen wiederzukommen. Aber offenbar ist er nicht sofort eingeschlafen. Er muss etwas später aufgestanden sein, um sich ein Glas Brandy aus der Flasche auf dem Sims im Wohnzimmer einzuschenken. Wäre er im Bett geblieben, würde er bestimmt heute noch leben. Denn die Hauptwirkung der Explosion fand im Wohnzimmer statt, während im Schlafzimmer nicht einmal das Fenster kaputtgegangen war.»

«Stell dir vor, er ruft den Arzt, der kommt auch sofort, behandelt ihn und sorgt sogar noch dafür, dass er ins Bett geht. Glaub mir, mein Arzt würde sich die Mühe nicht machen. Der sieht dich an, schreibt ein Rezept und haut ab. Mit ihm reden, ihm ein paar Fragen stellen? Ausgeschlossen, er ist viel zu beschäftigt. Fünf Minuten – mehr ist bei dem nicht drin. Und wo du das verschriebene Medikament am Sabbat herbekommst oder an anderen Tagen abends nach sieben, das interessiert ihn nicht. Und nach all dem steht nun der arme Teufel auf und will sich einen Drink einschenken – und peng!»

«Woher weiß man denn, dass er aufgestanden ist, um sich einen Drink zu holen?»

«Das stand in den Zeitungen. Ich hab's in *Harmaariv* gelesen. Er hatte noch die Flasche in der Hand, als sie ihn gefunden haben. Wie man sich die Sache vorstellt, muss ihn die Wucht der Explosion gegen das Marmorsims im Wohnzimmer geschleudert haben. Also muss er in der Nähe gestanden haben. Schädelbruch.»

Kopfschütteln und eine Schweigeminute für die Vergänglichkeit des Menschen.

Anders dagegen dachte man in gewissen Cafés im Ostteil Jerusalems, in denen junge Araber Kaffee tranken, Karten spielten und hitzige politische Diskussionen führten und jeden Bericht über ein noch so triviales Unglück, das die Israelis betroffen hatte, mit großer Freude aufnahmen. Hier ergötzte man sich an einem Wortspiel, das überall die Runde machte: der Name des Opfers hätte Lamavet statt Memavet lauten sollen – das heißt «zum Tode» statt «vom Tode».

Natürlich übernahmen die Terroristen sofort die Verantwortung für den Anschlag. Al Fatah gab eine Erklärung ab: «Unsere tapferen Kommandos haben gezeigt, dass sie direkt in den Mittelpunkt des jüdischen Bollwerks eindringen können und dass kein in Palästina lebender Jude vor unserer Rache sicher ist. Wir werden nicht nachlassen, ehe nicht die Resolution der Vereinten Nationen erfüllt ist und den Palästinensern Gerechtigkeit widerfährt.»

Eine Freischärlergruppe im Libanon betonte, die israelische Regierung bediene sich wieder einmal ihres alten Tricks und versuche, überall in der Welt um Sympathie zu werben mit der angeblichen Behauptung, das Opfer sei ein harmloser Zivilist. Es sei jedoch wohl bekannt, dass Memavet mit der *Jewish*

Agency in Verbindung gestanden habe und erst wenige Tage zuvor in geheimer Mission in Zürich gewesen war.

Das Palästinensische Komitee in Syrien erklärte, in Mazel Tov Street Nummer eins sei eine Geheimanlage der israelischen Armee untergebracht gewesen, ein elektronisches Nervenzentrum, das ihre tapferen Kommandos zerstört hätten. Memavets Tod sei ein reiner Zufall gewesen.

Die halbamtliche Kairoer Zeitung *Al-Ahram* behauptete, die israelische Regierung verschweige die wahren Hintergründe des Zwischenfalls. Sie zitierte den Führer der Liga zur Befreiung Palästinas, der sagte, zum fraglichen Zeitpunkt habe in Mazel Tov Street Nummer eins eine geheime Zusammenkunft stattgefunden, an der eine Anzahl hoher Beamter teilgenommen hätte; es dürfte an die fünfzig Todesopfer gegeben haben.

Die Liga für anglo-arabische Freundschaft meinte in ihrer Verlautbarung, es seien genügend Beweise dafür vorhanden, dass der Bombenanschlag von den Israelis verübt worden sei; sie wollten damit in der Welt um Sympathie werben, wie sie es auch bei anderen Gelegenheiten versucht hatten; damals hatten sie heimlich Sprengladungen in Flugzeuge gelegt und es dann auf die Araber geschoben.

Der Rabbi erfuhr es durch die Spätnachrichten im Radio. Der erste Schock auf die Erkenntnis, dass es sich bei dem Getöteten um einen Mann handelte, den er noch am Vormittag gesehen und gesprochen hatte, wurde unmittelbar darauf von dem Gefühl abgelöst, dass er etwas unternehmen sollte. Er rief Stedman an.

«Ja, ich hab schon vorhin davon in der Hotelhalle gehört. Grässlich!»

«Ich denke, wir sollten zur Polizei gehen», sagte der Rabbi.

«Zur Polizei? Wieso sollten wir zur Polizei gehen? Was können wir ihnen erzählen, das auch nur den geringsten Nutzen hätte, Rabbi?»

«Zum Beispiel das, was er uns erzählt hat. Sie könnten das Tonband abspielen. Die Sache mit seinem Feind …»

«Entschuldigen Sie, Rabbi, aber Sie denken einfach nicht logisch. Wenn dieser Sowieso … dieser Rasnikow umgekommen wäre, dann könnte ihnen unsere Geschichte von Memavets Hass und Feindschaft weiterhelfen. Aber es war ja Memavet, den es erwischt hat.»

«Trotzdem finde ich, dass sie es wissen sollten.»

«Glauben Sie mir, sie wissen es. Und wenn nicht, werden sie's bald genug erfahren. Sie werden in dem Laden nachfragen, in dem er seinen Schreibtisch hatte, und …»

«Woher wissen Sie, dass er die Geschichte dort erzählt hat?»

«Aber ich bitte Sie, Sie haben doch selber gehört, was der Mechaniker gesagt hat. Ein meschuggener alter Mann, der einem … wie hat er sich ausgedrückt? … ach ja, der jedem seinen Zores prompt erzählt. Sie glauben doch nicht im Ernst, dass wir die Geschichte als Erste zu hören gekriegt haben – wir, drei völlig Fremde? Wenn er sie uns erzählt hat, können Sie Gift drauf nehmen, dass er sie jedem, der sie hören wollte, zum Besten gegeben hat.»

Der Rabbi schwankte. «Trotzdem … ich weiß nicht recht … ich bin der Meinung, es schadet doch nichts, wenn …»

«Ich sag ihnen was, Rabbi, ich bin viel im Ausland rumgekommen, und eins hab ich dabei gelernt: Wenn's zu vermeiden ist, soll man sich nicht mit der Polizei einlassen. Ich weiß, was Sie denken: In Israel ist das was anderes. Aber ich gebe Ihnen mein Wort darauf – die Polizei ist überall in der Welt gleich. Und dann haben wir doch nichts zu berichten, außer dass wir ihn an dem Morgen des Tages gesehen haben, an dem er getötet wurde. Nach uns kann jede Menge von Besuchern da gewesen sein. Der Arzt hat ihn, kurz bevor es passierte, noch gesehen.»

«Trotzdem würde ich gern mit Ihnen darüber sprechen. Vielleicht könnten wir uns morgen irgendwann treffen …»

«Tut mir Leid, Rabbi, aber ich muss in aller Frühe nach Haifa. Ich bin ein paar Tage weg. Nach meiner Rückkehr treffen wir uns dann, wenn Sie meinen.»

Der Rabbi legte auf. Er war beunruhigt. Gegen das, was Stedman gesagt hatte, war nichts einzuwenden, dennoch war er der Ansicht, sie sollten zur Polizei gehen. Doch allein konnte er das nicht tun. Das könnte die Frage aufwerfen, warum Stedman nicht gleichermaßen berichtet hatte, und genau die Verwicklung herbeiführen, die dieser zu vermeiden suchte.

30

«He, wieso bist du denn so braun gebrannt, V. S.? Warst du in Florida, oder hast du dir 'ne Höhensonne gekauft?»

«Florida? Nein, Katz und ich waren in Israel.»

«In Israel? Mach keine Witze. Leute, V. S. war in Israel. Wann bist du zurückgekommen?»

«Vorgestern. Wir waren nur zehn Tage drüben – geschäftlich.»

Es war beim Frühstück der *Bne-Briss-Loge* am Sonntagvormittag. Die Mitglieder strömten noch herein, standen herum und begrüßten sich, während die Angehörigen des Komitees die runden Tische deckten – ganz anders als im Frauenverein, wo alles bereits am Vortag fertig gemacht wurde.

Man scharte sich um Markevitch. «Na, wie war's dort, V. S.?»

«Wie war das Wetter?»

«Haben Araber auf dich geschossen, V. S.?»

«Machst du 'ne Filiale in Israel auf, V. S.? Willst wohl einer von den internationalen Finanzmagnaten werden, wie?»

«Sag mir eins – sind die Leute beunruhigt? Haben sie Angst?»

«Angst?», legte Markevitch los. «Ich werd euch was sagen: Ihr könnt spazieren gehen, so viel ihr wollt, in jeder Stadt, zu jeder Tages- und Nachtzeit. Wir sind noch nach Mitternacht losgezogen, ich und Katz, und das durch dunkle Straßen, und es hat kein Hahn danach gekräht.»

«Und die Sehenswürdigkeiten? Wo bist du überall gewesen?»

«Also die meiste Zeit wurden wir von den Leuten vom Ministerium für industrielle Entwicklung betreut. Sie haben uns rumgeführt und uns mit ein paar großen Tieren von der Regierung bekannt gemacht. Das war vielleicht 'ne Reise, toll, sag ich euch.»

«Warst du in Jerusalem? Hast du den Rabbi gesehen?»

«Ja», sagte V. S., «wir haben ihn gesehen. Wir waren fast einen ganzen Tag mit ihm zusammen. Er hat uns rumgeführt.»

«Hat er euch das Davidsgrab gezeigt?»

«Und die Fenster von Chagall? Die hab ich mir seinerzeit als Erstes angesehen.»

«Im Hadassa-Krankenhaus warst du doch bestimmt, wie?»

«Ich hoffe, du warst im *Mea Shearim.*»

«Mich hat am meisten das Yad-Vashem-Museum beeindruckt. Warst du drin?»

Markevitch, bis über beide Ohren grinsend, drehte sich von einem Frager zum nächsten. Schließlich hob er zum Zeichen der Kapitulation die Hände. «Ehrlich gesagt, wir haben nicht eins davon gesehen. Ich sagte ja schon, der Rabbi hat uns rumgeführt. Er meinte, wir würden gern die Klagemauer besichtigen, und das stimmte ja auch. Und er hat uns durch die Altstadt geführt … na, das hätte weiß Gott nicht sein müssen. Wenn ihr mich fragt, ist das ein Haufen stinkender kleiner Gassen, weiter nichts. Und dann sind wir rüber zur Universität gegangen, und damit war der Tag ziemlich rum. Euch gesagt» – er senkte die Stimme zu einem weithin hörbaren Flüstern –, «für mich kennt der Rabbi nicht mal die Hälfte von dem, was ihr eben genannt habt.»

«Was? Ich hab gedacht, inzwischen kennt er jeden Winkel.»

Markevitch zuckte die Achseln. «Das haben wir auch gedacht. Ehrlich gesagt, das war einer der Gründe, warum wir ihn angerufen haben. Wir haben uns vorgestellt, er weiß, was man sich ansehen muss.»

«Vielleicht hat er einfach noch keine Zeit für Besichtigungen gehabt. Ich nehme an, er ist den ganzen Tag in der Universitätsbibliothek …»

«Machst du Witze?» Markevitch war voller Verachtung. «Als er mit uns hinging, hat er zugegeben, dass er vorher erst zweimal da war.»

«Na, was tut er denn dann dort?»

«Soweit wir feststellen konnten, faulenzt er einfach rum, macht vielleicht mal 'nen Spaziergang, trinkt irgendwo 'ne Tasse Kaffee – so auf die Tour.»

«Ich weiß ja, er ist nicht gerade eine Betriebsnudel, aber ich stell mir vor, in Jerusalem und so … sag mal, hat er was erwähnt, wann er zurückkommt?»

Markevitch schüttelte den Kopf. «Keine Silbe. Und das ist schon komisch, wenn man sich's recht überlegt. Ich meine, man denkt doch, wenn man sich verabschiedet, nun sagt er so was wie: ‹Wir sehen uns ja bald in Barnard's Crossing.› Aber kein Wort. Bloß auf Wiedersehen.»

«Worauf willst du hinaus, V. S.?»

«Na ja, ihr wisst doch … die Idee, von der ich auf unserer letzten Sitzung gesprochen habe … die Sache mit den zwei Rabbis. Also ich hab ihm deshalb mal etwas auf den Zahn gefühlt.»

«Ist das dein Ernst, V. S.?»

«Na klar. Ihr kennt doch meine Devise: Wer nicht fragt, erfährt nichts. Warum auch nicht? Vielleicht bin ich nicht der Vorstand, aber immerhin ein angesehenes Gemeindemitglied. Meine Beiträge sind jedenfalls bezahlt.»

«Geschenkt, du hast also gefragt. Und was ist passiert?»

«Nichts!», verkündete Markevitch triumphierend. «Er war nicht begeistert, und er war auch nicht sauer. Er war einfach nicht interessiert, weder so noch so. Nur höflich.»

«Vielleicht wollte er sich nur nicht in die Karten schauen lassen.»

Markevitch stieß den anderen mit dem Ellbogen an und zwinkerte ihm verständnisinnig zu. «Kann sein. Kann aber auch sein, dass er einfach nicht interessiert war, weder so noch so. Ehrlich gesagt, wir waren eigentlich ein bisschen verärgert über unseren Rabbi. Ich meine, wenn er schon unser Rabbi ist, haben wir auch das Recht zu erwarten, dass er für uns den Rabbi macht. Wenn du nach Washington fährst und deinem Kongressabgeordneten sagst, hier bin ich, was passiert? Er interessiert sich für deine Probleme. Er versucht, dir behilflich zu sein, oder wenigstens spiegelt er dir vor, dass er's tun wird. Und wenn schon gar nichts anderes, lässt er dich zumindest von jemand aus seinem Büro rumführen. Hab ich Recht? Na, wir haben uns eingebildet, genauso könnten wir auf den Rabbi rechnen. Nehmen wir mal die Sache mit der Klagemauer, ja? Wenn ihr schon mit eurem Rabbi dort seid, erwartet ihr doch, dass er für euch an der Mauer ein Gebet spricht. Immerhin ist es die heiligste Stätte, die wir haben, und wenn ihr die Gelegenheit habt, dass dort ein Gebet gesprochen wird, na … wer will sich das schon entgehen lassen? Hab ich Recht? Und wie wir ihn darum gebeten haben, sagt er, er möchte lieber nicht, und wir sollen's selber tun. Natürlich haben wir's auch getan, ich und Katz, aber das ist ja nicht dasselbe. Wir mussten es auf Englisch sprechen, damit fängt's schon mal an …»

Vom Vorstandstisch ertönte der scharfe Schlag des Hammers, und der Vorsitzende rief: «Würdet ihr euch bitte hinsetzen? Würde bitte alles Platz nehmen?»

Einige hasteten an die Tische, während die anderen, die sich noch unterhielten, automatisch die Stimme senkten.

«Das ist ja wirklich komisch. Was, glaubst du, hat das zu bedeuten, V. S.?»

Markevitch flüsterte: «Ich will's mal so ausdrücken: Markevitch ist keiner, der seinen Mund zu weit aufreißt, aber Markevitch wettet zehn Dollar gegen fünf, dass unser Rabbi, als er nach Israel ging, auf Nimmerwiedersehen abgehauen ist.»

31

Die Polizei, vertreten durch Chaim Ish-Kosher, und *Shin Bet,* von Abner Adoumi repräsentiert, «kooperierten» zwar; die Tatsache jedoch, dass sie sich in Adoumis kleinem staubigen Büro im obersten Stockwerk des Polizeipräsidiums trafen, das dem Geheimdienst vorübergehend zugewiesen worden war, anstatt in Ish-Koshers viel bequemerem und geräumigerem Dienstzimmer im ersten Stock am entgegengesetzten Ende des Gebäudes, ließ darauf schließen, dass die Zusammenarbeit etwas einseitig sein könnte.

Die beiden Männer waren in jeder Beziehung verschieden. Ish-Kosher, in blauer Uniform mit weißem Hemd und schwarzer Krawatte, die Jacke gebügelt und zugeknöpft, strahlte Energie und Sachlichkeit aus; zugleich lächelte er gern, das typische Lächeln des Vertreters der Exekutive, das die blitzenden, gleichmäßigen weißen Zähne zeigte und Interesse und Verständnis andeuten sollte. Abner Adoumi dagegen, ein großer, beleibter Mann mit kurz geschorenem ergrautem Haar, das noch von einigen rotblonden Strähnen durchzogen war, war ohne Krawatte und in Hemdsärmeln. Er war kurz angebunden, autoritär, lächelte selten, und wenn, dann nahezu widerwillig.

«Und wie geht es Ihrer Frau?», erkundigte sich Ish-Kosher höflich.

«Sie ist ein paar Tage im Hadassa zur Beobachtung.»

«Oh, das tut mir aber Leid.»

«Hat nichts auf sich. Nur ein paar Untersuchungen.»

«Der Schock durch die Explosion?»

«Der Doktor sagt, nein. Wahrscheinlich wird sie morgen

entlassen und muss dann später noch einmal für ein paar Tage hin.» Seine Augen streiften Ish-Koshers *Jarmulke.* «Wie ich höre, hätte ich's Ihren Leuten zu verdanken, dass ich sie am Sabbat nicht besuchen könnte, falls sie dann noch drin ist.»

Ein rasches, unbekümmertes Lächeln. «Meinen Leuten? Ach so, Sie meinen die religiösen. Na, es heißt ja nicht, dass Sie sie nicht besuchen dürfen. Es dreht sich nur darum, dass Sie ins Hadassa fahren müssten, mit dem Bus oder mit dem Auto, und das wäre natürlich eine Entweihung des Sabbat.»

Adoumi hob warnend den Zeigefinger. «Eines Tages lassen wir anderen uns das nicht mehr gefallen, Chaim», brummte er gereizt.

«Dann wird es kein jüdischer Staat mehr sein.»

«Natürlich wird es ein jüdischer Staat sein, aber für alle Juden und nicht nur für euch paar. Aber zur Sache: Haben Sie was über Memavet erfahren?»

«Nein, aber ich bin sicher, dass der Anschlag ihm gegolten hat. Seine Geschäfte ...»

«Faul? Gestohlene Autos? Hat er mit den Arabern zu tun gehabt?»

«Unseres Wissens nicht. Aber im Autohandel gibt's immer unzufriedene Leute. Ein Kunde meint, man hat ihm Tinnef angedreht, ein Verkäufer findet, er hätte mehr für sich absahnen können. Oder er hat vielleicht das Gefühl, Memavet behält was für sich zurück. Er war schließlich Makler und hatte nur Anspruch auf eine Provision, nicht auf einen Profit.»

«Aber jeder, den Sie verhört haben, hat doch gesagt, dass er einen guten Ruf hatte, dass er ehrlich war.»

«Ja, aber ...»

«Schon gut, ich will mich nicht mit Ihnen streiten. Gehen Sie dem ruhig nach, wenn Sie wollen, aber ich kann Ihnen schon jetzt sagen, Sie landen in einer Sackgasse. Der Universitätsprofessor ...»

«Da haben wir einen Zusammenhang mit den Arabern festgestellt», sagte Ish-Kosher rasch.

«Sicher, aber für unsere Zwecke den falschen. Er wollte ihnen helfen. Er war ihr Freund.»

«Aber das ist es ja gerade», erklärte Ish-Kosher aufgeregt. «Sehen Sie …»

«Ich weiß, ich weiß. Die Terroristen wollen nicht, dass man ihren Leuten hilft. Diese ganze Theorie» – er winkte mit der breiten, sommersprossigen Hand ab – «ist eben weiter nichts als reine Theorie. So arbeiten die Terroristen nicht. Und so denken sie nicht. Das ist nicht arabische Denkweise. Ein Araber tötet einen anderen, darauf versucht die Familie des Opfers, sich zu rächen, indem sie den Schuldigen umbringt. Das ist verständlich. Und normal. Es ist nicht unsere Art, nicht die von zivilisierten Menschen, aber es ist verständlich. Können sie jedoch den Mörder nicht erwischen, nehmen sie Rache an einem seiner Familienmitglieder und legen einen Bruder, einen Onkel oder seinen Vater um. Das ist schon was anderes, verstehen Sie. Seit dem Sechs-Tage-Krieg wollen sie Rache. Das ist normal. Aber sie können sie nicht dadurch kriegen, dass jetzt ihre Armee die unsere besiegt, folglich ist es für sie ein annehmbarer Ersatz, wenn sie einen von uns umbringen. Wen? Das ist ihnen gleich. Es kann ein alter Mann sein wie Memavet und genauso gut Frauen oder auch Kinder.»

«Aber …»

Adoumi gebot ihm abermals mit erhobener Hand Schweigen. «Je mehr von uns sie töten können, desto besser natürlich. Und deshalb haben sie Sprengstoffanschläge auf Märkte, öffentliche Plätze und Gebäude verübt, wo viele Menschen sind und eine Menge verletzt werden können. Aber wir sind auf der Hut, und die Gefahr, geschnappt zu werden, ist groß. Also gehen sie eine Weile auf Nummer Sicher und suchen sich risikolose Ziele aus. Erwischen wir sie nicht, kriegen sie wieder

Mut und probieren's erneut mit öffentlichen Plätzen. Warum der Anschlag auf Memavet? Ich sag's Ihnen: weil er ein leichtes Ziel war. Ein alter Mann, der allein in einem neuen Wohnblock lebt, der einzige Bewohner der Straße, und die ist dunkel. Sie können ungesehen da lang gehen …»

«Aber sie wurden gesehen. Der Doktor …»

«Der Doktor sah einen jungen Mann, der sagte, er hätte was Geschäftliches mit Memavet zu erledigen. Durchaus möglich. Nun könnte der junge Mann ja was gesehen haben. Könnte sich lohnen, ihn zu vernehmen.»

«Wieso haben Sie dann diesen Teil aus der Aussage des Arztes weggelassen, als wir sie den Reportern übergaben?»

«Weil ich es für besser halte, Chaim, wenn er von allein damit rausrückt. Das würde beweisen, dass er nichts mit der Sache zu tun hat. Er hat sich aber nicht gemeldet, und das legt wiederum die Vermutung nahe, dass er vielleicht nicht ganz unschuldig ist.»

«Oder dass er einfach da nicht mit reingezogen werden will», meinte Ish-Kosher.

«Es handelte sich um einen Terroristenanschlag. Jeder würde da behilflich sein wollen.» Adoumi schüttelte trübsinnig den Kopf. «Ich hab gepokert, als ich diesen Teil der Aussage der Presse vorenthielt.» Er wurde lebhafter. «Wenn er sich nicht gemeldet hat, besteht die Wahrscheinlichkeit, dass er auch nicht aufgekreuzt wäre, wenn wir es erwähnt hätten. Es regnete, und er hatte den Mantelkragen aufgestellt. Er weiß, dass der Arzt ihn nicht wiedererkennen würde. Trotzdem wüsste ich gern was über ihn.»

Ish-Kosher lächelte breit. «Na, vielleicht kann ich Ihnen helfen. Hätten Sie gern seinen Namen?» Er zog einen Zettel aus der Aktentasche und schob ihn Adoumi hinüber. Darauf stand: «Ich bin um sieben wiedergekommen, wie besprochen. Stedman.»

«Woher haben Sie das?»

«Einer von *meinen* Leuten hat daran gedacht, im Briefkasten nachzusehen. Da war's drin.»

«Aber es trägt kein Datum. Der Zettel kann ebenso gut vor ein paar Tagen reingesteckt worden sein. Der Doktor hat nichts davon erwähnt, dass der junge Mann eine Nachricht geschrieben hat. Wie er sagte, hat er ihm nachgeschaut, als er die Straße runterging.»

«Vielleicht ist er wieder umgekehrt, nachdem der Arzt weg war.»

«Denkbar.» Adoumi studierte den Zettel. «Stedman, Stedman … wo hab ich den Namen schon gehört?»

«Es gibt einen recht bekannten amerikanischen Journalisten namens Stedman. Er ist jetzt im Land, wohnt im *King David*.»

«Nein, nein.» Adoumi begann, unter den Aktendeckeln auf seinem Schreibtisch herumzuwühlen. «Ja, hier ist es – Stedman. Das, Chaim», sagte er bedeutungsvoll, «ist der Name eines amerikanischen Studenten an der Universität, der oft in Gesellschaft eines arabischen Studenten namens Abdul El Khaldi gesehen wurde. Und für diesen Abdul interessieren wir uns seit einiger Zeit.»

«Habt ihr etwas gegen ihn?», erkundigte sich Ish-Kosher ungeduldig.

«In dem Sinne, dass es euch von der Polizei interessieren würde? Nein. Kein verdächtiges Verhalten. Er war überaus vorsichtig.»

«Also dann …»

«Das könnte an sich schon verdächtig sein, Chaim.»

«Soll das heißen, Sie interessieren sich für die Araber, die sich auffällig benehmen und genauso für die anderen?»

Adoumi lachte kurz auf. «Das kommt der Wahrheit ziemlich nahe, Chaim. Wir verdächtigen sie alle. Aber wenn ich sage, wir interessieren uns für Abdul, meine ich, dass wir ihn im Auge zu behalten versuchen. Er hat zwar unseres Wissens nichts getan, aber es gab Gerüchte. Araber, die sich aus dem einen oder anderen Grund gut mit uns stellen wollen, lassen uns gelegentlich kleine Tipps zukommen. Und sein Name ist dabei mehr als einmal aufgetaucht. Deshalb lassen wir ihn beobachten. Natürlich nicht vierundzwanzig Stunden am Tag; dafür haben wir nicht genug Leute. Aber wir behalten ihn im Auge, und in dem letzten Bericht, der mir vorliegt, wird ein Student namens Stedman erwähnt, der häufig mit ihm zusammen ist. Das erregt logischerweise mein Interesse an Stedman. Und wenn ich sehe, dass jemand namens Stedman irgendeine Verbindung zu Memavet hat, ihn vielleicht sogar genau in der Nacht aufsuchte, in der er getötet wurde …»

«Werden Sie ihn sich greifen?»

«Nein, Chaim. Ich denke, im Augenblick halte ich mich da raus. Ich überlasse das Ihren Leuten; Sie werden ihn vernehmen. Und zwar hätte ich gern Folgendes …»

32

Ish-Kosher blätterte den Pass durch und betätigte dann einen Knopf an seinem Schreibtisch. Dem Beamten, der auf sein Klingeln hereinkam, händigte er das Dokument aus: «Überprüft das.» Dann wandte er sich wieder Roy zu.

«Also, Mr. Stedman, ich wüsste wirklich gern, warum Sie sich nicht gemeldet haben. Ich würde doch annehmen, dass Sie als Gast unseres Landes eigentlich darauf brennen müssten, mit der Polizei zusammenzuarbeiten, wenn Sie etwas über ein Verbrechen wissen.»

«Aber ich wusste doch gar nichts von einem Verbrechen. Ich meine, ich hab von dem Anschlag gehört, aber er fand statt, nachdem ich weg war. Und ich hab nichts gesehen.»

Ish-Kosher fingerte an seiner *Jarmulke* und lächelte. «Sie sind kein ungebildeter Mensch, Mr. Stedman. Sie studieren an unserer Universität. Ihnen muss doch klar sein, dass auch eine negative Zeugenaussage wichtig ist. Die Tatsache, dass Sie – sagen wir – zwischen fünf vor sieben und viertel oder zwanzig nach nichts gesehen haben, bedeutet, dass die Bombe früher gelegt worden sein muss – oder später. Ist Ihnen nicht der Gedanke gekommen, dass das für die Polizei von Interesse sein und ihr weiterhelfen könnte?»

«Na ja, dran gedacht hab ich schon», gab Roy zu, «aber dieser Arzt war doch auch da gewesen und konnte alles genauso sehen wie ich.»

«Nicht ganz», korrigierte ihn Ish-Kosher. «Er war im Haus und Sie draußen. Und als Sie zurückkamen, um die Mitteilung zu hinterlassen, war er bereits weg.»

«Na, ich glaube, das hab ich mir nicht so genau klar gemacht. Ich dachte eben, er sei zur Polizei gegangen, weil er ja 'ne Aussage gemacht hat, warum also ich auch noch?» Roy hatte einen Schreck bekommen, als die Polizei bei ihm erschienen war und er in das Büro des Inspectors gebracht wurde. Aber jetzt war ihm wieder wohler. Ein Inspector mit einer *Jarmulke* – das war beruhigend.

«Wann haben Sie diese Verabredung mit Memavet getroffen?»

Roy hatte vorgehabt, die frühere Zusammenkunft nicht zu erwähnen, um seinen Vater und den Rabbi nicht hineinzuziehen. Doch der Inspector war so sachlich, dass es sinnlos erschien, es zu verheimlichen. «Die Verabredung ging von Memavet aus, nicht von mir. Wir waren nämlich morgens dort gewesen … na ja … genau genommen mittags.»

«Wir?»

«Ja. Mein Vater hatte mich angerufen. Er wollte Memavet aufsuchen wegen eines Wagenkaufs, sagte er. Und weil er dachte, ich verstehe vielleicht mehr von Autos, und weil ich's auch fahren würde, schlug er vor, wir sollten am nächsten Tag hingehen, am Samstag …»

«Am Sabbat.»

«Ja, das stimmt wohl. Aber mein Vater meinte, Memavet hätte nichts dagegen, und ich hab ja sonst nicht viel Freizeit. Na ja, jedenfalls haben wir uns Ecke Shalom und Mazel Tov getroffen …»

«Sie und Ihr Vater.»

«Stimmt. Und er hatte einen Freund dabei, Rabbi Small aus Amerika …»

«Rabbi Small?» Ish-Koshers Stimme verriet nichts von seiner Überraschung.

«Genau, Rabbi Small. David Small, glaube ich.»

«Und er kam als weiterer Autofachmann mit?»

Roy sah Ish-Kosher an. War das Sarkasmus? Aber sein Gesicht wirkte völlig unbeteiligt. «Er war zu einem Spaziergang mit meinem Vater verabredet, und da kam er eben einfach mit.»

«Aha.»

«Na, wir sind also alle drei zu Memavet und haben uns über Autos unterhalten. Er bot uns was zu trinken an und redete viel über sich, von seiner Jugend, schätze ich. Das war nämlich in Jiddisch – der Teil, meine ich, und da hab ich nichts mitgekriegt, höchstens mal ab und zu ein Wort, weil ich ein bisschen Deutsch kann. Dann hat er gesagt, wenn wir um sieben wiederkämen, hätte er wahrscheinlich einen Wagen für uns.»

«Aber Sie gingen allein hin.»

«Ja … also … mein Vater hat nämlich gesagt, er geht nicht hin. Sonst würde Memavet bloß denken, dass er weiß Gott wie scharf drauf ist. Das war, nachdem wir dort weggegangen waren, verstehen Sie. Ich meine, das hat er nicht zu Memavet gesagt, sondern zu mir.»

«Und wieso sind Sie dann zurückgekommen?»

«Na … ich dachte, ich könnte mir den Wagen ja mal ansehen, wenn einer da wäre.»

«Aber es war keiner da.»

«Stimmt. Ich hab mir nämlich überlegt, wenn wir zu der

Verabredung gehen, oder wenigstens ich, und es ist kein Wagen für uns da, dann sind wir doch in der besseren Verhandlungsposition. Schließlich hat er dann seinen Teil der Abmachung nicht eingehalten … Na ja … und dann könnten wir ihn mit dem Preis ein bisschen drücken.»

«Verstehe.»

«Aber dann hat der Arzt gesagt, er schläft und soll nicht gestört werden, und wozu ich überhaupt einen kranken Mann belästigen will, so was … na, und da bin ich eben gegangen. Aber dann ist mir eingefallen, ich könnt ihm eigentlich einen Zettel schreiben und den in den Briefkasten stecken. Darum bin ich zurückgekommen.»

«Hm-m. Ihr Vater wohnt nicht mit Ihnen zusammen …»

«Nein, er ist im *King David.* Aber jetzt ist er nicht da. Er ist ein paar Tage in Haifa.»

«Seine Adresse dort?»

«Weiß ich nicht. Ich hab ihn im Hotel angerufen, und die sagten, er ist nach Haifa gefahren. Ich hab nicht nach der Adresse gefragt. Aber vielleicht wissen sie sie im Hotel.»

«Gut, Mr. Stedman. Soweit scheint alles klar zu sein.» Er stand auf.

«Ist das alles?»

«Vielleicht möchte ich mich noch einmal mit Ihnen unterhalten, aber für den Augenblick ist das alles.» Er lächelte.

«Ja … aber mein Pass. Sie haben meinen Pass noch.»

«Ach, natürlich.» Ish-Kosher nahm den Hörer ab. «Den Pass, Mr. Stedmans Pass. Würden Sie ihn bitte reinbringen … Was? … Gut, dann sehen Sie auf seinem Schreibtisch nach … oh, ich verstehe … Gut, dann kann man wohl nichts machen.» Er legte den Hörer auf und wandte sich zu Roy. «Der Beamte, der die Sache bearbeitet, ist nicht an seinem Schreibtisch. Er hat ihn vermutlich mitgenommen. Wir schicken ihn Ihnen mit der Post zu.»

Nachdem Roy gegangen war, nahm er den Hörer wieder auf.

«Abner? Ish-Kosher. Der Sohn Stedman war eben hier ... Nein, nichts Besonderes, nur dass er schon vorher bei Memavet war – zusammen mit seinem Vater. Und sein Vater war in Begleitung eines Freundes. Und wer ist dieser Freund, Abner? Rabbi David Small ... Erinnern Sie sich nicht? Er wohnt Victory Street Nummer fünf ... Nein, er war der einzige nicht anwesende Mieter, als wir den Sprengstoffanschlag auf Carmi untersuchten.»

33

Trotz seiner *Jarmulke* war Inspector Ish-Kosher nicht fromm, dafür jedoch sehr traditionsbewusst; er hatte eine genaue Vorstellung davon, wie ein Rabbi aussehen sollte, und Rabbi Small entsprach diesem Bild keineswegs. Ein Rabbi sollte einen Bart haben und dunkel gekleidet sein, am besten schwarz. Rabbi Small war glatt rasiert und trug hellgraue Sommerhosen und eine gestreifte Leinenjacke. Allermindestens sollte ein Rabbi nicht barhäuptig gehen; Rabbi Small hatte keinen Hut auf. Ish-Kosher empfand ein leises Widerstreben, als er dem Rabbi einen Stuhl anbot.

Er blätterte in einer Akte, blickte dann auf und sagte freundlich: «Kürzlich haben wir in Ihrem Haus Erkundigungen eingezogen, ob jemand in einer bestimmten Nacht Besuch erwartet hat. Sie waren nicht daheim, aber Ihre Nachbarin, Mrs. Rosen, sagte, Sie seien gerade an jenem Tag angekommen, am späten Abend. Sie sagt, dass Sie ein Rabbi aus Amerika sind. Auf der kleinen Karte an Ihrem Briefkasten steht aber nur David Small. Sind Sie Rabbiner?»

«Ja, allerdings.»

«Und wieso steht auf der Karte nicht Rabbi David Small?»

«Weil ich hier nicht Rabbi bin.»

«Ein Arzt aus Amerika würde wahrscheinlich seinen Titel am Briefkasten beibehalten», meinte der Inspector.

«Das ist nicht dasselbe. Der Arzt könnte vermutlich in einem dringenden Fall praktizieren, zum Beispiel bei einem Unfall.»

«Das beweist großen Takt Ihrerseits, Rabbi. Zu welchen Rabbinern gehören Sie?»

«Zu den konservativen. Ich bin Rabbi in einem konservativen Tempel in Amerika.»

«Ist die Ausbildung bei einem konservativen Rabbi anders als bei einem von unseren?»

«Nein, eigentlich nicht», entgegnete Rabbi Small. «Die Akzente sind etwas anders gesetzt, aber in der Arbeit selbst existiert ein Unterschied. Viele Ihrer Rabbiner hier sind weitgehend damit befasst, für die Einhaltung der Gesetzesvorschriften zu sorgen. Das ist bei unserer Arbeit selten der Fall. Sie ist vorwiegend dem seelischen und geistigen Wohl der Gemeinde gewidmet, in der wir angestellt sind.»

«Aha.» Der Inspector lächelte plötzlich. «Nur der Ordnung halber und zur Vervollständigung unserer Akten … *haben* Sie am Abend Ihrer Ankunft jemand erwartet?»

«Nein, niemand, von dem ich wüsste.»

Ish-Kosher machte einen Vermerk, klappte den Aktendeckel zu und lehnte sich zurück. Abermals lächelte er liebenswürdig. «Hat Ihre Gemeinde Ihnen ein Sabbatjahr bewilligt, das Sie hier verbringen?»

«Nein, ein Sabbatjahr würde ich es nicht nennen. Ich habe mich ein paar Monate beurlauben lassen.»

«Aha, also Ferien. Und was treiben Sie so, Rabbi? Besichtigungen, Rundreisen? Studieren Sie vielleicht an der Universität?»

«Nein, ich tue nicht viel; nur Urlaub machen, mich ausruhen.»

«Von Ihrer anstrengenden Arbeit in Ihrer Gemeinde?» Er lächelte, aber in seiner Stimme schwang eine Spur Sarkasmus mit.

«So was in der Art», sagte Rabbi Small gutmütig.

«Es hat den Anschein, dass Sie nicht nur Urlaub machen von Ihrer Gemeinde und Ihrer Arbeit, Rabbi, sondern sogar von der Religion, zu der Sie sich bekennen.»

«Was meinen Sie damit?», fragte der Rabbi erstaunt. «Wenn Sie darauf anspielen, dass ich nicht an jedem Sabbat in die Synagoge gehe …»

«Ich beziehe mich darauf, dass Sie am Sabbat zu jemand gehen wegen eines Autokaufs, genauer zu einem gewissen Benjamin Memavet, auf dessen Wohnung ein Sprengstoffanschlag verübt wurde und der dabei ums Leben kam.»

«Woher wissen Sie, dass ich hinging, um einen Wagen zu kaufen?»

«Bitte, Rabbi», sagte Ish-Kosher vorwurfsvoll, «ich stelle hier die Fragen.»

«Ich hatte eine Verabredung mit meinem Freund Dan Stedman, und er machte eine weitere mit seinem Sohn. Er wollte unbedingt, dass ich ihn kennen lerne, daher willigte ich ein, mitzukommen.»

«Aber er wollte einen Wagen kaufen, ein Geschäft tätigen – und das am Sabbat. Wiederum frage ich, zu welcher Art von Rabbinern gehören Sie?»

Die Abneigung zeigte sich jetzt unmissverständlich. Rabbi Small lächelte leicht. «Als Rabbi denke ich wie alle Rabbiner mehr über diese Dinge nach als der Durchschnittslaie wie Sie», begann er geduldig. «Festhalten an den traditionellen religiösen Bräuchen, zum Beispiel den Kopf bedecken oder sogar den Sabbat genau nach dem rabbinischen Gesetz begehen … all das tun wir zum Teil aus Gewohnheit, zum Teil, weil die Leute es von uns erwarten, und vielleicht auch, um anderen ein Beispiel für die Wahrung rabbinischer Tradition und rabbinischer Autorität zu geben. Meiner Meinung nach glaubt niemand, der darüber nachgedacht hat, tatsächlich, dass Gott das vom Menschen verlangt oder darüber erfreut ist. Bei Jesaja heißt es: ‹Bringet nicht mehr unnütze Gaben – ein Gräuelopfer ist es mir, spricht der Herr. Eure Neumonde und eure Feste hasst meine Seele.› Das ist sehr drastisch ausgedrückt, aber es lässt doch darauf schließen, wie der Gott Jesajas über Anpassung und religiöse Bräuche im Allgemeinen zumindest urteilen könnte.»

«Der Gott Jesajas!» Ish-Kosher war schockiert. «Sagen Sie mir eins, Rabbi – glauben Sie an Gott?»

«Ich nehme an, als Polizeibeamter möchten Sie ein Ja hören oder keine Antwort.»

«Ich …»

«Eine schwierige Frage», fuhr der Rabbi leichthin fort, «denn sie beinhaltet drei Variablen …»

«Variablen?»

«Natürlich. Sie fragen, ob ich an Gott glaube. Meinen Sie, zum augenblicklichen Zeitpunkt, oder mein Ich von gestern, oder das von vor drei Jahren? Und was meinen Sie mit ‹glauben›? Eine weitere Variable. Meinen Sie damit – auf die gleiche Weise, wie ich glaube, dass zwei und zwei vier macht? Oder auf die Weise, in der ich glaube, dass die Lichtgeschwindigkeit soundso viel Kilometer in der Sekunde beträgt, was ich selber zwar niemals demonstriert bekommen habe, was aber von Menschen bewiesen wurde, deren Befähigung und Integrität zu vertrauen ich gelehrt worden bin? Oder meinen Sie in dem Sinne, wie ich glaube, dass es einen Mann namens Washington gab, der die Unabhängigkeit der amerikanischen Kolonien von England errungen hat, oder in dem Sinn, wie ich glaube, dass ein Mann namens Moses dasselbe für die Juden im Falle Ägyptens getan hat? Wenn Sie darüber nachdenken, werden Sie feststellen, dass es noch viel mehr Formen des Glaubens gibt, und alle unterscheiden sich etwas voneinander. Und schließlich die dritte Variable – Gott. Meinen Sie damit eine menschenähnliche Figur? Oder eine Wesenheit, einen Begriff, der sich nicht umschreiben lässt? Einen Gott, der von uns als Individuen weiß und auf unsere Bitten um Hilfe reagiert? Oder einen, der so hoch über uns thront, dass er kein Interesse an uns haben kann? Oder irgendeine der anderen Vorstellungen, die Menschen seit Jahrtausenden gehabt haben? Doch allgemeiner gesagt – vermutlich habe ich manchmal ein Gefühl von Glauben und Sicherheit und zu anderen Zeiten nicht, genau wie Sie oder der Oberrabbiner oder auch – der Papst.»

Ish-Kosher starrte seinen Besucher an. Dann ordnete er sozusagen seine Streitkräfte neu und sagte förmlich: «Ich habe Sie nicht zu theologischen Diskussionen hergebeten …»

«Ich habe mich schon gefragt, weshalb Sie mich zu kommen baten.»

«Memavet hat eine Verabredung mit Ihrem Freund Stedman für den späteren Samstagabend getroffen. Ich möchte wissen, ob er sie eingehalten hat.»

«Ich habe Mr. Stedman danach nicht mehr gesehen, aber ich erinnere mich, dass er zu seinem Sohn sagte, er habe nicht die Absicht, die Verabredung einzuhalten. Er wollte nicht übereifrig erscheinen. Ist das alles?»

«Ja, das ist alles. Guten Tag.»

«Mein Pass. Er liegt auf Ihrem Schreibtisch.»

«Ach, ja. Hier ist er.» Ish-Kosher händigte ihn aus und blieb noch eine Weile stehen, nachdem der Rabbi gegangen war. Seine Finger trommelten nervös auf der Schreibtischplatte.

34

Dem Rabbi war keineswegs entgangen, dass die Polizei irgendwie von seiner Anwesenheit bei Memavet erfahren haben musste. Und zwar entweder von Dan oder von Roy. Sollte Memavet, was unwahrscheinlich war, eine schriftliche Notiz über diese spätere Verabredung gemacht und die Polizei sie gefunden haben, so lautete sie fraglos auf den Namen

Stedman. Es bestand keinerlei Grund für Memavet, seinen Namen ebenfalls zu notieren, da er ja offensichtlich nicht am Kauf eines Wagens interessiert war. Es war undenkbar – nun, fast undenkbar –, dass die Information von Dan stammte, denn er hatte ja seinen Vorschlag, sie sollten sich bei der Polizei melden, geringschätzig abgetan. Wenn er aber seine Meinung geändert hatte und doch hingegangen war, hätte er ihn dann nicht vorher angerufen? Andernfalls könnte es nur ein Versehen gewesen sein, oder er wollte ihn aus irgendeinem Grund in die Sache verwickeln. Und was für einen Grund könnte er dafür haben? Vielleicht war sein Schwager an der Stellung in Barnard's Crossing interessiert, und er handelte aus einem Gefühl von falsch verstandener Familiensolidarität heraus?

Er tat diesen Gedanken als melodramatisch, als vollständig absurd ab. Und doch – was wusste er von Dan Stedman? Sicher, sie hatten sich ein paar Mal angenehm unterhalten, aber von irgendwelchen vertraulichen Mitteilungen war nie die Rede gewesen. Er hatte keine Ahnung von Stedmans Vergangenheit, außer dass er als Fernsehjournalist gearbeitet hatte. Und dieser plötzliche Entschluss, nach Haifa zu fahren – konnte der von Bedeutung sein? Merkwürdig war es auf jeden Fall. Normal wäre der Wunsch gewesen, über die Tragödie zu sprechen, die sich nach ihrem Besuch ereignet hatte. Er versuchte, den Gedanken wegzuschieben, und trotzdem …

Als er seine Überlegungen auf Roy richtete, wurde ihm klar, dass der Sohn die wahrscheinlichere Informationsquelle war. Falls Memavet etwas notiert haben sollte, dann vermutlich nur den Namen Stedman, und die Polizei wäre bei einer Routinenachforschung auf Roy gestoßen. Und dann hätte sie bei einer Routinebefragung erfahren, dass Roy seinen Vater und dessen Freund, David Small, begleitet hatte. Roy hätte keinen Grund gehabt, diese Information zu verheimlichen. Aber warum hatte er dann nicht angerufen und ihn vorgewarnt, dass die Polizei möglicherweise Erkundigungen einziehen würde? Die Antwort war einfach – die Gedankenlosigkeit und Unüberlegtheit der Jugend – und nach dem, was er von Dan gehört hatte, durchaus typisch.

Er rief Roy an, sobald er nach Hause kam. Keine Antwort. Er versuchte es später noch einmal und ebenso am folgenden Tag, wiederum ohne Erfolg. Und dann strich er diesen Gedanken. Roy kam am Freitagabend sowieso zum Dinner. Und selbst wenn er sich aus irgendeinem Grund entschuldigen musste, würde ihn die normale Höflichkeit zu einem Anruf veranlassen.

Als der Rabbi am Freitag auf seine Gäste wartete, war er zu dem Entschluss gekommen, das Thema nicht anzuschneiden. Es war Sabbat, der Tag des Friedens und der Ruhe. Sollte natürlich einer der beiden Stedmans davon anfangen, konnte er sich nicht weigern, darüber zu reden. Aber von sich aus würde er kein Wort sagen.

Vater und Sohn kamen getrennt, aber fast gleichzeitig. Er hatte gerade die Tür geöffnet und den einen begrüßt, als der andere erschien. Und da es spät war, gingen sie sofort zu Tisch, blieben stehen, während der Rabbi den *Kiddusch* sprach und den Wein segnete, die Einweihung des Sabbat.

Es gab das übliche Sabbatmahl: Hühnersuppe, gefüllten Fisch und Huhn. Für Roy, der in Restaurants und in der Cafeteria der Universität aß, war es ein Festschmaus. Bei jedem Gang machte er Miriam begeisterte Komplimente und nahm auf ihr Drängen hin gern ein zweites Mal. «So was krieg ich nicht oft zu essen», erklärte er, «zumindest nicht so gut gekocht.»

Allmählich schwand seine anfängliche Reserviertheit, und er wurde unter dem Einfluss des guten Essens und des Weins gelockert und entspannt. Die Atmosphäre bei Tisch und im Haus war wohltuend zwanglos und ganz anders als bei seinem Onkel Hugo, wo er gelegentlich zum Sabbatmahl eingeladen war. Vielleicht lag es hier an der Gegenwart des kleinen Jonathan oder daran, dass Rabbi Small und seine Frau noch verhältnismäßig jung waren. Während dort die Feierlichkeit, mit der die Heiligkeit des Tages betont wurde, trotz Tante Bettys Versuchen, Fröhlichkeit zu verbreiten, bedrückend wirkte und den freudigen Aspekt gar nicht erst aufkommen ließ.

Als sie danach Tee tranken, drehte sich das Gespräch um ihn und um sein Leben an der Universität. Roy, der sich jetzt restlos wohl fühlte, berichtete von seinen Schwierigkeiten. «Mein Hebräisch ist nicht so toll, und das macht die Sache wohl auch nicht gerade leichter. Aber hauptsächlich sind's die israelischen Studenten. Das ist eine solche Cliquenwirtschaft. Und als Amerikaner ist man eben ausgeschlossen. Meine besten Freunde sind Araber.» Das kam trotzig, aber sein Vater nahm die Herausforderung nicht an.

Stattdessen sagte er heiter und herzlich: «Na, ich finde das ausgezeichnet, Roy. Ich möchte, dass du alle Seiten kennen lernst.» Merkwürdigerweise war Roy dafür nicht dankbar. Er sah den Rabbi an, der kein Wort geäußert hatte.

«Ich hab den Eindruck, der Rabbi ist nicht dieser Meinung», sagte er.

Rabbi Small schüttelte bedächtig den Kopf. «Nein, ich glaube nicht. Wenn es Streit zwischen mir und meinen Nachbarn, den Rosens, gäbe, und einer meiner gerade angekommenen Gäste ergriffe deren Partei und gäbe ihnen den Vorzug, hätte ich nach meiner Auffassung sehr wohl das Recht, mich darüber zu ärgern.»

«Ich möchte Ihnen eins sagen, Rabbi. Es gibt eine Menge israelische Studenten, die mit den Arabern befreundet sind.»

«Freut mich zu hören.»

«Aber haben Sie nicht gerade gesagt …?»

Der Rabbi nickte. «Der Streit findet zwischen ihnen statt, und es ist gut, wenn der eine oder andere oder beide Kontrahenten Annäherungsversuche macht. Das gälte ebenso, wenn meine Frau die Initiative ergreifen und sich bemühen würde, sich mit Mrs. Rosen anzufreunden. Aber beim Gast liegt der Fall anders.»

«Der alte Hut – meine Seite, eure Seite. Genau dieses Freund-Feind-Denken hat doch zu den ganzen Kriegen und so weiter geführt.» Roy beugte sich vor. «Meine Generation … also wir denken nicht so. Uns ist es gleich, auf welcher Seite wir geboren wurden. Wichtig ist, auf welcher Seite das Recht liegt. Nehmen Sie doch unsere Einstellung, ich meine die Einstellung von Amerikanern meiner Generation zu Vietnam. Ihre Generation predigt uns, das ist der Feind, aber da spielen wir einfach nicht mit. Das Denken Ihrer Generation hat uns Kriege, Umweltverschmutzung, Hunger, Krankheit gebracht. Meine Generation wird das alles ändern.»

«Da hat er Recht, Rabbi», meinte Dan. «Ich glaube, wir haben die Karre in den Dreck gefahren, und sie versuchen nun, sie wieder rauszuziehen.»

«Nein.» Der Rabbi schüttelte heftig den Kopf. «Nicht unsere Generation ist schuld an all dem, was in der Welt nicht in Ordnung ist. Das haben alle Generationen der Menschheitsgeschichte zu verantworten. Dieselben Generationen, denen auch all die guten, positiven Dinge zu verdanken sind. Wir leben nun mal auf der Erde, nicht im Paradies. Und die ältere Generation sorgt auch für die Beseitigung der Missstände, einfach weil die junge noch nicht die erforderlichen Fähigkeiten erworben hat. Es dauert noch mindestens zwölf Jahre, Roy, bevor Ihre Generation Gelegenheit bekommt, sich daran zu versuchen. Und wenn es Ihre Generation ist, die nationale Grenzen überwindet, wieso sprechen Sie dann von der Cliquenwirtschaft unter den israelischen Studenten an der Universität? Sie gehören Ihrer Generation an. Und warum versuchen die Araber Ihrer Generation nicht, in diesem kleinen Teil der Welt Frieden zu schließen, statt die Zivilbevölkerung zu terrorisieren? Die meisten Terroristen stammen aus Ihrer Generation, das wissen Sie doch? Wenn Frieden wäre, könnten sie gegen Armut und Krankheit in ihren eigenen Ländern zu Felde ziehen …»

«Und wieso tun die Israelis das nicht in ihrem Land?»

«Tun sie es denn nicht?», fragte der Rabbi.

«Was ist denn mit den Sephardim, die in Slums hausen und keine Chance haben, ein anständiges Leben zu führen?»

«Die israelische Regierung versucht, ihnen zu helfen», bemerkte Dan Stedman.

«Na, sie könnten jedenfalls sehr viel mehr tun», entgegnete Roy und wandte sich wieder an den Rabbi.

«Jedes Land könnte sehr viel mehr für seine Benachteiligten tun, als es tatsächlich tut», sagte dieser milde. «Nennen Sie mir eins, das alles tut, was es kann.»

«Aber es soll doch angeblich eine Nation von Idealisten sein», protestierte Roy.

«Wirklich? Ich hoffe doch nicht.»

«Was sagen Sie da?» Roy war verblüfft. «Das ist aber 'ne merkwürdige Auffassung für einen Rabbi. Wollen Sie denn nicht, dass das Land idealistisch ist?»

«Nein, keinesfalls. Unsere Religion ist insgesamt eher auf praktische Ethik als auf absoluten Idealismus ausgerichtet. Tatsächlich besteht darin der Unterschied zwischen Judentum und Christentum. Wir verlangen nicht von unserem Volk, dass es übermenschlich ist, nur menschlich. Wie Hillel sagte: ‹Was du nicht willst, das man dir tu, das füg auch keinem andern zu.› Von der Tradition her waren wir stets der Meinung, dass *parnosse*, der Broterwerb, für ein gutes Leben notwendig ist. Wir kennen keine Tradition einer idealistischen Askese oder einer übermenschlichen Hingabe wie beim Mönchstum oder selbst auferlegter Armut.»

«Was ist denn falsch am Idealismus?», fragte Roy.

«Die Vergötterung einer Idee, und schließlich zählt die Idee mehr als die Menschen. Manchmal sind Menschen grausam, weil … nun, weil sie eben Menschen sind. Aber das reguliert sich sozusagen selbst. Denn wenn jemand normal ist, folgen auf seine grausame Handlung unweigerlich schwere Gewissensbisse. Ist er jedoch ein Idealist, dann lässt sich jede Niedertracht im Namen des Idealismus rechtfertigen. Die Deutschen haben Millionen ermordet unter dem Vorwand einer so genannten Idee von der Reinerhaltung der Rasse. In Russland wurden Tausende hingemetzelt wegen einer durchaus menschlichen Schwäche, nämlich ein paar Vorräte für den Winter zu horten. Ich könnte hinzufügen, dass gerade jetzt etliche Ihrer Kommilitonen in Amerika alle möglichen Schlechtigkeiten begehen im Namen des Friedens oder der sozialen Gleichberechtigung oder der akademischen Mitverantwortung oder irgendeines anderen Ideals, das sich jemand ausgedacht hat.»

Sie diskutierten bis spät in die Nacht. Manchmal bewegte sich die Auseinandersetzung im Kreis, wie es häufig der Fall ist, und manchmal schweifte sie auf Gebiete ab, die gar nichts mit dem eigentlichen Thema zu tun hatten. Die Kontrahenten waren größtenteils Roy und der Rabbi; Dan mischte sich gelegentlich ein, um seinem Sohn moralische Unterstützung zu geben. Der Sprengstoffanschlag auf Memavets Wohnung kam erst zur Sprache, als die Gäste aufbrechen wollten. Haifa wurde erwähnt, und Roy fragte seinen Vater, ob die Reise Erfolg gehabt habe.

«Doch, das möchte ich sagen, Roy. Und ich hoffe, du wirst meiner Meinung sein. Zufällig stellte ich fest, dass die *Athenia* im Hafen lag und Ladung übernahm. Ich bin recht befreundet mit dem Kapitän und habe ihn daher aufgesucht. Er war genauso nett wie immer und lud mich schließlich ein, mit ihm zu fahren – eine Zehn-Tage-Reise nach Griechenland, Sizilien und zurück nach Haifa –, und dich auch, Roy, falls du's einrichten kannst. Na, wie findest du das?»

«Einfach Klasse, Dad. Wann geht's los?»

«Am Sonntag ab Haifa …»

Roy schnalzte mit den Fingern. «Ach, du lieber Himmel, da fällt mir doch was ein.»

«Was ist los? Hast du ’ne Prüfung?»

«Nein, wir haben sogar Pause. Aber ich brauche dazu doch ’nen Pass, oder?»

«Selbstverständlich. Wo fehlt’s denn, hast du ihn verloren?»

«*Ich* hab ihn nicht verloren.» Und nun berichtete er, was passiert war. «Sie haben ihn verloren – einer von diesen Armleuchtern muss ihn verlegt haben», fügte er empört hinzu. «Und wenn sie ihn heute abgeschickt haben, krieg ich ihn morgen nicht, weil Sabbat ist und sie dann keine Post austragen. Und auch wenn er Sonntag kommt, hab ich ihn nicht vor Mittag, denn dann wird meine Post erst zugestellt.»

«Ich glaube, du wirst ihn auch am Sonntag nicht bekommen», sagte sein Vater langsam.

«Wieso denn nicht?»

«Weil … nun, die Polizei hier mag aus lauter Stümpern bestehen, selbst aus Armleuchtern, wie du sie nennst, aber bei Pässen irren sie sich nie – es sei denn, absichtlich.»

«Worauf willst du hinaus?» Roy fühlte sich ungemütlich.

«Du bist Montag vernommen worden? Oder Dienstag?»

«Dienstag.»

«Na, und heute ist Freitag. Das sind vier Tage, und du hast ihn immer noch nicht. Ich glaube, sie haben deinen Pass zurückbehalten. Und in einem Land wie diesem, das sich praktisch im Kriegszustand mit seinen Nachbarn befindet, könntest du ebenso gut im Gefängnis sitzen. Du kannst nirgendwohin, nicht mal in ein Hotel in einer anderen Stadt. Und sie können dich jederzeit abholen, wann es ihnen passt. Warum bist du nicht hingegangen, als er nicht mit der Post kam?»

«Hab ich ja gemacht. Heute früh war ich dort. Kein Mensch wusste was davon. Und als ich versuchte, mit dem Inspector zu sprechen, von dem ich dir erzählt hab, den mit der *Jarmul-*

ke, da haben sie gesagt, er ist nicht da und wird auch nicht zurückerwartet.»

«Genau das hab ich befürchtet», murmelte sein Vater.

«Aber wenn Sie zum amerikanischen Konsul hier gehen, der wird doch sicher …», begann der Rabbi.

«Nein, das halte ich für keine sehr gute Idee. Vielleicht fahre ich am Sonntag nach Tel Aviv und spreche mit den Leuten von der Botschaft.»

«Aber dann wird's ja zu spät für die Reise», protestierte Roy.

«Die können wir nachholen. Vielleicht, wenn er das nächste Mal ausläuft.»

Auf dem Heimweg vermied Dan absichtlich das Thema Polizei und Pässe. «Na, wie hat dir der Abend gefallen?», fragte er seinen Sohn.

«Gut. Ich mag den Rabbi gern.»

«Du hast dich doch die ganze Zeit mit ihm in den Haaren gehabt.»

«Das macht nichts», erklärte Roy. «Er hat sich nicht an mich rangeschmissen, wie's ein paar von den Professoren tun. Die versuchen dauernd, sich mit uns gut zu stellen. Du kennst doch die Tour: ‹Eine gute Frage› oder ‹Ein hoch interessantes Problem, das Stedman da angeschnitten hat›. Und er hat auch nicht von oben herab mit mir geredet. Wir haben von gleich zu gleich diskutiert.»

Sie waren an der Stelle angelangt, wo sich ihre Wege trennten. «Ehem, Roy … also mit dem Pass, da mach dir mal keine Sorgen. Vielleicht fahre ich morgen nach Tel Aviv.»

«Aber morgen ist doch Sabbat. Du musst dir ein Taxi nehmen. Das kostet ungefähr fünfzig Pfund.»

«Stimmt. Aber ich kann entweder ein *Sheruth*-Taxi nehmen oder mit dem Bus zurückfahren, und das kostet nur dreieinhalb Pfund.»

Als Roy nach Hause ging, wobei er bei jedem Motorengeräusch stehen blieb, um es mit Autostopp zu versuchen, dachte er noch einmal über die ganze Sache nach. Falls der Inspector annahm, er sei wirklich in den Mordfall verwickelt, wieso war er dann so freundlich zu ihm gewesen? Warum hatte er ihn nicht gründlich vernommen? Wenn andererseits das Verhör nur das war, als was es erschien, warum mussten sie dann seinen Pass so sorgfältig überprüfen? Vielleicht hatte sein Vater Recht, und sie hatten den Pass tatsächlich zurückbehalten? Aber weshalb konnten sie dann nicht einfach zum amerikanischen Konsulat in Jerusalem gehen und dort um Intervention bitten? Warum hielt sein Vater es für notwendig, sich an die Botschaft in Tel Aviv zu wenden? Und noch dazu am Sabbat? Es konnte nicht bloß den Grund haben, die Sache zu beschleunigen, damit sie die Schiffsreise machen konnten; denn vor Sonntag könnte die Botschaft auch nicht viel unternehmen, und bis dahin wäre es zu spät. Aber wieso hatte ihm sein Vater gesagt, er solle sich keine Sorgen machen? Wenn es wirklich keinen Anlass dafür gab, warum fuhr er dann nach Tel Aviv, und das am Sabbat? Und bestand doch ein Grund, weshalb sagte er es ihm nicht einfach? Hielt er ihn für ein Kind, dem man nicht die Wahrheit erzählen konnte?

Jetzt begann Roy sich tatsächlich Sorgen zu machen.

35

«Die Sache ist in keiner Weise offiziell, Rabbi», sagte Marty Drexler. «Das möchten wir von vornherein klarstellen. Stimmt's, Bert?»

Bert Raymond lächelte. «Genau. Die Idee stammt von Marty, und er hat mit mir darüber gesprochen. Und ich hab gesagt, wir sollten zuerst mal zu Ihnen gehen, bevor wir irgendwas unternehmen – Sie wissen schon, es den anderen mitteilen, gewissermaßen den Grundstock legen.»

Rabbi Deutch sah von einem zum anderen. Seine Finger trommelten auf die Sessellehne. «Das muss ich mir gründlich überlegen», sagte er schließlich mit seinem tiefen Bariton. Es war die Stimme, mit der er am Rednerpult sprach, etliche Tonlagen tiefer, als wenn er seiner Frau mitzuteilen pflegte, wie er seine Frühstückseier wünsche. «Ich habe meiner Gemeinde in Darlington dreißig Jahre lang treue Dienste geleistet. Es gab viele, die es gern gesehen hätten, wenn ich weitermachte, aber ich fand, ich brauchte die wohlverdiente Ruhe. Ich wollte wissenschaftlich arbeiten. Von der Tradition her ist ein Rabbi in erster Linie ein Gelehrter. Offen gestanden, einer meiner Beweggründe, nach Barnard's Crossing zu kommen, war die Nähe zu den großen Bibliotheken in Boston und Cambridge. Und ich habe die Gelegenheit selbst in der kurzen Zeit, die ich hier bin, weidlich genutzt. Freilich hatte ich auch Freude an meiner Arbeit in der Gemeinde, und ich muss offen zugeben, dass sie die wissenschaftliche Forschung, mit der ich mich befasse, nicht ernstlich behindert hat. Wie es sich auf lange Sicht auswirken würde, ist eine andere Frage. Darüber müsste ich reiflich nachdenken.»

«Natürlich, Rabbi, das ist uns durchaus klar. Wir möchten ja auch keineswegs sofort eine Antwort von Ihnen», sagte Marty beflissen.

«Das ist nicht nur eine Frage meiner persönlichen Neigung», fuhr Rabbi Deutch fort, als sei er nicht unterbrochen worden. «Die Sache hat auch eine ethische und moralische Seite. Ursprünglich bin ich als Vertretung für Rabbi Small hergekommen ...»

«Aber er hat Sie ja nicht ausgesucht», sagte Marty. Er fühlte sich zwar in Gegenwart von Rabbi Deutch stets ziemlich befangen, ganz im Gegensatz zu seiner Reaktion auf Rabbi Small, konnte sich jedoch nicht lange im Zaum halten. «Ich will damit sagen, es ist doch nicht, als ob er Sie gebeten hätte zu kommen und seine Stelle einzunehmen. Das hat der Vorstand gemacht. Seine Wahl ist nicht auf Sie gefallen, also können Sie ihm auch nichts schuldig sein.»

«Na ja …»

«Marty hat ganz Recht», bestätigte Raymond. «Ich kann verstehen, dass Sie sich ihm verpflichtet fühlen würden, wenn er Sie gebeten hätte, zu kommen und seinen Platz einzunehmen. Auch wenn er Sie dem Vorstand empfohlen hätte, ohne Sie vorher zu konsultieren – das heißt, wenn er dem Vorstand Ihren Namen als den eines möglichen Kandidaten genannt hätte –, aber er hatte ja gar nichts damit zu tun. Als er uns sagte, er will einen langen Urlaub – und glauben Sie ja nicht, er hätte uns darum gebeten, er hat's uns einfach mitgeteilt –, haben wir überlegt, was wir tun sollen. Es war im Vorstand sogar davon die Rede, überhaupt niemand zu engagieren, sondern einfach hin und wieder jemand vom Seminar kommen zu lassen.»

«Ich verstehe.» Rabbi Deutch legte den Kopf zurück und blickte zur Decke, während er den Fall erwog. Schließlich sagte er: «Trotzdem ist das Rabbinat kein Geschäft. Ich kann nicht die Abwesenheit eines Kollegen dazu ausnutzen, seine Stellung zu übernehmen, wie ein Kaufmann seinem Konkurrenten einen Kunden wegschnappen würde.» Er stand auf und begann im Zimmer umherzuwandern. Ihre Augen folgten ihm, wie Zuschauer ein Tennismatch beobachten. «Ich bin sehr glücklich hier gewesen. Das gebe ich offen zu. Und ich bin froh zu hören, dass meine Bemühungen nicht vergeblich gewesen sind. Es freut mich, von Ihnen zu erfahren, dass ich in der Gemeinde wohlgelitten bin. Das macht mich wirklich sehr glücklich. Nun nehmen wir einmal an, dass einige von Ihnen, selbst die Mehrheit, ja, selbst die ganze Gemeinde» – er blieb vor ihnen stehen und breitete die Arme weit aus, als wolle er die gesamte Gemeinde umschließen und ans Herz drücken – «infolge meiner größeren Erfahrung der Meinung ist, ich sei besser auf ihre Bedürfnisse eingestellt. Diese Formulierung ist wohl überlegt, weil ich keine Sekunde die Möglichkeit andeuten möchte, Rabbi Small könnte auf seine Weise nicht ebenso erfolgreich sein, wie ich es offenbar Ihrer Meinung nach auf die meine bin. Tja, also sogar dann erhebt sich die Frage, ob ich recht oder zumindest korrekt handle, seine Stellung auf Dauer zu übernehmen, wenn Rabbi Small damit gerechnet hat, nach seinen Ferien oder seiner Beurlaubung zurückzukommen.»

«Aber das ist ja gerade der springende Punkt», entgegnete Marty. «Das war kein gewöhnlicher Urlaub. Ich muss das schließlich wissen, denn ich bin derjenige, der das Ganze vereinbart hat. Und ich sag Ihnen, ich bin hingegangen und wollte mit ihm über den Vertrag reden. Nun war er ja fast sieben Jahre hier und hatte die ganze Zeit keinen Urlaub genommen, und da waren wir bereit, ihm ein Sabbatjahr zu geben. Aber Sie wissen ja, für ein Sabbatjahr muss man 'nen Vertrag haben. Ich will damit sagen, Sie können doch niemand ein Jahresgehalt oder meinetwegen ein Halbjahresgehalt auf den Tisch des Hauses legen, damit er nach Israel gehen kann, und hinterher sagt er Ihnen dann: ‹Tut mir Leid, Freunde, aber ich nehme bei einer anderen Gemeinde 'ne Stellung an.› Und er wollte ja nicht mal darüber reden.» Martys Stimme verriet seine Entrüstung. «Er hat es strikt abgelehnt, darüber zu sprechen. Na gut, er möchte also nicht über den Vertrag reden, aber was haben Sie vor, Rabbi? Wie lange möchten Sie wegbleiben? Sie wollen nach Israel gehen? Damit der Fall ein für alle Mal für Sie ausgestanden ist? Klar, kann ich verstehen. Ich nehme an, ein Rabbi muss wenigstens einmal nach Israel fahren, damit er sagen kann, er ist dort gewesen. Sie wollen drei Wochen oder sogar 'nen Monat freinehmen, ich bin sicher, das ließe sich einrichten. Aber nein, er will einen langen Urlaub, drei Monate, vielleicht auch mehr. Nun bin ich ja der Schatzmeister des Tempels. Ich verwalte das Geld, und ich bin der ganzen Gemeinde dafür verantwortlich, wie ich das Geld des Tempels ausgebe. Es ist schließlich nicht mein Geld. Ihnen gehört's, der Gemeinde, und wenn ich mit fremdem Geld umgehe, muss ich ja vorsichtig sein. Ich meine … na, nehmen wir mal an, einer von der Gemeinde fragt mich, wie ich eigentlich dazu komme, das Geld des Tempels zu verschenken, wenn ich nicht mal weiß, kommt der Rabbi zurück oder nicht. Folglich muss ich kalkulieren, was der Gemeinde billigerweise zuzumuten ist. Und ich finde auch 'ne Lösung. Ich sage: ‹Okay, Rabbi, kalkulieren wir mal auf Urlaubsbasis. Sie sind sechs Jahre hier und ein bisschen darüber. Na gut, praktisch hat jeder Anspruch auf zwei Wochen Urlaub im Jahr. Das sind sechsmal zwei Wochen, also zwölf Wochen oder drei Monate. Ich glaube, wenn da einer fragt, könnte ich drei Monate bezahlten Urlaub vertreten.› Und was meinen Sie, was der Rabbi drauf antwortet? Er sagt, er hat über die Sache nachgedacht und ist zu dem Schluss gekommen, dass er kein Geld nehmen sollte, solange er in Urlaub ist. Und für mich heißt das, er ist praktisch von seinem Posten zurückgetreten», schloss Drexler triumphierend.

«So sehe ich es auch», pflichtete Bert Raymond bei.

Das Gesicht von Rabbi Deutch bekam einen geistesabwesenden, entrückten Ausdruck, seine Augen blickten über sie hinweg, als richte er sich an ein unsichtbares Publikum. «Die Verantwortung, die in der geistigen Führung einer Gemeinde beschlossen liegt, kann eine schwere Belastung für die Nervenkräfte darstellen, *gentlemen.* Ich erinnere mich gut, dass mir als jungem Mann in meiner ersten Stellung mehr als einmal der Gedanke kam, um meines Seelenfriedens willen sollte ich die ganze Sache hinwerfen und etwas anderes anstreben. Es kann durchaus sein, dass er müde, erschöpft, ausgelaugt war, als Sie zu ihm kamen. Hätte er es nicht gesagt, wenn er die Absicht hatte, von seinem Amt zurückzutreten?»

«Na ja, das haben wir uns auch überlegt», gestand Bert Raymond, «und deshalb sind wir auch nicht eher an Sie herangetreten. Doch kürzlich ist einer von der Gemeinde, V. S. Markevitch, ich glaube, Sie kennen ihn …»

«Allerdings.»

«Also, V. S. mag keine Leuchte sein, aber ein Idiot ist er auch nicht. Ein erfolgreicher Geschäftsmann, und das heißt, er hat Erfahrung im Umgang mit Menschen. Er hat Rabbi Small in Israel gesehen und den Eindruck gewonnen, dass Rabbi Small nicht vorhat, zurückzukommen. Vielleicht denkt er sogar daran, den Beruf aufzugeben. Das geht aus dem Bericht von V. S. hervor.»

«Trotzdem – Sie können doch nicht nach dem Hörensagen urteilen …»

«Das tun wir ja auch nicht, Rabbi», entgegnete Marty Drexler. «Wenn wir sicher wären, dass Rabbi Small nicht zurückkommt, hätten wir im Vorstand darüber abgestimmt und wären dann mit einem definitiven Angebot zu Ihnen gekommen. Wir fragen Sie ja nur eins – würden Sie eventuell bleiben mögen, wenn sich die Gelegenheit ergibt? Ich meine, wenn Sie gedacht haben, Sie sind hier in ein paar Wochen fertig, und mit ’ner anderen Gemeinde liebäugeln …»

«Nein, ich habe nichts ins Auge gefasst …»

«Na, also warum dann nicht hier bleiben?»

«Wie ich schon sagte, darüber muss ich nachdenken. Ich muss es mit meiner Frau besprechen und sehen, wie sie dazu steht.»

«Selbstverständlich», sagte Raymond rasch. «Reden Sie auf alle Fälle mit Mrs. Deutch darüber. Später können wir uns ja dann nochmal unterhalten. Im Augenblick tun wir nichts weiter, als uns … nun, nennen wir’s … gegen den Verlust absichern.»

36

In seinen Gesprächen mit Roy kleidete Abdul seine Kritik an der Regierung oder an der israelischen Gesellschaft immer in eine frotzelnde, halb humoristische Form, sodass schwer zu sagen war, ob er es ernst meinte oder nicht.

«Heute war ich auf der Bank, um einen Scheck einzulösen. Ich stand in einer langen Schlange, und als ich endlich zum Schalter vorgedrungen war, sagte mir der Beamte, ich wäre in der falschen Reihe. Also stellte ich mich in einer anderen an. Diesmal prüfte der Schalterbeamte den Scheck und die Unterschrift. Er sah sich die Vorder- und dann die Rückseite an, und ich musste mich identifizieren. Darauf vergewisserte er sich in einer langen Liste, ob der Aussteller ein Bankkunde war, verglich die Unterschriften und sah schließlich nach, ob genügend Geld auf dem Konto war, um den Scheck zu decken. Dann gab er mir was zu unterschreiben und schickte mich zu einem Kollegen. Wieder wartete ich in einer Schlange, musste auch an diesem Schalter nochmal unterschreiben und kriegte dort endlich mein Geld. Das ist das israelische System. Und der Scheck lautete auf zwanzig Pfund.»

«Also etwas über acht amerikanische Dollar.»

«Genau. Ich hätte in der Zeit, die mich das gekostet hat, mehr verdienen können.»

«Und funktioniert es in arabischen Banken besser?», erkundigte sich Roy.

«Nein, aber wir erheben Tüchtigkeit auch nicht zur Tugend. *Ihr* teilt die Arbeit unter viele Menschen auf, weil es wirksam ist. Bei uns wird ein Job, den einer allein tun kann, unter zwei oder drei aufgeteilt, weil wir meinen, die müssen auch was verdienen. Und die Kosten sind nicht höher, weil wir ihnen nicht viel zahlen, aber jeder kriegt ein bisschen. Und Verzögerung stört uns nicht, weil wir daran gewöhnt sind und keine Eile haben. Gewöhnlich bedeutet sie, dass ein Beamter ein Bestechungsgeld erwartet. Wir haben nichts dagegen, weil der arme Mann nur ein kleines Gehalt kriegt und eine große Familie zu ernähren hat und vielleicht auch noch für die Mitgift einer Tochter sorgen muss.»

«Und was ist, wenn der Mann das Bestechungsgeld nicht aufbringen kann?»

«Dann hat er vielleicht einen Gönner, der ihm hilft, oder er wartet und leidet ein bisschen. Ist es anders in Amerika, wenn jemand sich keinen Anwalt leisten kann?»

Roy lachte. Doch da er beunruhigt war und seine Angst beschwichtigen wollte, beschloss er, Abdul zu erzählen, was sich ereignet hatte. Abdul würde die ganze Angelegenheit zurechtrücken; er würde ähnliche Beispiele zitieren, bei denen er die Beschränktheit der Polizei erlebt hatte. «Na ja, vielleicht hast du Recht. Aber lass mich dir erzählen, was mir passiert ist.» Und er berichtete die Geschichte von Anfang an.

«Memavet?», unterbrach ihn Abdul. «Du bist zu Memavet in die Wohnung gegangen? Aber das war doch dort, wo ...»

«Ja, ja, ich weiß, hör lieber zu.» Als er davon sprach, was sein Vater zu einem weiteren Besuch am Abend gesagt hatte, lächelte Abdul beifällig.

«Ein gescheiter Mann, dein Vater. Sein Interesse nicht zeigen, das ist der Trick bei Geschäften. Immer daran denken, dass der Verkäufer genügend Interesse für beide Teile hat.»

«Ja, stimmt schon ...» Roy kam jetzt darauf, wie er abends noch einmal in die Mazel Tov Street gegangen war. Abdul lächelte nicht mehr.

«Das war nicht sehr intelligent von dir, Roy», sagte er tadelnd. «Wenn dein Vater das rauskriegt, ist er sauer. Und was hast du dir überhaupt davon versprochen? Du konntest doch den Wagen nicht kaufen.»

«Ich wollte ihn ja bloß anschauen. Ich hatte gar nicht vor, zu Memavet reinzugehen. Ich hab mir nur vorgestellt, er muss jemand angerufen haben, der 'nen Wagen hat, und den hat er dann gebeten, ihn gegen sieben vorbeizubringen. Das Auto müsste also vor seinem Haus geparkt sein, und ich könnte es mir ansehen und vielleicht meinem Alten 'nen Wink geben.»

«Aber es stand kein Wagen da.»

«Genau. Jetzt kam mir der Gedanke, da haben wir nun 'ne

Verabredung gemacht, und er wollte 'nen Wagen besorgen und ihn uns zeigen. Nichts ist. Also geh ich rein. Er soll sehen, dass wir unsere Abmachung eingehalten haben, er aber nicht. Dann wäre er doch gewissermaßen verpflichtet, verstehst du?»

Abdul schüttelte mitleidig den Kopf. «Warum wäre er verpflichtet? Und wozu sollte das gut sein? Glaubst du, er würde weniger verlangen, wenn er einen Wagen bekäme? Verlass dich drauf, höchstwahrscheinlich würde er mehr verlangen, weil er gemerkt hat, dass ihr unbedingt einen kaufen wollt.»

«Na ja, mag sein, ich hab eben andersrum gedacht. Jedenfalls hab ich ihn nicht gesehen, weil er krank im Bett lag. Deshalb hab ich eine Nachricht im Briefkasten hinterlassen, dass ich da gewesen bin.»

Abdul zeigte Besorgnis. «Die Nachricht ist wahrscheinlich noch im Briefkasten und muss rausgeholt werden. Es sind jetzt Arbeiter dort, arabische Arbeiter, vielleicht kann ich das ...»

«Sie ist rausgeholt worden.»

«Ein Glück. Ich war schon beunruhigt.»

«Von der Polizei. Sie haben mich kommen lassen, um mich deswegen zu verhören.»

Abduls Gesicht wirkte maskenhaft, unbeteiligt. «Weiter.»

«Na ja, also der Knabe, mit dem ich gesprochen hab, war ziemlich anständig. Ich erzählte ihm, was passiert ist, und er stellte ein paar Fragen. Das war alles. Aber er hat einem Beamten meinen Pass zur Überprüfung gegeben, und als das Verhör zu Ende war und ich darum bat, konnten sie ihn nicht finden. Ich schätze, der Beamte ist weggegangen, vielleicht zum Lunch, und hat ihn mitgenommen. Der Inspector hat gesagt, sie schicken ihn mir zu, aber bis jetzt hab ich ihn noch nicht wieder. Mein Alter macht sich Sorgen deswegen, na, du weißt doch, wie ältere Leute sind – dauernd sehen sie Gespenster.»

Abdul stand auf und wanderte nervös auf und ab. Schließlich blieb er stehen und sah seinen jungen Freund an. «Dein Vater ist ein gescheiter Mann, Roy. Er macht sich begründete Sorgen.»

Mit dieser Reaktion hatte er nicht gerechnet. «Hör doch mal zu. Angenommen, sie glauben wirklich, sie haben was gegen mich in der Hand … dann könnten sie mir doch direkt ins Gesicht sagen, dass sie meinen Pass zurückbehalten, oder? Wieso müssen sie so 'ne Schau abziehen und so tun, als hätten sie ihn verlegt?»

Abdul überlegte kurz und suchte nach den richtigen Worten. «Verstehst du, Roy, wenn sie deinen Pass wegnehmen, ist das 'ne Amtshandlung. Du nimmst dir dann 'nen Anwalt oder gehst zum amerikanischen Konsulat, oder der Rechtsanwalt erledigt das für dich, und sie verlangen, dass der Pass zurückgegeben wird oder dass man dich offiziell anklagt, damit der Fall vor Gericht verhandelt werden kann. Aber sie haben kein ausreichendes Beweismaterial, um die Sache vor Gericht zu bringen; sie sind noch damit beschäftigt, das Beweismaterial zusammenzustellen.»

«Wie meinst du das?»

«Sogar wenn der Angeklagte eindeutig schuldig ist», erklärte Abdul, «muss man unbedingt das Beweismaterial zusammentragen. Die Polizei kann nicht zum Richter gehen und sagen, der Mann hat unserer Meinung nach das und das Verbrechen begangen, und wir möchten, dass das Gericht ihn zu soundso viel Jahren verurteilt. Sie müssen Beweise vorlegen, Punkt für Punkt. Das braucht Zeit. Und da handelt sich's um einen Fall, in dem der Angeklagte tatsächlich schuldig ist. Ist er aber nicht schuldig, erfordert es sogar noch mehr Zeit.»

Roy war entsetzt. «Du meinst, sie versuchen, mich reinzulegen?»

Abdul zuckte die Achseln und lächelte.

«Aber warum? Warum ausgerechnet mich?»

«Weil du dort warst. Die Polizei möchte natürlich gern beweisen, wie tüchtig sie ist. Wie machen sie das? Sie verhaften Leute, stellen sie vor Gericht und lassen sie verurteilen. Wird das in Amerika denn nicht so gemacht?»

«Ja, ich glaube, das geschieht überall. Aber hier wissen sie doch, wer's gewesen ist. Deine Leute haben das gemacht.»

Abdul wurde plötzlich eisig, seine Augen verengten sich. «Was meinst du damit – meine Leute?»

«Na, die Terroristen. Sie haben's doch zugegeben.»

Abdul entspannte sich und lächelte wieder. «Das Dumme ist nur, dass sie's alle zugegeben haben, sämtliche Kommandogruppen. Ich fürchte, sie tun das wohl jedes Mal, wenn hier in Israel was passiert. Es ist ganz natürlich, dass sie es als ihr Verdienst buchen wollen. Aber ebendeshalb möchte die israelische Regierung beweisen, dass es von jemand anders getan wurde, von dir zum Beispiel. Es ist kein angenehmes Gefühl für die Leute hier, dass die Kommandos bis mitten in den jüdischen Teil der Stadt vordringen können. Das macht sie nervös. Sie schlafen nachts nicht gut. Und es bedeutet auch, dass der Schutz nicht so ausreichend ist, wie sie's die Bevölkerung glauben machen möchten. Wenn sie also beweisen können, dass es die Tat eines Einzelgängers war, würde das ja heißen, dass es nicht die Kommandos gewesen sind.»

Roy faltete die Hände und öffnete sie wieder. «Aber was kann ich denn da tun?»

«Jetzt verstehst du vielleicht den Unterschied zwischen deinen und meinen Leuten. Wäre das ein arabisches Land, würden wir den zuständigen Beamten ausfindig machen und ihm Bestechungsgeld anbieten. Sollte das nicht möglich sein, würden wir Kontakt zu einem Büroangestellten herstellen, der vielleicht die Akte verlegen könnte. Verstehst du? Es wäre nicht schwierig ...»

«Sei doch realistisch», bat Roy. «Was, glaubst du, sollte ich tun?»

«In deiner Lage würde ich das Land verlassen – nein, das ist ja unmöglich, weil sie deinen Pass weggenommen haben. Es wäre gut, wenn du dich irgendwo verstecken könntest. Geh eine Weile in eine andere Stadt. Besuch jemand in Haifa oder Tel Aviv.»

«Wozu soll das gut sein? Die Polizei könnte mich schnappen …»

«Nicht, wenn sie dich nicht finden können. Hast du keinen Freund, den du besuchen könntest, einen, auf den du dich verlassen kannst? In der Zwischenzeit kann dein Vater zur amerikanischen Botschaft in Tel Aviv gehen und zusehen, was er erreicht. Er ist doch ein einflussreicher Mann, hast du mir erzählt.»

«Er ist schon dort.»

«Aha. Dann bin ich sicher, er kann irgendwas deichseln», meinte Abdul beschwichtigend. «Ich bin überzeugt davon, du brauchst dir in dem Fall wirklich keine Sorgen zu machen.»

«Na ja, vielleicht hast du Recht.» Doch im Innern dachte er, dass Abdul ihm nur Sand in die Augen streuen wollte, weil er genau wusste, dass die Situation verfahren war.

37

In dem Verzeichnis, das über die verschiedenen Ressorts der amerikanischen Botschaft Auskunft gab, stand in einem Rechteck der Name Michael Donahue. Doch es ging daraus nicht klar hervor, welche Aufgaben und Zuständigkeiten er hatte. Einen unmittelbaren Vorgesetzten besaß er nicht, doch eine punktierte Linie verband seinen Namen mit denen von Ranghöheren, was auf irgendeine Funktion auf dem Personalsektor hinwies. Mike Donahue stand nicht weit genug oben auf der Liste, dass er automatisch zu Botschaftspartys eingeladen wurde, aber auch nicht so weit unten, dass sein gelegentliches Erscheinen Aufmerksamkeit erregt hätte. Fraglos gehörte er nicht zu den weitgereisten, gut aussehenden, gut angezogenen jüngeren Männern mit dem besonderen Talent, sich bei den Frauen und Töchtern der Angehörigen des Diplomatischen Korps in Tel Aviv beliebt zu machen. Er war vielmehr ein untersetzter Mann in mittleren Jahren mit beginnender Glatze, rundem Gesicht und Boxernase. Für gewöhnlich trug er zerknitterte Leinenanzüge und einen verbeulten Panamahut. Die meisten Angestellten der Botschaft meinten, er habe etwas mit Öffentlichkeitsarbeit zu tun, da er zahlreiche Bekannte unter den Journalisten besaß, und trotzdem wurde er nicht unter der Presseabteilung aufgeführt. Die Eingeweihteren mutmaßten, er gehöre entweder dem CIA an oder sei dessen Verbindungsmann zum Botschafter.

Als Dan Stedman nach Tel Aviv kam, wandte er sich an seinen alten Freund Mike Donahue um Hilfe. «Sie haben Roys Pass einbehalten und wollten ihm weismachen, sie hätten ihn verlegt und würden ihn mit der Post zurückschicken.»

«Und das hat er geglaubt?»

«Er ist ja noch ein halbes Kind, Mike. Der Mann bei der Polizei, der Inspector, der ihn verhört hat, ist die ganze Zeit sehr freundlich gewesen – nichts von harter Tour oder so –, wieso sollte er ihm nicht glauben?»

«Aber so lange …»

«Na, du weißt doch, wie das ist. Du kriegst ihn nicht am nächsten Tag, also denkst du, es hat bei der Post nicht geklappt. Am übernächsten wirst du ein bisschen besorgt, beschließt aber, noch einen weiteren Tag zu warten. Und als dann wieder nichts kam, hat er nachgefragt, und kein Mensch dort schien zu wissen, wovon er eigentlich sprach, und der Inspector, mit dem er zu tun gehabt hatte, war nicht im Haus. Wäre nicht die Sache mit der kleinen Schiffsreise gewesen, hätte er wahrscheinlich noch ein paar Tage oder sogar 'ne Woche abgewartet, bis er's mir erzählt hätte.»

«Die Polizei verliert keine Pässe», sagte Donahue kategorisch.

«Genau meine Meinung. Die ganze Geschichte kommt mir nicht koscher vor.»

«Offensichtlich nicht. So pflegt die Polizei nicht vorzugehen – nicht gegenüber einem amerikanischen Staatsbürger, der noch dazu an der Universität studiert und dessen Vater zu allem Überfluss für die Massenmedien arbeitet. Nein, das ist eindeutig *Shin Bet.* Die Polizei amtiert hier stellvertretend für den Geheimdienst.»

«Und was tu ich nun?», fragte Stedman. «Mit offenen Karten spielen und den Leuten die Hölle heiß machen? Oder zum amerikanischen Konsulat in Jerusalem gehen und von denen offiziell nachfragen lassen? Oder soll ich sie bitten, ihm einen neuen Pass auszustellen?»

Donahue schüttelte den Kopf. «Das würde ich nicht tun. Denn wenn *Shin Bet* dahintersteckt, und die nicht wollen, dass dein Sohn vorerst das Land verlässt, dann sorgen sie auch dafür, dass er hier bleibt, und wenn sie ihn in ein Krankenhaus stecken.»

Dan war empört. «Mach's mal halb lang, Mike, das ist doch eine Demokratie mit Gesetzen, Vorschriften ...»

«Jetzt bleib du lieber auf dem Teppich. Du bist doch weit genug rumgekommen, um es besser zu wissen. Welches Land, egal, ob demokratisch oder nicht, kann die Einzelaktionen seines Geheimdienstes kontrollieren? Wenn der *Shin Bet* deinen Jungen ein paar Tage greifbar haben will, könnte sich sogar Golda persönlich einschalten – glaubst du etwa, das würde einen opportunen Autounfall verhindern? Sie würden erklären, es geschehe für die Sicherheit des Staates, und Golda habe die Zusammenhänge nicht gekannt. Der Agent würde keinen Schritt von seiner Linie abweichen, bevor er nicht Anweisung von seinem Chef bekommt.»

«Was tue ich also in einer solchen Sache?»

«Das hängt davon ab, was es für eine Sache ist.»

«Was soll das heißen?»

«Das will ich dir erklären, Dan. In Jerusalem hat ein Sprengstoffanschlag der Terroristen stattgefunden, und dein Junge war dort – in einer ruhigen, verlassenen Straße, wohin normalerweise kein Mensch seinen Abendspaziergang macht, wohlgemerkt. Oder anders ausgedrückt: Er war in einer Gegend, wo er normalerweise nichts zu suchen hätte, wenn er nicht dort zu tun hatte. Und er ist nicht nur da spazieren gegangen, denn es regnete. Gut, das ist ein Punkt. Der zweite ist, dass seine Busenfreunde in der Universität Araber sind …»

«Ich hab nicht gesagt, dass es seine Busenfreunde sind.»

«Nein, aber dass er sich mit ihnen angefreundet hätte, weil er bei den israelischen oder amerikanischen Studenten keinen Anschluss finden konnte. Ich könnte mich also dahingehend verbessern, dass sie jedenfalls die einzigen Freunde sind, die er hat. Ändert das was? Nun ist es absolut denkbar, dass einer seiner guten Freunde oder einer seiner einzigen Freunde ihn um einen kleinen Gefallen bittet. ‹Ach bitte, leg dieses Kästchen doch auf das Fensterbrett meines Freundes in der Mazel Tov Street Nummer eins, würdest du das tun, Roy?› Oder vielleicht: ‹Ich muss was bei einem Freund vorbeibringen, Roy. Magst du nicht mitkommen?› Und dort angekommen: ‹Macht's dir was aus, einen Moment auf der Straße zu warten, Roy, und könntest du wohl husten oder pfeifen, wenn jemand vorbeikommt?›»

«Mein Sohn würde nie …»

«Ja, ja, ich weiß, so was würde dein Sohn nie tun. Lass dir von mir gesagt sein, auch anderer Väter Söhne würden so was tun, besonders heutzutage. Versteh doch, ich zeige ja nur Möglichkeiten auf. Wenn es was in der Art wäre, bin ich nicht sicher, ob man viel tun könnte. Das heißt, falls er schuldig ist oder irgendeine Verbindung zu dieser Geschichte hat, weiß ich nicht, ob man irgendwas unternehmen könnte, außer abwarten, bis sie das Beweismaterial zusammengebracht haben und der Fall vor Gericht kommt. Dann bliebe dir so gut wie nichts anderes übrig, als den besten Rechtsanwalt zu nehmen, den du kriegen kannst. Ist er dagegen unschuldig, und sie haben tatsächlich nichts Belastendes gegen ihn vorliegen, außer dass er zufällig dort war, dann können wir vielleicht was tun.»

«Zum Beispiel?»

«Tja, wir könnten dafür sorgen, dass sich das rumspricht, bis es an die richtige Stelle gelangt. Eine Hand wäscht die andere, hier bitten wir einmal um eine Gefälligkeit, für die wir uns bei passender Gelegenheit erkenntlich zeigen werden.»

«Verstehe. Und was tue ich in der Zwischenzeit?»

«Nichts, aber schon gar nichts. Du wartest ab. Willst du heute Abend zurück nach Jerusalem fahren?»

«Eigentlich schon. Ich wollte mit *Sheruth* …»

«Warum bleibst du nicht ein oder zwei Tage hier? Vielleicht habe ich dann was Neues für dich.»

Stedman nickte.

«Ach ja, Dan, noch was. Ein Vorschlag: Falls wir die Sache in Ordnung bringen, wäre es keine schlechte Idee, wenn dein Sohn in die Staaten zurückfährt, sobald er seinen Pass hat.»

Stedman sah ihn erstaunt an. «Warum denn?»

«Bei diesen Geschichten kann man nie wissen», sagte Donahue. «Manchmal ist mehr als einer darin verwickelt, und nicht jeder kriegt die Nachricht zur selben Zeit. Nebenbei hat dein Sohn offenbar die Sache hier von Anfang an falsch angepackt. Er kam her, um etwas zu finden, und das ist ihm bisher augenscheinlich nicht gelungen. Es besteht kein Grund zu der Annahme, dass er mehr Glück hat, wenn er für den Rest des Jahres hier bleibt.»

«Mir widerstrebt es, ihn mitten im Jahr von der Schule zu nehmen.» Dan überlegte kurz. «Aber vielleicht hast du Recht.»

«Und, Dan …»

«Ja?»

«Pass auf dich auf. Sei vorsichtig.»

«Was meinst du damit?»

Donahue zögerte. «Na ja … alle Geheimdienste sind misstrauisch, um nicht zu sagen, völlig paranoid. Sie könnten auf den Gedanken kommen, dass ein Junge wie dein Sohn vielleicht auf Anweisung seines Vaters handelt.»

38

Adoumi schickte niemals nach Ish-Kosher; stattdessen rief er ihn aus seinem staubigen kleinen Büro im dritten Stock an.

«Chaim? Hier Abner. Sind Sie sehr beschäftigt?»

Und auch wenn Ish-Kosher nur Zeitung las, antwortete er dann: «Hm, im Augenblick bin ich ziemlich eingedeckt, Abner, aber in fünf bis zehn Minuten …»

«Ich hätte Sie gern kurz gesprochen. Soll ich zu Ihnen runterkommen?»

«Vielleicht ist es doch günstiger, wenn ich bei Ihnen reinschaue. Da sind wir ungestörter. Sobald ich kann, komme ich.» Dann drehte er die Daumen, bis er fand, nun sei genügend Zeit verstrichen. Erst jetzt bewaffnete er sich mit seiner Aktentasche, marschierte den Korridor entlang, und zwar gemessenen Schrittes, denn ungebührliche Hast würde sich mit seinem Rang als Inspector nicht vertragen. Er stieg eine Treppe hinauf zum Verbindungsgang ins Nachbargebäude, wo er abermals einen langen Korridor und eine weitere Treppe passieren musste. Er blieb stehen, atmete ein paar Mal tief durch, um sich von dieser Anstrengung zu erholen, und schlenderte gemächlich zu Adoumis Büro.

Er ließ sich nieder, stellte die Aktenmappe auf den Fußboden zwischen seine Beine. «Ihrer Frau geht es hoffentlich besser?»

Adoumi bewegte die flache Hand hin und her. «Mal so, mal so. Dr. Ben Ami möchte sie noch mal ins Hadassa schicken zur Beobachtung und für ein paar weitere Tests. Er fährt einen Monat oder länger weg und hätte sie gern vor seiner Abreise dort.»

«Einen Monat? Urlaub? Die Ärzte sorgen nicht schlecht für sich.»

«Er soll zu einem Ärztekongress nach Genf. Dann zu einem anderen nach Valparaiso. Sie wissen doch, wie so was läuft. Sie tragen sich in die Liste ein, das heißt, sie haben offiziell dran teilgenommen, und dann setzen sie die Spesen von der Einkommensteuer ab. Auf die Art kommt er zu einer Weltreise, denn von Valparaiso aus spielt's keine Rolle, ob er die westliche oder östliche Route nach Hause benutzt. Sie und ich haben Massel, wenn wir 'ne Woche freinehmen und nach Elath gehen können. Aber Ben Ami ist ein guter Kerl, und ich gönne es ihm.» Er schob einen Aktendeckel beiseite, damit Ish-Kosher Platz für seine Papiere hatte. «Na, haben Sie was?»

Ish-Kosher zog eine Akte aus der Mappe. «Nur Routinekram über den Vater des Jungen. Bis vor kurzem war er Auslandskorrespondent für eine der amerikanischen Fernsehstationen. Sie erinnern sich vielleicht, er war als Nahost-Berichterstatter vor und während des Sechs-Tage-Krieges hier stationiert. Sein Hebräisch ist recht gut. Im Augenblick wohnt er im *King David.* Tut anscheinend nicht viel. Angeblich schreibt er ein Buch über die öffentliche Meinung in Israel. Er kommt mit Leuten ins Gespräch und nimmt's auf Tonband. Benutzt ein verstecktes Gerät und ein Mikrophon am Rockaufschlag. Das Zimmermädchen sagt, er hat 'ne Menge Tonbänder, alle säuberlich etikettiert.»

«Gehört sie zu Ihren Leuten?»

«H-hm.»

«Dann lassen Sie die Bänder kopieren.»

«Okay. Ach ja, hier ist noch was Interessantes: eins von den Tonbändern ist ‹Memavet› beschriftet.»

Adoumi zuckte die Achseln. «Wenn die Geschichte mit dem Wagenkauf stimmt, und das tut sie meiner Meinung nach, weil der Rabbi sie bestätigt hat, dann handelt sich's wahrscheinlich nur um eine Aufzeichnung von der Zusammenkunft.» Er starrte ins Leere und murmelte: «Er geht rum und nimmt Gespräche auf Tonband, wie? Wenn man ein bisschen darüber nachdenkt, ist das 'ne hervorragende Tarnung. Er kann mit jedem reden und behaupten, er zeichnet das Gespräch auf, weil er's möglicherweise in seinem Buch verwenden kann.»

«Sie meinen, er ist Agent? CIA?»

«Sämtliche amerikanischen Korrespondenten sind dabei», erklärte Adoumi sachlich. «Und wenn sie nicht sogar vom CIA bezahlt werden, tauschen sie wenigstens Informationen aus. Sonst noch was über ihn?»

Ish-Kosher schüttelte den Kopf. «Nur dass er für ein paar Tage nach Tel Aviv gefahren ist. Er hat von dort im Hotel angerufen und wegen Telefongesprächen für ihn gefragt. Er wär für ein paar Tage im *Sheraton,* hat er gesagt.»

«Im *Sheraton*? Interessant.»

«Was ist denn daran interessant?»

«Ausgerechnet dort ist er gleich nach seiner Ankunft in Israel gewesen. Statt direkt nach Jerusalem zu fahren, ist er nach Tel Aviv und im *Sheraton* abgestiegen.»

«Sie haben ihn beobachten lassen?»

Adoumi lächelte verschlagen. «Nicht ihn. Eine rumänische Tänzerin, Primaballerina bei der rumänischen Balletttruppe, die in Tel Aviv aufgetreten ist. Olga Ripescu heißt sie. Russische Agentin. Sie haben wir beobachtet. Kaum hatte Stedman sich eingetragen, entdeckte sie ihn, und sie waren 'ne Weile zusammen. Was halten Sie davon?»

«Sie könnten sich schon länger gekannt haben. Schließlich kommen diese Auslandskorrespondenten ganz hübsch rum.»

«Stimmt, aber interessant ist es doch. Haben Sie irgendwas über diesen Rabbi rausgebracht?»

«Nur was ich Ihnen erzählte, nachdem ich ihn befragt hatte», sagte Ish-Kosher. «Er wirkt absolut harmlos. Tut nicht viel, spaziert bloß in der Stadt rum, manchmal mit Stedman, geht gelegentlich morgens in die Synagoge …»

«Und wohnt rein zufällig in Victory Street fünf, genau in dem Haus, nach dem sich jemand bei den Leuten von der Bürgermiliz erkundigt hat, und das ausgerechnet in der Nacht, als eine Straße weiter die Bombe explodierte», ergänzte Adoumi trocken.

«Das könnte reiner Zufall sein. Es beweist gar nichts.»

«Ach, Chaim, Sie sind Polizist. Sie denken ständig in Ihren Begriffen … Beweismaterial, das die Anklagevertretung dem Gericht vorlegen kann, eine Kette, die zu einem klaren Schluss führt. Aber im Geheimdienst haben wir für die Sicherheit des Staates zu sorgen und können uns den Luxus eines absolut hieb- und stichfesten Beweises nicht leisten. Wir suchen nach einem bestimmten Schema, nach irgendwelchen auffälligen, absonderlichen Einzelheiten.»

«Was bezeichnen Sie in diesem Fall als absonderlich?»

«Chaim, Chaim, es wimmelt doch nur so von absonderlichen Dingen. Nehmen Sie jeden Einzelnen von den Leuten, mit denen wir's zu tun haben. Jeder benimmt sich alles andere als normal. Fangen wir mit Stedman an. Er kommt in Israel an, und was macht er? Statt direkt nach Jerusalem zu fahren, wo sein Sohn ist, geht er zuerst auf ein paar Tage nach Tel Aviv.»

«Aber er hat dort Freunde …»

«Erklären kann man das natürlich, trotzdem bleibt's ein bisschen merkwürdig, wo er seinen Sohn 'ne ziemliche Zeit nicht gesehen hat. Er könnte doch genauso gut später nach Tel Aviv fahren. Es ist sogar sonderbar, dass ihn sein Sohn nicht am Flugplatz abgeholt hat. Aber darüber hinaus ist eine der ersten Personen, die er in Tel Aviv trifft, die Ripescu, eine bekannte Agentin. Also das ist schon wirklich eigenartig. Doch damit noch nicht genug. Er kommt nach Jerusalem und hat eine absonderliche Beschäftigung, die sehr wohl als Tarnung dienen könnte. Sie ermöglicht es ihm, mit jedem scheinbar in aller Harmlosigkeit zu reden. Kein Treffen an besonderen Orten, keine im Vorbeigehen geflüsterten Mitteilungen, sondern alles offen und ehrlich. Würden wir ihn stellen und fragen, wieso er sich mit jemand unterhalten hat, den wir beobachten, erklärt er seelenruhig, das ist seine normale Methode, Material zu sammeln.»

«Aber überlegen Sie doch mal … wenn ihm dabei irgendwelche Mitteilungen zugespielt würden, wären sie ja auf dem Tonband als Beweis gegen ihn.»

«Nein, Chaim, für so töricht würde ich ihn nicht halten. Wäre die Information gefährlich, würde er einfach das Band löschen. Wenn ihn einer unserer Leute auf der Straße stellen würde, könnte er mit einer Hand in der Tasche das Tonband sofort löschen, während ihn unser Mann am Arm festhält. Glauben Sie mir – da stecken phantastische Möglichkeiten drin, ein Buch zu schreiben, in dem Gespräche auf der Straße verwendet werden. Ist Ihnen mal der Gedanke gekommen, Chaim, dass er derjenige gewesen sein könnte, der die Bürgermiliz nach Victory Street fünf gefragt hat? In diesem Fall hätten wir noch eine weitere Absonderlichkeit.»

«Denkbar. Das ließe sich vermutlich feststellen. Wir könnten uns den Mann von der Bürgermiliz schnappen und ihn ins *King David* bringen.» Ish-Kosher schien die Aussicht auf eine bestimmte Arbeit zu erfreuen.

«Der Versuch könnte sich lohnen», meinte Adoumi. «Aber machen wir erst mal weiter. Als nächstes stoßen wir auf ihn in Zusammenhang mit Memavet. Und ausgerechnet am Abend des Tages, an dem er ihn aufsucht, wird ein Sprengstoffanschlag auf Memavets Wohnung verübt. Also das ist schon verdammt eigenartig.»

«Fraglos ein interessantes Zusammentreffen, vor allem, wenn er es war, der mit dem Mann von der Bürgermiliz gesprochen hat, denn das würde ihn mit beiden Anschlägen in Verbindung bringen.»

Adoumi geriet immer mehr in Fahrt. «Und nun das Interessanteste: Er ist der Vater von Roy Stedman, der nicht nur genau zum passenden Zeitpunkt für den Anschlag auf Memavets Wohnung am Schauplatz war, sondern der zudem noch mit Abdul El Khaldi befreundet ist. Und für den wiederum interessieren wir uns schon seit langem.»

«Haben Sie ihn mal zum Verhör hier gehabt?»

Adoumi schüttelte den Kopf. «Nein, er ist ein Intellektueller. Die arabischen Intellektuellen fassen wir mit Glacéhandschuhen an, besonders wenn sie Studenten an der Universität sind. Regierungspolitik, und soweit es möglich ist, respektieren wir das. Aber weiter. Dass Roy seinen Vater nicht am Flugplatz abgeholt hat, habe ich bereits als sonderbar erwähnt. Und ebenso eigenartig ist es, dass ein Jude so freundschaftlich mit den Arabern steht. Aber nehmen Sie die beiden zusammen, Vater und Sohn, und schon haben Sie eine weitere seltsame Tatsache. Wir behalten den Pass des Jungen ein, und statt das Normale zu tun, nämlich beim Konsulat vorstellig zu werden und zu protestieren, unternehmen sie gar nichts – sitzen einfach da und warten, dass er mit der Post kommt. Und selbst wenn der Junge es nicht besser weiß, von seinem Vater kann man das ja nun bestimmt nicht behaupten. Und dann haben wir den Rabbi …»

«Den verdächtigen Sie auch?», fragte der Inspector.

«Er wohnt eine Straße von dem Haus entfernt, in dem der erste Sprengstoffanschlag verübt wurde, und der fand ausgerechnet in der Nacht seiner Ankunft statt. Zufall? Von mir aus. Aber jemand, der die Bombe gelegt haben könnte, fragt nach dem Haus, in dem unser Rabbi wohnt. Zufall? Kann sein. Schließlich freundet er sich mit den Stedmans an und begleitet sie wegen eines Autokaufs zu einem Mann, der am selben Abend von einer detonierenden Bombe getötet wird. Und das Ganze ausgerechnet am Sabbat; ein Rabbi, der am Sabbat zu einer geschäftlichen Besprechung geht? Zufall? Na ja, vielleicht, aber für mich sieht das nach einem Schema aus.»

«Trotzdem …»

«Eine Kette, Chaim. Sehen Sie das denn nicht?» Er hob die Hand und zählte die einzelnen Glieder dieser Kette an seinen plumpen Fingern auf. «Ripescu, eine bekannte Agentin, Stedman senior, Stedman junior, Abdul, ein Araber, den wir verdächtigen. Und irgendwo in der Mitte Rabbi Small als eins der Bindeglieder.»

«Interessant», räumte Ish-Kosher ein, «und eigenartig. Und so etwas wie ein Schema scheint's auch zu geben. Aber ich habe nichts, woraufhin ich eingreifen kann.» Er wirkte enttäuscht.

Wieder lächelte Adoumi verschlagen. «Sie nicht, ich schon.»

«Soll das heißen, Sie würden …»

Adoumi schüttelte bedauernd den Kopf. «Noch nicht. Ich hab wirklich nicht genug. Aber wenn Stedman derjenige gewesen wäre, der an dem Abend nach Victory Street fünf gesucht hätte … das würde schon ein bisschen nachhelfen. Außerdem ist da noch die Nachricht, die der junge Stedman in Memavets Briefkasten hinterlassen hat.»

«Was ist damit?»

«Sie erinnern sich an den Wortlaut: ‹Ich bin wiedergekommen, wie besprochen.› Das könnte genau das bedeuten, was er gesagt hat. Aber es besteht auch die Möglichkeit, dass etwas anderes damit gemeint war.»

«Zum Beispiel?»

«Angenommen, er hat schon früher mit Memavet zu tun gehabt, es hat Ärger gegeben, und er sagt: ‹Das vergesse ich Ihnen nicht. Ich komme wieder!›»

«Aber vorher waren Sie doch überzeugt davon, dass Memavet zufällig von den Terroristen getötet wurde und dass sie wahrscheinlich gar nichts gegen ihn persönlich hatten.»

«Stimmt, aber angesichts dessen, was wir jetzt wissen, könnte es sein, dass der Anschlag doch gegen Memavet gerichtet war. Vielleicht lohnt es sich, seine Geschäftsunterlagen einmal etwas sorgfältiger zu überprüfen. Gehen Sie dabei so weit zurück, wie Sie können, verhören Sie eventuell auch die Leute in der Werkstatt.»

«Ich werd sehen, was ich tun kann», versprach Ish-Kosher entschlossen.

«Damit hätten wir ein Motiv, verstehen Sie.»

«Klar. Und das würde Ihnen genügen?»

«Das und dazu ’ne Menge Nachprüfungen bei meinen eigenen Leuten», erklärte Adoumi. «Bei diesem meschuggenen Geschäft muss man auf alles gefasst sein. Sämtliche Beteiligten könnten Agenten sein und trotzdem auf irgendeine verrückte Weise für uns arbeiten. Ich müsste das herausfinden.»

«Verstehe.» Ish-Kosher nickte mitfühlend.

Eine Weile saßen sie schweigend da, und Ish-Kosher fragte sich, ob die Besprechung zu Ende sei. Dann fiel ihm ein, dass Adoumi gesagt hatte, er wolle ihn wegen irgendwas sehen. «Wollten Sie einfach mal Ihr Herz ausschütten, Abner?», erkundigte er sich. «Oder hatten Sie mir was Besonderes mitzuteilen?»

«Ja, da war was. Ich habe eine Information bekommen, dass die Amerikaner es als Gefälligkeit betrachten würden, wenn wir die Stedmans, Vater und Sohn, nicht am Verlassen des Landes hindern. Deswegen ist Stedman nach Tel Aviv gefahren, um zu veranlassen, dass man um diesen Gefallen bittet.»

Ish-Kosher war überrascht. «Sie meinen, er hat bei der Botschaft protestiert?»

«Ach, nicht protestiert. Das ist ein zu starkes Wort. Er hat mit jemand gesprochen, der die Mitteilung an einen unserer Leute weitergegeben hat …»

«Wie hab ich das zu verstehen, Abner», begann der Inspector vorsichtig. «Soll das heißen, es wäre den Amerikanern erwünscht, dass wir keine Anklage erheben, falls sich herausstellen sollte, dass Roy Stedman diesen Memavet ermordet hat?»

«Nein, keineswegs. Wenn wir beweisen könnten, dass er sich gegen eines unserer Gesetze vergangen hat, würden sie gar nicht daran denken, ihn loszubitten. Nur haben wir ja nichts weiter als gewisse Verdachtsmomente, die möglicherweise einmal erhärtet werden können, im Augenblick aber ist es eben nichts als ein Schema – na, Sie verstehen schon.»

«Und was werden Sie tun?», erkundigte sich Ish-Kosher.

«Vielleicht stoßen Ihre Leute ja auf irgendwas, aber das würde vermutlich einige Zeit dauern. Und so lange können wir die ganze Korona leider nicht auf Eis legen. Momentan sind wir an einem gewissen toten Punkt angelangt. Es sähe anders aus, wenn sie aktiv würden ...»

«Und wenn nicht? Soll ich dann Stedmans Pass einfach zurückschicken mit ein paar Begleitzeilen – tut mir Leid, ihm Ungelegenheiten gemacht zu haben, oder so?»

«Ich dachte, wir könnten ihnen vielleicht einen kleinen Rippenstoß versetzen.»

«Und wie stellen Sie sich das vor?»

«Tja, nehmen wir mal an, wir üben etwas Druck auf das eine Ende der Kette aus. Das könnte doch eine Kettenreaktion auslösen. Bei der Ripescu geht's nicht, die ist weg. Aber zum Beispiel bei Abdul. Zu der Gruppe gehört ein Mädchen namens Leila M'zsoumi. Wenn Ihre Leute sich die schnappen würden ...»

39

Als Rabbi Deutch, noch in Pyjama und Bademantel, zum Herd ging, um sich eine zweite Tasse Kaffee einzuschenken, sagte seine Frau, ihrerseits in Nachthemd und Morgenrock, besorgt: «Wär's nicht besser, wenn du dich anziehst, Lieber? Du willst doch nicht zu spät zur Vorstandssitzung kommen.»

«Ich geh nicht hin. Das war ihr Vorschlag. Ich schließe daraus, dass sie die Frage meines Hierbleibens erörtern wollen. Also nehme ich heute frei und lasse auch den *Minjan* ausfallen.»

«Warum trinken wir dann nicht draußen auf der Veranda unseren Kaffee? Es ist so ein schöner, warmer Tag. Riech bloß mal – die Luft!» Sie öffnete die Verandatür und stand auf der Schwelle, die Kaffeetasse in der Hand.

«Der Wind kommt von der Küste. Man kann das Meer riechen.»

«Frühling in New England, Hugo – so hab ich ihn noch nie genossen.»

«Darlington ist eben eine Fabrikstadt, und der Frühlingswind hat immer den ganzen Rauch und Schwefelgeruch mitgebracht – erinnerst du dich?»

«Hm. Ich bin ja so froh, Hugo, dass wir bleiben. Ich hab schon befürchtet, du wirst in dem Fall überpenibel sein.»

«Augenblick mal, Betty.» Er kam mit seiner Tasse und setzte sich draußen neben sie. «Ich habe meinen Standpunkt nicht geändert, sondern nur gesagt, ich wäre bereit zu bleiben, falls Rabbi Small beschließt, nicht zurückzukommen.»

«Aber du hast doch gesagt …»

«Die Sitzung heute? Bei der geht's darum, ob sie mich haben wollen – falls Rabbi Small nicht zurückkommt.»

«Heißt das, Drexler hat dir zu verstehen gegeben, sie wollen Small, und du bist nur die zweite Wahl?»

Er trank einen Schluck Kaffee. «Nein. Mein Eindruck ist folgender: Wären wir beide gleichgestellte Kandidaten, dann würde ihre erste Wahl auf mich fallen. Aber es ist ja nun mal tatsächlich sein Job.»

«Ist das ihre Meinung, Hugo, oder deine?»

«Meine Meinung», erklärte er eigensinnig. «Ich nehme keinem Menschen seine Stellung weg.»

Sie biss sich auf die Lippen, um ihrem Ärger nicht Luft zu

machen. Sie wusste, wie ihr Mann auf Widerspruch reagierte, wenn er seine widerborstige Phase hatte. Dann hellte sich ihr Gesicht auf, und sie lächelte. «Es ist ein leichter Posten für dich, stimmt's, Hugo?»

«Der reine Urlaub. Ich hab darüber nachgedacht, warum es hier so viel angenehmer ist als in Darlington. Ich glaube, es ist wie so oft eine Geldfrage. Was sein Gehalt anbetrifft, hängt der Rabbi von der Gemeinde, das heißt, eigentlich vom Vorstand ab. Folglich können sie sich nicht von dem Gefühl frei machen, dass er ein bezahlter Angestellter ist. Da sie die Geldgeber sind, gibt ihnen das die Oberhand. Und es ist nur menschlich, dass man die Peitsche auch von Zeit zu Zeit schwingt, wenn man sie schon in der Hand hat. Bei mir aber wissen sie, dass ich eine Pension beziehe und auf ihr Gehalt nicht angewiesen bin. Das stellt mich natürlich auf eine etwas andere Stufe.»

«Ich glaube nicht, dass es nur das ist. Meiner Meinung nach gehören sie zu einer netteren Sorte von Menschen als unsere Gemeindemitglieder in Darlington.»

Er schüttelte den Kopf. «Nein, da kann ich dir nicht zustimmen. Vielleicht sind die Leute hier finanziell ein bisschen besser gestellt, aber das Geld haben sie in den letzten zehn bis zwölf Jahren gemacht. Sie sind also Neureiche. Und viele von den bezaubernden Häusern, in denen wir eingeladen waren, sind bis unters Dach mit Hypotheken belastet. Tatsächlich entdecke ich hier und da eine Art von Knauserigkeit, die ich in Darlington nicht gefunden habe. Nimm doch nur diese Geschichte, dass Rabbi Small kein Gehalt bezieht, während er in Israel ist.»

«Ja, aber du hast doch gesagt, er selber hat das so gewollt.»

Rabbi Deutch nickte. «Das sagen sie. Aber du weißt ja, wie so was gemacht wird. Sie treiben einen Menschen in die Enge, und er hat praktisch keine Alternative. Anständig wäre es gewesen, die Frage überhaupt nicht aufs Tapet zu bringen, sondern ihm einfach weiter seine Schecks zu schicken.»

«Und das stört dich? Willst du deshalb die Stellung nicht annehmen?»

«Keineswegs – was mich angeht. Ich denke nur an den armen Small. Vielleicht ist es ein bisschen niederträchtig von mir, aber ich genieße die Situation. Verstehst du, hier habe ich die Oberhand, ich bin nicht auf sie angewiesen. Wir haben das, was wir brauchen, und ich muss mir hier keine langfristige Karriere aufbauen. Falls ich bleibe, wie lange kann das schon sein? Drei Jahre? Fünf? Höchstenfalls sieben. Solange ich hier bin, hat es keinen Krach, keine Krisen gegeben, wie sie in Darlington anscheinend jede zweite Woche fällig waren. Sie wissen genau, wenn ich einen Standpunkt vertrete, dann bleibe ich auch dabei.» Er lächelte selbstgefällig.

«Aber du nimmst hier nicht gerade häufig Stellung», bemerkte sie.

«Das stimmt wohl auch. Da der Job in meinen Augen nur befristet ist, habe ich bei den meisten Dingen nicht das gleiche Gefühl von Dringlichkeit wie in Darlington. Wenn dort irgendeine belanglose Frage auftauchte, musste ich manchmal ein Kernproblem daraus machen, und zwar nicht etwa, weil sie an sich wichtig war, sondern weil ich Angst davor hatte, wohin es führen könnte. Hier zerbreche ich mir nicht den Kopf. Sollte sich aus einem solchen Fall eine größere Krise entwickeln, fühle ich mich stark genug, sie dann zu meistern. Erinnerst du dich an Mr. Slonimsky in Darlington?»

Mrs. Deutch lachte. «Abe Cohen war eine ganze Woche im Krankenhaus, Rabbi, und Sie haben ihn nicht besucht», zitierte sie.

«Er hat auch kontrolliert, wie oft ich den *Minjan* versäumt habe.» Der Rabbi lachte in sich hinein.

Da er jetzt guter Laune war, wagte sie sich vorsichtig ein zweites Mal an das Thema heran. «Hast du schon mal daran gedacht, dass es auch für mich eine willkommene Abwechslung war, Hugo?»

«Wie meinst du das, meine Liebe?»

«Als Rabbitzin musste ich vorsichtig und wohl überlegt sein. Mein Verhalten hätte ja deine Stellung beeinträchtigen können. Ich musste mich bei allen Freundschaften der Synagogenpolitik anpassen. Arlene Rudman hat mich praktisch jeden Morgen angerufen und eine geschlagene Stunde auf mich eingeredet. Und ich hab brav zugehört und ihr nie das Wort abgeschnitten, weil ihr Mann das große Geld in der Gemeinde hatte und zu deinen einflussreichsten Gönnern zählte.»

«Aber du hast doch weiter mit ihr telefoniert, nachdem ich in den Ruhestand getreten war», wandte er ein.

«Alte Gewohnheiten legt man schwer ab.» Sie blickte in die Ferne. «Wenn die beiden uns besuchten, hatte ich jedes Mal das Gefühl, sie inspiziert das ganze Haus.»

«Was du nicht sagst! Ich dachte, du magst sie.»

«Richtig gemocht hab ich sie nie, Hugo. Ich hab mich eben an sie gewöhnt. Und als du in den Ruhestand getreten bist, haben sich die Dinge für mich nicht geändert. Die Einstellung der Frauen in der Gemeinde zu mir und umgekehrt meine zu ihnen haben sich im Laufe von dreißig Jahren entwickelt. Das lässt sich nicht über Nacht revidieren. Ich hatte nie wirkliche Freundinnen; Freundschaften, die auf dem Gesichtspunkt beruhen, wie wichtig die Rolle der Ehemänner in der Gemeinde ist, bedeuten nicht viel.»

«Aber nachdem ich …»

«Das machte es nur schlimmer. Ich war nicht mehr die offizielle Rabbitzin und brauchte nicht um Rat gefragt zu werden. Und ich hatte keine Kinder oder Enkel, die ich besuchen und mit denen ich mich beschäftigen konnte. Bis auf Roy hatten wir nie junge Leute im Haus. Und ihn haben wir nur gesehen, wenn Laura ihn zu uns verfrachtet hat, weil sie etwas Ruhe haben wollte. Und ich hatte immer das Gefühl, er war dir im Weg und hat dich gestört. Ich glaube, er hat das auch empfunden, der arme Junge.» Sie schien am Rande der Tränen zu sein.

«Glaub mir, Betty, ich hab den Jungen sehr gern. Und mit Darlington … Ich hatte ja keine Ahnung … aber … aber wir müssen ja nicht nach Darlington zurückgehen, wenn ich hier fertig bin», besänftigte er sie. «Wir können jetzt überall leben, neue Leute kennen lernen und neue Freundschaften schließen. Wir können uns eine Wohnung in Boston oder Cambridge nehmen, wo ich an der Bibliothek arbeiten …»

«Das hat keinen Sinn, Hugo. Wissenschaftliche Arbeit ist einfach nicht deine Sache. Wenn du wirklich daran interessiert wärst, hättest du dich schon längst damit beschäftigt. Es ist nun mal nicht deine Stärke, dich mit verstaubten Büchern abzuplagen. Du musst mit Menschen zu tun haben. Das liegt dir. Ich weiß, du würdest eine Schau abziehen und jeden Morgen mit einer Aktentasche voller Notizbücher und Bleistifte in die Bibliothek traben, aber beim ersten Anzeichen von schlechtem Wetter wäre es damit aus. Du würdest zu Hause bleiben, dich immer mehr daran gewöhnen, bis du schließlich das Theaterspielen ganz aufgeben und mir von Zimmer zu Zimmer nachschleichen würdest, während ich meine Hausarbeit erledige – zwei alte Leute, die sich nichts zu sagen haben, die einander ständig in die Quere kommen.»

Er antwortete nicht gleich. Beide schwiegen lange. Endlich sagte er: «Was möchtest du, dass ich tue?»

«Die Stellung annehmen, falls sie dir angeboten wird. Überlass es ihnen, das Moralische der Situation zu entscheiden. Das ist ihre Aufgabe.»

40

Die Konferenz zwischen Ish-Kosher und Adoumi hatte in den späteren Vormittagsstunden stattgefunden, und um die Mittagszeit war ein Sergeant der Polizei mit Shmuel, dem Mann von der Bürgermiliz, auf dem Beifahrersitz unterwegs nach Tel Aviv.

Shmuel war sich seiner Sache viel weniger sicher als bei der Vernehmung durch Ish-Kosher. «Verstehen Sie, es war spätnachts und dunkel. Und seitdem hab ich so viele Leute gesehen. Wie kann ich sicher sein, dass es dieser Mann und kein anderer war, der damals mit mir gesprochen hat?»

«Sie wissen doch, wie das geht», meinte der Sergeant. «Vielleicht können Sie einen Menschen nicht beschreiben, aber wenn Sie ihn mal gesehen haben, kommt Ihnen doch meistens etwas an ihm bekannt vor ...»

«Und wenn nicht?»

Der Sergeant blieb geduldig. «Das hab ich Ihnen schon erklärt. Sie gehen zu ihm und begrüßen ihn. Grüßt er zurück, und das wird er höchstwahrscheinlich – das tut fast jeder, ob er einen nun kennt oder nicht –, dann sagen Sie: ‹Na, haben Sie das Haus in der Victory Street gefunden?› Ist er der richtige Mann, wird er antworten: ‹Freilich, kein Problem› oder so ähnlich. Dann fragt er vielleicht, was Sie in Tel Aviv machen, und Sie antworten, Sie haben beruflich hier zu tun, oder Sie treffen sich mit einem Freund – irgendwas.»

«Und wenn er sagt: ‹Ich hab keine Ahnung, wovon Sie reden?›»

«Dann haben Sie eine hübsche Fahrt nach Tel Aviv und zurück gemacht, 'nen Kurzurlaub.»

Am frühen Nachmittag befragte ein anderer Sergeant Ish-Koshers den bärtigen Mechaniker in der Autowerkstatt, wo Memavet seinen Schreibtisch gehabt hatte.

Der Mechaniker schaute verzweifelt auf die Wanduhr und dann nach hinten auf den Wagen, an dem er gearbeitet hatte und der unbedingt fertig werden musste.

«Das alles hab ich schon ein halbes Dutzend Mal mit euren Leuten durchgekaut», murrte er. «Ich hatte mit seinem Geschäft nichts zu tun und weiß auch nichts darüber.»

«Sicher», besänftigte ihn der Sergeant. «Aber wenn der

Mann hier einen Schreibtisch innehatte, muss er doch gelegentlich mit Ihnen über seine Kunden gesprochen haben. So beschäftigt konnte er doch nicht gewesen sein, dass er den lieben langen Tag nur am Schreibtisch saß. Gelegentlich muss er doch nichts zu tun gehabt haben und zu Ihnen rübergekommen sein.»

«Freilich, aber …»

«Und dann hat er sich mit Ihnen unterhalten, wie?»

«Natürlich. Er war ja nicht taubstumm.»

«Na, und wovon redet ein Geschäftsmann schon? Von einem Geschäft, das ihm durch die Lappen gegangen ist; von einem großen Fisch, den er an Land gezogen hat; von 'nem Kunden, mit dem er Zores hatte. Ab und zu muss er doch mit irgendwelchen Kunden Scherereien gehabt haben. Das gibt's doch nicht, dass alle restlos zufrieden gewesen sind.»

«Natürlich, im Geschäftsleben …»

«Na, und ich will ja weiter nichts von Ihnen, als dass Sie zurückdenken und versuchen, sich zu erinnern.»

Der alte Mann packte die Gelegenheit beim Schopf. «Gut, das werde ich tun. Kommen Sie irgendwann nächste Woche vorbei, dann sag ich Ihnen, was mir eingefallen ist.»

«Nein, nein. Jetzt gleich. Auch wenn Sie bei der Arbeit sind, behalten Sie den Vordergrund des Büros, wo sein Schreibtisch steht, doch irgendwie im Auge. Hab ich Recht?»

«Wenn ich arbeite, arbeite ich. Dann kümmere ich mich nur um das, was ich gerade mache …»

«Sicher, aber von Zeit zu Zeit schauen Sie doch mal hoch. Sie müssen unterbrechen, weil Sie ein anderes Werkzeug brauchen. Da bleibt's nicht aus, dass Sie sehen, wer bei ihm neben dem Schreibtisch sitzt.»

«Von mir aus. Ich sehe also jemand neben dem Schreibtisch sitzen.»

«Und wenn's Krach gibt, würden Sie doch zuhören. Was wollen Sie dagegen machen? Ist ja nur menschlich. Erzählen

Sie mir bloß nicht, Sie hätten Memavet nie mit einem Kunden streiten hören.»

«Wer erzählt denn das? Freilich hab ich so was gehört.»

«Haben Sie mal einen Kunden erlebt, der so wütend war, dass er türenknallend abgezischt ist …?»

«Ich will Ihnen mal was sagen, junger Mann, im Geschäftsleben hauen die Kunden oft türenknallend ab, aber später kommen sie gewöhnlich zurück. Wenn Sie Geschäftsmann wären, wüssten Sie das.»

«Sicher», sagte der Sergeant liebenswürdig, «und ich geh jede Wette ein, dass Memavet oft hinterher zu Ihnen gekommen ist und Ihnen davon erzählt hat. Vielleicht haben Sie beide dann gelacht, und Sie haben ihn beruhigt: ‹Keine Aufregung, der kommt schon wieder.›»

«Wieso nicht? Wenn zwei Leute in denselben Räumen arbeiten, sprechen sie sich gegenseitig Mut zu, falls sie nicht gerade Konkurrenten sind.»

«Sehr richtig. Und jetzt sagen Sie mir – ist mal jemand so wütend geworden, dass er gedroht hat, er würde mit ihm abrechnen? Ich denke da an einen jungen Mann, einen Ausländer, Amerikaner, um genau zu sein …»

Am frühen Abend schlenderten Roy und Abdul nach dem Dinner die Straße entlang. Als sie zu Roys Wohnhaus kamen, löste sich eine Gestalt aus dem Schatten. Mahmud.

Roy grüßte ihn, und Mahmud lächelte zurück. Dann sprach er in schnellem Arabisch mit Abdul. «Ich dachte mir, dass du hierher kommst», sagte er. «Ich hab dich gesucht. Sie haben Leila geschnappt.»

«Das ist schlecht. Meinst du, sie wird reden?»

Mahmud zuckte die Achseln. «Wenn's andersrum wäre und wir eine von ihnen gegriffen hätten, die was wüsste – also ich würde sie bestimmt zum Reden bringen.»

«Vermutlich hast du Recht. Was wirst du nun unternehmen?»

«Ich hab was in der Altstadt, wo ich hin kann. Ich schlage vor, du gehst nach Norden.»

«Das wäre wahrscheinlich ratsam. Dazu brauch ich aber den Wagen.»

«In 'ner halben Stunde kann ich ihn herbringen.»

«Gut. Wir hauen dann ab.»

«Wir? Du meinst – den Amerikaner?»

«Genau. Ich will versuchen, ihn mitzunehmen. Sozusagen als Rückversicherung.»

Als sie die Treppe hochgingen, fragte Roy: «Was wollte er denn von dir?»

Abdul wartete, bis Roy die Tür geöffnet und das Licht angeknipst hatte. Dann sagte er: «Mein Onkel verheiratet eine seiner Töchter. Es gibt ein großes Fest, das mehrere Tage dauert. Mahmud und ich sind dazu eingeladen.»

«Fahrt ihr hin?»

«Mahmud kann nicht weg von seiner Arbeit. Er will mir seinen Wagen leihen, aber es ist eine ziemliche Strecke. Mein Onkel wohnt in Galiläa. Ich bin nicht scharf darauf, zwei oder drei Stunden allein in der Nacht zu fahren.»

«Dann fahr doch morgen früh ...»

Abdul schüttelte den Kopf. «Das verstehst du nicht. Die ganze Familie versammelt sich dort, und wenn ich nicht heute Nacht hinkomme, sind die besten Zimmer und Betten weg. Nein, falls ich überhaupt fahre, muss ich noch am Abend los.»

«Na, das ist ja ... hör mal, hat Mahmud was von mir gesagt? Kam mir so vor, als hätte ich das Wort ‹Amerikaner› aufgeschnappt.»

«Ach, das war was anderes. Doch, er hat dich erwähnt.» Er wurde sachlich. «Als er hier gewartet hat, ist die Polizei gekommen und hat bei dir geläutet.»

«Wirklich? Vielleicht wollten sie mir meinen Pass zurückbringen.»

Abdul schüttelte den Kopf. «Es waren zwei. Um deinen Pass

abzuliefern, brauchen sie keine zwei Leute. Er hörte den einen sagen, sie könnten ja morgens nochmal wiederkommen.»

«Hm … was meinst du, was ich tun sollte?»

Abdul überlegte. «Ich glaube, wenn du ein paar Tage von der Bildfläche verschwindest, während dein Vater die Sache in Tel Aviv regelt, würde das …» Er schlug sich mit der Hand vor die Stirn. «Ich hab eine Idee, komm doch mit mir.»

«Zu der Hochzeit?»

«Warum nicht? Da wird gefeiert und getanzt, und Mädchen sind auch da», sagte er mit breitem Lächeln. «Massenhaft Mädchen.»

«Aber ich bin nicht eingeladen.»

Abdul lachte. «Ich lade dich ein. Ich stelle dich meinem Onkel als meinen Freund vor, und du wirst der Ehrengast sein. Eine gute Gelegenheit, arabische Gastfreundschaft kennen zu lernen.»

«Ist das dein Ernst? Du willst mich mitnehmen?»

«Klar. Du bist mein Freund.» Ihm kam plötzlich ein Einfall. «Dein Vater ist doch in Tel Aviv, sagst du. Warum rufst du nicht im *King David* an und hinterlässt ihm, dass du ein paar Tage zu Besuch bei Freunden bist? Dann macht er sich keine Sorgen, wenn er dich nach seiner Rückkehr nicht vorfindet.»

41

Am Montag kam Gittel nach Jerusalem. «Hier findet eine Konferenz statt», erklärte sie. «Normalerweise geh ich ja nicht zu so was. Reine Zeitverschwendung. Aber diesmal bin ich hergekommen, weil ich dabei Gelegenheit habe, mit dir zu schwatzen, und auch meine Freundin Sarah besuchen kann. Sie kommt morgen ins Hadassa zur Beobachtung.»

«Was fehlt ihr denn, Gittel?», erkundigte sich Miriam.

«Wenn man's wüsste, würde Dr. Ben Ami sie dann ins Krankenhaus zur Untersuchung schicken? Ich weiß natürlich, woran es liegt …»

«Ach, tatsächlich?», fragte der Rabbi. Im Allgemeinen hatten er und Gittel einander wenig zu sagen. Sie unterhielt sich mit Miriam meistens über Frauensachen, und er saß stumm dabei oder ging sogar in ein anderes Zimmer. Aber der offensichtliche Widerspruch in ihren Worten hatte ihn verblüfft.

«Natürlich», erklärte sie von oben herab, voller Verachtung für diesen männlichen, um nicht zu sagen rabbinischen Mangel an Verständnis. «Sie ist mit den Nerven runter, das arme Ding. Wenn einer die ganze Zeit unter Hochspannung steht …»

«Warum ist sie denn so nervös?», wollte Miriam wissen.

«Wenn du mit einem Mann in dieser Position verheiratet wärst, würde dich das auch Nerven kosten.»

«Wieso – was tut er denn?»

«Er ist Regierungsbeamter – auf einem wichtigen Posten», erläuterte sie ungewohnt zurückhaltend.

«Jeder, der hier Regierungsbeamter ist, scheint einen wichtigen Posten zu haben», frotzelte der Rabbi.

«Meinst du, sie hat Angst, dass er bei einer wichtigen Sache was falsch macht?»

«Ich meine, wenn er morgens das Haus verlässt, weiß sie nicht, wann er zurückkommt, oder sogar, ob er überhaupt zurückkommt.»

«Seine Arbeit ist also gefährlich?», fragte der Rabbi.

Der ungläubige Unterton entging ihr nicht. «Du glaubst das wohl nicht, Rabbi?» Dass sie ihn mit seinem Titel anredete, war pure Ironie; normalerweise nannte sie ihn David. «Du hast sicher von dem Sprengstoffanschlag gehört, bei dem kürzlich ein alter Mann, ein Autohändler, getötet wurde. Na ja, und das hat praktisch Wand an Wand mit ihr stattgefunden.»

Der Rabbi lächelte. «An dem Abend, als wir ankamen, wurde eine Straße weiter ein Sprengstoffanschlag verübt und ebenfalls jemand getötet. Meinst du etwa …»

«Aber das war ein bedeutender Mann, ein Professor an der Universität …»

«Na und?»

«Damit war er ein ganz natürliches Ziel für die Terroristen», erklärte Gittel. «Aber der Autohändler war ein Niemand. Ich bin fest überzeugt, eigentlich waren sie hinter Abner her. Auf *ihn* hatten sie's abgesehen. *Ihn* wollten sie umbringen. Sie haben sich nur geirrt.»

«Das ist doch wohl ein bisschen weit hergeholt, Gittel», meinte der Rabbi. «Ich kann verstehen, dass sie vielleicht einen neuen Wohnblock in die Luft jagen wollten und dabei einen harmlosen alten Mann getötet haben. Aber dass sie eine Bombe verstecken, um eine bestimmte Person umzubringen, und sich dann irren und sie an der falschen Stelle deponieren, das kann ich mir nicht vorstellen.»

«Da kennst du eben die Araber und vor allem die Terroristen schlecht», erklärte Gittel von oben herab. «Erzähl mir bloß nicht, sie waren hinter diesem Autohändler her.»

«Das will ich ja auch gar nicht», sagte der Rabbi besänftigend. Sie fixierte ihn argwöhnisch und wandte sich Miriam zu.

«Sarah lag im Bett und schlief fest, als die Bombe explodierte. Willst du etwa behaupten, das lässt eine Frau kalt, die zumindest die letzten zehn Jahre nicht bei guter Gesundheit war?»

«Heißt das, sie geht deshalb ins Krankenhaus?», fragte Miriam. «Hat das der Arzt gesagt?»

«Der Arzt! Nicht dass ich was gegen Dr. Ben Ami hätte. Aber er ist eben nur ein Mann. Mit Mitgefühl und Verständnis, zugegeben. Trotzdem kann er sich nicht in die Seele einer Frau hineinversetzen. Welcher Mann kann das schon? Dafür braucht es eine Frau. Ich hab Abner ins Gesicht gesagt: ‹Wenn du willst, dass deine Frau gesund wird›, hab ich ihm gesagt, ‹dann musst du dir ’nen anderen Job suchen.› Und darauf ist ihm natürlich keine Antwort eingefallen.»

Das Telefon klingelte. Miriam ging an den Apparat. Dan Stedman rief an, um sie abends zum Dinner ins *King David* einzuladen.

«Oh, sehr gern, aber meine Tante Gittel aus Tel Aviv ist da und …»

«Bringen Sie sie doch mit.»

«Einen Augenblick bitte.» Sie hielt die Muschel zu. «Dan Stedman, ein Freund von uns. Wir sollen heute Abend zum Dinner ins *King David* kommen.»

«Geht ruhig. Ich kann zu Hause bleiben und auf Jonathan aufpassen.»

«Nein, er sagt, du sollst mitkommen.»

«Na, ich weiß nicht recht. Ich …»

«Er ist ein netter Kerl – und unverheiratet», sagte der Rabbi.

Gittel strafte ihn mit einem entrüsteten Blick.

«Von mir aus, was kann schon sein?»

Miriam sagte in den Hörer: «Abgemacht. Wir kommen alle. Gibt’s einen besonderen Anlass?»

«Nicht direkt, aber ich fahre bald in die Staaten zurück und …»

«Was Sie nicht sagen! Ist was passiert?»

«Das erzähl ich Ihnen alles, wenn wir uns sehen.»

42

Der stellvertretende Dekan der ausländischen Studenten legte die Fingerspitzen sorgfältig gegeneinander und nickte bedächtig, während Stedman redete. Er nahm ihm nichts von dem ab, was er sagte, nämlich dass sein Sohn Heimweh habe und nach Amerika zurückkehren wolle. Er hatte seine Erfahrungen mit den Eltern amerikanischer Studenten, die ihn aufsuchten, weil sie ihre Söhne oder Töchter von der Universität nehmen wollten. Gewöhnlich war der Grund, dass der Sprössling sich verliebt hatte und jemand heiraten wollte, den sie völlig unmöglich fanden. Das letzte Mal war es ein Mann gewesen, überzeugter Zionist sein Leben lang, der außer sich geraten war, weil seine Tochter beschlossen hatte, im Land zu bleiben und in einen Kibbuz zu gehen.

«Wer weiß schon, was erzieherisch ist, Mr. Stedman», sagte er beschwichtigend. «Studenten aus der ganzen Welt kommen hierher an unsere Universität, die meisten jedoch aus Amerika. Weil wir bessere Lehrer haben? Sie sind nicht besser als in Amerika oder anderen modernen Ländern. Was ziehen sie also für einen Nutzen daraus, wenn sie hier studieren? Nicht das, was sie in den Hörsälen mitbekommen, sondern was sie außerhalb vorfinden, das Leben hier, die Menschen – das hat erzieherischen Wert.»

Sobald ihm Mike Donahue versichert hatte, die Sache sei in Ordnung gebracht, war Stedman wieder nach Jerusalem gefahren, um Roys Rückkehr in die Staaten in die Wege zu leiten. Er hatte eine Nachricht von ihm vorgefunden, er sei ein paar Tage zu Besuch bei Freunden und werde ihn anrufen, sobald er wieder zu Hause sei. Da Dan die Angelegenheit unbedingt beschleunigen wollte, war er in die Universität gegangen, um festzustellen, was für Vorkehrungen zu treffen waren.

«Ich verstehe», sagte Dan, «aber in erster Linie interessiert mich, was ihm von seiner Studienzeit hier zu Hause angerechnet wird.»

Der Dekan lächelte und breitete die Hände aus. «Logischerweise können wir keine Kurse testieren, in denen Ihr Sohn keine Prüfungen abgelegt hat; aber wir sind sehr flexibel, was die Examina angeht. Der Student kann sich ihnen zu verschiedenen Zeiten im Jahr unterziehen. Wir müssen das so handhaben, da im Laufe des Jahres so viele zum Militärdienst einberufen werden, im Lehrkörper ebenso wie unter den Studenten.»

«Dann kann er also nichts mitnehmen, was bei der Graduierung in Rutgers verwendbar wäre?»

Der Dekan schüttelte langsam den Kopf.

«Dann hat er ein Jahr verloren, denn ich glaube nicht, dass er von dem erzieherischen Wert außerhalb des Hörsaals profitiert hat, was Menschen und das Leben hier angeht. Er hat fast keine Freunde …»

«Tut mit Leid, das zu hören, Mr. Stedman. Sie klingen enttäuscht, und ich nehme an, das gibt die Gefühle Ihres Sohnes wieder. Es ist nicht einfach für einen Studenten, der von einem amerikanischen College kommt. Ich glaube, unsere Kurse sind etwas schwieriger, oder zumindest erfordern sie mehr Arbeit, aber daran liegt es nicht. Selbst die Sprachschwierigkeit ist nicht die Hauptursache für die Enttäuschung mancher unserer amerikanischen Studenten. Es ist vielmehr der ganz andere ungewohnte Ton.

Wir möchten, dass sie herkommen, zum Teil, weil sie Dollars ins Land bringen, die wir dringend brauchen. Aber wir hoffen auch, dass einige von ihnen Gefallen an Israel finden und bleiben oder zurückkommen, um sich hier anzusiedeln. Denn wir brauchen Menschen genauso wie Dollars. Doch wir können den Ausländern zuliebe die Universität nicht verändern, die in erster Linie unseren eigenen Studenten dienen soll. Unsere Leute sind im Durchschnitt drei Jahre älter als Ihre – das heißt, die Zeit, die sie in der Armee gedient haben. Und in diesem Alter machen drei Jahre einen erheblichen Unterschied. Hinzu kommt, dass sie durch die Erfahrung bei der Armee reifer geworden sind. Für sie bedeutet das College keine Erholung, keinen Urlaub, bevor sie an die ernste Arbeit herangehen und sich ihren Lebensunterhalt verdienen. Es ist vielmehr die ernste Arbeit. Die meisten haben Jobs, sobald die Kurse zu Ende sind. Wir haben hier keine Studentenverbindungen, Mr. Stedman.» Er erhob sich und kam hinter dem Schreibtisch hervor, als wolle er die Schranke zwischen ihnen beseitigen.

«Und trotzdem gehört jeder hier in gewissem Sinne einer Vereinigung an, aber der seiner Gruppe bei der Armee. Und die ist sogar noch exklusiver als die exklusivsten Clubs an Ihren Colleges, denn von diesem Zusammenhalt hängt ihr Leben ab. Sie haben keine Zeit und wenig Neigung für Freundschaften außerhalb ihres Kreises. Und bei den Studentinnen ist es nicht anders. Sie sind alle im heiratsfähigen Alter und wissen, dass es vernünftiger ist, sich ihre Freunde unter den Israelis zu suchen, weil das schließlich zur Ehe führen kann. Ein Außenstehender dagegen möchte nur Gesellschaft, solange er hier ist, und verlässt das Land nach Beendigung seines Studiums. Und all das zusammengenommen macht es schwierig für unsere amerikanischen Studiengäste.»

«Das macht es sogar fast unmöglich», meinte Dan.

«Nicht ganz, Mr. Stedman. Es gibt einige, die richtig motiviert herkommen. Sie stammen aus sehr religiösen oder zionistischen Familien, und es genügt ihnen, einfach hier zu sein, zumindest anfangs. Sie sind beharrlich, erlernen die Sprache recht gut und gliedern sich schließlich völlig in das Leben des Landes ein. Viele von ihnen entschließen sich, hier zu bleiben.»

«Na ja, Roy ist seiner Herkunft nach weder streng religiös noch streng zionistisch», sagte Stedman. «Meine Sympathien liegen hundertprozentig bei Israel, aber ich gehöre keinen zionistischen Clubs oder Organisationen an.»

Der Dekan nickte. «Was uns zum Ausgangspunkt zurückbringt. Was wissen wir schon, was erzieherisch ist? Vielleicht wird die Erfahrung, mehrere Monate unter ernsten, engagierten jungen Leuten verbracht zu haben, einen größeren Einfluss auf die Zukunft Ihres Sohnes ausüben, als wenn er hier das Gleiche wie in Amerika vorgefunden hätte. Im Augenblick mag er nur Enttäuschung empfinden, aber es kann auch ein Gefühl widerwilliger Bewunderung dabei sein. Und wenn er etwas älter ist und Vergnügungen und Zerstreuungen ihm nicht mehr so wichtig sind, erscheint ihm rückblickend dies hier vielleicht als beherzigenswertes Beispiel.»

Stedman nickte. Er brachte sogar ein Lächeln zustande. «Wenn Sie das sagen, klingt es überzeugend, Doktor. Ich frage mich, wie es sich anhören wird, wenn ich es seiner Mutter erzähle.»

43

Jedes Mal, wenn Abdul in einen anderen Gang schaltete, jaulte der Motor gequält auf, und Roy, der auf dem Beifahrersitz döste, bewegte sich unruhig, wechselte die Haltung und schlief wieder weiter. Bei der Abfahrt hatte er darauf hingewiesen, dass etwas mit der Kupplung nicht stimmen müsse.

«Ach, so ist das schon seit Jahren», erklärte Abdul. «Kein Grund zur Sorge.»

Der Zustand der Stoßdämpfer ließ auch zu wünschen übrig; bei der geringsten Unebenheit wurden sie erbarmungslos durchgerüttelt.

Doch Abdul kommentierte nur munter: «Auf alle Fälle besser als laufen.»

«Soll ich eine Weile fahren?», fragte Roy.

«Nein – vielleicht, wenn ich müde werde. Schlaf ruhig ein bisschen. Bei meinem Onkel wird's nachher sicher spät.»

«Das macht mir nichts. Du, da ist ein Klopfen im Motor.»

«Ein Klopfen? Ach so, du meinst das bisschen Ticken? Das hat weiter nichts auf sich, glaub mir. Mahmud versteht was von Autos und hält seins tipptopp in Ordnung. Vielleicht läuft es nicht ganz so geräuschlos wie die, an die du gewöhnt bist. Und die Straßenlage ist auch nicht so gut. Aber es springt immer an und fährt tadellos.»

«Na ja … Jedenfalls braucht die Karre wenig Benzin, das muss ich schon sagen. Wir fahren jetzt über eine Stunde, und die Nadel am Anzeiger hat sich nicht gerührt.»

Abdul lachte in sich hinein. «Der funktioniert nicht. Die Nadel rührt sich nie.»

«Woher weißt du dann, wann du Benzin brauchst?»

«Mahmud weiß das und tankt von Zeit zu Zeit. Das Benzin ist ihm noch nie ausgegangen. Er hat gesagt, für die Fahrt würde es reichen.»

«Wo wohnt denn eigentlich dein Onkel, Abdul?»

«Im Norden, oben in Galiläa. Nicht weit von der Grenze», erklärte er leichthin.

«Ich meine, in 'ner Stadt oder …»

«In der Gegend gibt es nur ein paar kleine Dörfer. Von dem hast du bestimmt noch nie gehört.»

«Wohnt er im Dorf?»

«Er hat dort ein Haus, mehrere sogar, aber er wohnt auf seiner Farm, die liegt etwas abseits. Und da fahren wir hin.»

«Kennst du denn den Weg?»

«Na!» Abdul zuckte viel sagend die Achseln.

«Und bist du sicher, dass er einverstanden ist … ich meine, er hat doch keine Ahnung, dass ich mitkomme.»

«Von arabischer Gastfreundschaft verstehst du nichts, Roy. Ich bin sein Neffe. Das bedeutet bei uns mehr als bei euch. Es heißt, ich gehöre zu seiner Familie – wie ein Sohn. Und du bist mein Freund. Sein Haus ist wie mein eigenes, und wenn ich dich einlade, ist es genau dasselbe, als hätte er das getan. Begreifst du das?»

«Ich denke schon.» Roy lehnte sich zurück und betrachtete durch die Windschutzscheibe die hellen Sterne am tintenschwarzen Himmel. «Und er wird nicht erwähnen, dass ich da bin? Ich meine …»

«Ich weiß, was du meinst, Roy. Zu wem sollte er was davon sagen? Zur Polizei? Selbst wenn er dächte, sie könnten sich für dich interessieren und du versteckst dich vor ihnen, wärst du absolut sicher. Du bist Gast, und ein Gast ist tabu.»

«Na ja, gut zu wissen. Wenn wir zurückkommen, hat mein

Vater vielleicht die Sache bei der Botschaft in Ordnung gebracht …»

«Davon bin ich überzeugt. Das wird sich alles regeln.» Ein Seitenblick zeigte, dass sein Nachbar die Augen geschlossen hatte. «Roy?» Die einzige Antwort war ein schlaftrunkenes Brummen. Abdul lächelte und konzentrierte sich auf die Straße. Ein paar Mal sah er Roy an, der ruhig weiterschlief.

Roy schreckte plötzlich hoch, als der Wagen mit einem heftigen Ruck anhielt. Er wurde gegen die Tür geschleudert und dann zurück auf den Sitz. «W-was ist denn los? Sind wir schon da?»

«Wir sind in einem Graben gelandet», sagte Abdul. «Und wir haben kein Benzin mehr.»

«Aber …»

«Nur keine Aufregung. Wir sind praktisch da. Genau hier fängt das Grundstück meines Onkels an – wir sind bloß am anderen Ende. Den Rest gehen wir jetzt zu Fuß. Das kommt auf dasselbe raus, denn von hier an ist die Straße, oder was man so nennt, miserabel und verläuft in einem ziemlichen Bogen. Wir nehmen den Abkürzungsweg durch die Büsche …»

«Aber der Wagen – was machen wir mit dem Wagen?», brummte Roy, als er herauskletterte.

«Ich lasse ihn von meinem Onkel mit ein paar Mauleseln abschleppen. Bis dahin liegt er hier gut. So, gehen wir. Halt dich hinter mich.» Damit tauchte er in einem Bambusdickicht unter.

«Kennst du die Richtung?»

«Aber klar. Sprich jetzt lieber leise, Roy. Vielleicht sind ein paar Leute von meinem Onkel draußen und halten uns für Eindringlinge.»

«Dann musst du ihnen eben zurufen, dass wir's sind», sagte er, während er hinter der schattenhaften Gestalt seines Freundes herschlich. Er war noch nicht ganz wach und stolperte über den steinigen, unebenen Boden.

Plötzlich ertönte von der Seite eine laute Stimme: «Halt!»

Roy blieb wie angewurzelt stehen. Abdul begann zu rennen. «Hier lang, Roy. Lauf. Lauf schnell!»

Ein Schuss peitschte auf. Er sah, wie sein Freund schwankte und hinfiel.

44

«Ich hätte Sie überall sofort erkannt», sagte Dan, als er Gittel vorgestellt wurde. «Die Ähnlichkeit mit Ihrer Nichte ist frappierend.»

«Na, hören Sie – wie kann man nur ein frisches, hübsches Mädchen wie Miriam mit einer alten Frau vergleichen!»

«Im Gegenteil, es muss für David angenehm sein zu wissen, wie seine Frau später mal aussehen wird.»

Er führte sie in den Grill und war eifrig bedacht, Gittel den seiner Meinung nach bequemsten Platz auszusuchen. «Setzen Sie sich hierher, Gittel, hier ist ein bisschen Luftzug von der Klimaanlage.» Während sie auf den Kellner warteten, richtete er meistens das Wort an sie, zeigte ihr Leute, die er kannte. «Der Mann, der eben reinkam, ist ein Reifenfabrikant und will hier eine große neue Fabrik bauen. Ich hab mich neulich in der Halle mit ihm unterhalten.» Er winkte ihm zu und nickte. «Die Dame, die drüben neben der Säule sitzt, war Präsidentin der Hadassa vor zwei, nein, vor drei Jahren.» Er lächelte ihr zu. «Na, den, der jetzt reinkommt, kennen Sie bestimmt, nicht wahr? Der Finanzminister. Ich hab ihn voriges Jahr interviewt. Ich möcht gern wissen, ob er sich an mich erinnert.»

Anscheinend war es der Fall, denn als der Mann zu ihrem Tisch hinübersah, schaute er kurz näher hin und kam dann auf sie zu.

«Gittel! Dich hab ich ja ’ne Ewigkeit nicht mehr gesehen. Was treibst du denn in Jerusalem?»

«Hallo, Boas. Wie geht's Lea? Und den Mädchen? Ich bin zu einer Tagung hier.» Sie machte ihn mit den anderen bekannt.

«Und Uri? Immer noch in der Armee?»

«Immer noch.»

«Woher kennst du ihn, Gittel?», fragte Miriam, nachdem er gegangen war.

«Boas?» Sie zuckte die Achseln, um anzudeuten, dass sie seine Position keineswegs beeindruckte. «Wir waren in der gleichen Einheit bei der Hagana.» Trotzdem war sie offensichtlich erfreut, dass der Finanzminister sich an sie erinnert und sie so überschwänglich begrüßt hatte.

«Ich wollte Sie vorstellen», lachte Stedman in sich hinein, «und er hat sich nicht mal an mich erinnert.»

«Boas? Der hat momentan viel im Kopf.»

«Das nehme ich auch an. War das Ihr Sohn, nach dem er sich erkundigt hat? Er ist in der Armee? Als Berufssoldat?»

«Wer weiß das schon bei jungen Leuten? Sie können von einer Woche zur anderen ihre Pläne ändern. Als ich ihn das letzte Mal gesehen hab, vor Wochen übrigens, sprach er davon, dass er vielleicht ausscheiden würde. Er hat mit einem Mädchen angebandelt, und ich vermute, sie hat ihre eigenen Pläne mit ihm.»

«Wann lernen wir ihn endlich kennen?», fragte Miriam. «Ein direkter Vetter, und wir sind fast drei Monate hier …»

«Er kriegt nicht jede Woche Urlaub, verstehst du. Und ich hab' so den Verdacht, dass er ein paar Mal frei hatte und mir nichts davon gesagt hat. Er trifft sich mit dem Mädchen. Sie lebt hier in Jerusalem. Er schrieb mir, er hätte nächste Woche frei, käme aber nicht nach Tel Aviv, sondern führe nach Jerusalem. Wie findest du das? Versetzt seine Mutter, um ein Mädchen zu sehen.»

«Schreib ihm, wenn er herkommt, soll er bei uns reinschauen», sagte Miriam. «Und wenn's nur für ein oder zwei Stunden ist. Sag ihm, er soll das Mädchen mitbringen. Und du könntest zum Sabbat aus Tel Aviv rüberfahren. Schreib ihm, er soll zum Dinner kommen – mit dem Mädchen. Vielleicht hätten Sie ja auch Zeit, Dan?»

«Ich glaube nicht, Miriam. Durchaus möglich, dass Roy und ich bis dahin weg sind, und wenn nicht, müssen wir unsere Reisevorbereitungen treffen.»

«Ach, richtig, Sie wollten uns ja davon erzählen.»

«Da gibt's nicht viel zu erzählen. Mein Freund in der Botschaft hat die Sache für Roy geregelt, und ich hielt es unter den Umständen für gut, wenn ich mit ihm fahre. Ich hab das Material zusammen, das ich brauche, und die restliche Arbeit kann ich in den Staaten genauso gut erledigen.»

Der Kellner, ein junger Mann mit vorzeitiger Glatze, brachte die Speisekarten und betreute sie geradezu väterlich. «Die Pastete ist ein Gedicht, *madam*. So eine Leber haben Sie garantiert noch nie gegessen.» Sie folgten seinem Rat, und sie war tatsächlich gut. «Verlassen Sie sich auf mich, nehmen Sie das Steak.» Und als Dan sich für Fisch entschied, zuckte er mitleidig die Achseln.

Wenn er nicht servierte, scharwenzelte er um sie herum, goss Wein nach, gab Dan Feuer für seine Zigarette, hob Gittels heruntergefallene Serviette auf. Sie unterhielten sich angeregt. Gittel erzählte von den alten Zeiten, und Dan steuerte Erinnerungen an frühere Besuche in Israel bei.

Nachdem der Kaffee serviert worden war, näherte sich der Oberkellner ihrem Tisch. «Mr. Stedman? Da ist ein Anruf für Sie. Hier entlang bitte.»

«Das könnte Roy sein. Entschuldigen Sie mich einen Augenblick.»

«Ein sehr netter Mensch», bemerkte Gittel.

Er kam wenige Minuten später wieder zurück, sehr erregt, wie sie feststellen konnten.

«War's Roy?», erkundigte sich Miriam.

«Nein. Ich muss Sie bitten, mich zu entschuldigen. Ich muss

sofort nach Tel Aviv. Bitte bleiben Sie noch. Trinken Sie in Ruhe Ihren Kaffee.» Er sah von einem zum anderen und bemerkte ihre Bestürzung.

«Sie haben Roy geschnappt, als er über die Grenze wollte», sprudelte er heraus und hastete davon.

45

«Dein Pyjama sitzt besser als der Anzug», bemerkte Dan Stedman säuerlich. Es stimmte, denn er war im Gegensatz zu dem Leinenanzug nicht zerknittert.

Donahue lächelte. «Ja, was ganz Neues, Pflegeleichtes. Du hängst die Sachen nach dem Waschen einfach auf einen Kleiderbügel zum Trocknen, und sie werden wieder wie neu. Ein Geschenk von meiner Tochter, als ich zuletzt in den Staaten war. Einen Drink?»

Stedman schüttelte den Kopf. Er hockte vornübergebeugt in seinem Sessel, die Hände gefaltet, die Unterarme auf die Knie gestützt, und starrte den Fußboden an. «Tut mir Leid, dass ich dich aus dem Bett geholt habe», sagte er schwerfällig.

«Ich hab nicht geschlafen, nur gelesen. Warum hast du mir nicht gesagt, dass du herkommst, als ich mit dir gesprochen hab?»

«Ich hatte es auch erst nicht vor. Außerdem dachte ich, es ginge nicht, weil ich doch ein paar Leute zum Dinner in den Grill eingeladen hatte. Nette Leute – ich wusste nicht, wie ich mich da loseisen sollte. Hübscher Abend, gutes Essen, interessante Gespräche – als ich wieder an den Tisch kam, wurde mir's erst klar, dass ich mich nicht weiter angeregt unterhalten konnte … Wie sollte ich das, wenn Roy …? Also entschuldigte ich mich und nahm ein Taxi. Ich hab gar nicht dran gedacht, vorher anzurufen.»

«Schon gut. Aber weißt du, Dan, ich kann gar nichts tun. Der Fall liegt jetzt anders.»

Stedman blickte hoch. «Wieso anders?» Er wusste es natürlich, wollte jedoch darüber reden.

«Na, hör mal, Dan. Vorher hatten sie nichts gegen ihn in der Hand. Er war befreundet mit einem Araber. Na und? Das sind viele amerikanische und israelische Studenten. Er war in der Nähe, sogar am Schauplatz des Sprengstoffanschlags – aber er hatte eine plausible Erklärung. Vonseiten der Polizei war offiziell nichts unternommen worden.»

«Sie hielten seinen Pass zurück, oder?»

«Nein, das taten sie nicht. Du weißt zwar, dass es so war, ich weiß es auch und sie ebenfalls, offiziell aber hatten sie ihn eben verlegt und waren noch nicht dazu gekommen, ihn zurückzuschicken.»

«Sicher.»

«Aber jetzt haben sie ihn geschnappt, als er über die Grenze zu gehen versuchte», fuhr Donahue rasch fort. «Das ist zu jeder Zeit und in jedem Land eine strafbare Handlung. In einem Land, das sich im Kriegszustand befindet, kann es jedoch ein schweres Delikt sein. Und wenn er in feindliches Gebiet wollte, wird die Sache verdammt ernst.»

«Aber er wusste doch nicht, dass er über die Grenze ging», rief Stedman.

«Ich sagte dir, dass er das behauptet», verbesserte Donahue. «Seine Geschichte lautet, dieser Abdul habe ihn eingeladen, einen Onkel zu besuchen – zu einer großen Festivität, die ein paar Tage dauern sollte. Sie fuhren nach Norden, angeblich zum Haus von Abduls Onkel. Und als sie fast da waren, ließen sie das Auto stehen und nahmen eine Abkürzung. Und Roy äußert sich nicht sehr klar darüber, wieso sie eigentlich den Wagen im Stich gelassen haben. Er hat entweder gestreikt, oder Abdul ist in einen Graben gefahren. Die ganze Geschichte ist ein bisschen dünn, Dan – das musst du doch zugeben. Ich meine, dein Sohn ist doch normal intelligent. Sonst könnte er ja gar nicht auf der Universität sein. Aber in diesem Fall … da lassen sie den Wagen stehen und nehmen einen Abkürzungsweg durch die Büsche – verdammt nochmal, nach der langen Fahrt muss er doch gewusst haben, dass sie verteufelt nah an der Grenze waren.»

«Wieso musste er das wissen? Wahrscheinlich ist er nie dort oben gewesen. Und wenn der andere fuhr, könnte er ja auch eingeduselt sein.»

«Meinetwegen, aber er wurde jedenfalls erstaunlich schnell hellwach, als überall israelische Soldaten auftauchten.» Er legte den Kopf auf die Seite und überlegte. «Ein bisschen ungewöhnlich, dass sie ausgerechnet dort in Scharen rumwimmeln mussten.»

«Du meinst, es war eine Falle?»

«Möglich. Würde mich nicht überraschen. Jedenfalls hat dein Junge zum ersten Mal etwas Vernunft bewiesen: Er blieb stehen und hob die Hände. Der Araber versuchte zu türmen, da haben sie auf ihn geschossen.»

«Ist er tot?»

«Nein, sie haben ihn nur am Bein erwischt. Ich vermute, sie wollen ihn ausquetschen.»

«Und natürlich wird er Roy mit reinziehen», stellte Stedman verbittert fest.

«Nicht unbedingt. Warum sollte er? Das würde die Sache für ihn nicht leichter machen. Und wenn er's tut, würden sie sich wahrscheinlich kaum darum kümmern. Die ganze Geschichte ist ein bisschen sonderbar. Riecht nach *Shin Bet*. Ich hab den Eindruck, die Grenzüberschreitung kümmert sie eigentlich gar nicht. So was betrifft den Grenzschutz, würde ich denken, der dem Polizeiministerium untersteht, aber die scheinen sich nicht damit zu befassen. Der Fall wird offenbar von Jerusalem aus gelenkt. Das würde für mich heißen, dass sie in Wirklichkeit an der möglichen Verbindung mit den Sprengstoffanschlägen interessiert sind, die dort stattgefunden haben. Und wenn sie deinen Sohn damit in Zusammenhang bringen, ginge es um eine Anklage wegen Mordes. Tut mir sehr Leid, Dan, aber es hat ja keinen Sinn, den Kopf in den Sand zu stecken.»

«Nein, gar keinen Sinn», wiederholte Stedman tonlos.

«Jetzt solltest du vor allem erst mal einen Anwalt nehmen.»

«Um Himmels willen, bloß nicht! Weißt du nicht, was das für Roy bedeuten würde, selbst wenn der Anwalt ihn rauspauken könnte? Ein Araber – na, der ist ein Held unter seinen Landsleuten, und selbst die Israelis haben ein gewisses Verständnis für seine Motive. Aber ein Amerikaner und Jude! Gesetzt den Fall, er käme sogar ohne Strafe davon – was für ein Leben hätte er dann? Man darf ihn keinem Gerichtsverfahren aussetzen. Du musst doch irgendwas tun können.»

«Sei vernünftig, Dan. Ein Rechtsanwalt ...»

Stedman nickte ruhig. «Schlimmstenfalls nehme ich natürlich einen Anwalt. Aber zuerst – na, deshalb bin ich ja zu dir gekommen.»

Donahue stand auf und schenkte sich einen Drink ein. «Wenn's um Mord geht, ist Schluss mit den Gefälligkeiten. Da könnte auch der Botschafter persönlich nichts machen. Du kannst nicht zur Regierung eines souveränen Staates gehen und erklären, dieser Mann hat zwar einen von euren Bürgern getötet, aber ich möchte, dass ihr ihn freilasst.»

«Nein, das geht wohl nicht.»

«Also dann ...»

«Sag, kannst du feststellen, wer in Jerusalem dafür zuständig ist?»

«Ich denke schon», entgegnete Donahue. «Und wozu soll das gut sein?»

«Keine Ahnung. Ich könnte versuchen, mit dem Betreffenden zu sprechen, ihn vielleicht überzeugen. Was kann ich denn sonst tun?»

«Ich will sehen, was ich machen kann.»

Stedman erhob sich und ging zur Tür.

«Dan.»

Stedman blieb stehen.

«Bist du sicher, dass er's nicht getan hat?»

Stedman zögerte. «Ich weiß es nicht. Ich mag nicht darüber nachdenken.» Er wandte sich zum Gehen, drehte sich dann aber noch einmal um. «Ich hab das Gefühl, ich kenne meinen Sohn überhaupt nicht richtig.»

46

Die Monatszeitschrift *Haolam* brachte zwar Artikel über Naturwissenschaft und Politik sowie regelmäßige Rubriken über Literatur, Kunst und Modetendenzen, war aber im Wesentlichen ein Bildmagazin. Fotos wurden nicht nur benutzt, um die Artikel zu illustrieren oder wegen ihres Nachrichtenwerts, sondern auch, weil sie einfach dramatisch oder eindrucksvoll oder technisch besonders originell waren. Aus diesem Grund brachte *Haolam* ein Foto auf der Titelseite, das Memavets Leiche auf dem Boden seines Wohnzimmers zeigte, obwohl sich die Erregung über den Anschlag inzwischen gelegt hatte.

Es wurde nicht veröffentlicht, um das Interesse an dem Fall wieder zu beleben; tatsächlich gab es keinen weiteren Kommentar dazu außer einem kleinen erläuternden Vermerk in einem Kasten auf der Impressumseite. Der Grund war vielmehr, dass es sich um eine besonders eindrucksvolle, dramatische Aufnahme handelte. Das Foto zeigte Memavet, der mit angezogenen Knien auf der linken Seite lag. Der ausgestreckte rechte Arm umklammerte eine Brandyflasche wie eine Keule. Die Augen waren offen und starr, und aus der rechten Schläfe sickerte Blut. Das Ungewöhnliche an dem Foto war der Blickwinkel; die Kamera war auf die Flasche gerichtet worden, und dadurch wurde die Gestalt auf dem Fußboden phantastisch verkürzt. Genau in der Mitte des Bildes sah man den schillernden Flaschenboden. Auf dem bauchigen Teil lag die Spitze des Zeigefingers und wies direkt auf den Betrachter. Etwas tiefer die Handknöchel, die sich um den Flaschenhals spannten, und schließlich in der unteren Mitte des Bildes das nach oben gerichtete Gesicht des Toten mit den offenen, starren Augen.

«Donnerwetter, ein tolles Foto», räumte Adoumi ein. «Aber etwas daran irritiert mich.»

«Mich auch», bestätigte Ish-Kosher. «Egal, wie Sie's halten, der Finger scheint immer direkt auf Sie zu zeigen, und die Augen sehen Sie auch unentwegt an. Ich hab mich bei den Leuten im Fotolabor danach erkundigt, und die sagten, es liegt daran, dass die Kamera direkt auf seine Fingerkuppe gerichtet wurde. Das macht die Wirkung aus.»

«Ich wüsste gern, wer das aufgenommen hat.»

«Das verraten sie nicht. Fast jeder könnte es gewesen sein – womöglich sogar ein Tourist. Die schleppen ihre Kameras doch dauernd mit sich rum. Bevor wir die Gegend nach der Detonation abriegeln konnten, müssen fünfzig bis hundert Leute in der Mazel Tov Street gewesen sein, und die Hälfte hatte Kameras und knipste in einem fort. Dann glückt einem von ihnen so 'ne ungewöhnliche Aufnahme, und er schickt sie vielleicht an *Haolam.* Für so was zahlen sie ganz gut, würde ich meinen. Oder es könnte sogar ein Pressefotograf von einer der Tageszeitungen gewesen sein.»

«Das ist mir ja alles klar, aber wieso bringen sie das ausgerechnet jetzt? Meinen Sie, die haben was läuten hören?»

Ish-Kosher schüttelte den Kopf. «Ausgeschlossen. Die Verhaftung ist erst vor ein paar Tagen erfolgt, und diese Nummer von *Haolam* muss mindestens vor zwei Wochen in Druck gegangen sein.»

«Dass sie die Titelseite in letzter Minute auswechseln können, halten Sie für unmöglich?»

«Möglich wäre es vermutlich», sagte Ish-Kosher vorsichtig.

«Dazu kenne ich mich nicht genug im Druckereigewerbe oder in der Zeitschriftenbranche aus – aber was hätten sie schon davon?»

«Vielleicht kalkulieren sie so: Wir sind kurz davor, den Fall zu lösen, und sie hätten dann ihren Knüller. Mir ist der Gedanke sehr unlieb, Chaim, dass es in unserem Laden eine undichte Stelle geben könnte.»

«Glauben Sie mir, Abner, die Einzigen bei mir, die von der Sache wissen, sind absolut zuverlässig. Aus der Ecke haben Sie nichts zu befürchten. Ich bin überzeugt davon, dass es nur ein Zufall ist.»

«Das wäre auch besser.»

Stedman sah das Bild im Zeitschriftenständer in der Hotelhalle. Er kaufte ein Exemplar und nahm es mit auf sein Zimmer. Auch er fragte sich, warum es ausgerechnet jetzt erschien. Gehörte das zu einer raffinierten Kampagne, um das Interesse an der Angelegenheit erneut anzufachen? Sollte damit allgemeine Empörung ausgelöst werden? Würde die Tagespresse wieder beginnen, Artikel über die Explosion zu bringen? Er dachte daran, in der Zeitschriftenredaktion nachzufragen. Dann fiel ihm ein, dass er gerade dadurch Neugier erwecken und gegen seinen Willen Nachforschungen heraufbeschwören könnte. Wenn es aber Teil einer Kampagne sein sollte, und er unternahm nichts, das zu verhindern, dann …

Er gelangte zu dem Schluss, dass er jemand brauchte, mit dem er reden konnte; dass er sich im Kreis bewegte; dass er einen Mann mit normalem, gesundem Menschenverstand brauchte, der die Situation ruhig und objektiv betrachtete.

47

Gittel erschien frühzeitig am Freitag, um Miriam bei den Vorbereitungen für das Dinner zu helfen.

«Wirklich nett von dir, Gittel, aber ich schaffe es gut allein.»

«Hör zu, Miriam, bei mir brauchst du doch keine Umstände zu machen. Ich will mich nicht einmischen. Bei dem, was ich schon mit hunderten und aberhunderten von Familien erlebt hab, wo Schwiegertochter und Schwiegermutter in derselben Wohnung lebten, muss mir niemand erst sagen, dass keine Küche groß genug ist für zwei Frauen. Ich hatte mir vorgestellt, ich setze mich nur ruhig her und leiste dir Gesellschaft.» Aber sie konnte es doch nicht unterlassen, Ratschläge zu geben. «Eine Zwiebel in die Suppe, Miriam. Das solltest du immer tun, eine Zwiebel mitkochen. Uri sagt, dann schmeckt sie wie hausgemacht.» Auf Miriams Einwand, David möge keine Zwiebeln, antwortete sie: «Aber eine – das gibt der Sache erst den richtigen Pfiff. Und wir lassen sie ja nicht drin. Wir kochen sie nur mit. Du wirst sehen, ein ganz anderes Aroma.» Und als der Rabbi später bei Tisch die Suppe lobte, blinzelte sie Miriam zu – na, hab ich's dir nicht gesagt?

«Nein, Miriam, den Fisch nicht durch den Fleischwolf drehen, sondern wiegen. Ich weiß, die Amerikanerinnen machen das so, weil's einfacher ist. Aber wenn du den Fisch durchdrehst, gibt's eine Paste, und die wird dann beim Kochen hart.» Sie wühlte in den Schränken herum, fand das Wiegemesser und eine große Holzschüssel, nahm sie auf den Schoß und fuhrwerkte drauflos, «damit du siehst, wie du's machen musst». Dabei schwatzte sie unaufhörlich – von der Wohnungseigentümerin, die sie erst letzte Woche besucht hatte und die ausgezeichnet mit ihrer Schwester zurechtkam; von Sarah Adoumi, bei der sie auf einen Sprung hereingeschaut hatte, bevor sie herkam, und wegen deren Behandlung im Hadassa sie schwere Bedenken hatte. Unwillkürlich beschleunigte sie ihren Arbeitsrhythmus, sobald sie etwas erwähnte, das sie ärgerte.

Ihr Hauptthema war jedoch ihr Sohn Uri, und dann steigerte sie ihr Tempo zu einem Furioso, um ihrer Enttäuschung über ihn Ausdruck zu verleihen. «Er ist groß wie sein Vater und ein hübscher Junge. Das finde nicht nur ich als seine Mutter. Du wirst schon selber sehen, wenn er nachher kommt. Und beliebt ist er. Die Mädchen sind alle verrückt nach ihm. Er könnte an jedem Finger zehn haben. Und was tut er? Er verliebt sich in ein Mädchen aus armer Familie. Tunesier oder Marokkaner oder so was. Sie behaupten ja, da wär ein Unterschied, aber ich konnte den nie erkennen. Außerdem ist sie auch noch dunkel wie 'ne Araberin. Und er wird plötzlich fromm, weil ihre Familie sehr streng gläubig ist. Das sind die immer. Sie ist deswegen sogar vom Militärdienst befreit. Uri behauptet, sie wollte schon, aber ihr Vater hat sie nicht gelassen. Kann ja sein. Wenn das stimmt, dann hat sie jedenfalls mehr Respekt vor ihren Eltern als er vor seinen. Er betet sogar jeden Morgen, mit Gebetsriemen. Wie konnte das bloß passieren? Er ist doch in einem aufgeklärten Haus aufgewachsen.»

«Mein David betet jeden Morgen.»

«Jetzt auch? Du hast doch gesagt …»

«Er denkt daran, seinen Beruf zu wechseln, nicht seinen Glauben.»

«Na, ein Rabbi muss das wohl; ist ja schließlich sein Metier. Und inzwischen wird's ihm zur Gewohnheit geworden sein.» Es war offenkundig, dass sie das Beispiel ihres Neffen nicht als schlüssigen Beweis betrachtete. «Und neuerdings spricht er davon, in einen religiösen Kibbuz zu gehen, wenn er aus der Armee ausscheidet. Hast du 'ne Ahnung, was das bedeutet? Er wird jedes Jahr ein Kind haben und sein ganzes Leben lang Landwirt sein.»

«Findest du es nicht gut, im Kibbuz zu leben, Gittel?»

«Natürlich. Das gehört zu unseren großen sozialen Errungenschaften und Leistungen. Früher war es für den Aufbau des Landes notwendig. Aber heute liegen die Dinge anders.» Als Miriam nicht zu begreifen schien, erläuterte sie: «Ich meine, jetzt, wo das Land etabliert ist, da ist das nicht mehr nötig. Er könnte Arzt werden oder Ingenieur oder Naturwissenschaftler. Uri hat einen guten Kopf.» Und als Miriam anscheinend immer noch nicht verstand, sagte sie ungeduldig: «Ist es denn so ungewöhnlich, wenn eine Mutter sich das für ihren Sohn wünscht? Kein leichteres Leben, nein, aber die Chance, seine Fähigkeiten voll zu entwickeln?»

Miriam verfolgte das Thema nicht weiter, da es Gittel aufzuregen schien, sondern lenkte auf neutrales Gebiet ab. «Meinst du, er bringt seine Freundin mit?»

«Ich hab gestern mit ihm telefoniert. Er sagt, nein. Ihr Vater hat was dagegen; er hält es nicht für schicklich. Da bekommst du mal eine Vorstellung, wie sie erzogen ist. Sie sind letzten Endes Orientalen.»

«Möchtest du sie denn nicht gern sehen?»

«Dies Vergnügen kann ich mir für später aufsparen.»

Am frühen Abend ging der Rabbi in die Synagoge, und als er nach dem Gottesdienst zurückkam, waren die Kerzen bereits angezündet und der Tisch mit den zwei Weißbrotzöpfen, den *Barches,* dem Weinkrug und den Gläsern neben dem Teller des Rabbi am Kopfende gedeckt. Die Frauen waren noch in der Küche beschäftigt, und der Rabbi ging im Wohnzimmer auf und ab, wobei er eine chassidische Melodie summte. Alles wartete auf Uri.

«Wird er 'ne Uniform anhaben?», erkundigte sich Jonathan bei Gittel.

«Was denn sonst?»

«Und bringt er sein Gewehr mit?»

«Er ist Offizier, da trägt er kein Gewehr.»

«Ach.» Jonathan war so offensichtlich enttäuscht, dass sie eilends hinzufügte: «Dafür hat er eine Pistole. Die hat er wahrscheinlich mit.» Die Minuten dehnten sich zu einer Viertelstunde, dann einer halben, und Miriam stellte fest, dass ihr Mann von Zeit zu Zeit auf die Uhr sah, während er im Zimmer umherwanderte. Gerade wollte sie Gittel fragen, ob sie nicht schon anfangen sollten, als sie hörten, wie die Haustür ging. Dann läutete es, Jonathan machte eilfertig auf, und da stand Uri.

Er entsprach genau den Schilderungen seiner Mutter. Hoch gewachsen, sonnengebräunt, sicheres Auftreten. Bei Jonathan hatte er im Nu gesiegt – die Uniform, die Stiefel, die Baskenmütze und natürlich vor allem die Pistole. Dem Rabbi schüttelte er bei der Vorstellung die Hand, Miriam aber küsste er herzlich auf den Mund. «Ein hübsches Mädchen muss man küssen», erklärte er. «Du hast doch nichts dagegen, David?» Seiner Mutter gegenüber benahm er sich, als habe er sie vor einer Stunde zuletzt gesehen. Miriam zuliebe sprach er Englisch, mit starkem, kehligem Akzent.

«Hast du dich gut amüsiert auf der Konferenz letzte Woche?», begrüßte er seine Mutter.

«Zu einer Konferenz geht man nicht, um sich zu amüsieren», gab sie tadelnd zurück.

Sie hatten sich weder geküsst noch umarmt; nur die Besitzergeste, mit der sie einen Fussel von seiner Jacke schnippte und dann ein Fältchen an der Schulter glättete, ließ eindeutig auf die verwandtschaftliche Beziehung schließen.

«Wozu denn? Um was zu lernen?» Dann frotzelnd: «Was können die dir schon beibringen?» An Miriam gewandt, erklärte er: «Sie trifft dort all ihre alten Busenfreunde – aus Jerusalem, aus Haifa, sogar aus Tel Aviv. Manche wohnen direkt in ihrer Nachbarschaft, aber sie bekommt sie nie zu Gesicht außer bei diesen Konferenzen.»

Gittel gab sich ihm gegenüber betont sachlich und ließ sich nichts von dem Stolz anmerken, mit dem sie Miriam von ihm erzählt hatte. Sie sprach in einem leicht ironischen Ton mit ihm, doch wenn sie seine Freundin erwähnte, wurde er bewusst bitter sarkastisch. Seine Antworten waren tolerant und gutmütig; nur manchmal brauste er gereizt auf und machte eine beißende Bemerkung, gewöhnlich auf Hebräisch.

«Ihr Vater hat sie wohl nicht gehen lassen, weil er dachte, hier ist es nicht koscher?», fragte Gittel.

«Hör mal, ich hab dir das schon am Telefon erklärt, weil ich mich nicht mit dir streiten wollte. Es war *meine* Idee, dass sie heute Abend nicht mitkommen sollte.»

«Ach, du wolltest nicht, dass sie mich kennen lernt? Schämst du dich vielleicht deiner Mutter?»

«Keine Sorge. Du wirst sie kennen lernen. Und Miriam und David hoffentlich auch. Aber nicht alle zusammen, zumindest nicht beim ersten Mal. Weil du bestimmt irgendwas sagen würdest, und dann bekämen wir Krach. Und ich möchte David und Miriam nicht den Sabbat verderben. Sie wollte kommen, aber ich hab sie überredet, es nicht zu tun.»

«Wollen wir zu Tisch gehen?», schlug der Rabbi versöhnlich vor.

Sie standen hinter ihren Stühlen, während er den *Kiddusch* anstimmte. Uri hatte die Baskenmütze mit einer schwarzseidenen *Jarmulke* vertauscht. Gittel sagte nichts, doch der verkniffene Mund verriet ihre Enttäuschung. Als sie sich zum Essen setzten, sagte sie: «Der Fetzen Seide ist heiliger als deine Militärmütze? Vielleicht deckt er mehr zu?»

Er lächelte gutmütig. «Aus der Uniform rauszukommen, und wenn's auch nur ein Stückchen ist, gibt einem das Gefühl, wirklich auf Urlaub zu sein.»

«Diese Argumentation versteht deine Freundin bestimmt besser als ich. Du hast sie doch heute gesehen, nehme ich an.»

«Ja, ich hab Esther gesehen», entgegnete er trotzig auf Hebräisch. «Wir sind eine Weile im Park rumgebummelt, und dann bin ich hergefahren. Was ist dabei?»

«Es wundert mich, dass ihr Vater nicht verlangt hat, du sollst mit ihm zur *Schul* gehen, wahrscheinlich zur Klagemauer.»

«Er hat mich gefragt, und wenn ich nicht hergekommen wäre, hätte ich ihn begleitet. Er geht nicht zur Klagemauer, sondern in eine kleine *Schul* im orthodoxen Viertel, die ich sehr gern mag.»

«Jetzt hat er auch noch eine Vorliebe für eine bestimmte *Schul*, mein Sohn. Er entwickelt sich zu einem richtigen Rabbi. Jeden Tag legt er die Gebetsriemen an und betet …»

«Na und? Wenn du dich an was erinnern willst, bindest du dir einen Faden um den Finger. Was ist also dabei, wenn ich mir einen Lederriemen um den Arm und einen um die Stirn binde …»

«Um dich woran zu erinnern?», fragte seine Mutter.

Er zuckte die Achseln. «Ich weiß nicht. Vielleicht daran, dass ich, wenn ich allein patrouilliere, doch nicht allein bin. Es besteht immer die Möglichkeit, eine Kugel von einem Heckenschützen zu erwischen oder auf eine Mine zu treten. Kein angenehmer Gedanke, dass es nur Glückssache ist, dass es nicht passiert wäre, wenn du nicht diesen einen Schritt mehr gemacht hättest. Da ziehe ich den Gedanken vor, dass es einen großen Plan gibt, von dem ich ein Teil bin, ja, und selbst wenn ich erschossen werde, gehört es zu diesem Plan. Sieh mal, all das hier, die Kerzen, der Wein, die *Challa*, die ganze Idee des Sabbat – wunderschön ist das. Kann etwas schön sein und keinen Sinn haben? Du selber zündest doch auch die Kerzen zu Hause an.»

«Der Sabbat ist in Wirklichkeit keine Sache der Religion», entgegnete seine Mutter heftig, «sondern vielmehr ein wichtiger sozialer Beitrag, den wir geleistet haben.»

«Sind nicht alle religiösen Bräuche soziale Beiträge, gesellschaftliche Errungenschaften?», fragte der Rabbi milde.

Gittel legte den Kopf schief und überlegte. «Dein Mann hat eine merkwürdige Art, die Dinge zu betrachten, Miriam», meinte sie. Dann zum Rabbi: «Du kannst Recht haben, aber sogar eine große soziale Neuerung kann mit der Zeit zum reinen Aberglauben werden. Nimm meinen Sohn …»

«Ach, hör auf, Gittel», protestierte Uri, «es muss doch außer mir noch andere Gesprächsthemen geben. Hast du Sarah gesehen?»

«Ja, und Abner auch. Er war gerade im Krankenhaus, als ich kam. Und ich hab ihm ins Gesicht gesagt: ‹Abner Adoumi›, hab ich gesagt, ‹wenn du willst, dass deine Frau …›»

«Ja, ich weiß», unterbrach Uri. «Er soll seine Stellung aufgeben.»

«Du hast immer noch nicht erklärt, wieso sie so gefährlich ist», sagte der Rabbi.

«Was er genau tut, weiß ich nicht, nur dass er ein hoher Regierungsbeamter ist …»

«Mach's halb lang, Gittel, du weißt sehr gut, dass er beim *Shin Bet* ist», sagte ihr Sohn.

«Ich weiß nichts dergleichen. Weder er noch Sarah haben mir je was davon gesagt, und ich werde mich hüten zu fragen. Und ich hätte gedacht, du als Angehöriger der Armee solltest soviel Verstand haben, das nicht zu erwähnen.»

«Wieso? Meinst du, David und Miriam werden das überall herumposaunen? Vielleicht sollte ich rausfahren und sie besuchen, wenn ich schon hier bin.»

«Wann? Morgen? Geht nicht. Deine frommen Freunde würden das nicht zulassen, weil du fahren müsstest. Keine Besucher im Hadassa am Sabbat. Nicht mal Abner darf zu seiner eigenen Frau. Für die ist es ein schlimmes Verbrechen, und wir anderen müssen uns ihren Ansichten beugen. Dabei sind sie nicht mal echte Israelis; sogar die Sprache können sie nicht …»

«Und die Angelsachsen und Yankees, die das Hadassa und auch dein Hospital leiten, nennst du die echte Israelis? Was die Sprache angeht, die wollen sie ja nicht mal erlernen. Manche von ihnen sind dreißig Jahre und länger hier im Land und können immer noch keine hebräische Zeitung lesen oder die hebräischen Radionachrichten verstehen.»

«Es gibt hier also eine Frage, wer ein ‹echter Israeli› ist?», mischte sich der Rabbi freundlich in die Unterhaltung. «Für mich ist das ein Zeichen, dass der Staat völlig etabliert ist. Während der Bildung und Gründung eines Staates ist gewöhnlich keine Zeit für solche Streitigkeiten.»

«Du verstehst das nicht, David», sagte Uri ernst. «Du bist noch nicht lange genug hier. Es ist eine Frage des Prinzips …»

«Nein, Uri, es ist eine Frage der Logik», entgegnete der Rabbi bestimmt. «Jeder israelische Staatsbürger ist automatisch ein echter Israeli. Einige sind vielleicht typischere Vertreter als andere. Ich nehme an, ein Pekinese ist ein weniger typischer Hund als ein Dobermann, trotzdem ist er ein echter Hund. Was könnte er sonst sein? Euer Sprachtest würde viele Menschen ausschließen, die herkamen und hier starben, um das Land zu gründen. Dein eigener Vater hat auch nicht Hebräisch gesprochen, wie ich gehört habe.»

«Mein Mann war Jiddist», erklärte Gittel steif. «Er hat aus Prinzip nicht Hebräisch gesprochen.»

«Und die religiösen Gruppen, zumindest einige, sprechen es ebenfalls aus Prinzip nicht», sagte der Rabbi. «In ihren Augen ist es eine heilige Sprache und darf folglich nicht für weltliche Dinge benutzt werden.»

«Niemand hat wirklich was dagegen, dass sie nicht Hebräisch sprechen oder so fremdartig gekleidet sind», meinte Gittel. «Wogegen wir Einwände haben, ist, dass diese Leute weniger als fünfzehn Prozent der Gesamtbevölkerung ausmachen, aber versuchen, uns anderen ihre Bräuche aufzuzwingen.»

«Würdest du einer politischen Gruppe das Recht absprechen, ihre Intelligenz zu benutzen, um ihren Einfluss zu vergrößern und ihre Ideen zu propagieren?», fragte der Rabbi. «Und vergiss nicht, bei ihnen ist es eine nicht nur politische

Grundsatzfrage. Sie mögen sich irren, aber sie glauben, göttliche Gebote auszuführen.»

«Fanatiker!», sagte Gittel. «Das sind sie – Fanatiker.»

Der Rabbi legte den Kopf auf die Seite und lächelte. «Selbst Fanatiker haben ihren Zweck. Sie bilden ein Ende der normalen Kurve, die uns alle umfasst. Wären sie dem Mittelpunkt ein wenig näher, dann wären die am anderen Ende um genau das Stück weiter weg. Wenn wir alle vor ein paar hundert Jahren ‹aufgeklärt› worden wären – wären wir dann heute ein Volk?»

Gittel schob ihren Teller beiseite, stützte die Ellbogen auf den Tisch und beugte sich mit kampflustig funkelnden Augen nach vorn. «David, du bist zwar ein Rabbi, aber du hast keine Ahnung, wovon du redest. Das ist nicht deine Schuld», fügte sie großmütig hinzu, «du hast nicht lange genug hier gelebt, um zu wissen, was sich tut. Es dreht sich nicht nur um die Beschränkungen, die sie uns anderen am Sabbat aufzwingen, sondern es gibt ganze Gebiete, über die sie unumschränkte Macht ausüben. Sie bestimmen über Eheschließungen; sie bestimmen, wer ein Jude ist. Praktisch beherrschen sie unsere Hotels und Restaurants. Und alles auf der Grundlage uralter Vorschriften, die keine Beziehung mehr zu einer modernen Gesellschaft haben. Weil ein Mann zufällig Cohen heißt, verweigern sie ihm die Genehmigung, eine geschiedene Frau zu heiraten, mit der Begründung, er entstamme der Familie der Kohanim, das heißt Priester, und nach dem Leviticus oder Deuteronomium oder sonst was darf der Priester keine geschiedene Frau heiraten. Eine Frau erduldet alle möglichen Grausamkeiten und Misshandlungen von ihrem Mann und kann keine Scheidung bekommen, weil nur der Ehemann sie gewähren darf.»

«Der Ehemann kann vom rabbinischen Gericht angewiesen werden, die Scheidung zu gewähren», sagte Uri, «und sie können ihn sogar ins Gefängnis bringen, wenn er sich weigert.»

«Und was ist, wenn er bereits im Gefängnis sitzt?», fragte seine Mutter. «Und was ist mit den Kindern von jüdischen Vätern und nichtjüdischen Müttern, die von den Gerichten zu Nicht-Juden erklärt wurden ...»

«Aber wenn sie übergetreten ist ...»

«Diese Leute entscheiden, ob es sich um einen richtigen, gültigen Glaubenswechsel handelt», schloss sie triumphierend.

Der Rabbi lehnte sich zurück. «Und welches Gesetz hat jemals jedermann genau gleich behandelt? Es gibt immer Ausnahmefälle, die dem Einzelnen gegenüber ungerecht sind. Aber die Gesellschaft duldet sie, weil ein vollkommenes Gesetz unerreichbar und das Leben ohne Gesetz undenkbar ist. Gibt es zu viele solcher Ausnahmefälle – das heißt, wenn die Fälle keine Ausnahmen mehr sind und zur Regel werden –, dann ändert man entweder das Gesetz, oder es wird etwas modifiziert, neu ausgelegt, um es der neuen Situation anzupassen. Und ebendas ist hier in der Frage der Mischehen geschehen. Doch wenn es nicht eine Gruppe von Zeloten gäbe, die darauf dringen, dass die strenge Auslegung des Gesetzes erhalten bleibt, wer ein Jude ist und wer nicht – sagt mir bitte, wie lange eurer Meinung nach dann Israel ein jüdischer Staat bleiben würde? Wie lange würde es dauern, bis es restlos kosmopolitisch wäre? Und welche Rechtfertigung gäbe es dann, es als eigenen Staat zu belassen?»

Jonathan gähnte ausgiebig und zog damit sofort die allgemeine Aufmerksamkeit auf sich.

«Das arme Kind», sagte Gittel, «unser Gerede hat ihn müde gemacht.»

«Er gehört längst ins Bett», erklärte Miriam. «Komm, Jonathan, gib Daddy und Tante Gittel und Uri einen Kuss und sag gute Nacht.»

Pflichtschuldigst machte Jonathan die Runde und blieb vor Uri stehen. «Gehst du heut Nacht noch weg?», erkundigte er sich ernsthaft.

«Uri schläft heute hier», beruhigte ihn Miriam. «Und wenn du gleich ins Bett gehst, bist du morgen früh frisch und munter und kannst mit ihm in die *Schul* gehen.»

Als sie den Abend viel später beendeten, teilte Gittel mit, sie werde auf dem Sofa schlafen, sodass Uri das Bett in Jonathans Zimmer haben könnte. Er protestierte, aber Gittel beharrte darauf, ihr sei das Sofa lieber. Miriam erklärte sie: «Ich möchte, dass er wenigstens eine Nacht ein bequemes Bett hat. Außerdem wird Jonathan sich freuen, wenn er ihn beim Aufwachen in seinem Zimmer vorfindet.»

Als sie Miriam half, das Sofa für die Nacht herzurichten, fragte sie: «Ist euer Freund, dieser Stedman, eigentlich schon nach Amerika zurückgefahren?»

«Nein, ich glaube nicht. Bestimmt hätte er sich vorher noch telefonisch von uns verabschiedet.»

«Sein Sohn steckt in einem ganz schönen Schlamassel, wie?»

«Keine Ahnung», sagte Miriam. «Wir haben uns Sorgen deshalb gemacht. Seit dem Abend im *King David* haben wir keine Silbe von Dan gehört. Wahrscheinlich ist er in Tel Aviv und sieht zu, was er bei der Botschaft ausrichtet.»

«Zu schade, er ist ein netter Mensch.»

«Möglich, dass er morgen zum *Kiddusch* vorbeikommt. Das macht er für gewöhnlich.»

«Dann sehe ich ihn ja vielleicht. Eventuell kann ich da helfen. Ich kenne massenhaft Leute.»

48

Es war kein Zufall, dass Marty Drexler und Bert Raymond am Samstagmorgen auftauchten; sie wussten, dass der Rabbi im Tempel war, und so konnten sie ungestört mit der Rabbitzin sprechen.

Sie öffnete ihnen die Tür. «Ach, Mr. Raymond – und Mr. Drexler. Der Rabbi ist in der Synagoge.»

«Ach. Na, das hätte ich mir eigentlich denken können.» Raymond hörte sich enttäuscht an, machte jedoch keine Anstalten zu gehen.

Um das verlegene Schweigen zu überbrücken, sagte Mrs. Deutch: «Möchten Sie nicht hereinkommen? Handelt es sich um etwas Dringendes?» Sie trat zur Seite, um die beiden vorbeizulassen. «Ich bin gerade bei der zweiten Tasse Kaffee. Wollen Sie mir dabei Gesellschaft leisten?»

«Mit dem größten Vergnügen, Mrs. Deutch», sagte Marty.

Sie holte Tassen, und sie setzten sich um den Tisch und plauderten. Beide lehnten ab, als sie ihnen zum zweiten Mal einschenken wollte. Marty hob abwehrend die Hände und erklärte: «Der Kaffee ist ausgezeichnet, aber eine Tasse ist mehr als genug für mich. Weshalb wir den Rabbi sprechen wollten … also es dreht sich darum, ob er zu einem Entschluss gekommen ist … in der Sache, über die wir uns vergangene Woche mit ihm unterhalten haben. Hat er Ihnen davon erzählt?»

«Ja, er hat's erwähnt», sagte sie vorsichtig.

«Das betrifft Sie ja genauso wie ihn. Was halten Sie davon, wenn Sie hier bleiben, Mrs. Deutch?», fragte Raymond.

«Die Entscheidung liegt bei Hugo.» Sie räumte die Tassen ab. «Das werden Sie doch verstehen, Mr. Raymond.»

«Na klar», meinte Marty. «Bei mir zu Hause entscheide ich, und meine Frau sagt mir, wie ich entscheiden soll. Und das wird wohl in den meisten Familien dasselbe sein, nehme ich an. Außerdem kann ich mir vorstellen, dass der Rabbi auf Sie hört und viel auf das gibt, was Sie sagen.»

«Na ja, natürlich …»

«Ich meine, wenn Ihnen der Gedanke nicht gefällt, wenn Sie finden, der Rabbi ist zu alt, um eine neue Stellung zu übernehmen … oder wenn Sie vorhaben, sich in Florida zur Ruhe zu setzen, dann sind wir auf der falschen Fährte, und je eher wir das wissen, desto schneller können wir uns mit neuen Plänen befassen.»

«Soweit es mich angeht, mir gefällt es hier. Und Hugo auch, das weiß ich. Ob er zu alt ist, darüber müssen Sie und Ihr Vorstand entscheiden. Ich weiß, er ist nicht der Meinung. Und ich auch nicht. Und uns in Florida zur Ruhe setzen … ich bin sicher, nichts liegt ihm ferner als das.»

«Also, wenn wir Sie auf unserer Seite haben …»

«Ich kann Ihnen aber sagen, was ihm am meisten Kopfschmerzen bereitet», fuhr sie fort, «nämlich ob es sich hier tatsächlich um eine Stellung handelt.»

«Ich weiß, was Sie meinen», entgegnete Raymond ernst, «und ich habe Rabbi Deutch selbstverständlich erklärt, dass wir an ihn herangetreten sind, weil wir Grund zu der Annahme hatten, dass hier eine Stellung frei ist.»

«Hören Sie, Mrs. Deutch», sagte Marty Drexler impulsiv. «Ich werde meine Karten auf den Tisch legen. Als Rabbi Small Urlaub nahm – und ich betone ‹nahm›, denn er wurde ihm weiß Gott nicht angeboten –, da war, was mich betrifft, der Job auf der Stelle zu haben. Wäre das in meinem Büro passiert, hätte ich bereits einen Ersatz gehabt, bevor der Knabe noch seine Whiskeyflasche aus der Schreibtischschublade geholt hätte. Und ich halte mich nicht für hartgesotten; ich bin nur fair. Ich hab nichts dagegen, dem anderen das zu geben, was ihm zusteht, solange ich das bekomme, was mir zusteht. Aber im Vorstand ist man scheint's der Meinung, bei Rabbinern wär das was anderes. Von mir aus. Also einigten wir uns darauf, einen Vertreter zu engagieren, nämlich Ihren lieben Mann, während Small auf drei Monate oder so was abhaut. Aber in der ganzen Zeit haben wir kein Wort von ihm gehört. Keine Silbe. Nicht mal eine Zeile ‹auf baldiges Wiedersehen›, na, was man eben so schreibt. Geschweige denn einen Brief, in dem er sich Gott behüte erkundigt, was sich hier tut. Kein Wunder, dass sich jetzt mehr Leute zu meiner Auffassung bekehrt haben – das heißt kurz und bündig: Hier ist ein Job frei, und wir können einen Wink mit dem Zaunpfahl, der schon mehr ein

Schlag mit dem Holzhammer ist, ebenso gut wie jeder x-Beliebige kapieren.»

«Haben Sie ihm geschrieben?»

«Wir denken gar nicht daran. Und wenn jemand vom Vorstand das vorschlagen würde, würde ich mich auf die Hinterbeine stellen und laut und deutlich Fraktur reden. Denn ich halte es für unter unserer Würde, ihm zu schreiben und zu betteln, er soll uns doch gütigst mitteilen, was er vorhat.»

«Und zu allem Überfluss, Mrs. Deutch», fügte Raymond hinzu, «waren zwei von unseren Gemeindemitgliedern in Israel und einen Tag mit Rabbi Small zusammen. Sie hatten den Eindruck – ich möchte gern fair sein –, dass er nicht zurückkommt und vielleicht sogar ganz aus dem Rabbinat ausscheidet.»

«Ehrlich gesagt fanden wir es auch etwas merkwürdig, dass Rabbi Small uns nicht geschrieben hat», gestand Mrs. Deutch.

«Das reicht mir!», rief Marty. «Was mich angeht, ist Rabbi Small endgültig weg vom Fenster.»

«Also, Marty ...», wandte Raymond ein.

«Sieh mal, Bert, ich steh schließlich mit meiner Meinung nicht allein da. Ich hab bei den Leuten im Vorstand auf den Busch geklopft, und mehr als die Hälfte sagen, wenn sie die Wahl hätten zwischen Rabbi Small und Rabbi Deutch, würden sie Rabbi Deutch nehmen, auch wenn das Krach bedeutet. Er ist unser Mann. So was wie ihn braucht der Tempel. Und ich werd Ihnen noch was sagen, Mrs. Deutch. Bert hier ist derselben Meinung, aber als Anwalt kann er eben nichts sagen, ohne einen Haufen Wenns und Abers reinzubringen. Ich dagegen sage Ihnen klipp und klar, Mrs. Deutch, der Job ist frei, Ihr Mann kann ihn haben, wenn er ihn will; aber er darf nicht einfach dasitzen und warten, dass er ihm in den Schoß fällt. Er muss schon danach greifen.»

«Ich versteh leider nicht ...»

«Aber sicher verstehen Sie mich. Er muss zeigen, dass er ihn haben möchte. Den Job oder das Geschäft hat's noch nicht gegeben, bei dem alles glatt und reibungslos über die Bühne geht. Ein bisschen drum bemühen muss man sich immer. So ist das Leben. Das muss man einkalkulieren. Und in diesem Fall sehe ich kein großes Problem. Aber Rabbi Deutch muss durchblicken lassen, dass er den Job möchte. Sonst wird es nach der Rückkehr von Rabbi Small Leute geben, die sagen, Rabbi Deutch ist ihnen zwar lieber, nach wie vor, aber Rabbi Small ist ein junger Mann mit Familie und so weiter. Und was geschieht dann als Erstes? Wir kriegen Zores, es gibt böses Blut, und etwas von dem ganzen Geseire trifft auch Ihren Mann.»

Mrs. Deutch nickte. «Ja, ich denke, ich verstehe Ihren Standpunkt.»

«Es ist also abgemacht, Mrs. Deutch?»

«Ich sagte ja schon, die Entscheidung liegt bei Hugo. Aber ich werde mit ihm reden, garantiert.»

«Mehr verlangen wir ja gar nicht», erklärte Marty. Er und Bert erhoben sich. «Sollte ich zufällig Rabbi Deutch begegnen … na ja, ich hatte nicht vor, ihm zu sagen, dass ich hier gewesen bin.»

«Ja, das halte ich auch für die bessere Taktik», nickte sie. «Ich werde kein Wort von Ihrem Besuch erwähnen.»

«Dann wird er denken, das Ganze kommt von Ihnen.»

Als sie im Wagen saßen, fragte Bert: «Meinst du, sie kann das zustande bringen?»

«Die Sache ist geritzt.» Marty lachte in sich hinein. «Ich bin weder Philosoph noch Psychologe oder so was, aber im Geschäftsleben hab ich gelernt, wie man Ehepaare abtaxiert – du weißt ja, sie kreuzen gemeinsam auf, wenn sie ein Darlehen haben wollen –, und da kann ich eigentlich immer genau sagen, wer von den beiden die Hosen anhat. Verlass dich drauf, in dem Haus hier ist sie diejenige welche.»

Uri war zu seiner Freundin gegangen; Jonathan hatte bereits seine «guten» Sachen, in denen er in der Synagoge gewesen war, gegen die gewohnten Shorts und den Pullover vertauscht und spielte im Hof mit Shauli. Die Smalls und Gittel saßen gemütlich bei Wein, Kuchen und Nüssen am *Kiddusch*-Tisch, als Dan Stedman auftauchte. Er hatte die Nummer von *Haolam* dabei und drückte sie dem Rabbi in die Hand.

«Da, sehen Sie, der Propagandaapparat wurde bereits in Bewegung gesetzt. In den nächsten Tagen geht's weiter und wenn es schließlich zur Gerichtsverhandlung kommt, hat die Presse das Urteil schon vorweggenommen.» Er sah verhärmt aus und hatte dunkle Ringe unter den Augen.

Der Rabbi betrachtete das Titelfoto und blätterte dann durch die Seiten. «Eine Monatszeitschrift», bemerkte er, «und dieses Heft muss schon vor einiger Zeit in Druck gegangen sein. Außerdem handelt sich's um eine bebilderte Zeitschrift, ähnlich wie unser *Life*. Die veröffentlichen jedes interessante Foto. Haben Sie das auf Seite zweiunddreißig gesehen? Diese Luftaufnahme muss direkt nach dem Sechs-Tage-Krieg gemacht worden sein. Und das von Memavet ist vom Fotografischen her höchst interessant.»

«Vermutlich», bestätigte Stedman müde. «Ich stecke so in der Sache drin, dass ich wahrscheinlich nicht mehr folgerichtig denke. Womöglich habe ich darüber schon Verfolgungswahn bekommen. Und dann war niemand da, mit dem ich darüber sprechen konnte …»

«Was ist denn passiert?», erkundigte sich Miriam.

«Ich …» Er hielt unsicher inne und sah die beiden Frauen nacheinander an.

«Wenn Sie nicht in meiner Gegenwart reden wollen, kann ich ja in die Küche gehen», erbot sich Gittel.

«Nein, nicht nötig. Es dauert höchstens ein paar Tage, bis

es sowieso jeder weiß.» Er kicherte hysterisch. «Sie können ebenso gut meine Seite der Geschichte zuerst hören.» Als er zu sprechen begann, wurde seine Stimme ruhiger, und bald berichtete er sachlich und objektiv, als diktiere er eine Reportage. Mitunter ließ er Kommentare einfließen – «ich kann verstehen, wieso die Polizei zu diesem Schluss gekommen ist» oder «das war furchtbar töricht von Roy». Beide Frauen fixierten ihn, während der Rabbi intensiv auf die Titelseite der Zeitschrift blickte, die vor ihm lag. Dan endete mit den Worten: «Ich kann nicht glauben, dass Roy so etwas Schreckliches gemacht haben soll.» Und dann schwächte er seine Worte mit dem Zusatz ab: «Ich bin sicher, sie haben nicht das Beweismaterial, das in einem regulären Prozess erforderlich wäre.»

Gittel hörte ihm mit zwiespältigen Gefühlen zu. Einerseits schien die Regierung der Meinung zu sein, dass der junge Mann mit den Terroristen in Verbindung gestanden und tatsächlich eine Gewalttat verübt hatte, durch die ein Mensch ums Leben gekommen war. Und andererseits tat ihr dieser nette Mann Leid, und das machte es schwer vorstellbar, sein Sohn könnte einer kriminellen Handlung schuldig sein.

«Warum nehmen Sie keinen Anwalt?», fragte sie. «Der könnte es ihnen zumindest ermöglichen, Ihren Sohn zu sehen.»

Stedman schüttelte den Kopf und nannte seine Gründe, die er zuvor schon Donahue auseinander gesetzt hatte. «Außerdem ist mein Freund in der Botschaft der Meinung, dass wir es hier mit *Shin Bet* zu tun haben und solche Fälle nicht nach der regulären Routine behandelt werden.»

«Was haben Sie also vor?»

«Er konnte den Namen des zuständigen Mannes eruieren, ein gewisser Adoumi. Ich hab versucht, mit ihm zu sprechen, aber er hat mich abwimmeln lassen.»

«Abner Adoumi?», fragte Gittel.

«Stimmt. Kennen Sie ihn?»

«Das kann man wohl sagen.»

«Ob Sie vielleicht eine Zusammenkunft mit ihm arrangieren könnten», bat er.

Ihr Gesicht wurde abweisend. «Ihr Sohn wird eines schweren Verbrechens gegen den Staat verdächtigt, Mr. Stedman. *Shin Bet* handelt nicht leichtfertig, davon bin ich überzeugt. Aber Abner Adoumi ist Staatsbeamter, und Sie haben ein Recht, ihn zu sehen. Man darf es ihm nicht durchgehen lassen, dass er sich vor seinen Verpflichtungen drückt. Ich fahre Sie zu ihm – gleich jetzt, wenn Sie wollen. Er ist wahrscheinlich zu Hause.»

Dan konnte seine Dankbarkeit nicht verbergen. «Aber ich kann nicht von Ihnen verlangen, dass Sie sich diese Ungelegenheiten machen. Wenn Sie mir bloß seine Adresse geben …»

«Und was würden Sie tun, wenn er Ihnen die Tür vor der Nase zuschlägt? Das bringt Abner glatt fertig. Nein, ich fahre Sie hin und sorge dafür, dass er Sie wenigstens anhört.»

«Haben Sie was dagegen, wenn ich mitkomme?», fragte der Rabbi.

«Durchaus nicht.» Stedman war jetzt in gehobener Stimmung. «Je zahlreicher wir aufkreuzen, desto besser. Dann sieht er, dass er die Sache nicht geheim halten kann.»

Der Renault sprang sofort an, Stedman saß neben Gittel und der Rabbi hinten. Sie schwiegen während der kurzen Fahrt, jeder in seine Gedanken versunken. Gittel hielt vor dem Haus in der Kol Tov Street, marschierte, die beiden Männer im Schlepptau, zur Tür und läutete.

Adoumi öffnete. «Was tust du denn hier, Gittel?», begrüßte er sie. «Wer sind die beiden?»

«Das ist mein Freund Daniel Stedman, und das mein Neffe, David Small.»

Er lächelte. «Aha, der Rabbi aus Amerika, der den Sabbat nicht einhält. Was wünschen Sie?»

«Wir möchten mit Ihnen sprechen», sagte Stedman. «*Ich* möchte das.»

Adoumi zögerte kurz und zuckte dann die Achseln. «Na gut, kommen Sie rein.» Er ging voran und wies entschuldigend auf die am Fußboden verstreuten Zeitungen und die allgemeine Unordnung im Zimmer. «Meine Frau liegt im Krankenhaus.»

«Und da musst du die Wohnung in einen regelrechten Schweinestall verwandeln, den sie gleich am ersten Tag ausmisten darf?», tobte Gittel. «Hast du etwa Angst, ihr könnte sonst die Arbeit ausgehen?»

«Ich wollte ja alles aufräumen, bevor sie zurückkommt», erwiderte er zerknirscht.

«Ich mach das schon. Du sprichst mit Mr. Stedman.» Sie begann, die Zeitungen aufzuheben. Adoumi bot den beiden Platz an.

Sie sahen ihr einen Moment zu, dann sagte Stedman: «Mein Sohn Roy …»

Adoumi unterbrach ihn schroff. «Ihr Sohn hat versucht, über die Grenze in feindliches Gebiet zu gelangen. Das ist eine militärische Angelegenheit, wenn ein Land sich im Kriegszustand befindet, und ein Fall für die Militärgerichte. Ich habe damit nichts zu tun.»

Dan Stedman ließ sich nicht einschüchtern. «Nach meinen Informationen liegt die Sache weitgehend in Ihren Händen. Und mein Informant ist zuverlässig», entgegnete er ruhig. Ehe Adoumi antworten konnte, fügte er hinzu: «Dieser angebliche Fluchtversuch über die Grenze – haben Sie das arrangiert?»

«Was meinen Sie damit?» Doch Adoumi war keineswegs wütend, er grinste sogar.

«Ich meine, dass mir alles zu gut zusammenpasst. Erst diese Sache mit der Polizei – man verhört ihn wegen des Bombenanschlags und versäumt dann tunlichst, ihm seinen Pass zurückzugeben. Hätte man konkrete Beweise gehabt, ihn mit der Sache in Verbindung zu bringen, wäre er auf der Stelle verhaftet worden. Da sie das aber nicht taten, halte ich es für möglich, dass Sie ihn veranlasst haben, eine Dummheit zu machen – wie zum Beispiel heimlich wegzulaufen.»

«Unschuldige türmen nicht», sagte Adoumi.

«Es sei denn, man treibt sie dazu», konterte Stedman. «War sein arabischer Freund einer von Ihren Leuten? Vielleicht zufällig ein Agent provocateur?»

«Wir schießen nicht auf unsere eigenen Agenten», erklärte Adoumi. «Sie haben zu viele Spionagefilme gesehen, mein Freund.»

«Was sich ein Regisseur in Hollywood zusammenphantasieren kann, ist einem Mann vom Geheimdienst genauso möglich. Er könnte sogar nur vorgetäuscht haben, angeschossen worden zu sein.»

«Nein, er wurde wirklich getroffen, glauben Sie mir. Aber er lebt und kann verhört werden.»

«Und *ist* auch verhört worden, nehme ich an», bemerkte der Rabbi.

Beide Männer wandten sich ihm zu, und Gittel unterbrach ihre Arbeit.

«Was meinen Sie damit?»

«Wenn er gefährlich verletzt wäre», begann der Rabbi schüchtern, «dann hätten Sie ihn meiner Meinung nach sofort verhört, um auf jeden Fall das, was Sie wissen wollten, vor seinem Ableben aus ihm herauszuholen. Und wäre er nicht gefährlich verletzt, würden Sie wohl kaum mit seiner Vernehmung bis zu seiner völligen Wiederherstellung gewartet haben. Also nehme ich an, Sie haben ihn verhört, und er hat offensichtlich nichts gesagt, was Roy belastet. Denn sonst hätten Sie sich vorhin nicht auf die strafbare Handlung der versuchten Grenzüberschreitung bezogen; Sie hätten vielmehr etwas Ernstlicheres gehabt, das Sie ihm zur Last legen.»

Gittel nickte ihrem Neffen anerkennend zu und ließ sich in einem Sessel nieder. Auch Adoumi sah ihn respektvoll an.

«Das ist rabbinischer *Pilpul*», sagte er. «Ich hätte nicht gedacht, dass ihr amerikanischen Rabbis euch mit dergleichen befasst. Ich sage nicht, dass Sie Unrecht haben.» Er überlegte kurz. «Nein», verbesserte er sich, «aber der Araber wird noch weiter verhört ...»

«Sicher», fiel ihm Stedman verbittert ins Wort, «und bevor Sie mit ihm fertig sind, hat er genau erraten, was Sie von ihm hören wollen.»

«Auf diese Tour arbeiten wir hier nicht», wehrte sich Adoumi gereizt.

«Jede Polizei arbeitet auf diese Weise, man könnte auch sagen, jeder, der eine Reihe von Fragen stellt, wie etwa ein Lehrer, und sei es nur unterbewusst», sagte der Rabbi ruhig. «Ich weiß nicht, was Roy veranlasst hat, aus Jerusalem fortzugehen. Es kann sein, dass sein arabischer Freund ihn dazu überredet hat, und der wiederum könnte von Ihren Leuten eingeschüchtert worden sein. Oder er hätte seine eigenen Gründe haben können. Aber wenn es eine strafbare Handlung war, dass Roy das Land verlassen wollte, so ist es sicherlich kein schweres Verbrechen. Sie halten doch hier Menschen nicht gewaltsam zurück wie in den Ostblockstaaten. Sie verlangen lediglich von ihnen, dass sie bestimmte Formulare ausfüllen und gewisse Richtlinien befolgen, wenn sie ausreisen wollen. Also haben Sie unter diesem Gesichtspunkt weiter nichts gegen ihn vorliegen, als dass er sich nicht an den amtlich vorgeschriebenen Weg hielt. Das würde normalerweise was nach sich ziehen? Einen gerichtlichen Verweis? Eine kleine Geldstrafe? Ein paar Tage Gefängnis? Folglich müssen Sie einen anderen Grund haben, ihn festzuhalten. Und das kann nur der Bombenanschlag auf die Wohnung in der Nachbarstraße sein. Wenn sich nun beweisen ließe, dass er damit nichts zu tun haben konnte ...»

«Und wie wollen Sie das beweisen?», forderte Adoumi ihn heraus.

Der Rabbi schob ihm die Ausgabe von *Haolam* über den Tisch zu. «Das Bild hier beweist es. Haben Sie's gesehen?»

Adoumi warf einen Blick auf die Zeitschrift. «Allerdings. Sie sagen also, hier ist etwas, das beweist, dass Ihr Mann es nicht getan haben konnte?» Er nahm das Magazin und studierte das Titelfoto, während die anderen ihn schweigend beobachteten. Dann ging er hinaus und kehrte sofort mit einem Vergrößerungsglas zurück, um jeden Quadratzentimeter des Fotos unter die Lupe zu nehmen. Schließlich legte er Vergrößerungsglas und Zeitschrift auf den Tisch und sah den Rabbi fragend an.

«Der Arzt brachte ihn zu Bett, bevor er ging», begann der Rabbi. «Er vermutete, und darin stimmten Ihre Leute wohl mit ihm überein, dass Memavet aufgestanden sein muss, um sich einen Drink aus der Flasche auf dem Sims einzuschenken.»

«Na und?»

«So, wie er die Flasche hält, hätte er sich keinen Drink eingießen können», erläuterte der Rabbi.

Adoumi schaute sich das Bild abermals an.

«Wenn er die Flasche schräg gehalten hätte, um einzuschenken, wäre ihm der Brandy den Arm heruntergeflossen», bemerkte der Rabbi.

«Vielleicht wollte er die Flasche mitnehmen, sie auf den Boden neben sein Bett stellen und sich von Zeit zu Zeit einen Schluck genehmigen.» Adoumi blieb unbeeindruckt.

Stedman und Gittel sahen den Rabbi an, der den Kopf bedächtig schüttelte und sagte: «Nein, das wollte er ebenso wenig. Die Flasche stand auf dem Sims. Die beiden Wohnungen sind identisch, Ihre und seine, und das Sims drüben ist genau wie dies hier» – er unterbrach sich, um hinüberzugehen und sich danebenzustellen –, «etwa in Schulterhöhe für ihn. Auf dem Bild hält er die Flasche mit dem Daumen nach unten, wie eine Keule.»

«Eine Keule? Ach ja, ich weiß schon.»

«Er konnte sie auf diese Weise nicht vom Sims herunternehmen, nicht ohne seinen Arm und die Schulter höchst unnatürlich zu verrenken. Selbst für Sie, der Sie viel größer sind, wäre es unnatürlich.»

Adoumi erhob sich, ging zum Sims hinüber und vollzog die Bewegung nach. «Stimmt», räumte er ein. «Aber warum ...»

«Warum er sie so hielt? Um sie als Waffe zu benutzen, natürlich! Das ist der einzige Grund, die Flasche wie eine Keule zu halten, denn als solche wollte er sie ja benutzen. Und das bedeutet, dass jemand im Zimmer war, den er entweder angreifen oder gegen den er sich verteidigen wollte.»

«Aber ...»

«Und das kann Roy nicht gewesen sein, denn als er hinkam, ging der Arzt gerade und hatte die Tür hinter sich zugemacht.»

«Er hätte später zurückkommen und hineingehen ...»

«Wenn die Tür verschlossen war?»

Auf Stedmans Gesicht zeigte sich der Anflug eines Lächelns, und Gittel nickte beifällig.

«Aber hören Sie doch» – Adoumi war aufgebracht –, «wenn die Tür verschlossen war, und niemand hereinkommen konnte, dann brauchte er sich doch nicht mit der Flasche zu bewaffnen. Was also bedeutet, dass er sie aus irgendeinem anderen Grund so gehalten haben muss.»

«Es sei denn, er hatte sie gegen jemand gerichtet, der dort war, ehe die Tür geschlossen wurde.»

«Aber das ist doch absurd. Es war ja nur der Doktor da. Wieso sollte er sich gegen ihn mit einer Waffe versehen?»

«Warum fragen Sie den Doktor nicht danach?»

«Er ist außer Landes.» Adoumi nagte verärgert an seiner Oberlippe. Dann hellte sich seine Miene auf, und er lächelte. Er setzte sich wieder hin. «Das ist alles sehr interessant, aber völlig abwegig. In jedem Fall dieser Art findet man verwirrende Teilaspekte, das ist nicht neu. Das Entscheidende ist, dass der Mann durch eine Bombe getötet wurde ...»

«Woher wissen Sie das?», warf der Rabbi rasch ein. «Das Foto zeigt, dass er einen Schlag auf den Kopf erhielt, an der Schläfe. Er könnte doch auch einen Stoß bekommen haben und mit dem Schädel gegen die Ecke des Simses geprallt sein.»

«Ja, und haargenau dasselbe hätte durch die Wucht der Explosion passieren können.» Adoumi war wieder ganz ruhig, die momentanen Zweifel, die durch die Argumentation des Rabbi ausgelöst wurden, waren verschwunden. Er sprach gleichgültig, sogar ironisch weiter. «Oder wollen Sie etwa damit andeuten, dass irgendjemand, nachdem Memavet mit dem Doktor kämpfte oder was immer, des Wegs gekommen wäre und ihm eine Bombe aufs Fensterbrett gelegt hat? Das wäre schon ein recht bemerkenswerter Zufall, wie Sie selbst zugeben müssen. Überdies sind wir in erster Linie an der Bombe interessiert, und Sie haben nicht bewiesen, dass Ihr junger Mann nicht hätte zurückkommen und sie deponieren können, ob die Tür nun verschlossen war oder nicht.»

«Wie Sie sagen, es wäre ein bemerkenswerter Zufall und daher nicht sehr wahrscheinlich», räumte der Rabbi ein. «Wenn Memavet dagegen durch einen Schlag auf den Schädel getötet worden wäre, dann wäre der Killer derjenige, der die Bombe hingelegt hat. Und das wiederum wäre wahrscheinlich.»

«Wieso? Warum sollte er ihn noch in die Luft sprengen wollen, wenn er ihn bereits umgebracht hatte?»

«Wieso?», wiederholte der Rabbi. «Weil jeder einen anderen durch einen Schlag über den Kopf ermorden kann, und daher auch jeder als Verdächtiger infrage kommt. Bei einer Bombe aber schließt man auf Terroristen, und sie sind für gewöhnlich auch entgegenkommend genug, die Urheberschaft zu beanspruchen.»

«Aber Sie haben angedeutet, dass Dr. Ben Ami den Mord begangen hat. Woher sollte er eine Bombe haben? Schließlich pflegen Ärzte keine Bomben mit sich in der Tasche herumzutragen.»

Der Rabbi war offensichtlich in Nöten. «Ich bin relativ neu hier, daher weiß ich nicht, was möglich ist und was nicht. Aber das Land befindet sich im Kriegszustand, und das seit geraumer Zeit. Ich denke, es dürfte nicht so schwierig sein, an eine Bombe, oder zumindest an Sprengstoff, zu gelangen. Gittel erwähnte, dass Dr. Ben Ami Ihnen die Wohnung verschafft hat, daher nahm ich an, vielleicht hat er irgendeine Beziehung zu dem Bauunternehmer …»

«Er ist der Bruder von Phil Resnik», warf Adoumi ein. «Na und?»

«Nun, bei Bauunternehmungen wird häufig gesprengt, und ich dachte …»

«Sie dachten, er könnte einfach zu seinem Bruder gehen und ihn um ein paar Stäbe Dynamit bitten?», fragte Adoumi lachend. «Haben Sie sich vorgestellt, Phil Resnik hat seinem Bruder Dynamit zum Experimentieren gegeben, oder Dr. Ben Ami ist, nachdem er Memavet umgebracht hat, zu seinem Bruder gelaufen, hat sich das Dynamit geholt, die Bombe damit gebastelt und vielleicht noch einen Zeitzünder eingebaut und ist hierher zurückgelaufen?» Sein Blick streifte Stedman und Gittel, die sich vor Verlegenheit wanden. Er fuhr nicht unfreundlich fort: «Eine gute Leistung, Rabbi, sogar wirklich scharfsinnig. Nur hat es sich nicht um eine solche Art von Bombe gehandelt. Es war vielmehr ein spezieller Typ, den die Terroristen schon vorher verwendet haben. Sieht wie ein kleines Plastikradio aus. Wir haben die Beschreibung in der Presse veröffentlicht …» Seine Stimme verlor sich, als er erkannte, dass der Rabbi nicht zuhörte, sondern an die Decke starrte.

«Resnik, Resnik», murmelte er. «Das muss es sein.» Er beugte sich vor. «Als wir bei Memavet waren, Dan, sein Sohn und ich, hat er uns eine lange Geschichte von einem schrecklichen Unrecht erzählt, dass ihm durch einen gewissen Dr. Rasnikow zugefügt worden war.»

«Stimmt», bestätigte Stedman. «Ich erinnere mich. Rasnikow war der Name des Arztes, der ihn dem Waldarbeiterkommando zuteilte.»

«Wir waren völlig Fremde für ihn», fuhr der Rabbi fort. «Aber trotzdem erzählte er sie uns. Offensichtlich war das eine fixe Idee von ihm, und er hat wahrscheinlich zu vielen Menschen davon gesprochen.»

Der Rabbi stand auf und begann umherzuwandern. Die Blicke der anderen folgten ihm. «Rasnikow, Resnik – der gleiche Name. Ich kann nicht Russisch, aber ich weiß, dass ‹ow› im Russischen ein gebräuchliches Suffix ist und ‹Sohn des› bedeutet. Ich hab freilich keine Ahnung, was Resnik heißt …»

«*Schochet*», sagte Gittel prompt, «ein *resnik* ist ein *Schochet,* ein ritueller Schlächter.»

«Tatsächlich? Jedenfalls ist es derselbe Name – *Schochet* oder Sohn eines *Schochet.* Der eine, der Bauunternehmer Phil, ging nach Amerika und machte aus Rasnikow den amerikanisierten Namen Resnik, aus dem gleichen Grund nannte sich die Familie in Russland Rasnikow, weil das russischer klang. Und der andere Bruder, der hierher kam, wählte einen israelischen Namen, weil – weil viele Leute das tun und der Staat das fördert …»

«Man füllt ein Formular aus und bezahlt ein Pfund», sagte Gittel.

«Genau. Und obwohl *Schochet* bei uns ein angesehener, ehrenwerter Beruf ist, nahm er nicht den Namen Schochet oder Ben Schochet oder Bar Schochet an, vermutlich wegen der für einen Mediziner nicht eben geglückten Gedankenverbindung. Und Memavet konnte ja nicht wissen, dass Ben Ami identisch mit Rasnikow war, und zögerte deshalb nicht, ihn anzurufen, als er einen Arzt brauchte. Das ist ein Zufall, wenn Sie wollen, aber ein in diesem Land recht wahrscheinlicher.»

«Und Sie meinen, die beiden haben sich gegenseitig erkannt?»

«Wenn die Geschichte sich so abgespielt hat, wie Memavet

sie uns erzählte, dann bezweifle ich, dass der Arzt ihn wiedererkannt hat», antwortete der Rabbi. «Es ist möglich, aber nicht wahrscheinlich. Der Doktor hatte ihn nur zweimal und das nur kurz gesehen. Es gab keinen Grund, weshalb er sich an ihn erinnern sollte. Anders bei Memavet. In seinem Gedächtnis hatte sich dieses Gesicht Zug um Zug eingegraben. Ich vermute, er redete ihn mit seinem früheren Namen an ...»

«Und da erinnerte sich der Doktor an ihn, und es kam zu einem Kampf?»

«Es ist eher anzunehmen, dass Memavet mit der Flasche auf ihn losging und der Doktor ihn heftig wegstieß, sodass er mit dem Kopf gegen das Sims schlug.»

Schweigen. Alle Augen waren auf Adoumi gerichtet, der angestrengt überlegte. «Möglich», sagte er schließlich. «Aber die Bombe – wie konnte er an eine Bombe gelangen?»

«Wenn er es versucht hätte, wäre es wahrscheinlich fehlgeschlagen», erwiderte der Rabbi, «aber nachdem so viel in der Presse über diese Bomben geschrieben und außerdem ein Foto davon veröffentlicht worden war, musste er wissen, um was es sich handelte, wenn er eine sah.»

«Was meinen Sie damit?»

«Es war kein Wagen in der Mazel Tov Street und keiner vor Memavets Haus geparkt. Das hat Roy mit Bestimmtheit erklärt. Was bedeutet, dass der Arzt zu Fuß gekommen sein muss. Woher? In seiner Presseerklärung sagte er, er habe seinen Besuch bei Memavet vor einem anderen eingeschoben. Also muss er hierher gekommen sein, um Ihre Frau zu besuchen. Irgendwo anders, selbst in unmittelbarer Nähe, wäre er ins Auto gestiegen. Aber wenn er zuerst hier gewesen war, hätte er nicht wieder das Auto genommen und in dieser schmalen, morastigen Straße gewendet, sondern vielmehr den Durchgang benutzt, der beide Straßen verbindet. Demnach muss er von hier gekommen sein.»

«Das stimmt genau, denn er rief mich im Büro an und fragte, wann ich nach Hause käme, er habe mir etwas Wichtiges mitzuteilen.»

«Hat er das so formuliert?», erkundigte sich der Rabbi neugierig. «Mit genau diesen Worten?»

Adoumi schob die Lippen vor und blickte zur Decke. Dann sah er den Rabbi an und nickte. «‹Ich hab dir was Wichtiges zu erzählen.› Doch, genau das hat er gesagt, denn ich nahm zuerst an, er käme gerade von Sarah und hätte irgendeine plötzliche Veränderung in ihrem Zustand festgestellt. Aber dann sagte er, er wäre noch gar nicht da gewesen, es hätte kein Licht in der Wohnung gebrannt und daher hatte er angenommen, dass ich noch nicht zu Hause war. Oder vielleicht hat er auch festgestellt, dass mein Wagen nicht an der Stelle stand, wo ich ihn sonst immer parke.»

«Aber er wusste, welche Position Sie bekleiden, was für eine Arbeit Sie tun?»

«Na, freilich. Nicht weil er ein Freund von uns war, sondern» – er lächelte schwach –, «weil die Möglichkeit bestand, dass die Krankheit meiner Frau vielleicht mit meiner Arbeit zusammenhängt. Gittel predigt mir unermüdlich, wenn ich will, dass meine Frau gesund wird, soll ich meinen Job aufgeben.»

Gittel nickte nachdrücklich. «Und der Meinung bin ich nach wie vor, Abner.»

Bevor Adoumi antworten konnte, sagte der Rabbi: «Das erklärt einiges, nicht wahr?»

«Was erklärt es?», wollte Adoumi wissen.

«Es erklärt, weshalb er die Polizei nicht benachrichtigt hat, als er die Bombe fand», verkündete der Rabbi triumphierend.

«Was für eine Bombe? Wovon reden Sie eigentlich?», fragte Adoumi gereizt.

Stedman und Gittel waren gleichermaßen verwirrt, schwiegen jedoch.

«Hören Sie zu. Dr. Ben Ami kommt her und parkt seinen Wagen vor Ihrer Haustür. Dann wird ihm klar, dass Sie wahrscheinlich nicht daheim sind, weil die Wohnung dunkel ist. Manche Ärzte haben Hemmungen, eine verheiratete Frau zu besuchen, wenn sie allein ist, oder die Frauen haben welche, oder es ist den Ehemännern nicht recht. Was auch der Grund sein mag, er beschließt jedenfalls, seinen anderen Patienten zuerst aufzusuchen. Vermutlich weiß er, dass Sie in Kürze kommen werden und er Ihre Frau dann besuchen kann. Der andere Patient aber hat die entsprechende Wohnung im nächsten Block, und zwischen den beiden Straßen ist ein Durchgang. Also packt er seine Tasche und nimmt diesen Weg.» Er stand auf, ging zum Fenster und blickte auf den Durchgang zwischen dem Haus und dem Erdwall. «Die Nacht war nebelig und bewölkt. Später fing es zu regnen an, wenn Sie sich erinnern. In dem Durchgang muss es ziemlich dunkel gewesen sein, also vermute ich, dass er seine Taschenlampe benutzte. Und dabei hat er die Bombe auf diesem Fensterbrett draußen gesehen.»

«Wollen Sie damit sagen, dass sie vor meinem Fenster gelegen hat?»

Der Rabbi nickte. «Ich denke schon. Gittel behauptet die ganze Zeit, dass diese Leute es eigentlich auf Sie abgesehen hatten. Ich glaube, sie hat Recht. Sie hat gesagt, Sie haben einen sehr wichtigen Posten bei der Regierung.»

«Natürlich hatte ich Recht», sagte Gittel selbstgefällig. «Wieso sollten die Terroristen an diesem alten Gebrauchtwagenhändler interessiert sein? Ich hab von Anfang an gesagt, dass sie hinter dir her waren, Abner.» Und zum Rabbi: «Abner hat eine sehr wichtige Position. In Tel Aviv, bevor er herkam …»

«Pst, Gittel. Du redest zu viel», wehrte Adoumi ab. «Sie meinen also, die Bombe hat auf meinem Fensterbrett gelegen, Rabbi? Und Ben Ami hat sie da gesehen?»

«Ich denke schon. Ich kann nicht sagen, was ich täte, wenn ich wie er auf eine Bombe stoßen würde. Vermutlich würde ich einen Mordsschreck kriegen. Sie war scharf und konnte jeden Augenblick explodieren. Was sollte er tun? Weglaufen? Versuchen, sie wegzuschleudern? Er konnte ja nicht wissen, wie lange sie schon dort gelegen hatte und wann sie losgehen würde. Ich würde sagen, er handelte sehr vernünftig. Er erinnerte sich dass die Zeitungsartikel Anweisungen enthalten hatten, wie man sie unschädlich machen konnte. Darauf hätte er normalerweise die Polizei verständigt, die mit mehreren Wagen angerückt wäre, das Gelände durchsucht und Ihre Frau furchtbar erschreckt hätte. Stattdessen rief er lieber Sie an, weil er wusste, dass die Terroristen und ihre Aktivitäten eher in Ihr Ressort fallen als in das der Polizei. Jedenfalls war ihm klar, dass Sie das Richtige tun würden. Also wandte er sich an Sie und sagte Ihnen am Telefon, er habe ihnen was Wichtiges zu erzählen.»

Adoumi lächelte zögernd.

«Und was sagte er dann, als Sie sich sahen?»

«Nur dass er es für ratsam hielte, wenn sie ein paar Tage ins Krankenhaus ginge, zur Beobachtung und für weitere Tests.»

«Aber angerufen hat er, bevor er sie untersucht hat.»

«Ja. Ich vermute, er wird schon vorher damit gerechnet haben.»

«Hätte er dann nicht gesagt, er wollte was mit Ihnen besprechen? Und nicht, er hätte Ihnen was Wichtiges zu erzählen?»

«Ich verstehe, worauf Sie hinauswollen.» Adoumi überlegte. «Er passiert den Durchgang und sieht die Bombe. Er entschärft sie und ruft mich dann an. Anstatt zu warten, bis ich heimkomme, geht er zwischendurch zu Memavet. Warum auch nicht? Seine Zeit ist zu kostbar, um tatenlos herumzuwarten. Aber selbst wenn ich akzeptiere, was sich Ihrer Darstellung nach zwischen ihm und Memavet abgespielt hat, verstehe ich nicht, wieso er später die Bombe wieder scharf machte. Sie sagen, damit der Mord wie ein Verbrechen der Terroristen aussah, aber wieso hatte er das nötig? Warum sagte er nicht einfach, er hätte bei Memavet geklingelt, es hatte sich aber niemand gerührt.»

«Weil Roy dort war», rief der Rabbi aus. «Als er die Tür aufmachte und weggehen wollte, stand Roy davor. Natürlich war der Tod Memavets ein Unglücksfall, aber trotzdem die Folge von Gewalttätigkeit. Es hätte eine Untersuchung gegeben, und ob zum Schluss alle und jeder an diesen reinen Unglücksfall geglaubt hätten? Er hatte sich hier in Israel etabliert und war beliebt und geachtet. Würde das so bleiben, nachdem die Polizei ihre Nachforschungen angefangen hätte? Und wenn er nichts unternahm, würde die Leiche gefunden, wahrscheinlich am folgenden Tag, und Roy würde sich melden und aussagen, er habe den Doktor gesehen, wie er die Wohnung verließ und hinter sich die Tür zumachte. Und da fiel ihm die Bombe ein; wenn es ihm gelang, das Ganze als Akt der Terroristen erscheinen zu lassen … Die Leute würden bestimmt prompt die Verantwortung für die Tat auf sich nehmen, das machten sie immer. Und außerdem hatten sie die Bombe ja ursprünglich auch gelegt. Also machte er sie wieder scharf und deponierte sie vor dem entsprechenden Fenster von Memavets Wohnung.»

«Aber Sarah … dann brachte er Sarah doch in Gefahr», wandte Gittel ein.

«Tat er das, Mr. Adoumi?», fragte der Rabbi. «In den Darstellungen der Zeitungen hieß es, die Bombe sei von begrenzter Reichweite und Durchschlagskraft gewesen.»

«Stimmt», bestätigte Adoumi. «Der Krach und der Schock selbstverständlich … aber er gab ihr eine Schlaftablette. Sie wachte auf, schlief jedoch gleich wieder ein. Armer Teufel – ich kann mir nicht helfen, er tut mir Leid.» Er stand auf und begann im Zimmer umherzulaufen. Die anderen beobachteten ihn schweigend. «Vielleicht sind wir mit Abdul nicht weitergekommen, weil wir dauernd auf der Verbindung zu Memavet rumgeritten waren», sinnierte er; offenbar hatte er seine Gäste völlig vergessen. «Vielleicht sollten wir beim Verhör eine andere Taktik …» Er brach ab und wandte sich an Stedman. «Es … es tut mir Leid, entschuldigen Sie», sagte er unbeholfen. «Manchmal macht man eben Fehler … Sie verstehen schon … die Sicherheit des Staates …»

«Ich verstehe», erwiderte Stedman. «Ich bin Ihnen nicht böse.»

«Vielen Dank.» Adoumi lächelte verlegen. «Und außerdem war er ja wirklich verantwortlich für den Anschlag – weil er an Ort und Stelle gewesen war.» Er sah unsicher von einem zum anderen. «Rabbi, ich möchte Ihnen danken, und dir auch, Gittel, weil du sie hergebracht hast … ich …»

«Du hättest das wissen sollen, Abner», schalt sie, «dass der Sohn eines Mannes wie Mr. Stedman, der wiederum ein Freund meines Neffen ist, sich nicht mit den Terroristen einlässt.»

«Ja, ich … das hätte ich wissen müssen.»

Sie sah ihn scharf an und dann von ihrem Neffen zu Stedman, die beide grinsten. «Männer!», empörte sie sich und ging zur Tür. «Na, was ist, wollen wir hier den ganzen Nachmittag rumsitzen? Miriam macht sich bestimmt schon Sorgen, was mit uns passiert sein könnte.»

Lammfromm folgten Stedman und der Rabbi ihr zum Wagen.

50

«Sie haben einen Flug für Montag bekommen», sagte der Rabbi. «Dan will versuchen, morgen nochmal hereinzuschauen, um sich zu verabschieden.»

«Warum kann denn Roy das Jahr nicht zu Ende machen?», erkundigte sich Miriam.

Sie waren allein in der Wohnung; Gittel war mit Jonathan im Park. Der Rabbi zuckte die Achseln und antwortete nicht gleich. Er ging zum Herd, schenkte sich eine Tasse Tee ein, sah sie fragend an und goss ihr ebenfalls eine ein.

Er brachte beide Tassen zum Tisch. «Wahrscheinlich am besten so. Der Junge hat das Ganze von vornherein falsch angepackt. Und dann diese wirklich traumatische Erfahrung. Ich glaube nicht, dass er für den Rest des Jahres viel Sinn fürs Studium hätte. Außerdem könnte auch Gefahr bestehen – durch Abduls arabische Freunde. Sie wissen ja nicht, was passiert ist, außer dass die beiden zusammen losgefahren sind und Roy frei, Abdul dagegen in Haft ist.»

«Und Dan?»

«Unter den gegebenen Umständen wollte er ihn nicht allein nach Hause verfrachten.»

«Aber sein Buch …»

«Er wird später wieder zurückkommen. Vielleicht hat er auch genug Material und kann mit dem Schreiben anfangen.» Er leerte seine Tasse. «Ende nächster Woche sind wir drei Monate hier. Wir sollten uns allmählich überlegen …»

«Gittel hat erzählt, sie hätte Mrs. Klopchuk gesehen, die nichts dagegen hätte, wenn wir noch eine Weile blieben.»

«Nein, ich meinte nicht die Wohnung», entgegnete der Rabbi. «Ich meinte, wir sollten allmählich daran denken, in die Staaten zurückzukehren.»

«Oh?» Sie ließ sich ihre Überraschung nicht anmerken und wartete, dass er weiterredete.

Er war verlegen. «Das Letzte, was sie hier in Israel brauchen, ist noch ein weiterer Rabbi. Die braucht man draußen. Verstehst du? Ein Arzt geht dorthin, wo Krankheit herrscht, und auch ein Rabbi muss dahin, wo er gebraucht wird.»

«Aber du wolltest doch das Rabbinat aufgeben, falls du hier bliebst.»

«Ich weiß», sagte er bekümmert. «Eine Art von Wunschtraum. Das widerfährt wohl jedem von Zeit zu Zeit, dessen Arbeit Verantwortung für andere mit sich bringt. Aber es ist nur ein Wunschtraum, und früher oder später muss man in die Wirklichkeit zurückkehren und da wieder anfangen, wo man aufgehört hat.»

«War es die Sache mit Roy …»

«Vermutlich hat das meine Entscheidung mit ausgelöst, aber ich glaube, ich bin schon vor längerer Zeit zu dem Entschluss gekommen. Ich habe mich einige Zeit mit dem Problem rumgeschlagen, noch vor unserer Reise hierher.»

«Aber als du mit mir darüber gesprochen hast …»

«Da hoffte ich halb, du würdest Einwände erheben. Das hätte es so viel leichter gemacht. Aber ich bin froh, dass du es nicht getan hast, denn natürlich ist das etwas, das ich selber entscheiden musste.»

Es klopfte, und sie öffnete Gittel und Jonathan die Tür.

«Ich hab Fußball gespielt», schrie Jonathan aufgeregt. «Nicht wahr, Gittel? Erzähl's ihnen. Da waren ein paar Kinder, die haben angefangen zu spielen, und ich hab mitgespielt.»

«Na, das ist ja großartig», sagte sein Vater.

«Er ist ein toller Kicker», erklärte Gittel.

Der Rabbi sah auf die Uhr. «Oh, es ist später, als ich dachte. Zeit, zur *Hawdala* in die Synagoge zu gehen. Willst du mitkommen, Jonathan? Dann musst du dich aber noch umziehen.»

«Klar. Das dauert nicht lang. Du wartest doch auf mich, ja? Hilfst du mir, Gittel?»

«Freilich. Komm, Jonathan.»

Der Rabbi blätterte in seinem Taschenkalender und sagte zu Miriam: «Wenn wir Montag in einer Woche fliegen, sind wir auf den Tag drei Monate weggewesen. Wär mir sehr lieb, so pünktlich zurückzukommen. Vielleicht könntest du morgen im Reisebüro anrufen und feststellen, ob wir einen Flug buchen können.»

Als der Rabbi und sein Sohn gegangen waren, sagte Gittel: «Ich hatte noch keine Zeit, es dir zu erzählen, Miriam, und wollte es auch nicht in seiner Gegenwart tun, aber Abner Adoumi ist sehr beeindruckt von deinem David und … und ich auch. Was er für die beiden Stedmans getan hat, war großartig, und für Israel war es auch sehr gut.»

«Für Dr. Ben Ami allerdings weniger», meinte Miriam. «Er

tut mir Leid. Als du mich das eine Mal zu ihm gebracht hast, war ich in einer ziemlich scheußlichen Verfassung, und er hat sich freundlich, geduldig und hilfsbereit gezeigt. Was wird ihm nun passieren?»

«Dr. Ben Ami? Gar nichts wird ihm passieren.»

«Gar nichts?»

«Selbstverständlich nicht. Adoumi ist nicht bei der Polizei und hat auch nichts mit ihr zu tun. Der *Shin Bet* arbeitet weitgehend auf eigene Verantwortung, glaube ich. Und wenn er einem Vorgesetzten Bericht erstatten muss, würde er wahrscheinlich nur erwähnen, dass Roy seines Erachtens nach keine Verbindung mit den Terroristen gehabt hat, und damit ist der Fall erledigt.»

«Aber er kann doch nicht einfach ignorieren, was Ben Ami getan hat.»

«Was hat er denn so Schreckliches getan? Die Sache in Russland? Dafür gibt es keinen Beweis, nur Memavets Behauptung. Immer wenn du eine administrative Entscheidung fällst, denkt der Betroffene, du hast auf ihn persönlich eine Wut und kannst ihn nicht leiden. Jedenfalls geht das, was vor Jahren in Russland passiert ist, Adoumi nichts an.»

«Aber er hat Memavet getötet», protestierte Miriam.

«Ja, aber dein David hat bewiesen, dass es ein Unglücksfall war und dass Ben Ami in Notwehr handelte. Es muss sich ungefähr so abgespielt haben, denn Ben Ami hätte einen ehemaligen Häftling aus den Tausenden, mit denen er zu tun gehabt hatte, nie wiedererkannt, Memavet aber würde sich an *ihn* erinnern. Und was sonst noch? Er hat nicht gemeldet, dass er die Bombe fand? Stimmt nicht. Er entschärfte sie und rief Adoumi an, in der Absicht, ihm davon zu berichten.»

«Aber dann machte er sie wieder scharf und ließ sie hochgehen.»

«Richtig, aber es ist kein nennenswerter Schaden dabei entstanden, denn Memavet war bereits tot. Natürlich hat das

Haus was abbekommen, aber es gehört seinem Bruder. Ich bezweifle, ob der Klage einreichen würde, selbst wenn er Wind davon bekäme. Nein, ich bin überzeugt davon, bis Ben Ami zurückkommt, wird Adoumi zu genau derselben Auffassung gelangt sein und nichts gegen ihn unternehmen oder ihm auch nur etwas sagen. Du wirst sehen, wenn Ben Ami wieder da ist, wird er Sarah wahrscheinlich weiterbehandeln.»

«Leider werde ich das nicht mehr miterleben, Gittel. Wir gehen in ungefähr einer Woche in die Staaten zurück.»

Diesmal verlor Gittel die Fassung. «Aber du hast doch gesagt …»

«Dass David hier bleiben will? Davon bin ich nach wie vor überzeugt, aber er weiß, dass er zurück muss. Tief im Innern hat er es die ganze Zeit über gewusst.»

«Es war einsam hier, seit Uri beim Militär ist», sagte Gittel traurig, «und ich hatte gehofft, endlich würde ich eine Familie haben – die ich besuchen, der ich helfen kann. Und jetzt geht ihr weg, Uri wird heiraten, und ich bin dann noch mehr allein.»

Impulsiv setzte sich Miriam neben Gittel und legte den Arm um sie. «Nicht traurig sein, Gittel, wir kommen regelmäßig wieder – um uns zu entspannen, zu regenerieren, zu stärken.»

«Ich bin wirklich traurig», gab Gittel zu, «aber euretwegen. Ein trauriger Gedanke, dass ihr ins Exil zurückgeht, wenn ihr hier im Gelobten Land hättet bleiben können. Dein David ist ein gescheiter Mann. Vielleicht kann er es beim nächsten Mal einrichten, dass ihr hier bleibt.»

51

«Als ich dein Telegramm bekam, war ich fest überzeugt, dass du eine Frau mit nach Hause bringst», sagte Betty Deutch, als sie ihren Wagen geschickt vom Flugplatz zur Autostraße nach Barnard's Crossing steuerte. «Du hast telegraphiert ‹Wir kommen an› statt bloß ‹Ankomme›. Zwei Worte zusätzlich zu verschwenden, kam mir für dich sehr atypisch vor. Und dann dachte ich, du wolltest mich auf diese Weise vorwarnen, dass du mit einer Frau kommst, die du aufgegabelt hast oder die dich aufgegabelt hat.»

Stedman lachte. «Sehr scharfsinnig, Bet, aber damit war keine Frau gemeint, sondern Roy. Ich hatte vor, für ungefähr eine Woche mit ihm hierher zu kommen. Aber Laura hat uns am Kennedy Airport abgeholt, und Roy beschloss, zuerst mit ihr nach Hause zu fahren.»

«Ich hätte ihn liebend gern eine Weile bei uns gehabt. Du weißt doch, wie ich an ihm hänge, Dan.»

«Na ja, er ist dein einziger Neffe …»

«Wenn du keine eigenen Kinder hast, bedeutet dir ein Neffe, selbst ein einziger, mehr als nur das …»

«Na, er wird zu einem netten ausgedehnten Besuch herkommen, wenn er alles geregelt hat», versprach er.

«Wunderbar. Er muss schwer geschuftet haben, um so frühzeitig fertig zu werden. Hat er seine Prüfungen schon gemacht?»

«Nein. Da gab's ein ziemliches Durcheinander …»

«Es ist doch alles in Ordnung mit ihm, oder?», fragte sie hastig. «Er ist nicht krank geworden oder sonst was?»

«Keine Spur. Es geht ihm prächtig. Zu Hause erzähle ich dir alles. Hat ja keinen Sinn, wenn ich Hugo das Ganze noch mal vorbeten muss. Wie geht's ihm übrigens?»

Sie hätte lieber weiter über ihren Neffen gesprochen, doch sie kannte ihren Bruder und wusste, dass er sich nicht dirigieren ließ. «Hugo ist bei guter Gesundheit. Er ist immer bei guter Gesundheit, aber er kann zuweilen sehr enervierend sein.»

Sie war ihrem Mann gegenüber äußerst loyal, jedoch nicht blind für seine Fehler. Zu einem Außenstehenden würde sie niemals davon sprechen, aber bei ihrem Bruder hatte sie in der Beziehung keine Hemmungen.

«Es ist schwer, mit einem Rabbi verheiratet zu sein; sie sind soviel daheim, immer um einen rum und im Wege. Und dann kann man nie wissen, wann sie zu irgendeiner speziellen Versammlung rasen müssen, vielleicht als Vertretung für einen Redner, der nicht erschienen ist. Da bereitet man also ein erstklassiges Dinner vor und plant, danach ins Kino zu gehen. Was geschieht? Man muss allein essen und sich hinterher mit Fernsehen begnügen. Oder es kreuzt ein Junge auf, der Probleme hat und darüber reden will. Und das muss natürlich auf der Stelle sein, weil er sonst von zu Hause weglaufen, Selbstmord begehen oder mit einem völlig unmöglichen Mädchen durchbrennen würde. Und was tut man? Man sitzt da und wartet, während das ganze Dinner verdirbt, und überlegt, ob man allein essen soll. Dabei horcht man auf das Stimmengemurmel im Arbeitszimmer und versucht zu erraten, ob sie allmählich zum Ende kommen oder noch eine Weile weiterpalavern.»

Stedman lachte. «Aber daran solltest du doch inzwischen wirklich gewöhnt sein.»

«An manche Dinge gewöhnt man sich nie. Wenn der Braten zu hart wird, nützt es einem gar nichts, sich daran zu erinnern, dass es letzte Woche dasselbe war. Was ich aber eigentlich sagen wollte, ist was anderes. Das alles ist nichts im Vergleich dazu, wenn man mit einem Rabbi zusammenlebt, der nicht im Amt ist. Als Hugo sich zur Ruhe setzte, war er voller Ehrgeiz. Er wollte seine Predigten in Buchform herausgeben; ein weiteres Buch sollte aus seinen Notizen entstehen; und noch eins über jüdische Feiertage. Er war ganz erfüllt von diesen Plänen, die er jetzt, da er die nötige Zeit hatte, endlich alle ausführen konnte. Die Schreibmaschine wurde überholt, er deckte sich mit Papier, Kohlepapier, einem Reservefarbband und Tipp-Ex ein. Und genau drei Tage ging er gleich nach dem Frühstück in sein Arbeitszimmer und blieb dort zwei Stunden. Danach beschloss er, einen Spaziergang zu machen. Ich ging in sein Zimmer, nicht um zu spionieren selbstverständlich, sondern nur zum Aufräumen und Staubwischen. Und was finde ich? Ein paar Blatt Papier, darauf hatte er völlig unsinnige Sätze getippt. Weiter nichts.»

«Na ja, manchmal geht einem der Anfang schwer von der Hand.»

«Er hat ja nie angefangen, Dan», sagte sie leise.

«Ich glaube, alle Leute, die sich zur Ruhe setzen, brauchen etwas Zeit, um sich an den Zustand zu gewöhnen.»

«Aber für einen Rabbi ist's viel schlimmer», beharrte sie. «Es gibt so vieles, was er nicht tun darf. Er hat ein gewisses Image in der Gemeinde, dem er gerecht werden muss. Wenn sich andere Leute zur Ruhe setzen, können sie jeden Tag Golf spielen und jeden Abend Karten. Sie können ins Kino gehen oder Kriminalromane lesen. Von einem Rabbi jedoch nimmt man an, dass er auf einem höheren Niveau steht; zumindest denkt er das. Gelegentlich kann er ruhig Golf spielen, sieht man ihn aber täglich auf dem Platz, beginnen sich die Leute zu wundern. Wir sind gern zur Bibliothek gegangen; sie lag etwa zwei Kilometer von unserem Haus entfernt. Das gab uns Gelegenheit zu einem Spaziergang, und wir hatten zudem irgendein Ziel. Und dort wanderten wir dann die Regale entlang, betrachteten die Bücher, und ab und zu deutete er auf einen Kriminalroman und bat mich, ihn auf meine Lesekarte zu nehmen. Der Arme wollte sich vor der Bibliothekarin nicht die Blöße geben, dass er etwas Leichtes las. Er suchte sich Bücher über Soziologie und vergleichende Religionswissenschaft heraus, so in der Preislage, und ließ sie auf seiner Lesekarte eintragen. Gelesen aber hat er die Bücher, die ich auf seine Veranlassung entliehen habe.»

Ihr Bruder lachte. «Was macht es dir aus, was er liest? Er war wenigstens beschäftigt, oder?»

«O nein, dagegen hatte ich auch nichts», sagte sie. «Ich hab's nur erwähnt, um dir zu zeigen, dass es bei einem Rabbi was anderes ist. Außerdem konnte er nicht den ganzen Tag lesen.

Daraus hat er sich noch nie viel gemacht. Es handelt sich nur darum, dass er mir von früh bis spät auf Schritt und Tritt folgte, weil er nichts zu tun hatte. Hab ich die Betten gemacht, stand er daneben. Kaum war ich in der Küche, schon erschien er und bot seine Hilfe an, holte mir alles Mögliche, was ich gar nicht wollte. Eine Frau hat mit der Zeit ihren eigenen Arbeitsrhythmus, ihre bestimmte Routine. Wenn sie sich angewöhnt hat, zum Schrank rüberzugehen und den Pfeffer zu holen, nützt es ihr gar nichts, dass er schon griffbereit neben ihr steht. Im Gegenteil, es bringt sie aus dem Gleis. Ich sag dir eins – wenn sich dieser Job nicht geboten hätte, wäre ich verrückt geworden.»

«Aber er hat sich geboten», sagte Dan.

«Ein Segen. Es ist wirklich angenehm hier. Und Hugo ist sehr beliebt bei der Gemeinde. Der Vorstand kann sich gar nicht genug tun, um ihm zu zeigen, wie sie seine Arbeit zu schätzen wissen. Hugo ist schrecklich gern hier, viel lieber als in seiner alten Gemeinde, wo er immerhin dreißig Jahre war. Seit seiner Ankunft hat es keinen Streit mit dem Vorstand gegeben; alles ist rundherum erfreulich. Von dem Gesichtspunkt aus ist es der leichteste Posten, den er je gehabt hat. Und er ist ja schließlich kein alter Mann. Ich meine, ein Rabbi ist mit fünfundsechzig eigentlich auf der Höhe seiner Leistungsfähigkeit. Letzten Endes hebt er ja keine Gräben aus. Und dann hat er all seine alten Predigten, die er halten kann und die den Leuten hier natürlich neu sind.»

«Aber andererseits ist es ja nur vorübergehend», stellte Stedman fest.

«Na ja, das braucht's nicht zu sein. Wenn Hugo nicht so unschlüssig und total unpraktisch wäre, könnte er hier bleiben, so lange er möchte. Ich bin sicher, dass er mit dir darüber sprechen wird. Ich hab mit ihm geredet und ihn meiner Meinung nach beinahe überzeugt.»

Sie betätigte den Blinker und bog um die Ecke. «Das ist unsere Straße.» Sowie sie den Wagen an den Randstein gefahren hatte, erschien Rabbi Deutch auf der Veranda und winkte ihnen zu.

Als Dan aus dem Wagen stieg, wurde er von seinem Schwager überschwänglich begrüßt.

«Schön, dich zu sehen, Dan. Du bleibst doch eine Weile bei uns, ja? Lass nur, ich nehme die Reisetasche.» Unbekümmert um Dans Protest packte er die größere der beiden Taschen, die Dan auf den Gehsteig gestellt hatte, und trug sie hinein.

«Das Leben hier muss ihm gut bekommen», bemerkte Dan zu seiner Schwester. «Hugo wirkt viel forscher, viel lebhafter als beim letzten Mal.»

«Ist er auch. Liegt an dem neuen Job. Es macht ihm richtig Spaß. Du musst mir helfen, ihn zu überreden, dass er bleibt.»

Stedman sah seine Schwester an und verzog den Mund. «Wir werden darüber sprechen», sagte er geheimnisvoll.

52

Sie waren übereingekommen, dass Raymond das Reden übernehmen sollte, nicht nur, weil er der Vorsteher war. Aber als Anwalt war er vermutlich wendiger bei Verhandlungen.

«Du bist oft zu impulsiv, Marty. Bei kultivierten Leuten wie Rabbi Deutch und seiner Frau musst du ruhig und lässig sein. Die kannst du nicht wie ein Ehepaar behandeln, das sein Mietgeld beim Rennen verspielt hat und sich an dich um ein Darlehen wendet.»

«Geschenkt, dann redest eben du. Aber lass dir bloß den Vertrag heute Abend unterschreiben.»

«Damit liegst du mir dauernd in den Ohren. Schön, wenn er sagt, er bleibt, kann er von mir aus den Vertrag unterschreiben, wann er will. Wie ich ihn kenne, möchte er ihn vielleicht von seinem Rechtsanwalt prüfen lassen …»

«Ach? Eins sag ich dir, Bert, solange wir nicht seine Unterschrift schwarz auf weiß haben, ist alles andere für die Katz. Ich weiß, er ist ein kultivierter Mensch, und vielleicht ist sein Wort so gut wie seine Unterschrift. Aber ich … Ich hab schon zu viele Geschäfte erlebt, wo sich alles einig ist und sich die Hände schüttelt, und später sagen sie dann, du hast sie missverstanden, oder die Voraussetzungen haben sich geändert. Meinst du, wir sind die Einzigen, die auf ihn scharf sind? Kann ja sein. Und es ist ebenso gut möglich, dass er nach ein paar Wochen hier gefunden hat, Arbeit ist ihm lieber als Faulenzen. Na, und was wird er dann schon tun? Er schreibt Briefe an Gemeinden, wo die Rabbis ihr Sabbatjahr nehmen, und sagt: ‹Wie ich höre, wird Ihr geistiger Führer, Rabbi Zilch, während seines Sabbatjahres abwesend sein, bla-bla-bla … und so möchte ich Ihnen mitteilen, dass ich bereit bin, Ihnen für die Zeit auszuhelfen – bla-bla-bla. Ihr ergebener Hugo Deutch, emeritierter Rabbi.›»

«Mach keine faulen Witze, Marty!»

«Glaub mir, es würde mich nicht überraschen. Überleg mal, er war doch nur ein paar Monate im Ruhestand. Hab ich Recht? Da tauchten wir auf und boten ihm einen Job an. Stimmt's? Nun sag mir eins – wieso hat er ihn angenommen, wenn er doch im Ruhestand war? Ich könnte verstehen, wenn er einem Kollegen aus der Patsche geholfen hätte, der krank war oder sein Sabbatjahr nehmen wollte. Aber er kannte Small ja gar nicht. Ich werd dir sagen, wieso er ihn angenommen hat. Weil es ihm zum Halse raushing, auf seinem rabbinischen *Toches* rumzusitzen und Daumen zu drehen. Ruhestand ist nicht jedermanns Sache. Aber er weiß, der Job ist nur auf drei Monate. Wenn's ihm also gefallen hat, wieder im Geschirr zu sein, würde er sich dann nicht mit anderen Gemeinden in Verbindung setzen?»

«Also …»

«Das ist der Grund, warum ich seine Unterschrift haben will. Außerdem wird Small, wenn er in ein paar Tagen zurückkommt, so tun, als wär er zu 'nem normalen Urlaub weggefahren; jetzt ist er eben wieder da und will an die Arbeit gehen.»

«Dann sagen wir ihm, wir haben angenommen, er sei von seinem Posten zurückgetreten, und deshalb anders disponiert.»

Marty Drexler schüttelte vehement den Kopf. «Bloß nicht. Dann würde Rabbi Deutch sofort dankend verzichten.»

«Na, und wieso sieht es anders aus, wenn wir seine Unterschrift auf dem Vertrag stehen haben?»

«Dann ist er festgelegt und kann nicht kneifen. In dem Fall wär's Rabbi Small, der dankend verzichtet.»

«Woher willst du wissen, dass er nicht darum kämpfen würde?»

«Weil er stolz ist und uns nicht die Genugtuung geben würde, einzugestehen, dass er rausgeschmissen wurde. Er würde so tun, als hätte er sowieso nicht vorgehabt, zurückzukommen.»

«Ich glaube mich zu erinnern, dass er früher sehr wohl um seine Stellung gekämpft hat. Ein paar Mal war er ...»

«Nein, Bert, da war's was anderes. Da hat er für ein bestimmtes Prinzip gekämpft, nicht nur um seine Stellung. Verlass dich auf den alten Marty. Willst du Rabbi Deutch? Dann hol dir seine Unterschrift unter den Vertrag.»

Marty Drexlers Argumente hatten in Bert Raymond das Gefühl ausgelöst, die Sache sei tatsächlich dringend. Trotzdem entschied er sich für die von ihm bevorzugte ruhige, lässige Methode, als sie im Wohnzimmer mit dem Rabbi und seiner Frau zusammensaßen. Er sprach über das Wetter und wie angenehm Barnard's Crossing im Sommer sei. Er erkundigte sich nach dem berühmten Bruder der Rabbitzin und nach den Neuigkeiten, die er aus Israel mitgebracht hatte. Erst als er merkte, dass Marty zappelig wurde, sagte er: «Wir sind hergekommen, um die Angelegenheit abzuschließen, über die wir uns letzte Woche unterhalten haben, Rabbi.»

«Haben Sie Nachricht von Rabbi Small?», erkundigte sich Rabbi Deutch.

«Nun … nein, Rabbi, nicht direkt.»

«Dann kennen Sie doch auch seine Einstellung nicht, was die Position hier betrifft.»

«Tja, nicht gerade mit vielen Worten … aber ich bin überzeugt davon, er ist nicht interessiert. Ich meine – die ganze Art, wie sich unsere Verhandlungen mit ihm entwickelt haben, lässt den Vorstand annehmen, dass er nicht daran interessiert ist, zurückzukommen. Wir möchten die Kontinuität sicherstellen, deshalb hätten wir gern die Angelegenheit heute Abend durch Ihre Unterschrift unter einen Vertrag endgültig geregelt.»

«Aber Rabbi Small wird doch wahrscheinlich in ein paar Tagen zurück sein. Fraglos können wir doch bis zu seiner Ankunft warten, bevor wir die Sache festmachen.»

An diesem Punkt riss Marty Drexler die Geduld. «Hören Sie zu, Rabbi, ich bin Geschäftsmann und im Gegensatz zu Bert gehe ich bei Verhandlungen nicht gern um den heißen Brei herum. Aus ihm spricht der Jurist. Ich sag Ihnen klipp und klar, was los ist. Wir wollen keinen Krach in der Gemeinde. Wir wollen nicht, dass die Leute Partei ergreifen und sich über das Für und Wider in die Haare kriegen, welcher Rabbi nun besser ist. Ich persönlich halte das für unwürdig», setzte er tugendhaft hinzu. «Wenn Sie also bleiben wollen – bitte, hier haben wir einen Vertrag. Sie unterschreiben ihn, und damit ist der Fall ausgestanden. Wir sind ziemlich sicher, Rabbi Small wird keine Sperenzchen machen, nicht wenn er vor eine vollendete Tatsache gestellt wird. Verstehen Sie? Wir unterschreiben jetzt gleich den Vertrag, und alles ist in bester Ordnung. Warten wir, bis Rabbi Small ankommt, gibt's Zores.»

Rabbi Deutch nickte bedächtig. «Ich verstehe», sagte er, diesmal mit seiner normalen Alltagsstimme. «Gut, wenn Rabbi Small zurückkommt, werde ich mit ihm sprechen. Wenn er rundheraus erklärt, dass er die Stellung nicht haben möchte und nicht beabsichtigt, sie wieder anzutreten, dann werde ich

Ihren Vertrag unterschreiben. Ist er jedoch an der Position interessiert, auch wenn Ihr Vorstand beschließt, dass Sie ihn nicht haben wollen, und ihn abwählt, dann liegt mir in keiner Weise daran zu bleiben.»

Mrs. Deutch nickte ruckartig und bestimmt wie eine Lehrerin, wenn ein schwerfälliger Schüler in Gegenwart des Schulrats richtig antwortet.

«Aber Ihre Frau sagte doch …», platzte Marty heraus.

«Das ist meine Meinung», erklärte der Rabbi entschieden, «und das ist auch die meiner Frau.»

Als sie gegangen waren, sagte der Rabbi zu seiner Frau: «Ich bin froh, dass das vorbei ist. Mein Gewissen hat mich die ganze Zeit geplagt, seitdem ich mit dem Gedanken gespielt habe, hier zu bleiben.»

«Ich fürchte, ich habe ein bisschen daran gedreht», bekannte Mrs. Deutch kleinlaut. «Aber um die Wahrheit zu sagen, ich dachte wirklich, dass Rabbi Small nicht zurückkommt. Ich meine, wenn einer kein Wort von sich hören lässt …»

«Nun, ich glaube, ich kann ihm das nachfühlen. Er ist noch jung, und ich denke, sie haben ihn gekränkt. Also schreibt er ihnen nicht. Nicht mal eine Karte, dass es ihm gut geht.»

«Vermutlich.» Sie zögerte. «Nach dem, was Dan uns erzählt hat, war es dir natürlich unmöglich, anders zu entscheiden. Aber ich gebe gern zu, Hugo, dass es mir Leid tut. Ich habe unsere paar Monate hier wirklich genossen …»

«Weißt du, ich hab darüber nachgedacht und bin zu dem Schluss gekommen, dass es mir hier nicht wegen des Tempels oder der Gemeinde gefallen hat, sondern weil es neu für uns war. Und wir waren nur auf Zeit hier, deshalb hat uns jeder außergewöhnlich gut behandelt.»

«Das stimmt wohl …»

«Aber verstehst du denn nicht, Betty?», fuhr er lebhaft fort. «Das ganze Geheimnis liegt darin, dass man Gast ist. Hätte ich die Stellung angenommen, wäre das vorbei gewesen.»

«Worauf willst du hinaus?»

«Ich glaube, wir haben bei dieser ganzen Sache mit dem Ruhestand den falschen Weg eingeschlagen. Das Entscheidende dabei ist, dass man frei ist und genügend Geld hat, es zu bleiben. Das bedeutet, man kann tun, was man möchte.»

«Aber das hast du doch versucht und dich gelangweilt.»

«Irrtum – ich hab das getan, was andere Leute von mir erwarteten – nämlich nichts. Und das ist zugegebenermaßen langweilig. Aber wenn du tust, was du möchtest, bedeutet das, eine Zeit lang nichts tun, und wenn dir danach zumute ist – arbeiten. Ich hab dir nichts davon gesagt, aber ich hab gestern im Seminar angerufen und lange mit dem Stellenvermittlungsbüro gesprochen. Ich hab ihnen erklärt, dass ich interessiert bin an Jobs auf Zeit, als Vertretung für Rabbis, die ihr Sabbatjahr nehmen, oder für jemand, der krank und voraussichtlich eine Weile bettlägerig ist, und dass Geld eine untergeordnete Rolle spielt. Ich bat sie, an mich zu denken. Nach meinem Eindruck dürfte ich keine Schwierigkeiten haben, so viel Jobs zu kriegen, wie ich nur haben will.»

«Du willst wieder arbeiten?»

«Nur wenn ich Lust dazu habe. Ich möchte ein bisschen reisen, vielleicht nach Israel. Wir könnten ja auch ein paar Monate dort bleiben, genau wie die Smalls. Dann würde ich eine Stellung annehmen für einige Monate oder ein halbes Jahr – wenn mir danach ist, wenn mir der Ort und die Leute gefallen. So wären wir überall, wo wir hingehen, neu – und unabhängig. Und ich glaub schon, dass ich in der Leitung einer Gemeinde ganz gut bin.»

«Ach, Hugo, einer der Besten!», rief Betty aufgeregt. «Ich meine auch, dass es so gehen wird. Und wenn sie dich vielleicht bitten zu bleiben …»

«Dann würde ich antworten, bedauere, ich bin im Ruhestand und nicht interessiert an einer Dauerstellung.»

«Das wäre wohl das Beste, Lieber.»

Sie sprachen nicht, als sie in den Wagen einstiegen, jeder hing seinen Gedanken nach. Aber während der Fahrt fragte Raymond klagend: «Und was tun wir jetzt?»

«Was können wir schon tun?», blubberte Marty wütend los. «Wir machen uns daran, die Begrüßungsparty für die Smalls vorzubereiten.»

53

«Meine Frau sagt mir, dass Sie beide morgen Abend zu uns rüberkommen wollen», erklärte Lanigan, «aber da ich zufällig in der Gegend war …»

«Selbstverständlich», sagte Miriam. «Und Sie trinken doch eine Tasse Tee, nicht wahr?»

Sie stand auf und ging in die Küche. Der Polizeichef musterte sie, sein Blick blieb in der Taillengegend hängen. «Na, wie ich sehe, waren Sie da drüben nicht müßig, David. Ich weiß nicht recht, ob das die Reise lohnte. Aber haben Sie das gefunden, weswegen Sie hinfuhren?»

«O ja», sagte der Rabbi, während er Miriam half. Er stellte Lanigan Sahne und Zucker hin. «Es war dort, und wir fanden es praktisch am Tag unserer Ankunft.»

«Na, das ist schön. Trotzdem war es ein bisschen tollkühn, drei Monate von Ihrem Posten wegzugehen, besonders wo die Konkurrenz so hervorragend war, meinen Sie nicht auch? Allerdings beweist wohl die Begrüßungsparty, die sie Ihnen gegeben haben, dass Sie wussten, was Sie taten …», fügte er widerstrebend hinzu.

War das ein leichter Verweis, weil er seine Stellung riskiert hatte? Der Rabbi war gerührt. «Ja, er ist ein guter Mann, Rabbi Deutch. Hat man ihn in der Stadt gern gehabt?»

Lanigan nickte emphatisch. «Er ist sehr eindrucksvoll. Die Rolle ist ihm auf den Leib geschrieben.» Sein Blick taxierte den Rabbi. «Ihnen nicht.»

«Ich weiß.»

«Na, unterschätzen Sie das ja nicht. Leute zu beeindrucken, das gehört zu Ihrem Handwerkszeug. Heute ist das angeblich nicht Mode, erzählt man mir. Aber ich bin nicht überzeugt, dass das so bleibt. Wir haben zum Beispiel einen neuen Hilfsgeistlichen in unserer Kirche. Er kam, während Sie fort waren. Der neue Priestertyp. Läuft ständig in Bluejeans und Pullover rum. Hockt mit den jungen Leuten auf dem Fußboden und spielt Gitarre. Religiöse Lieder, zugegeben, aber sie hören sich nicht fromm an. Zumindest nicht, wie wir's gewöhnt sind. Und was ist die Folge? Wenn ich ihn vor dem Altar in seinen Messgewändern die Messe zelebrieren sehe, habe ich einen Hippie in Bluejeans vor Augen. Und wenn er predigt, denke ich: Beweise es, beweise es. Ich meine, wenn kein Zauber, nichts Wunderbares dabei ist, sondern nur ganz alltägliche Argumente, dann muss er mich überzeugen. Und das kann er natürlich nicht.»

«Und Pater Dougherty?»

«Den sieht man nie anders als in Schwarz und mit Priesterkragen. Das wirkt, als wär er immer in Amtstracht, und wenn er dann vor dem Altar ist, glaubt man ihm. Mike Dougherty ist kein großes Licht, aber das braucht er auch nicht zu sein, denn man spürt, dass jemand durch ihn spricht. Vielleicht steckt eine Menge Hokuspokus in der Religion, Rabbi, aber irgendwie funktioniert's.»

«Bei uns ist es ein bisschen anders», sagte der Rabbi. «Der Rabbi ist kein Geistlicher.»

«Ja, ich weiß, das haben Sie mir erklärt, aber weiß es auch Ihre Gemeinde, oder empfinden sie trotzdem das Bedürfnis nach dem Hokuspokus?»

«Manche von ihnen schon, schätze ich. Vielleicht sogar alle irgendwann mal.»

«Na, deshalb war Rabbi Deutch vermutlich so beliebt. Ich hab ihn mal gehört, als er bei einer Versammlung den Vorsitz führte. Irgendwie hat er psalmodiert, falls Sie wissen, was ich damit meine. Sehr eindrucksvoll. Bei uns tragen die Priester eine Uniform, und die Messgewänder sind sozusagen die Galauniform. Ihre Leute fliegen nicht auf so was, deshalb müssen Sie die Wirkung durch Stimme und Auftreten erzielen, denn eine Uniform ist wichtig. Fragen Sie jeden Polizisten.»

Der Rabbi streifte die blaue Mütze Lanigans, die neben ihm auf dem Boden lag, mit einem Blick und sagte lächelnd: «Der Polizeichef in Jerusalem oder zumindest der Inspector trägt eine von denen.» Er langte an seine *Jarmulke.*

«Ach, tatsächlich? Sie meinen, das gehört zu seiner Uniform? Er trägt das auf der Straße?»

«Nein, er hat eine Mütze wie Sie. Das trägt er nur in seinem Büro ...»

«Sie haben ihn in seinem Büro gesehen? Hatten Sie drüben was mit der Polizei zu tun?»

Der Rabbi grinste. «Nicht direkt. Es gab einen Sprengstoffanschlag, und ich hatte Kenntnis davon und wurde von der Polizei verhört.»

«Ein Sprengstoffanschlag! Und Sie wurden von der Polizei ins Kreuzverhör genommen?»

«Ich vermute, man könnte es so nennen.» Der Rabbi lächelte in der Erinnerung. «Aber es drehte sich hauptsächlich um meine religiösen Anschauungen. Der Inspector zweifelte an meiner Strenggläubigkeit.»

Der Polizeichef schüttelte verwundert den Kopf. «Ein Polizist bezweifelt Ihre religiöse Orthodoxie! Was ist das für ein Land, in dem ein Polizist einen Rabbi über seine religiösen Anschauungen befragt? Geht das die Polizei was an?»

«Das gehört auch dazu, aber es ist nicht allgemein gültig. Nur dieser spezielle Polizist.»

«Sie sagen, es gab einen Bombenanschlag. Also ist es dort doch gefährlich ...»

«O nein.»

«Der Prälat drüben in Salem führt eine Gruppe nach Irland, Rom und dann ins Heilige Land. Meine Frau liegt mir in den Ohren, sie will mitfahren, und ich bin schon fast entschlossen, sie zu lassen. Aber wenn da Gefahr besteht …»

«Ach, es besteht keine Gefahr», sagte Miriam. «Für sie nicht. Aber für uns …»

«Was für eine Gefahr bestand denn für Sie?», erkundigte sich der Polizeichef.

Miriam sah ihren Mann an. Er lächelte. «Für uns besteht immer die Gefahr, dass wir nicht zurückkommen», sagte er.

Laurie R. King

«Wenn jemand die Nachfolge von P. D. James antritt, dann **Laurie R. King.**»
Boston Globe

Die Gehilfin des Bienenzüchters
Kriminalroman
(rororo 13885)
Der erste Roman einer Serie, in der Laurie R. King das männliche Detektivpaar Sherlock Holmes und Dr. Watson durch eine neue Konstellation ersetzt: dem berühmten Detektiv wird eine Assistentin – Mary Russell – zur Seite gestellt. «Laurie King hat eine wundervoll originelle und unterhaltsame Geschichte geschrieben.» *Booklist*

Die Apostelin *Kriminalroman*
(rororo 22182)
«*Die Apostelin* ist ein wundervolles Buch. Ich habe diesen Roman geliebt.»
Elisabeth George

Die Feuerprobe *Roman*
Deutsch von Eva Malsch und Angela Schumitz
544 Seiten. Gebunden und als rororo 23130

Das Moor von Baskerville
Roman
(rororo 22416)
Baskerville revisited: Die Fortsetzung des berühmtesten Falls von Sir Conan Doyle

rororo Unterhaltung

Die Farbe des Todes *Thriller*
(rororo 22204)
Drei kleine Mädchen sind ermordet worden. Kein leichter Fall für Kate Martinelli, die gerade erst in die Mordkommission versetzt wurde und noch mit der Skepsis ihres Kollegen Hawkin zu kämpfen hat.

Die Maske des Narren
Kriminalroman
(rororo 22205)
Kate Martinelli und Al Hawkin übernehmen ihren zweiten gemeinsamen Fall.

Geh mit keinem Fremden
Kriminalroman
(rororo 22206)

Wer Rache schwört
Roman
(22922)

Weitere Informationen in der **Rowohlt Revue,** kostenlos im Buchhandel, und im **Internet: www.rororo.de**

3666/7